U0105665

影视传播教学研究丛书

上海市高校教育高地建设项目

主　编　王艳红　　副主编　张建荣

影视传播实验教学理论探索与实践创新

上海三联书店

序

以数字技术、网络技术与文化产业相融合而产生的新媒体产业,正在世界各地高速成长,被誉为经济发展的新引擎。我国国家中长期科技发展规划纲要(2006－2020年)也将新媒体的内容平台列为重点领域。根据国家有关权威部门预测,到2010年我国第十一五规划完成时,新媒体产业的产值将达到15,000亿元左右,成为我国国民经济中一个主要组成部分。

新媒体内容产业的发展需要一大批具备创新意识、创新能力的艺术与技术相结合的综合型、复合型人才,这也迫切需要当下高等院校影视传播专业就人才培养的理念、模式与方法进行不断探索与完善,培养出适应经济与文化发展需求的具有综合能力、创新能力、实践能力的人才。高等教育肩负着培养高素质创新人才的历史使命,高校是创新人才培养的重要基地。实践教学与实验教学是高等教育人才培养中不可或缺的一个方面,特别是影视传播是应用性极强的学科,更需要学生具备一定的实践和动手能力。近年来,随着数字技术不断地融入媒体传播领域,为影视传播实验教学提供了更充实、更丰富的硬件环境与手段,同时社会与经济的快速发展,这都需要就影视传播实验教学的理念、方式与方法进行不断的探索与求新。

2009年6月6日,上海大学影视艺术技术学院的影视传播实验教学中心以"研讨实验教学理论,探索实验教学方法,完善实验教学机制,共享改革创新成果,进一步提高实验教学水平"为目标,主办的"影视传播实验教学改革与创新"研讨会在上海大学举行。武汉大学新闻与传播学院实验教学中心、安徽大学新闻传播实验教学中心、复旦大学新闻学院、上海交通大学媒体与设计学院、同济大学传播与艺术学院、华东师范大学传播学院、华东理工大学艺术设计与传媒学院、上海理工大学出版印刷与艺术设计学院、上海师范大学、浙江传媒学院等十余所高等院校以及上海文广新闻传媒集团技术中心、全国教育电视节目制作联合体等影视传播业界的学者与专家参加了本次实验教学改革与创新的研讨。与会的专家和代表针对探索有利于培养学生创新精神和实务技能的实验教学方法,探索实验教学体系和内容的改革,建立现代化高效运行的管理机制,全面提高实验教学水平等几个方面,进行了积极的发言和探讨。让我们惊喜地看到,在各位同仁的共同努力下,影视传播的实验与实践教学理念不断提升、体系架构不断完善、方式方法不断创新、实验实践平台不断丰富,实验教学成果丰硕,经验可借。

此书汇编了与会代表提供的学术论文42篇,分为实验教学体系改革与创新、实验教学平台建设与管理、实验教学理念与方法、实践教学理论与探索、社会需求与人才培养等五个方面,以及时反映我国高等院校影视传播实验教学改革与创新的发展动态与取得的成果。让读者能充分分享他们的真知灼见、创新成果与成功经验,共同深化影视传播实践与实验教学改革,培养出更适应社会需求的影视传播专业的具有创新意识和创新能力的复合型人才。

最后,要感谢上海大学影视艺术技术学院为此次研讨会的举办所作的努力,同时殷切地期望此类的研讨会能定期举行,为影视传播实践与实验教学的改革与探索提供充分交流的平台与渠道。

张文俊　博士　教授　博士生导师
全国高校实验室工作研究会实验教学管理委员会副主任

目 录

实验教学体系改革与创新

影视传播实验教学体系构建实践与探索⋯⋯⋯⋯⋯⋯⋯⋯⋯ 王艳红 3

影像传播实验教学体系的改革与构建⋯⋯⋯ 岳 山 吕 萌 郑 晖 14

艺术设计与传媒学科实验教学改革与创新初探⋯⋯⋯⋯ 吴慧兰 19

重点高校传播实验中心建设的几点思考⋯⋯⋯⋯⋯⋯⋯ 张英岚 26

实验教学平台建设与管理

基于艺术教育的影视基础实验室评估的实践探索⋯⋯⋯⋯ 杨寿堂 35

新闻专业实验实践教学之我见⋯⋯⋯⋯⋯⋯⋯⋯⋯⋯⋯ 黄建新 40

影像传播与数字特效系统实验平台建设研究⋯⋯⋯ 王翔宇 王 贺 48

开源软件与会展信息管理实验课平台建设⋯⋯⋯⋯⋯⋯ 孔秀祥 54

CATI 运作流程与适用性分析

　　——兼谈学院 CATI 应用推广　　　　　　　　　　 胡维平 64

提高实验教学质量的综合改进措施研究

　　——来自华东师范大学传播学院实验中心的经验⋯⋯ 徐正则 73

对当今影视实验教学管理现状的浅析⋯⋯⋯⋯⋯⋯⋯⋯ 顾国英 85

实验器材规范操作教学的意义及其实践初探⋯⋯⋯⋯⋯ 覃力立 93

实验教学理念和方法

高校影视及新闻传播专业实验教学改革与创新之探析⋯⋯⋯ 张慧丰 103

广告的"术"与"学"及实验主义广告教育⋯⋯⋯⋯⋯⋯⋯ 郤 明 110

微格教学法在影视传播实验教学中运用初探 …………………… 张建荣 119

网络课程的探索与实践 …………………………………………… 杨士颖 125

一样的电视,不一样的风景

　　——广播电视新闻专业大学生的影视审美实践 ………… 张　阳 131

实验教学中如何实施创新意识和创新能力的培养 ………………… 翁志清 136

试论 RED ONE 对综合性大学影视制作教学的机遇和前景 ……… 舒浩仑 142

《电视摄像》课程教学实践的几点思考 …………………………… 陈晓达 148

胶片电影效果与 HDV 短片 ………………………………………… 郑　跃 157

《报纸版面编辑》实验课程教学创新探析 ………………………… 戴淑进 163

浅谈定格动画实验教学 …………………………………………… 宋　莹 169

引入弹性设计理念　促进实践创新能力培养 …………………… 王艳红 176

数字视频合成教学实践创新

　　——"时间冻结"特殊效果的开发与制作 ……………… 张　目 186

试论电脑图文设计的创意实验教学 ……………………………… 罗清池 196

方正飞腾 5.0 在报纸编辑实验中的操作方法 …………………… 汪泳思 203

影视学院研究生实验教学非社会化"工作室"制模式探微 ……… 段荣丰 212

实践教学理论与探索

关于加强影视传播专业实践教学的探索与实践 …… 忻志海　李英春 227

创新与实践:广播电视编导实践教学的现状分析与探索 ……… 邢虹文 232

基于创新型人才培养的广告专业实践教学模式探讨 …………… 杨芳平 238

从中美学生交流看影视专业实践教学的瓶颈与突破 …………… 程　波 244

构建产学研结合的传播学实验教学模式 …………… 刘　阳　周澍民 249

谈影视类专业实践教学模式的构建与创新 ……………………… 胡斯文 255

从加入全国教育节目制作联合体论影视

　　传播创新人才的培养 ………………………… 徐忠发　张　泉 261

高清语境下对广编专业实践教学的思考 …………… 李英春　忻志海 267

加强对学生实践能力和创新能力培养的思考 …………………… 方烈敏 272

社会需求与人才培养

与产业发展紧密结合，培养市场需要的复合型人才

　　·· 王洪建　周澍民　279

改革实践教学，应对就业困境

　　——上海大学编导专业实践教学思考················· 刘海波　287

试论影视编导专业的实验实践教学················· 坚　萱　293

现代广告摄影教育与职业技艺要求················· 王天平　299

数字动画人才培养策略探讨························· 罗业云　315

后记··· 王艳红　321

影视传播实验教学理
论探索与实践创新

实验教学体系
改革与创新

影视传播实验教学
体系构建实践与探索

王艳红①

（上海大学影视艺术技术学院影视传播实验教学中心　上海　200072）

[摘要]　我院实验教学中心以"多层次全方位"的开放实验教学模式、实验管理系统和实验教学硬件平台三个层面的建设,构建了一个功能配置合理、结构相对完整的开放式实验教学体系。在探索适合自身发展道路的同时,不断推进实验教学体系和内容的改革,目的是将影视传播实验教学中心建设成为特色鲜明、成效显著、有较好辐射示范作用,并与影视传播发展相适应的人才培养实验实践基地。

[关键词]　内涵;外延;创新实践;国际展示

一、引　言

　　上海大学影视学院实验中心成立于 2000 年 9 月,在中心发展和完善的过程中,实验实践教学的成果显著。学院学生创作的各类电视作品一百多部在省级以上电视台播放,其中有相当一批学生作品不仅在上海、凤凰卫视等各类电视台播出,而且还在洲际地区、全国的一些 DV 大赛、影视作品竞赛中频频获奖,在广告和电子竞赛等方面也获奖累累。这些成果的取得,既得益于学院影视传播学科雄厚的理论基础,同时也说明了多层次全方位的开放实验教学体系的有效性,在促进影视传播学科建设发展的同时,也为影视传播实验教学体系的构建与探索积累了宝贵的经验。

---

① 作者简介:王艳红,女,工程技术应用研究员,现任上海大学影视艺术技术学院影视传播实验教学中心主任。

二、实验教学定位及规划

1. 影视传播实验教学中心教学理念

影视传播实验教学中心的教学理念是"融汇艺术技术,锤炼创新能力"。

根据影视传播学科的专业特点,坚持艺术技术结合,培养具有人文精神、艺术素养、实务技能的影视和传播复合型人才。

2. 影视传播实验教学中心教学定位

立足本科生教学,拓展研究生教学,辐射社会影视传播人才的培养。

把教学实践环节作为艺术技术结合的切入点,环绕培养全面发展、具有创新精神的人这一中心,充分发挥学校"三制"的优势,在教学中把理论教学和实验实践教学多重穿插、有机结合,让学生从实验走向实践,多层次全方位地开展实践实验教学。使影视传播实验教学中心成为"课内的实验平台,课外的实践基地;创新精神的成长摇篮,综合素质的锤炼熔炉"。

3. 影视传播实验教学中心规划思路

依托学院专业学科发展背景,整合学科综合资源优势,进一步提高实验中心的建设:

（1）完善实验教学构架体系

（2）探索实验教学方法内容

（3）提升实验教学规模水平

（4）健全实验教学管理机制

（5）充实实验教学师资队伍

将影视传播实验教学中心建成特色鲜明、成效显著、有较好辐射示范作用的培养影视文化和传播事业发展需要相适应的人才培养实践基地。

三、实验教学体系的构建实践

影视学院实验中心整个实验教学体系是在贯彻"融汇艺术技术,锤炼创新能力"的实验教学理念下,以"培养具有人文精神、艺术素养、实务技能的影视和传播复合型人才"为目标,以"多层次全方位"的开放实验教学模式、实验管理系统和实验教学硬件平台三个层面的建设,构建了一个功能配置合理、结构相对完整的开放式实验教学体系。

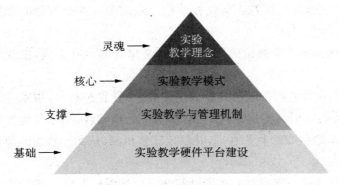

实验教学体系构成示意图

1. 多层次全方位的开放实验教学模式和体系

强调"时间开放、设施内容开放、项目开放"的实验教学要求,把握教学计划中的实践环节,强化实务技能和创新能力的培养,紧密结合三个课堂,以"多层次全方位"的开放实验教学模式、实验管理系统和实验教学硬件平台的三个层面的建设,构建了一个功能配置合理、结构相对完整的开放式实验教学体系。

所谓多层次是针对实验教学结构而言的,即在实验课程设置、实验项目安排、实验课程分类和实验设备配置等四方面用层次化的理念进行三级架构,以指导实验教学多层次的开展。

所谓全方位是指课内课外、校内校外,通过不同的渠道和环节促使学生在具备相应基础和条件的前提下,挖掘、开发和张扬其自身的潜质与能力,同时也建立了从实验到实践、基本技能培养与创新能力提高这样一条不同层次的使学生不断提升自身能力和综合素养的途径。

影视传播实验教学有其不同于其他专业的特点:

(1)学生的实验往往以设计创新型居多。

(2)室外实验教学及实践占据相当比例。

(3)学生自主创新的实验时间往往在课外,甚至无昼夜之分。

(4)所运用的技术设备档次分明,由此导致学生实践技能水平也呈多层次化分布,并影响到学生作品的艺术体现。

(5)实验教师的层次水平对学生的综合素质以及实务技能的把握起着决定性作用。

针对上述特点,实验中心确定了"以学生为本"的实验教学方针,在"时间开放、设施内容开放、项目开放"的实验教学要求下,突出教学计划中的实践环节,强化以培养实务技能和创新能力的实践平台和实习基地建设,紧密结合三个课堂,探索出了一套与影视专业实验教学相适应的多层次全方位的开放实验教学模式。

为了确保多层次全方位的开放实验教学模式的良好实施,主要采取了如下措施:

(1)以抓实验教师的队伍建设为出发点,加强思想教育,规范化与人性化管理相结合,采取定期与不定期培训、培养与进修相结合、学术与业界相结合的方式优化提高实验教师的业务水平,并制定监督机制,从实验教学的师资力量源头上把住质量关。

(2)实验项目、实验空间、实验时间全方位地弹性开放。实验中心主任利用网络、沟通等多种交流方式及时了解师生对实验教学的反馈及要求,从软硬环境上给与各类实验实践鼎力支持,全面保证实验教学高效优质的开展。

(3)提倡创新、敬业与团队精神,实验教师身体力行,从思想到实务技能全面锻炼学生,并将综合素质与创新能力的培养纳入师生的考评体系。

(4)积极开展实验教学研究。每年在学院内部召开一次影视传播教育改革与创新研讨会,并将实验教学的改革与创新作为重要的一部分,教师们献计献策,为实验教学提出了很多值得吸取和参考的方法。为进一步探索利于培养学生创新精神和实务技能的实验教学方法,探索实验教学体系和内容的改革,2009年6月6日学院召开以上海高校为主,辐射全国的"影视传播实验实践教学改革与创新"研讨会,通过校际之间先进经验的交流,深化实验教学的改革与创新。

近年来学生作品达上百部,相当一部分作品在各大电视台播出,不少作品得了国际国内大奖,为学院争得荣誉的同时,学生的综合素质和创新能力也得到了极好的检验,充分反映了实验教学模式的有效性。

2. 功能配置合理、结构相对完整的实验教学硬件平台

目前,学院共建有3大实验平台,各类专业实验室26个,形成了一个功能配置合理,结构相对完整的实验教学硬件平台。设备层次从低端、中端到与世界先进水平接轨,充分保障了学生从基础到专业,从练习到创作,从作业到作品,从校内到影视业内,从影视业内到国际评奖的多层次实验需求。同时,依托这个实验平台,师生们可以更好地进行探索研究,将实验教学与科学研究相结合,进一步推进我校影视传播学科建设的健康发展。

下图中,按照多层次全方位的构建思路,从下至上,遵循多层次实验教学梯级上升的结构模式。依托这个硬件平台,学生可以由基础逐渐走向专业,由课程学习逐渐走向专业实验,最终实现与社会实践在综合素质、实务技能上的双接轨。具体特点如下:

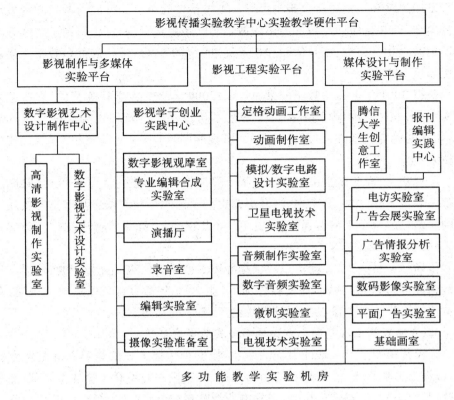

多功能教学实验机房

多功能实验教学机房处于实验教学体系结构框图的最下层,它兼容多项功能,可为本科、研究生以及成人教育的学生提供近30门专业基础课的实验教学。一旦学生们完成专业基础课的学习,即可根据需要进入更高层次的实验室展开专业课的实验教学。

影视学子创业实践中心、学子报刊编辑实践中心、定格动画工作室和腾信大学生创意工作室,通过与电视台、公司合作或自办报纸等形式与社会实践接轨,实现学生实务技能和创新能力质的飞跃。

影视制作与多媒体实验平台、影视工程实验平台和媒体设计与制作实验平台三大平台融汇艺术技术,三者之间既有独立性又相互联系,多层次全方位保障实验教学的开展,培养、锻炼了学生的综合素质和创新能力。

3. 成立实验实践教学指导委员会,进行决策性的引导

成立由学科带头人为主的学院实验实践教学指导委员会,对实验教学中的人才培养方向、专业发展目标、实验教学改革思路、理论教学和实践教学结合等重大发展思路和规划进行决策与引导。不仅使实验中心的发展与学院学科发展紧密结合,同时也使理论教学与实践教学的联系更加紧密,真正做到了实践教学与理论教学相互支撑、相互依赖和相互促进的有机结合,学院的许多教学成果就体现了这一点,如:

获得 2001 年上海市教学成果一等奖/2000 年上海大学特等奖的《影视艺术技术》丛书一套 7 本,内容中都贯彻了艺术与技术结合及理论与实践结合的思路,如:《电视制作基础》、《影视技艺》、《影视照明》、《电视现场制作》、《当代传媒新技术》等;

同样获得 2005 年上海市教学成果二等奖/2004 年上海大学一等奖的《明天影视艺术技术》丛书一套 7 本,内容中都贯彻了艺术与技术结合及理论与实践结合的思路,如:属于上海普通高校"九五"重点教材的《计算机音乐制作与数字音频》、《数字电视制作》等;

传播学科带头人,实验实践教学指导委员会副主任戴元光教授的《传播学通论》,为高等教育百门精品课程教材项目,获 2002 年教育部优秀教材二等奖,更是从传播学科大的角度,提供了对实验实践教学的启示意义。

4. 专业教师全过程和全方位地参与实验实践环节

影视传播专业是实践性很强的专业,但影视传播人才的培养并非是职业教育,根据专业的特点,除非是专门的实习环节,我们一般不对实验独立设课,而是强调理论与实践的结合和相融,要求专业教师参与实验教学,参与实验项目和实验室建设。

实验室主任(兼职)由相关学科带头人或专业骨干教师担任,实验室主任负责实验室的发展规划、学科方向和改革方案的制定,对实验室的建设起了主导和决定性的作用;实验室常务副主任(专职)负责实验室的日常管理。

专业课主讲教师直接负责实验指导等实验教学环节,一些教师将部分或全部实验性强的课程开设在实验室,还亲自动手制作了多媒体实验教学课件,交互性强,教学效率高,理顺了实验教学和理论教学的关系,使两者有机结合,较好地解决了理论教学与实验两张皮的问题。

5. 创造技术培训认证条件,为学生就业打基础。

在获得 MAYA 培训授权证书的基础上,2006 年,又承担了上海市劳动局委托的《数字视频合成师》、《数字角色动画师》、《数字建模师》、《渲染师》、《数字音响制作师》职业标准制定项目,成为上述五类职业资格上岗证书培训的首批认证培训单位,有相当一批本校的大四学生参加培训,使得他们带着专业上岗证走向社会,大大增强了就业竞争力。《数字视频合成师》现已升格为国家职业标准,目前正在编写、出版相应的教材和考试指导。

6. 完善的实验教学与管理机制是实验教学体系的支撑

建立完善的实验教学与管理机制，发挥其在实验教学体系中的支撑作用。充分利用网络信息化教学管理平台，采取自主选课、共享实验教学网络资源、多样化的考试考核评定方法等教学手段，多层次全方位地开展实验实践教学；同时，修订教学计划、实验教学大纲和实验教材建设，及时更新实验指导书和教学课件。

实验中心制定了《实验中心实验教学规范化管理办法》、《实验中心学生实验守则》、《实验中心实验室使用制度》、《实验中心设备器材借用制度》等一系列的规章制度。实验设备均有专人管理，大型精密设备都有简介、使用方法或操作步骤说明并有使用记录，保证了各项实验教学都能正常有序地进行。

为了使实验教学管理更加规范化，实验中心还专门建立了实验教学档案库。实验教学的档案资料反映了实验教学工作的状态，可以体现学院实验教学工作及管理的水平与质量，是考核和评价教学工作的重要依据。通过档案库的建设过程，更好地完善了实验教学与管理机制，保证了实验教学的良好开展。

在实验教学过程中，为了保障实验教学与管理机制对实验教学体系的有力支撑，实验中心始终坚持艺术技术相结合，着力通过实验教学方法与手段的改革和技术更新，实现技术与艺术，基础与专业，实践与理论，课内与课外，实务技能与创新能力的有效融合。具体采用的实验教学方法与手段如下：

（1）实验教学现代化

教师充分利用现代化的教学手段，采用计算机、投影、音像等多媒体教学手段，使实验教学效率高，交互性强。部分教师还亲自动手制作了多媒体实验教学课件使教学更加形象直观。

（2）教学管理信息化

实验中心建有独立的网页信息平台，充分利用网络优势为实验教学服务。实验室建立了网络化的实验教学和实验室管理信息平台。日常实验教学与上机考试可运用机房智能管理系统，提供更加高效可靠的条件。通过校园网可实现网上辅助教学和网络化、智能化管理手段，实现了实时性准确性，打破了时间地域界限，这种利用计算机及网络开展教学的辅助手段在虚拟环境中实现教学，不但是传统教学方式的延续和拓展，更是一种创新，为新形势下的实验教学提供了不可多得的教学手段。

（3）设备分配层次化

在实验设备的等级分配方面，实行低年级的实验课及课外作业使用价格较低、数量较大的准专业级设备基本达到人手一机。而高年级的作品创作使用价格较高、数量有限的准广播级设备，以利于电视台播出或参加国内外评奖。

所有设备尽量配套完备。对于大型系统，由于数量不够，就安排学生几人一组或分批实验，尽量做到人人动手动脑，实验教学提倡主动式研究型学习，倡导敬业与团队精神。

（4）实验时间弹性化

为了最大限度地发挥教学实验资源的效益，实验中心主要实验室实行三个开放，即"实验项目开放、实验时间开放、实验内容开放"，并制定了《影视传播实验教学中心实验室开放管理规定》，全面保证课内实验教学及学生完成课外的作业或作品。为了保证学生相关的专业实践活动、竞赛项目、课外实践作业和学生自我选题的创作与实践，实验中心对学生实现实验时间弹性开放，所谓弹性开放，是指除了固定一定的课外时间开放一部分综合实验室外，对任何实验室空间和时间的课外制作要求，经过学生预约申请后，可提供开放，这样既能为学生提供课外实践的支持，又能提高管理效率，改变了守株待兔式的开放方式。

经过不断完善，目前学院与实验教学方法和手段相配套的师资力量和硬件设备技术条件优越，足以支持我院的实验教学与科研。实验室的建设、设备购置和更新本着"视角要新，着眼要实，规划要远"的指导思想，较好地满足了多层次，全方位的实验教学需要。实验教学的师资从教授、研究员到讲师，力量雄厚，从数量到质量在国内同类学科具有较强优势，全面保证了实验教学的顺利开展。同时，通过开发和挖掘潜力，使实验室建设水平、管理水平、开放水平得到进一步提高，实验教学得以更好开展，从而为学生实务技能及综合素质的全面培养奠定了坚实的基础。

7. 实验教学课程引入弹性设计理念

在教学的实践过程中我们观察到，决定实验实践教学效果的一个重要源头来自于教师对实验课程的设计理念，它贯穿于整个实验实践过程，对激发学生的学习兴趣和热情，强化教学质量至关重要。

影视传播实验教学有其不同于其他专业的特点，有些实验项目的教学成效往往与学生的专业、年级乃至生活阅历、知识积累和实践经验有着相当密切的联系。如果所有的实验教学课程设计都千篇一律，往往很难收到最佳的实验教学效果。所以，在设计实验教学课程之前，应当切合实际，充分考虑学生的差别以及可能出现的各种情况，弹性配置实验教学内容的知识点结构，加强针对性，将学生的积极性和能动性充分调动起来，在教与学之间的高度互动中，获得事半功倍的教学效果。

为了合理配置实验教学内容的知识点结构,在对实验教学课程进行设计时,应当结合实际,充分考虑以下几个方面的因素:

(1)影视传播的潮流发展和市场需求

(2)学生的兴趣

(3)影视传播实验教学的特点

(4)影视传播的专业特点

(5)年级和阅历

(6)综合素质和创新能力的全面培养

实验教学课程引入弹性设计理念旨在更有针对性、更高效地配置实验教学内容的知识点结构,使实验教学的考核机制更加合理和人性化,更利于学生综合素质和创新能力的培养,使学生们能够在将来更好地应对市场挑战,更好地立足和服务于社会。

目前,弹性设计理念正在逐步渗透进影视传播的实验教学课程,由于大大调动了学生们的学习积极性与创作热情,创作出的作业在内容以及表现形式上经常令人耳目一新,并时有构思巧妙的创新作品出现。

四、实验教学特色

影视学院实验中心始终坚持建院之初钱伟长校长提出的"艺术技术结合",环绕培养全面发展、具有创新精神的人这一目标,充分发挥学校"三制"优势,构建了多层次全方位的开放实验教学体系。

在实验教学过程中,着力通过技术更新和实验教学方法与手段的改革,实现技术与艺术,基础与专业,实践与理论,课内与课外,实务技能与创新能力的有效融合。让学生从练习到创作、从作业到作品、实验走向实践,多层次全方位地开展实践实验教学,使影视传播实验教学中心成为"课内的实验平台,课外的实践基地;创新精神的成长摇篮,综合素质的锤炼熔炉"。

1. 建立影视传播学子创新实践平台

为了更好地培养学生的综合素质和创新能力,探索实验教学新方式,学院先后建立了4个学生创新实践平台即影视学子创业实践中心、学子报刊编辑实践中心、定格动画工作室和腾信大学生创意工作室,通过与电视台、公司合作或自办报纸等形式与社会实践接轨,实现学生实务技能质的飞跃。四个学生创新实践平台自成立以来,综合素质和创新能力的培养效果显著。影视学子创业实践中心由学生组成创作团队,专业教师作指导,实验中心做保障,参与上海纪实频道、上海教育电视台的栏目制作,在实际工作环境下,培养专业精神和创作能力;学子报刊编辑实践中心自创办报纸《传媒新观察》以来,一直由专业教师作指导,实验中心提供技术支持,由学生自行组稿、自行编辑、出版。该报敏锐捕捉传媒业的新发展、新变化,并进行深入探讨和研究,目前,无论是排版还是内涵,水平都有了较大提高;定格动画工作室可以提供一套集成化,适用于粘土动画、木偶动画、玩偶动画、剪纸、砂土等多种材料定格动画的完整设备解决方案,通过引进X－TOON迪生定格动画系统,可以让同学们共同学习和研究动画片的制作,从而较好地推动了动画专业学生实践能力的培养。定格动画工作室目前组建了学生创作小组,并成为 07 市级大学生创新实践的项目;腾信大学生创意工作室与校外腾信公司于 2008 年 5 月合作成立,通过承担项目,为广告系的学生提供了一个可以充分施展才能,实现创意的实践平台。

2. 建立国际国内交流和展示平台

为了开阔学生视野,激发学生创作热情,全面培养学生的综合素质与创新能力,影视学院与美国夏威夷电影节、中国上海电影节、新西兰亚洲电影节以及美国夏威夷大学、田纳西大学、新西兰奥克兰大学先后签约,建立稳定的大学生交流展示平台,同时承办中国上海电影节国际学生短片大赛,使学生能够参与影视创作实验实践的国际交流和展示,使影视传播实验教学延伸至国际,从更深更广的层面上将实验教学推向一个更高的层次。

此外,学院还通过承办国内各类比赛和活动,为学生搭建展示平台。近年来,学院先后承办了 ONE SHOW 中国青年创意大赛上海创意营活动、上海市大学生广告节、第一届上海市大学生动漫创意大赛和上海大学的传媒文化节,学生在展示自我的同时,促进了综合素质和实践创新能力的培养。

3. 探索"嵌套实验室模式",推动实验教学科学发展

据统计,目前影视传播实验教学中心实验课程 61 门,实验项目 418 项,实验用房使用面积共 1088 m²,每年平均实验学生数 2330 人,实验室生均面积仅为0.47 m²/人,实验室面积的严重不足,已经成为阻碍实验教学发展的瓶颈。面对这种情况,中心人员克服困难,深挖实验室建设内涵,积极探索"嵌套实验室模式",努力改善实验教学条件。

"嵌套实验室模式"是对能够实现多种实验教学功能的实验平台建设方式的一种称呼,是指在一个实验室中再增添进去一个或多个实验室或实验功能,它利用实验功能嵌套、实验设备嵌套、实验场地嵌套三种方式优化整合设备和实验场地,大大提高了实验室的利用率和产出率,同时避免了大量资金的重复浪费,有效缓解了阻碍实验中心发展的面积瓶颈,推动了我院实验教学的蓬勃开展。

"嵌套实验室模式"的实践和探索正是科学发展观在实验教学中的一种应用,它更多注重的是实验室内涵建设,使影视传播实验教学中心在困境中寻找到了能够得以持续、稳定发展的方向和道路。

五、实验教学体系构建规划

1. 规划目标

根据影视传播学科要求高发展快的特点,紧紧依托现有基础和人才优势,继续加大力度全面推进影视传播实验教学中心的建设与改革。在前期工作的基础上,配合学校相关政策的落实,以"培养具有人文精神、艺术素养、实务技能的影视和传播复合型人才"为目标,在实验课程体系、教学内容和教学方法与手段、现代化管理机制、实验室的网络化和智能化及开放教学、高水平师资队伍建设等各个方面不断取得新的突破,全面提高实验教学水平,真正建成立足上海、面向全国、具有鲜明特色的示范性实验教学中心。

2. 加强实验教学队伍建设,改善实验教学队伍结构。

根据学校对实验队伍建设发展的要求,计划在今后三年内,通过外部引进和内部培养,进一步充实和完善实验教学队伍结构,建成从职称到学历相对完整、比例科学的层次结构,形成一支学术水平高、教学经验丰富、创新能力强的实验教学队伍。

3. 进一步加强国际交流和展示平台的建设。

目前,已与美国夏威夷电影节、中国上海电影节、新西兰亚洲电影节以及美国夏威夷大学、田纳西大学、新西兰奥克兰大学先后签约,建设稳定的大学生交流展示平台。未来将立足于现有基础,争取在欧洲也能开辟新的交流平台,进一步提升和完善国际交流和展示平台的建设。

4. 借助搬迁契机,使实验教学条件再上新台阶。

实验中心存在着实验项目多、实验室使用面积小且布局分散等诸多不利因素,实验教学和管理难度较大。未来东部校区影视学院的规划占地面积达到15,000 平米,实验面积充足,便于集中管理,学校计划 2 到 3 年内可以实施搬迁。目前,中心正在合理、有效地利用现有环境资源,并努力规划好东部校区的新建设,未来将借助搬迁契机,使实验教学条件再上新台阶。

影像传播实验教学
体系的改革与构建

岳 山[①] 吕 萌[②] 郑 晖[③]

（安徽大学新闻传播实验教学中心　安徽合肥　230610）

[摘要]　通过对原有影像传播人才培养模式的改革,建立影像传播实验教学理念,建立起适应当代媒体需要的影像传播实验教学体系,改革和探索实验教学内容、方式和方法,探索课堂、媒体、社会三位一体的实验与实践教学管理模式

[关键词]　影像传播；实验教学；教学理念；体系

高等教育肩负着培养高素质创新人才的历史使命,高校是创新人才培养的重要基地。如何提高在校大学生的综合素质,培养具有创新精神、创新意识和创新能力的创新型人才是当前高校教学改革的重点。

影像传播实验教学在培养广播电视传播人才上起到了不可替代的作用。传统的影像传播实验培养的是能摄能编(主要是线性编辑)的人才,在现今媒体发达的时代,对从事影像创作和传播的人才培养模式和要求都提出了新要求,面对媒体的激烈竞争,媒体越来越需要大量符合新媒体环境下的影像传播人才,高校不能再按原有的模式培养传统的影像传播人才,需要培养有扎实的理论基础,即会摄像又会编辑(非线性编辑、线性编辑),还能策划创意的复合型人才。拓宽人才的培养方式就落在了影像传播实验教学上,通过实践,我们总结出了理论教学与实验教学并重,分阶段、分层次,注重启发式、创新型的人才培养模式和实验教学体系。近年来,安徽大学新闻传播学院通过改革与探索及省级教研项目《综合性大学广播电视

---

① 作者简介:岳山,安徽大学新闻传播学院新闻传播实验教学中心副主任。
② 作者简介:吕萌,安徽大学新闻传播学院教授,副院长。
③ 作者简介:郑晖,安徽大学新闻传播学院新闻传播实验教学中心教师。

新闻学教育的创新》等课题的研究,确立了影像传播实验教学体系的构建,作为成果之一,2005 年获安徽省级教学成果二等奖,2008 年获安徽省级教学成果一等奖。

一、确立影像传播实验与实践教学的教学理念

确立广播电视专业办学指导思想,就是充分认识广播电视专业作为应用型专业的特点,根据我国广播电视传播事业发展的需要,有计划、有目的、有针对性、有重点地培养社会急需的应用型、复合型广播电视人才。目前国内有相当多综合大学的广播电视专业是八十年代脱胎于中文学科,培养理念和课程体系重文史综合轻实验应用,我们安徽大学新闻传播学院的本科教学也呈现这种状况。基于对新媒介环境、学科发展的变化和人才市场的需求,我们对人才培养目标和本科教学理念进行重新梳理,强调应用性学科对学生创新能力和实践能力的培养,并对广播电视专业的影像传播实验与实验教学体系进行重构,充分认识到实验教学的加强是对学生能力培养的重要环节,是落实新形势下教育改革的重要措施。在改革课程体系的过程中,我们确立了影像传播实验教学的基本理念:

(1)理论教学与实验教学并重、协调发展的思想;

(2)全面覆盖全程覆盖、先基础后专业的实验课课程设置方法;

(3)围绕课题和问题教学,突出综合性设计性的实验教学方法;

(4)课堂模拟媒体环境演练操练与校内外媒体实习相结合的训练方法;

(5)以激励兴趣、开发潜能、培养动手能力和创新能力的培养目的。

二、构建与广播电视理论教学课程体系相适应的实验与实践教学培养体系

目前国内各广播电视专业比较重视对理论课程体系的改造,注重进行通识教育与专业教育相结合的改革。我们在强调通识教育的基础上注重专业知识和专业技能的教育,形成了以通识教育为基础,以专业教育为特色的培养方式。尤其加大对学生实验能力的培养,建立实验教学培养体系,探索以实验和创新能力培养为重点的培养模式。具体做法是:

(一)确立了自己的实验教学改革思路和方案

(1)实验教学与理论教学协调发展,传授知识、培养能力、提高素质协调发展,改变实验教学长期依附于理论教学的被动地位。

(2)建立相对独立的实验教学体系。从单独设立实验课程学时,到单独设

立实验课程学分,适当增加实验课份量,建立与理论教学的有机结合,同时又相对独立的实验教学新体系。到贯穿四年的寒暑假实习安排与各种社会实践相结合。再到日常教学之余的各种与专业技能培养有关的实践活动的进行。分层次,分阶段,以不同的方式和方法来实践教学改革理念。

(3)理论课教学任务与实验课教学任务、实习教学等同时安排、同时布置、同时检查,理论课与实验课并举,共同培养学生的科学思维能力、动手能力和创新能力。

(二)逐步形成具有广播电视学科特色的,与理论教学有机结合相互配合,又相对独立的"一个目标两个阶段两个结合三个层次"的"1223"型实验与实践教学体系。这就是以培养学生掌握广播电视技术的基本能力和创新精神为目标,基础实验与专业实验两个阶段相衔接,课堂模拟媒体环境的实验与媒体单位的具体实习和社会实践相结合,基本型、综合设计型、研究创新型三个层次实验相配合的实验教学体系。根据广播电视专业的培养目标和社会传媒人才需求的实际,将原来依附于理论课的实验课独立出来,优化整合,建成相对独立的实验课程,实现实验课程的全面、全程覆盖。在打通专业课程设置中,低年级开设广播电视基础实验课,高年级分专业后开设广播电视专业实验课和选修实验课,实现实验课的全面、全程覆盖。

实验教学体系突出了目标性原则、系统性原则、层次性原则和发展性原则。这一体系注重在打好基础的同时强调学生由模拟媒体环境到创新能力、应用能力培养,注重在模拟环境和实习环节中培养学生的综合素质。实验教学体系配合学生实习学分模块,两者相互影响、相互促进,极大地提高了学生学习兴趣和主动性。(我院学生从大一就开始利用双休日和寒暑假进入媒体实习)

三、改革和探索实验教学内容、方式和方法

(一)根据广播电视技术的发展和传媒界的客观需求,积极增加新的实验教学内容,使教学内容既包含传统的教学内容,也融入当代传播技术发展的新成果。比如增加非线性编辑、数字音频、电视包装、动画设计等课程;增加综合性、设计性、探索性及创新性研究实验的比例性等等。

(二)设计综合性实验。探索建立以学生为中心、围绕课题和问题开展教学,突出综合性、设计性的实验教学方法,实现以学生自我为主的教学模式。充分调动学生学习的主动性和积极性,以自主、合作、研究的方式参与到实验的各个环节。传统实验教学重技能培训、重灌输、重结论,往往局限于验证式的实验教学方式,学

生在整个学习过程中始终处于被动状态,培养出的学生主动性差、综合能力差。而综合性实验教学是指实验内容涉及课程的综合知识或相关课程知识的实验,学生要围绕实验课题,调动多方知识和技能才能解决。设计性实验是指给定实验目的、要求和实验条件,学生自己设计实验方案,并得以实现的实验。通过综合性、设计性实验可以实现以学生自我训练为主的教学模式,更好地掌握实验原理、操作方法、步骤,全面了解仪器设备的性质并正确地使用仪器,锻炼学生思考问题、分析问题和解决问题的能力,提高学生的创新思维和实际动手能力。

(三)研究创新式实验教学。在实验教学进行综合设计式教学的基础上,实要提倡研究创新式教学,实验教师从问题入手,设置情景、提出课题,指导学生进行研究式学习,创设自主学习的环境,激发学生的求知欲,发掘学生的创新潜能,激励学生自主创新,提高他们的创新精神、创造思维和创造能力,实现素质教育的培养目标。学生则从问题的角度进入问题形成的情境之中,围绕课题自主学习、自主设计,寻找解决问题的方法和途径。研究式教学方法的教学过程,主要是在老师的指导下,学生自己开展研究式的学习活动,独立进行专题研究,最能发挥学生的学习积极性和自身的潜在能力。研究式教学主要是鼓励支持学生们参加诸如摄影、摄像、网页设计、包装设计等竞赛,以及学生专业大实习时对他们提出具体的实验要求。与其它教学方法相比,研究创新式教学使学生的学习主体性更加突出。研究性教学方法实行开放式的教学,研究专题公开,学生自己选择并承担研究课题,或是自己拟订专题并经老师同意进行研究。它不是以课本某一节教材作为唯一的依据,而是面向所需的信息材料和社会实践活动所取得的材料,以社会为课堂,摄取大量的知识,形成了教学内容的开放性,这比一般的课堂教学容量大得多。研究式的教学方法有的专题有多个子题目,要由多人组成课题小组承担,需要众人协作来完成课题研究任务,这就需要群体合作,集思广益(近年来我院广播电视新闻学专业同学获国内国际比赛奖的同学大多得益于此)。提高学生驾驭知识的能力,培养学生事实求是的科学态度,百折不挠的工作作风,相互协作的团队精神,勇于开拓的创新意识。这种教学方式将有利于我们培养社会所需要的具有创新精神和实践能力的德、智、体全面发展的应用型人才,这是某些单边教学方法做不到的。

四、探索课堂、媒体、社会三位一体的实验与实践教学管理模式

课堂讲授注重与实践相结合,社会实践与专业培养相结合,专业实习与媒体实习基地相融合,把社会实践与大实习纳入实践教学体系改革中,社会实践是广

播电视专业学生运用所学理论知识来认识社会、了解社会,运用所掌握的传播技能来服务社会、提高实际工作能力。影像传播类实验教学需要探索科学和实用的教学管理方式,将实验教学与社会实践相结合,以实验课程教学为基础,以社会实践为切入口,以专业大实习为检验平台,是培养学生新闻传播实践能力的重要渠道。

(一)以学生为中心、以自主、合作、研究的方式,围绕课题和问题进行实验课程教学。广播电视新闻学属于社会学科和应用学科的范畴,影像传播类实验课也不能脱离社会实际。在实验教学中,教师应注意联系实际,从实际中发现问题,选取课题,交由学生讨论研究,安排学生根据自己的兴趣,自主策划、自主设计这些实验课题,到实际生活中去实践。大学生创新课题项目与实践能力的培养目标是一致的,设立创新课题,让学生自主设计实践方案,选择采编播地点和对象,举办各种形式的学生作品评选,选出优秀的作品,举办了各种展览,既锻炼了学生的实践技能,也能够活跃了校园文化,培养学生的创新精神。

(二)探索理论教学与实验教学相结合、课堂内外相结合、校内实验教学与校外实验实习相结合的管理模式,多种途径培养广播电视影像传播人才。

影像传播实验课的学科特点和技术特点,决定了广播电视专业的影像实验课应突出综合性、设计性、复合性、合成性的教学特点,而这些特点也正是培养学生创新精神的入口和突破口。影像传播实验教学通过理论教学与实验教学相结合,课内与课外相结合、校内实验与校外实习相结合的方法来综合的培养人才。

我们认为在建立理论与实验教学体系、探索实践教学的方式和方法的同时,要鼓励学生假期参与社会实践、到校内广播台和电视台、网站(视频编辑)兼职、参加各种与专业相关的专业竞赛等。专业大实习是理论和实践教学的必然延伸,既检验了学生的理论知识和实践技能,又提高了学生的实践创新能力,是培养合格广播电视新闻人才的一个重要环节,也是学生进行创造性实践活动的重要舞台。

大学生实践能力的培养直接关系到学生能否被社会接纳,也关系到学生的就业和创业。安徽大学影像传播实验教学改革的重要性在于体现了理论教学所无法展现的直观性和综合性特点,培养学生独立思考、分析和解决问题能力,能够应对科学技术快速发展和市场经济对高素质创新人才的需要,它是传媒类本科人才培养的重要环节,实验教学体系的构建是改革探索的必经之路。

艺术设计与传媒学科
实验教学改革与创新初探

吴慧兰①

（华东理工大学艺术设计与传媒学院　上海　200237）

[**摘要**]　华东理工大学艺术设计与传媒实验教学中心承担着全院实验课的教学任务。近几年来，实验教学中心以培养具有创新能力的高素质人才为目标，形成了新时期的创新教育理念，对实验教学进行了改革，确立了三层次的实验教学体系，提出了 6 项实验教学改革措施。

[**关键词**]　实验教学；改革；创新

[**中图分类号**]　C，642.0　文献标识码：A

一、引　言

在科学技术飞速发展的今天，高等教育的改革进入了实质性阶段，社会迫切需要的是具有综合能力、创新能力、实践能力的人才，而高校实验室和实验教学恰恰是理论与实践相结合，培养学生创新能力和实践能力的重要环节，对培养学生创新思维和实践能力有着不可替代的作用。由于艺术学科属于实践性很强的学科，它相对于理论教学具有直观性、实践性、综合性、设计性与创新性，因此发挥实验教学的作用对于艺术类学生的培养更为紧迫。然而传统的实验教学模式、方法及内容已无法满足艺术类高等院校培养学生的目标需要。针对这种实验教学的现状，我院实验教学中心近几年来在学校及学院专项经费的支持下，加快了改革步伐，确定了三层次的实验教学体系，更新了实验教学内容，改革实验教学方法，改进实验教学的环境和条件，加强实验室技术队伍建设，内涵建设得

---

①　作者简介：吴慧兰，女，华东理工大学艺术设计与传媒学院实验中心主任。

到了的不断充实,成立了开放创新实验室,构建了学生自助学习平台,真正体现了实验教学以学生为主体的教学思想,充分调动了学生参与实验的积极性,取得了较好的教学效果。

二、实验教学理念的确立

坚持以学生为本,以创新教育思想为指导,以能力培养为核心,以实验环节为抓手,树立"融知识、能力、素质协调发展"的实验教学思想,培养"厚基础、宽口径、重实践"人才。将学院 20 余年的艺术教学积累和强大的理工背景相结合,加强实验设施建设,扩大实践通道,提高学生的设计实践能力;创建开放的课程构架促进学科间的交叉与渗透,完善学生的学习、实验条件,为建立多学科、综合性、有特长的国内一流的艺术设计教学基地打下基础。培养具有较强应用能力和研究能力的创意人才和复合人才。将营造整个学校人文与艺术气息,提高学生的综合素质作为自己的定位目标之一。

三、实验教学改革思路

1. 建设符合时代要求的、有利于培养学生实践能力和创新能力的实验教学体系和平台;

2. 依托学科优势和科研优势,形成实验教学与科学研究互动;

3. 打造一支团结、奉献、教学、科研、技术兼容的高素质实验教学团队;

4. 完善实验室开放机制,为学生提供自主式、个性化实验教学环境;培养学生的科学思维能力、创新意识和创新能力。

四、实验教学改革措施

4.1 实验教学课程体系改革

要坚持实验教学理念,除了在课程设置、实验环节进行强化外,最主要的是要构建和完善实验课程体系,以提高艺术设计本科人才的素质和能力为中心。根据人才培养目标,围绕素质、能力培养的要求,以实验教学管理体系和实验教学条件体系的完善为保证,形成了一个相对独立、整体优化的结构,把实验教学与理论教学置于同等重要的地位,并与理论教学组成有机统一的艺术设计与传媒专业实验教学体系。见图 1

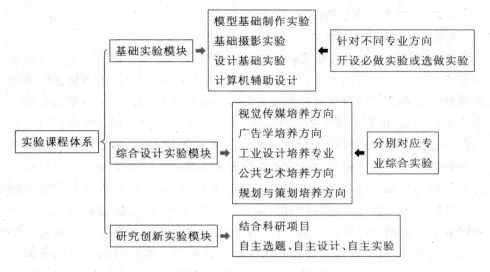

图 1　实验课程体系的组成

　　"基础实验"是实验教学的基础。为了满足完整的要求,这部分既要保证基本实验能力的系统训练,又要突出重点。所以将传统依附十几门理论课程的实验重新优化整合为《模型基础制作实验》、《基础摄影实验》、《设计基础实验》、《计算机辅助设计》4门实验课程,将实验项目从理论课程中分离出来,建立与理论教学体系相对立的实验课程体系,重点培养学生的基本实验手段、方法和技能。

　　在"综合设计实验"方面,以基础课的实验教学为支撑和依托,把所有的专业课和毕业设计来研究。我们针对不同专业方向,从系统性和综合性出发,分别开设了5个主要专业方向的综合实验,通过综合性训练平台,着力培养学生动手能力、开放性思维的综合训练,强化学生的综合能力。

　　在"研究创新实验"方面,则以学院各研究所、系、室为依托单元,结合科研项目或通过专题立项,与设计公司、工厂、企业协作及参加各类竞赛训练,促进产、学、研的结合,以培养学生的实践能力和适应市场的能力。还可以结合科研项目让学生"自主选题、自主设计、自主实验",重点构建学生的创新素质和实践能力。

　　基本实验强调规范化,综合设计性实验强调启发式,研究创新型实验强调科研能力培养,三类实验形成一个有机的整体,并使实验教学内容与科研、工程、实际应用密切联系,形成良性互动,在创新人才培养中共同发挥作用。

4.2 实验教学方法的改革

4.2.1 开放性实验教学

实验教学的开放主要指实验内容和实验时间的开放。现行的实验室大多只是在实验课的时间向学生开放,其余时间基本上闲置不用,仪器设备的利用率较低。传统的实验教学依照严格的程序由老师讲解、演示,实验基本上是一种内容的重复,限制了学生的个性发展,实验内容的开放是指学生根据自己的兴趣,在遵守实验室管理规则的前提下,在规定的选做实验项目中自由选择自己要做的实验或自己根据实际设计并经教师批准的研究性实验。实验时间的开放是指学生做实验可不局限在规定学时内完成,可以利用自己的空余时间在一段时间内完成,在这段时间里,实验室向学生开放,学生根据自己的安排随时到实验室做教师规定的实验,实施开放式实验教学的对象必须具备一定的实验基础,我们在各专业及各年级中已开始施行。在教师指导下的开放式实验,培养了学生独立思考、独立操作的能力,为学生创造了个性发展的空间。另外,还有面向在学校立项的创新课题、本科生毕业设计、本科生及研究生竞赛活动,这样为学生的创新活动和实验竞赛提供了条件,一些学生在参加竞赛中,获得了很好的成绩。

4.2.2 利用网络实时指导

由于现代教学手段的广泛应用,在实验教学上尽量使用计算机辅助教学实验软件和多媒体教学课件,推广应用虚拟、仿真等实验技术手段。现在我们对部分实验都进行了实验的模拟录像及制作了多媒体教学课件,并且通过网络将它们传递到网上,这样学生可以在我们实验教学中心的网站上观看到所要做实验的内容、实验过程。网络的充分利用可以实现教师与学生之间的实时互动,大大提高实验教学的效率。这种教学方式不受时间和空间的限制,充分利用了学生的空闲时间。

4.2.3 自主式实验教学

对"研究创新实验",学生可根据自身的情况,在相应的实验教学模块中自主选题、自拟实验方案、自己动手完成实验,最后以论文、设计、模型等形式参与考核。这一方面给学生提供了自主学习的时间和空间,同时给学生想像力的发挥提供了更大的空间。

实验教学方法改革的突出优点是:不仅有利于学生独立工作的能力、分析解决实际问题能力的提高,而且促进了学生个性化发展和创新思维的发挥,在整个实验教学环节真正确立了学生的主体地位。

4.3 改进实验教学的环境和条件

近几年来,中心先后得到了学校及学院几百万元的投入,加强实验教学中心的建设。中心合理利用下拨的建设经费,先后建设了新媒体实验室、数字影像实验室、计算机辅助设计教学机房、陶瓷艺术实验室、成型工艺实验室等新建工的实验室,另外还与本校材料学院合建了陶瓷、玻璃艺术实验室。实验用房也由原来的 300 m² 到现在的 1000 m²。

4.4 加强实验室技术队伍建设

实验室人员队伍是学校人才队伍的重要组成部分,一支高素质和结构合理的实验室人员队伍是实验室建设和管理的根本,因而必须采取切实有效的措施来推进这支队伍的建设。实验技术人员肩负着学生实验的准备,实验仪器的维护保养,实验场所的管理,疑难技术的操作与指导,其重要作用往往是理论教师所无法达到的。因此必须重视实验技术人员的在职培训,不断提高实验技术人员的业务水平,从而保证专业实验室的高效运行。

我院实验教学中心是通过以下几个措施来促进实验室技术队伍建设,一是建立和完善实验技术人员的岗位考核制度。建立实验室各类岗位责任制,制定工作量考核办法,努力做到人尽其才,人尽其用。要求实验技术人员在进行实验准备期间,必须深入理解实验内容及准备工作的要求,对实验中的难点、疑点和注意事项充分了解,做到心中有数,熟悉业务技能,在实验准备之后,认真做好预实验。二是引进和培养了一批高素质和高技能的人才进入实验室队伍,同时创造条件,安排实验技术人员培训,鼓励参加一些相关的学术会议,提高实验人员业务素质,不断优化技术队伍结构,提高实验室整体管理水平。

4.5 建立和完善实验教学条件

在艺术设计实验教学中,先进的实验条件和全新的教学内容,是培养具有创新思维的高素质专业人才的重要保证。因此,一方面我们投入大量财力更新设备,新建实验室,另一方面按照厚基础、宽口径、重创新、综合提高的指导方针对每门实验课设计编写了全新的实验指导书、实验教学大纲。

如今每门实验课都有实验指导书、实验大纲、实验记录、学生实验预习报告、实验报告、实验模型六部分。院实验中心要求每位上实验课的教师在上课之前都要求编写好实验指导书、实验大纲。对每个学生都要求完成实验预习报告、实验报告、模型的制作。

4.6　建立实验考核标准

我院实验中心对各门实验课专门制定了考核标准。实验成绩根据学生对实验的预习、操作、实验纪律、态度、实验模型（设计的创新、模型的表面肌理的处理、色彩、分型线的合理性和美感等）以及实验报告的编写情况等方面确定。学生实验成绩由两部分组成，平时成绩和实验成绩；其中平时成绩占 30%，实验成绩占 70%。

五、内涵建设的不断充实

1. 三个层次的实验课程教学内容（"基础型"、"综合设计型"、"研究创新型"）的不断提高和充实。

2. 强化创新教育和积极投身学校 USRP 活动，并取得一定成绩。"USRP创新实验基地"是学校 8 个创新基地之一，是一个综合性的多功能实验基地，为本学院乃至全校学生提供表现创新构思和参与各种设计竞赛必要的制作手段和实验。

3. 获得了校"教学科研互动基地"，以促进实践性教学环节与实际项目更好相结合而建立的校级互动基地，主要是从技术手段上为科研反哺教学提供平台。

4. 申请到了上海市经委命名的"上海创意产业人才培训基地"。本学院的历届毕业生在就业上明显偏重于创意产业，相当一部分选择自主创业，其中不乏取得较大成就者。因此培养创意人才和复合人才是本学院专业培养的重要特色和关注点。

5. 申请到了"全国动漫游戏产业振兴基地"（签约单位）。此外，学院还按相关学指委的规定：为每个艺术类生源班配备了专用教室和画室，以及学生专业机房。

6. 我院实验教学中心完成了三项学校"综合型、设计型、研究型"实验项目建设。

六、开展创新实验

创新很大程度上是建立在实验基础上，这是一个基本手段。我们要给那些学有余力的优秀同学提供一个综合设计、开发的实验场所，为同学们提供一个进行科技创新，搞发明创造的平台。鼓励学生自主选题，大胆创新，掌握先进的设计方法和手段，提高独立工作能力和综合素质。

学院每年都有十几项创新项目获得立项(其中有国家级、上海市级、校级)。

七、结语

新实验教学课程体系的实施,培养了学生综合运用所学知识和现代科技手段分析和解决实际问题的能力,强化了操作技能;培养了学生的科研能力、创新思维能力和实践能力,为创新型人才的培养奠定了实践基础;培养了学生严谨的治学态度和实事求是的工作作风,培养了学生乐于与他人合作的团队精神,提高了学生的素质;建立了各门课程之间的有机联系,加深了学生对所学知识的进一步理解;使有限的实验设备得到了充分利用,提高了办学效益;促进了教师理论水平、教学水平的提高和科研工作的开展。

通过几年来改革和发展,我院实验教学中心的实验教学取得了明显的效果。我院学生积极参加各种大赛,多次获得国际、国内大奖。

参考文献:

[1] 钟康云.影视艺术类高校音视频实验教学模式的探索与实践.实验技术与管理.2007,(4).110-113.

[2] 阳光绪等.生物本科实验教学体系构建的探讨.渝西学院学报.2005,3(4):59-62.

[3] 吴吉喜等.关于加强艺术设计学科建设的思考.武汉科技学院学报.2004,17(5):98-100.

[4] 龚 鑫等.艺术设计创造性人才的多维培养体系。西安工程科技学院学报.2007,21(4):475-479.

[5] 陈 斌等.开放式实验教学的实践[J].实验研究与探索,2005(11):111-112.

重点高校传播实验
中心建设的几点思考

张英岚①

（华东师范大学传播学院 上海 200062）

[摘要] 信息时代对高校传播实验中心提出了全新要求：实验中心需要依靠先进的传播学理论指导，将反映时代潮流的传播人才、传播媒体以及传播技术装备集合起来，用于传播学的理论研究以及操作技术方面的实验教学。为使人才和装备发挥最大效益，实验中心应有一套建设、布局和设备配置的整体思路，建立并完善自己的管理体制，确立中心运作的几个原则，以优良的服务实践"培养具有先进理论和善于实际操作的复合型传播人才"的庄严承诺。

[关键词] 信息；传播；实验；技术装备；运行原则；服务意识

现代传播学是一门依赖现代科技发展起来的新兴学科，着力研究如何选取人们普遍关注的重要信息，在真实、准确的基础上，尽快、尽好、更广泛、更清晰、更有针对性地传达给社会公众。高校传播学教学包括理论构建和实践环节既要贴近社会信息传播的客观现状，又要引导社会信息传播的先进潮流，除了内容上的丰富生动、健康向上，也要表现出现代科技带给受众视觉听觉上的审美，带给受众巨量但又便于检索的各类信息。所以，高校传播学教学必然要依赖先进的科学技术装备，建设好传播教学实验中心是传播学教学、实验和理论研究的重要前提。一方面，传播实验基地需要依靠先进的传播学理论指导，将反映时代潮流的传播媒体与传播技术装备集合起来，用于传播学理论的研究，和操作技术层面的实验教学。另一方面，传播学理论也将随着传播技术装备、技术手段以及人们与信息相关的观念的更新而发展。因此，如何建设好高校传播实验中心，使之拥

---

① 作者简介：张英岚，男，华东师范大学传播学院讲师。

有符合国际传播潮流的技术装备和技术人才；如何建立并完善实验基地的管理体制和运行机制，使实验基地发挥最大效益，笔者作了如下思考。

一、高起点和正规化

当今时代正经历一场以"信息"为推动力的社会革命，"信息借助于大众传播媒介和新技术，已经成了这个时代的真正财富和经济运行的主要因素，并且将把21世纪带入高度的信息化社会。"信息与传播是一对密不可分的孪生兄弟，信息借助于传播，信息的多样化又推动了传播方式的更新，传播扩大了信息的社会价值的影响力，传播方式的现代化又催生了一门新兴学科——传播学。高等学府普遍开设传播学专业本质上是为适应信息化社会对后备人才的需求。

应当承认，我国现代传播学理论构建起步较晚，表现在高校传播学专业的初起阶段，人才、设备配备等都相对不足。尽管这些年来，我国综合高校和绝大多数专业高校都设置了传播学专业或专业门类。光看数量可以说在世界上是名列前茅。但是，数量不等于质量，不能掩盖我国高校传播学理论研究和基础建设还处于相对落后的发展阶段。

但是，借助于我国宏观经济在抗击国际金融危机中表现的良好态势，和国家对信息产业的高度重视，可以预期，我国高等学校尤其是985高校的传播学专业会迎来一个发展、超越的机遇期。因此，建设重点高校传播实验中心的起点必须要高，首先体现出传播装备、传播手段的现代化，这是培养适应世界传播潮流的复合型人才以及在实验基础上理论研究获得国际领先地位的前提；同时，实验中心还应该正规化。正规化有两个层面的意思：一、传播门类齐全，从声音传播，平面文字图像传播，到影视传播以及网络传播等各种信息门类都应囊括，相关设备的配置都比较齐全；二、建立比较完善的实验中心运行机制，包括精简而有效率的人员配备，规范的实验流程，合理的规章制度，良好的服务意识，从而为传播学师生提供与信息传播相关的教学、科研的技术装备，提供了解、提高乃至开发信息技术的实验平台，进而培养具有现代传播理论和现代传播技术的公共传媒后备力量。高起点和正规化是信息时代对重点高校传播实验中心的要求。

二、合理的实验平台分布

我们知道，人们主要依靠听取有声语言和阅读书面语言、画面以及身临其境的感受等等来获取信息。传统的(不借助任何电子手段的)信息传播主要依靠口语、书面语、绘画、感光照片等作为基本载体来实现。而现代信息传播的基本特点是应用电子、数字技术将语言、画面等数字化处理来达到传播信息的迅捷、逼真、高效，甚至还受众一个"身临其境"，也可以让受众根据需要获取相关信息。现代信息传播从发端到接收，从采集到辑成，从录制到播放无不依赖一定的技术装备。由于传播的职能不同，现代传播的专业分工也越来越细密，传播的技术含量和要求也越来越高。高校传播学院系一般根据传播学原理和公共传播现状设置相关专业，如：新闻学、广告学、广播电影电视学、播音主持艺术学、编辑出版学等等。重点高校传播实验中心就需根据相关专业安排若干实验区域，又由于相关专业在实验内容上的交叉，实验中心可以采用同类合并的方法分割成若干实验室，如：后期编辑实验室、演播实验室、平面与动画作品实验室、公共计算机实验室等，实验室可根据需要划分成若干工作区域，构成实验中心的实验平台。以下是各实验室的构成和所适用的专业。

1. 影视作品后期编辑实验室

本实验室主要针对新闻、广播电影电视、广告专业的电视作品课程。

以新闻学专业的新闻编辑为例，从全局看，新闻编辑是对新闻稿、新闻图片和新闻音像及影像等新闻素材的取舍、归类整理和储存。其中平面媒体的新闻稿和新闻图片的编辑适宜在做平面媒体的实验室进行，广播媒体新闻稿的编辑，适宜在音频工作站进行。而对于大量视听结合的电视媒体的新闻编辑就需要配置比较专业的实验设备，如摄录像机、非线性编辑机等。后期编辑实验室侧重于对影视媒体设备的组建。而电视新闻编辑这一部分的实验内容从技术上说几乎等同于广播电视学专业的实验内容——电视片的制作，因此，电视新闻编辑教学的主要实验部分可以放在后期编辑室去完成。同样，广告学专业的电视广告制作也可以在后期编辑实验室进行。

后期编辑实验室的设备以非线性编辑机为基本单元，与之配套的前期设备是摄像机、三脚架、摄影灯等。

2. 演播实验室

演播实验室主要用于广播电视专业的教学实验，如电视、广播节目的主持、播音，电视节目的摄录，小型表演节目的排演和录制，也可以用于新闻专业的专题新闻采访和录制等等，属于综合性的摄录、排演的实验场所。实验室一般面积较大，在 100 平米以上，对于层高、灯光、隔音、吸音等技术要求较高，一般分割成主持人工作区和采访区。通常配置三台性能较好且互相连接的摄像机，可从不同角度观察录播的效果。其中至少有一台高清晰度摄像机，目的让学生对高端摄像设备的使用效果有一个直观感受，也可用于与电视台、其他高校作节目交流及拍摄一些参赛作品等。演播实验室可根据需要配置可以转换背景的虚拟演播系统,以适应电视媒体的现实需求,增强录制节目的实景感。从教学需求的实际出发,本实验室可以附设摄影角或摄影棚,用于平面照相的背景;另外附设若干供学生语音训练的配音室。这样,演播实验室的功能就比较齐全,使用效率较高。

3. 平面与动画实验室

平面与动画实验室适用于广告、编辑出版以及影视专业的动画制作。

广告从形式上讲可以分为平面广告和视听广告两大类。视听广告即为广播广告和影视广告(主要是电视广告)等,这一类广告从形式和制作技术上与广电专业的广播与电视等没有很大不同,它的实验可以在后期编辑实验室进行。而平面广告和动画广告的制作则在设备上有自己独特要求。由于平面广告需要吸引消费者,一般需要配以醒目亮丽的照片或电脑合成的画面等,需要配备高清晰度的照相机和能够处理这类画面的配置较高的计算机,以及打印这类画面的打印机等,原理上与编辑出版专业的书籍装帧印刷的要求相似,所以这两个专业的这一类实验可以归入同一实验室。而动画广告和影视动画只需要在该实验室的计算机上安装相应的平面或三维图像制作软件就可以从技术上满足要求。

4. 音频工作实验室

适用于播音主持专业、新闻专业的新闻稿和采访节目的后期制作。主要根据专业学生数配置若干台音频工作站(专业计算机的称谓)。

5. 公共计算机实验室

公共计算机实验室姓"公",通用性是他的基础。由于它隶属于传播学大概念之下,所以在应用时也会有自己的特点。表现在软件的配置上,较多安装或下载与传播概念相关的软件。包括 Premiere Pro、After Effects、Light Wave、Combustion 等,平面图像的编辑软件,包括 Photoshop、Illustrator、CorelDraw;三维动画制作软件,包括 MAYA、3DSMAX 等等,适用于传播学多种课程的基础教学和课后训练。

以上 5 个实验室也可以称为实验区域,即为传播实验室的平台分布,涵盖了传播学科的所有实验课程,可以交叉实验,合理利用。

三、实验中心运行的几个原则

1. 先进与节约并重原则

先进与节约并重可以落实在实验中心运作的好多方面,但是主要针对新设备的引进和老设备的淘汰。实验设备是指试验场所以外的所有实验技术装备，它是衡量实验技术水平高低的极其重要的客观指标，除了实验中心人员配备以外，它占有最重要的地位。要保证实验设备的高起点和正规化，除了对设备的精心维护和正常使用以外，新设备的引进和坏旧设备的淘汰就成为一项常规的运作过程。

采购传播设备动辄几万、几十万甚至上百万，这些钱严格说来都是人民的血汗钱，如何用好这些钱是对实验员（尤其是中心主任）的政治素质和业务素质的考验。虽然重要设备的购入都有上级部门的严格把关，但是总体意向是由基层单位决定的。所以，采购人必须要有长远眼光，非常熟悉业务，善于虚心学习，了解国际潮流的前沿背景，掌握传播行业的专业动态，确定引进新设备所要达到的近期和长远目标。同时，新增设备应当分出层次，高端的要有少量并且要经常使用，使用比拥有更为重要。中等设备要有适量，而且普遍用于教学；低端设备也要有更多数量，以让学生有充分的实验机会。笔者曾在一份调查报告中将它描述成上尖底宽的三层金字塔形状。这样，实验中心设备就会有比较大的使用群体和比较高的使用效率，这就是坚持先进和节约并重的原则。

对于剔旧而言，慎重和果断并举。传播设备，价格昂贵，应予十分珍惜，爱护使用；对许多电子产品而言，使用它就是爱护它，不用它就是糟蹋它；但是使用久了必有一个损坏以至报废的问题。这有两种情况：一是设备使用坏了。任何设备都有一个使用寿命，真正是高效运作，到期使用坏了，那就是物有所值，它培养了人才，就应该让它光荣退休。另一种情况，设备没坏，但是已经被社会淘汰，传播界里已经没人使用了，除了保留个别说明传播史的某个阶段以外，也应该予以淘汰。

2. 实验人员岗前培训原则

实验人员分两个方面，实验室工作人员，即实验员；借用实验室开展实验的人员，即实验人。这两方面的人员在上岗之前都应该进行常规培训。对实验员的培训应当成为制度，实验员上岗之前，不论他是否已经具有较高学历或专业理论知识，都需要进行培训。培训可以采取外出培训和内部培训。涉及面应当有专业知识培训、专业技能培训、职业道德培训等。

实验人的培训主要在中心内部完成，但在实验人上岗之前必须进行。它包括操作技能培训，设备知识及养护培训等，通过实践来熟悉掌握。培训合格，才允许实验人独立上机操作。

不培训不上岗，这应当成为实验中心运作过程中的第二个原则。

3. 有章可循原则

实验中心应当建立、健全各项规章制度。

它包括《实验中心管理制度》，这是实验中心管理的总则。此外，还应有《实验中心安全制度》、《实验中心学生守则》和《实验员守则》，这些是实验中心正常运行的基本规范，这些制度应当体现"以人为本"的原则。此外还应该为每一实验室和某些基本措施制定一套操作规范和注意事项等。如《外借小型设备的管理规定》、《后期编辑室使用须知》、《演播室使用注意事项》、《公共计算机房使用规定》、《实验中心设备登记制度》、《重要设备使用登记制度》等。对实验室原有相关被实践证明行之有效的制度可以借鉴使用，力求完善，以适应新条件和新形势的要求。

4. 各实验环节的服务原则

传播实验有别于一般的理工科实验，如化学实验，它一般只在化学实验室进行；而传播学是一门结合高科技的社会科学，它相当多的实验环节是在社会上进行的，比如对社会新闻的拍摄、采访，这属于信息的采集，是传播的一个环节，它主要在实验场所以外进行。但是，它同样需要实验设备，它需要摄像机、照相机、三脚架、采访机、灯光设备等。实验中心就要根据实验人的要求，为他们提供并调试必要的实验器械装备。对于初次使用这类设备的学生进行适当的培训指导。这是对"走出去"实验形式的服务。

但是，实验中心更多地是面对来实验室的实验人，那就需要热情请进来，了解实验人的实验目的，为他们准确提供试验场所和设备，帮助他们熟悉初次使用的设备、软件、操作程序等。实验中心的职责是为实验人提供周到和热情的服务。服务意识是实验员必备的基本素质，其次是良好的业务素养，什么实验需要什么器材、设备、软件。怎么使用，实验员都应该烂熟于胸，并且善于简明扼要地传达给实验人。

在实验人实验方式转换的过程中，在多种多样的传播实验门类中，唯一不变的是实验员对实验人热情周到的服务。可以说，服务意识是实验中心之成为中心的立足点。工作人员有了渗到骨子里的服务意识，它就会悉心钻研业务，就会向世界传播潮流的前沿看齐，就会少花钱多办事，就会提高工作效率，提高设备的利用率，就会使"拥有符合国际传播潮流的技术装备和技术人才，为培养具有先进理论和善于实际操作的复合型传播人才发挥最大的效益"这一目标成为实验中心的庄严承诺。

影视传播实验教学理
论探索与实践创新

实验教学平台
建设与管理

基于艺术教育的影视
基础实验室评估的实践探索

杨寿堂[①]

（浙江传媒学院实验电视台　浙江杭州　310018）

[**摘要**]　影视艺术实验室的建设与管理有其特殊性，高校影视人才培养应符合其内在的教育规律。本文通过对影视基础实验室评估的创新实践，旨在今后能对此类实验室评估提供有益的借鉴作用和参考价值。

[**关键词**]　艺术教育；影视基础实验室；评估；创新实践

一、引　言

国内艺术教育实际上已经从过去的精英教育转变为适应影视艺术普及局面的大众化教育。目前，涉及相关艺术类专业教育的高校有几百所，形成了我国高等艺术教育的多元发展格局。虽然在一定层面上它体现了我国和谐社会建设的思想，但从另一方面而言，大规模各级各类高校开办影视艺术教育专业，会滋长没有条件也要创造条件上的令人担忧的局面。影视艺术人才的培养需要学科传承和多个学科的支撑以及软硬件条件的基础建设，事实证明，在很多学校开设和影视艺术相关专业之后，在肯定学科扩张的成绩后面，问题也日渐突显：影视培养超出鋻缩需要的盲动性不可忽视，培养人才质量低下等。高校影视人才培养应符合其内在的教育规律，艺术教育如果按照简单的急功近利的欲求无限扩张，显然会产生艺术教育与需求的供给矛盾，同样也达不到教育主管部门规定的评估要求。

专业艺术院校的影视实验室建设与影视实验教学与普通文理工科院校相比

---

①　作者简介：杨寿堂，男，浙江传媒学院实验电视台副台长。

既存有共性,但更多地体现其个性与明显差异。这种鲜明的办学特色决定了实验室的建设应充分考虑其特殊性,即专业性强,实验设备更新换代快,且必须与广播电视行业发展同步等。实验教学作为课堂教学的补充和延续,对于培养学生的实践能力和创新能力有着不可替代的作用。我院的音视频实验教学既借鉴了其他院校具有普遍意义的成功经验,又充分研究其自身学科特点和优势。目前已规划和建成了适合影视艺术教育的实验室管理体系。2006 年我院顺利通过了省教育厅对音视频基础实验室的评估,这也是省教育厅首次接受基于艺术教育的影视类实验室参评,国内在缺乏此类评估标准体系的情况下,显然,此次评估意义深远。

二、影视基础实验室评估启示

为了达到评估示范作用,我院音视频基础实验室首次以《浙江省高等学校基础课教学实验室评估标准表》的要求为依据进行了评估实践与探索。浙江省对我院开展音视频基础实验室评估可谓首开先河,开创了影视艺术类实验室参加基础课教学实验室评估的先例。本着评建结合,重在建设的方针,把实验室迎评作为进一步规范影视基础实验室工作、促进实验室建设的重大契机。事实证明,实验室评估不仅对教学工作带来了积极的影响,而且在提高实验室的地位和作用、理顺实验室的管理体制、制定和完善管理办法、推进实验教学改革、加大基础课实验室建设的投入等方面都起到了显著的作用。通过评估实践,本人觉得应着重抓好以下几方面:

(1) 转变观念是前提

思想统一与转变观念是做好评估工作的前提和基础。刚开始影视基础实验室是否接受省教育厅参评说法不一。多数人认为:影视艺术类的教学实验室评估还是套用理工类实验室评估模式,在有些具体评估指标上不符合影视实验的教学规律。因而在尚无相应评估标准的情况下,自己申请评估只能是套用国家对理工科类基础实验室适用的评价体系,评估困难重重,阻力不少。也有人认为艺术院校影视实验教学不需要按照基础课教学实验室合格评估标准的要求来规范,过多地强调其专业和教学的特殊性,认为影视实验设备如非编设备等只是简单的教学工具而已,因而对实验教学缺乏规范,对学生缺乏约束,教学效果并不理想。为此,我们去国内多所同类知名院校考察多次,答案基本雷同,均没参评。省教育厅对我校提出的评估申请十分重视,更希望通过此次评估的创新实践制定出适合基于影视艺术教育的影视基础实验室的评价标准。通过多次与评估专家的沟通,我们发现套用理工科的评估标准对艺术类音视频基础实验室评估,其硬件条件要求基本适用,问题主要反映在软件评价指标上,如由于影视艺术类院校所设专业的特殊性,使得在音视频实验教学的方法、评价标准以及对学生实验的目的和要求上都不相同。因此,为了转变观念,我院对影视基础实验室参评一事在全校范围内进行了大讨论。最后广大师生思想认识得到了统一,明确了评建工作的重要性。并一致认为,重视和改革影视实验教学,提高实验教学质量,其中基础课教学实验室评估是一种有效手段,而建设才是真正的目的。

(2)规范化建设是关键

影视艺术类实验教学与实验室建设有其自身的特殊性,不但要遵循影视艺术的创作规律和制作工艺,更需要建立相应的规范化管理模式。为此,我们对照评估标准,对音视频基础实验室进行自评自查,分析问题,找出差距,制定计划,落实整改。通过以评促建,促进了实验教学质量的提高;加强了制度建设与实验队伍建设,提高了管理水平;加大硬件设备投入,改善了实验教学条件;加强了实验室对学生开放力度,大大提高实验设备的利用率;完善了影视实验教学考核体系,出台相应的实验室建设与管理制度,形成了(如机时票制度等)有特色有成效的管理机制。对影视艺术教育而言,学生只有掌握了一定的影视技术才能够使影视艺术创作自由表现,单凭课堂有限课时的教学不能满足作品创作需要。通过课外操作性和综合性实践训练,逐步形成从基础训练到艺术创作的完整的实验教学体系。这样既走出了实验室建设的特色之路,突出亮点,又使之配合本科教学规范,与学科发展有机结合,促进了实验室建设与管理的规范化。

(3)管理体制改革是保证

实验室评估促使实验室体制改革取得突破性进展。我院自原部属院校调整为省、部共建共管,以省管为主的管理体制以来,虽然办学条件得到了很大改善,但影视实验室管理体制因其特殊性,在评估前尚属校一级管理,曾多次被校外专家指出并提出了很好的改革建议。为适应学院发展需要,打破原有实验室管理模式,2004 年 12 月,依据我院系部调整和实验室改革精神重新确认了音视频基础实验室,它隶属于校实验中心管理,实验中心业务主管部门为教务处和设备与实验室管理处,学院设有主管实验室的副院长,实验室管理实行主任负责制,至此影视基础实验室二级管理体制逐步理顺,管理体制更加明晰。

(4)创新实践是重点

基于艺术教育的影视实验教学与普通理工科实验教学相比有较大差异。前者通过实验或实训培养学生的影视制作水平和艺术创作能力,而后者主要是通过实验来验证或揭示内在事物的普遍规律。所以,完全照搬传统的基础课教学实验室评估标准是不行的,在评估实践中需要不断创新。

(a) 在评估标准中抽查实验报告一项,它明确了实验报告"应有实验目的、实验原理、仪器设备、实验步骤、数据处理和实验结果"等基本要求,这显然不适合音视频实验教学。因为影视实验教学强调学生个体能力的发挥和培养,在掌握基本影视制作技术的基础上,更注重策划、创意、创新等"软"能力的提高。学生在实验中主要学习对音视频设备的正确操作,利用所学的综合知识,通过所拍摄、录制或制作的作品来体现。所以,实验报告不能一概写实验原理、数据处理和实验结果分析等,而应以写个人心得体会为主。

(b) 针对不同的实验设备和不同的实验项目,影视实验教学要科学分组,不一定适合按 2 人一组或一人一组的评估方法。学生分组除对学生技能性训练实验可以按 2 人一组外,其余通常按影视创作规律每组以 5 – 6 人为宜。实践证明,在影视作品综合实践创作过程中,将不同专业的学生优化组合在一起编成一组效果最好,有利于各专业知识的渗透与融合。有时即使设备够用,一人一机的实验教学效果也并不理想,甚至是不能做到的! 如三机位切换实验教学,至少要三个摄像和一个导播,两个人就不能完成该项目的实验。

(c) 设备的台套数问题则就更明显了。广播电视设备投资费用高且更新换代快这是有目共睹的,高档设备的台套数非常有限,有的实验设备只有一套,如虚拟演播设备、专业音频工作站、高端影视合成设备和高清实验设备等。因此,我们要强调高中低档实验教学设备的有机结合,实验设备只有按高中低档次合理配置,才能涵盖基本型、综合型和创新型等实验教学需要。我们不能以二人一套或一人一套的标准来要求,音视频实验教学只能适应这种现状。当然,我们不能因为设备的昂贵将其束之高阁,更不能在教学过程中疏于管理、放任自流,影响设备的投资效益。

(d) 综合性实践是影视实验教学的最后一个环节,针对高年级的学生,要求能运用所学的综合知识自行实践与创作。在作品创作中各个专业也要有不同的侧重点,通过综合实践重点培养他们的艺术创作能力。除学生的综合实践教学和毕业作品创作外,为了培养具有传媒特色的有较强创新意识和实践能力的创新人才,还应经常开展学生科研创新和学科竞赛活动,鼓励学生多出作品和精品。

(e) 开放实验室是培养创新人才的有效途径。影视实验教学单凭课堂教学远远不够,为培养学生的综合素质和实践创作能力,同时也为了提高实验室和设备的利用率,我们采用了机时票使用制度。简单地说,学生除课堂教学外,根据专业及教学性质的不同免费发放机时票,学生凭机时票可在任何时间、任何实验室使用机时以满足个人实践创作的需要。它与传统教学模式不同,它打破了课内课外的界限,强调各专业之间的合作,注重学生在作品创作过程中的个体发挥和自由创作的能力,进而逐步探索实验室开放之路。

因此,通过对音视频基础课教学实验室评估的实践和对评估标准的研究,我们不断加强符合影视实验教学特点与规律的内涵建设,不断探索教学模式的创新,丰富了基础课教学实验室评估标准体系。同时也摸索出了一条影视类实验教学的新路子,为今后影视实验室建设与实验教学规范化管理提供了经验。

三、结语

提高实验室管理水平是顺应高等院校规模发展与内涵建设的迫切需要。以评估为契机,加快实验室建设步伐,规范实验教学体系,适应本科层次教学需要,最终培养合格人才是评估的出发点和归属。我院通过抓投资、体制、机制、师资,在影视实验教学体系、内容、方法和形式上都进行了一系列的探索和改革。评估促使实验室向管理方法规范化,管理人员专业化,管理意识科学化迈进。当然,影视实验室与艺术类实验教学规范化建设是一项系统工程,不可能一蹴而就,我们应该根据影视创作规律,建立适合于各院校自身特色的教学体系,以适应未来影视发展的需求。

参考文献:

[1] 周 星.中国高校影视人才教育培养问题的观念思考[J].艺术教育,2008(11):4 - 5.

[2] 杨寿堂,王轶群.音视频基础课教学实验室评估的实践与探索[J].实验技术与管理,2007(10):157 - 160.

[3] 顾肖联,张 恒.影视艺术实验教学的规范化管理[J].浙江传媒学院学报,2005(3):16 -17.

新闻专业实验实践教学之我见

黄建新①

（上海大学影视艺术技术学院新闻传播系　上海　200072）

［摘要］　新闻专业的大学本科教育特色是职业化教育，需引导学生进行自主性学习和实践，因此要建立新闻专业学生的自主实习平台，这就离不开实验室建设。实验室建设是学生自主实习平台的基地，也是学生自主实习平台持续发展的保障，而学生自主实习平台的良性运作，对实验室建设和管理产生推进作用。

［关键词］　新闻专业；实验室建设；自主学习；实习平台

新闻专业的大学本科教育的显著特色，就是这种教育是职业化的（要说明的是，这种职业化教育与素质教育并行不悖）、这种教育要激发学生的自主性学习和实践（有如学生自己想下河练游泳而不只是在岸上听游泳知识课），于是，实验实践教学在新闻教育中就被提上了重要的议事日程。笔者在教学过程中，对实验实践教学在新闻教育中的重要作用和如何把握新闻专业的实验实践教学有切身体验，现以自己在这方面的几点认识，求教于方家。

一、新闻职业化教育离不开实验室建设

钱伟长校长讲到上海大学的办学宗旨时，这样说："我们这个学校，始终是为了上海经济建设和社会发展服务的，所以我们的学科专业全部是根据上海的需

---

①　作者简介：黄建新（1959——），男，上海大学影视艺术技术学院新闻传播系书记，副教授，新闻学博士。

要设置的。"①这个说法也适用于新闻传播类专业。

新闻学专业教育有其理论性的一面,但更重要的是:新闻学专业教育与新闻媒体从业者的角色和职业活动有极强的对应性,比如报纸新闻业务的采、写、编、评,无不与记者编辑的日常业务相关。新闻专业本科生,主要地是为新闻传媒或与新闻传媒业务相关企事业单位培养的人才,大学四年,是他们形成专业思想、学习专业知识、掌握专业技能的大好时光。为了让他们在这期间真正有所得,将来走上社会时,能迅速成为独当一面的专业人才,有必要强化对他们的职业教育,形成新闻专业本科阶段教育课程的职业化。

这里所谓的职业化,是指专业技能化、专业实务化、紧扣传媒职业操作过程的课程,让学生习得实际本领。做到这一点,就有可能使学生:在大实习或小实习中不至于抓瞎,在实习期有所作为,为进入目标新闻单位"搭台阶";在大学阶段和将来的职业生涯实行无缝连接,不至于再用很长时间适应就业岗位。

为强化新闻专业本科生的职业化教育,有意识地延伸我们的课堂。这可以从两方面体现:一是让学生去新闻媒体实习,这种实习对学生来说是认知性和师从性的,学生在这种情境下需要适应媒体环境和工作特性;二是在校内建立学生自主实习平台,让学生在课堂上学到媒体新闻业务知识后,紧接着进行相应的实践。在这种情况下,学生是有自主性的,在这种自主平台上实习,可以看作是学生从课堂走向"实战"(在媒体实习或就职)的一个中间环节,是"实战"的预备阶段。一个行之有效的方法就是由教师引导、由学生主办实验性新闻传媒。如果说学生去新闻单位实习是为谋求就业"搭台阶",那么在校自办实验性新闻传媒则是为去新闻媒体或相关单位"建功立业"作准备。在学生自己主办的实验性新闻传媒上,课堂上的知识可得到及时的应用,课堂上没来得及练就的本领可得到及时的弥补。学生唯有在"用"中才感"知"的不足,才会激发进一步求知的欲望。当然,办这样的实验性新闻传媒,需要一定的财力、物力、人力的投入,简而言之,需要参照专业媒体的现实运作设置专业实验室。

目前在上海大学影视艺术技术学院已经结合影视教育高地建设,为创造实验实践教学条件全面展开工作,学院师生已充分认识到实验室建设在新闻专业教育的重要地位、认识到针对传统新闻传媒(平面媒体和广电媒体)和网络新闻传媒的业务相应地在实验室设立必要的软、硬件设施的重要意义。各种设备资源的如电脑房、摄像机、照相机、报纸排版实验室、电视演播厅、广播录音棚和非线性编辑室的软硬件已配置到位并进行统一有序管理,师生接触利用这些设施

---

① 参见《钱伟长论教育》(上海大学 2007 年 9 月)

都很便利。

当然，我们也要看到，媒体在发展，媒体的新闻业务在发展，相应地，我们的实验实践教学环节、内容设置也要与时俱进，就是说，实验室建设也是一个动态的发展过程。笔者认为，为了学生实习业务向新的网络媒体拓展，上海大学影视艺术技术学院还有必要设立专门的网络新闻（多媒体）采编实验室，这需要在软、硬件两方面的进一步加大投入。

二、实验实践教学是学生自主学习的基点

尽管教师在课堂上、在科研中处于主导地位，但教育的终极目的是育人，是让学生成为学有所成、学有所用的专业人才。新闻传播类专业培养的是应用型的专业人才，这就使得我们的培养方案中不仅要有专业理论、专业知识的培养，还要有专业技能的培养，而要培养专业技能，就像是教学生学游泳，一定不能满足于让学生在课堂上听游泳知识，还要让学生有下泳池游泳的意愿和游泳实践，说白了，是让学生在实践平台上自主学习。

上海大学校长钱伟长关于培养学生的指导思想也是很明确的，他说："那么大学教育的主要目的是什么呢？主要目的应该是教会学生用自己的劳动来获得他所需要的知识，从一个被动的先生教学生听，不教不会、一教就会的教学方式变成不教也能会这样一种教学方式。"[①]他提出这样的指导思想，就是要把学习的自主性交给学生，变要学生学成为学生自己要学。这个倡导学生的学习自主性的思想是钱伟长人才培养思想的核心。他进而认为，有了自学愿望和自学能力，学生还要培养分析和解决问题的能力，协同能力等等。

我们的教学过程说明，要贯彻钱伟长促进学生自主学习的思想，光靠课堂教学中的老师讲解是不够的，必须开辟课堂之外的教学资源——创立学生校内自主实习平台，学生自主实习平台建立的前提，是实验室建设，实验室建设不到位，学生自主实习平台也就无从谈起。实验室是学生自主实习平台的基地，有了这样的基地，一系列的校内实习活动才得以展开。

首先，实验室为学生实践性教学内容讲解创造条件。

学生要实习新闻业务，须先了解要领和流程，这是实习的前提，这就需要教师或特邀专业人士的先行讲解，这样的讲解在教室进行，不能取得直观效果，不能让学生在老师讲解的同时就动手操作。如果这样的讲解在实验室进行，就可

---

① 参见《钱伟长论教育》(上海大学 2007 年 9 月)

以在老师讲的同时让学生动手练习,既增加了教学的直观性,又让学生通过观摩和动手双管齐下,掌握新闻业务的要领。比如报纸的新闻编辑业务课,在实验室情境下,学生可以每人一台电脑,通过互联网网络选择专业报纸电子版版面进行观摩,在老师讲解的同时,又能同步进行拼版软件的操作,这些效果在一般教室里难以达到,上海大学的新闻专业最近七、八届的学生都是在实验室学这门课的。

其次,实验室延伸了课堂,为课后学生的自主实习创造了条件。

对于新闻实践来说,仅在课堂上讲还不够,更多地是要靠学生课后的练习,实验室把课堂延伸了出去。在实验室,学生对新闻业务的实习既能体现实践性,又能体现自主性,学生可以把自己对新闻业务的体会和自己的设计,在自主情境下完成。我们多届新闻专业的毕业生都非常看重在实验室安排的教学环节,在我们从2006——2008连续三年针对新闻编辑实验教学环节征求毕业生们的意见时,大家普遍反映如果不在实验室情境下上机操作,对报纸新闻编辑业务的体会就不深刻,只有自己上机排版,才知编辑工作的三昧,更重要的是,参加报纸编辑的"实战"激发了大家编好一份带有自己创意的报纸的斗志、培养了大家对编报纸的浓厚兴趣,大家都会自觉利用课余时间到实验室来上机操作,完成任务。同学们认为,在这样的过程中自己学到的知识和掌握的技能,是实实在在的、也是比较实用的。

第三,在实验室的情境下,师生关系发生了良性变化。

在一般课堂上,师生通常是主从关系,即以教师讲解为主,学生则大多在听讲。而在实验室情境下,师生关系发生了显著的变化,变成了在完成实验项目前提下的答疑者(师)和提问者(生)的关系,甚至变成了平等的合作关系。笔者曾参与一个由师生共同录制的公益广播节目,在节目的创意阶段,师生就共同策划、共同搜集资料和确定文案,然后,在节目的录制阶段,师生又担当节目中的不同角色共同完成任务。在达到了专业水准的实验性广播录音棚里,师生就节目的录制过程和效果反复琢磨、反复改进,直到取得满意的结果为止。这种师生平等交流、合作的效果,在寻常的新闻业务课堂上是达不到的,取得这种合作效果的机会越多,对于强化学生在新闻专业学习中的自主性越有好处,像这样的实验实践教学环节多多益善。

三、实验室拓展是学生自主实习平台的发展保障

我们已经看到新闻专业教育的职业化和培养学生学习自主性的特色,使实

验实践教学的重要性突显出来,而实验实践教学的前提,就是基础性的新闻专业实验室的创立和学生自主实习平台的建设(两者相辅相成)。

我们的新闻教育紧贴着上海乃至国内外新闻传媒的现实发展及与传媒相关的企事业单位的现实需要,我们培养的新闻人才,正如资深教育专家所说,应该是具有知识、能力和素质的人才,[①]也应该是敬业的新闻应用型人才。现实在发展,社会对人才的需求在提高,相应地,学生在校内的自主实习平台也要提高,不能满足于一点即得成绩,不能固步自封、停滞不前。在实践中,我们还体会到:新闻专业实验室也不是静态的,它本身也需要拓展,以便为学生自主实习平台的持续发展提供保障,否则学生自主实习平台发展过程不会顺畅。

上海大学影视艺术技术学院创办校内专业报纸《传媒新观察》的过程,就是一个比较明显的例证。

随着新闻教育事业的发展,创建校内专业媒体,让学生自主实习,已成为国内外新闻院系的共识,因为,让更多的新闻专业学生在进入新闻媒体实习之前,先在校内媒体熟悉各类新闻业务,是大有助益的,更重要的是,以学生为主体的校内媒体本身就是一个学习型组织,它把有较强专业思想和相同专业发展志趣的学生聚集在一起,形成一个相对强势的学生自主实习平台。上海大学影视艺术技术学院就是在这样的背景下,于 2007 年初创办了学生报纸《传媒新观察》。尽管这份报纸有专业教师指导,但报纸从一开始就由学生自主创办。在办报之初,我们就有意识地培养学生的自主能力,一方面给予一些必要的指导和支持,另一方面鼓励"学生报人"大胆创新,积极探索传媒新动向,让大家在一种"准职业化"的临战状态中练身手。我们看到,同学们为了按时出报,不计得失,分工协作,各司其职,办报骨干无论何时,只要报纸工作需要,就会出现在编辑部或印刷厂,大家为了提高办报质量,经常聚在一起进行办报业务交流和研讨。学生们办报过程中的这种学习自主性,自然而然地延伸到他们的平时学习和在新闻单位的实习过程中去,参与办报的骨干同学去报社实习时,都能很快上手,很快写出有质量的稿子见报。不仅如此,《传媒新观察》还就报纸的组织联络工作、发行工作、经营管理工作等方面为新闻传播类专业学生提供了一个在实习单位不大容易得到的自主平台。

创办两年多来,这份报纸从无到有,从不成熟到向专业化趋近,同学们从不会办报到建立主体意识、形成学习型的报纸采编部,按照报纸的固定刊印时间节

---

① 参见张学文 张雅君 "试论新形势下实践教学环节的地位——修订教学计划的思考",载《实验室研究与探索》1998 年第 6 期

点展开日常工作。现在,这份 4 开 4 版、半月一期、以分析评议国内外传媒为主的学生报纸已连续刊出了 37 期。2008 年 12 月,《传媒新观察》作为影视学院实践平台参评项目之一,获得上海大学颁发的实践教学成果特等奖;《传媒新观察》还作为理事单位,参加了由中国青年报上海记者站牵头组织的上海高校学生媒体联盟;此外,这份学生报纸还引起了《新民晚报》这样的上海主流媒体的注意,主动向《传媒新观察》采编部约稿,2008 年 7 月 17 日《新民晚报》A28 版刊出的整版调查性新闻"新民指数",所有稿件都是《传媒新观察》采编部参与策划和组织实施的,学生报纸的采编人员能参与主流专业媒体的实战,这对于学生专业思想的确立和专业技能的形成,大有裨益,同学们在此过程中也大受鼓舞、表现出色。

在创办《传媒新观察》的过程中,实验室建设也在随时跟进,起到了保障作用。

在报纸创办前,我们相对应的学生实验室只有一个机房和没配"认证锁"的专业拼版软件(北大方正的飞腾 4.0),在这样的操作环境下,学生只能就创办报纸作一些认知性的准备工作。当创办《传媒新观察》正式立项之后,我们的实验室建设同时跟进,为适应报纸采编需要,在学院教学平台一体化管理的大框架下,又特事特办,专门建立了学子报刊编辑实验室,在实验室配备了电脑、带有"认证锁"的专业拼版软件(北大方正飞腾 4.1,这样就可以保证编辑整合文件的存盘和输出,从而顺利出报、出刊)、还配有采访必须的设备如照相机、录音笔等,总之,设备配齐后的学子报刊编辑实验室就像是一个"迷你型"的报社编辑部。实验室建立起来之后,参与创办报纸的师生就以此为基地展开了报纸编辑的一系列工作,实验室也就自然延伸为课后"学堂",校内"编辑部",校内专业"联络处",集多种功能于一身。

随着《传媒新观察》的前进步伐加快和局面的打开,校内外关注这份报纸的师生和校内参与这份报纸编辑实践的同学越来越多,原有的机房实验条件已经无法满足学生自主实习的需要,显然,实验室建设要再进一步,以满足新的需求。

根据现有条件和财力许可,实验室建设进一步从两个方面展开:其一,把原有实验机房中的方正飞腾软件全部升级为带"认证锁"的 5.0 版 40 套,这样就可保证学生的规模实验水准与报刊编辑的实务相适应,尽管 40 套带"认证锁"的拼版软件价值不菲,但这样的投资在实验室建设中是适得其所。其二,对学子报刊编辑实验室的软硬件全面升级,以适应学生报刊自主实习业务的新的需求,升级的重点在购置专业排版软件方正飞腾 5.0 版,这个软件的特点是目前国内大多数主流媒体和海外部分媒体都在使用,方正飞腾 5.0 版还特别适合"读图"时代的报刊编辑需要,对改革传统报刊版面的创新型排版提供了比较充分的技术支持。这样,我们的学生自主实习平台的活动与海外主流媒体的日常业务活动就"接轨"了,同时学生们还可以在升级后的实验条件下展示自己的报刊编辑创意。

实验室建设和学生自主实习平台的有机结合,带来了双赢的局面,也把上海大学影视艺术技术学院的新闻专业实验实践教学,提高到一个新水准。

四、实验室在与学生实习平台互动中提升管理水准

实验室的建设,不只是前期的软硬件的提升和配置,更重要的是后期的利用和管理,在实践中,我们认识到,实验室的管理水准可以在与学生自主实习平台的互动中提升。

实验室管理的指导思想是有机地设置和维护相关软硬件设备并使实验室利用效能最大化。我们看到,在新闻业务学生自主实习平台的创立中,实验室建设有了一定的目标值,这方面的软硬件设施持续在有计划地增设中,随着学生自主平台效能的发展,相关实验室的规模和功能也相应发展,更重要的是,实验室建设与学生新闻业务自主实习平台结合起来之后,一种"三合一"的实验室管理机制也随之建立起来。

所谓"三合一",就是在实验室管理的过程中,实验室专职管理人员、相关专业教师和学生目标一致,协同管理。一方面,实验室专职人员、相关专业教师和学生角色分工不同,在实验室管理过程中也有不同的侧重点,实验室管理人员更多的是侧重于实验室的软硬件安排到位,保证供给相关专业师生使用,并提供必要的技术支持,设置必要的管理规章;相关专业教师侧重于在实验室情境中设置实习项目、实习流程和指导学生掌握实验室软硬件的操作要领;学生侧重于在专业教师指导下利用实验室软硬件完成实习任务,另一方面,实验室专职人员、相关专业教师和学生在实验室和学生自主实习平台的建设中又有能及时沟通、交互协作,这样就大大有助于实验室的管理水平的提高。

实验室有一套规程,这些规程不仅仅针对学生、也是针对相关专业老师的,而且,相关专业教师在执行实验室规程方面,可以起主导作用,尤其是在实验实践教学过程中,对学生的全程管理者是专业教师而不是实验室管理人员,这时专业教师有责任带头执行实验室管理规程并要求和督促学生一起执行。像上文提及的学子报刊编辑实验室,教师成了实验室设备安置和使用的直接参与者和负责人之一,在这种情境下,教师更有责任要求和督促学生爱护和妥善使用实验室设备,教师和学生对实验室规程执行的程度,直接关系到学生自主实习平台发展

的顺利与否。

　　实验室管理人员则可以在与教师和学生的经常沟通中了解来自专业的实验实践教学环节的现实需要,师生们对实验室软硬件的使用过程中有哪些合理要求,软硬件升级的目标和效用是什么以及师生们还需要什么技术支持。我们的学子报刊编辑实验室,就是在师生与实验室管理人员的密切互动中受益的。

　　参与实验实践教学环节的学生在自主实习平台的创立过程中加强了自组织能力,也自然增强了爱护实验室设备的自觉性,这就大大有利于实验室的充分发展和利用,从而在增强实验室效能的同时,降低实验室管理成本。

　　综上所述,笔者认为,新闻专业的实验实践教学环节要与创立学生校内自主学习的基地和实习平台有机地结合起来,这样不仅有利于新闻专业人才的培养,也有利于我们的实验室建设和拓展,有利于影视教育高地的建设。这也是一个值得持续深入探讨的新时期高校教育发展新课题。

参考文献:

[1]　何梓华.中国新闻教育要适应新闻媒体的需要.新闻与写作,2006 年 7 月号.

[2]　陈　欢.新闻专业实习基地建设中的资源开发和利用.湖北师范学院学报(哲学社会科学版),2009 年第 1 期.

[3]　胡学斌,张兴元.建立实践教学基地 加强学生创新能力的培养.高等建筑教育,1999 年 6 月总第 29 期增刊.

影像传播与数字特效系统实验平台建设研究①

王翔宇②　王　贺③

（上海师范大学　上海　200234）

[摘要]　本文主要针对我国目前各高校影视传播学科分类实验室资源分散、定位模糊的现象，结合影视传播学的综合性、流程性、团队性的特色，用"系统论"的观点，提出建设影像传播与数字特效系统实验平台的构想。这一构想将通过课程系统的独立与互补、网络平台的资源共享与管理、建立数字影像特效综合实验课程、实现外延学科联合打造、实施项目化实验教学机制、实验室准确定位等手段得以实现。

[关键词]　影像传播；特效实验；系统论；课程体系；项目实验教学

一、"系统"是指部分与全体的关系集合。而"系统论"是研究系统之基本原理、基本规律、联系结构、关系组合的一门学科。系统论认为：整体性、关联性、等级结构性、动态平衡性、时序性等是所有系统的共同的基本特征。这些既是系统论所具有的基本思想观点，也是系统方法论研究的基本原则。④ 参照系统论的原理提出系统实验室建设理念是基于影视传播学科本身所拥有的综合性特质。目前，我国高等影视传播学的人才教育培养有两大类型：一为偏重历史理论和文字创作以及构想策划创意的人才培养模式；另一为偏重技术实践与动手操作以及成品创作的人才培养模式。不论类型如何，围绕影视传播教育相关的实验机构发展迅速。在此过程中，部分高校的实验条件是基于原高校电化教育机构或

①　本课题来源于上海师范大学一般科研项目，编号：SK200938
②　作者简介：王翔宇，男，上海师范大学，数字传媒艺术中心。
③　作者简介：王　贺，男，上海师范大学，广播电视编导专业。
④　参见魏宏森、曾国屏著：《系统论》，清华大学出版社，1995年版。

教育技术系科原有实验条件发展起来的；另一部分是顺应人才需求重新立项投资建设的。目前整体态势呈现繁荣，但众多分类实验室管理权和服务对象分散在多个学院系科或研究机构，无法形成资源合理配置的有机系统。

影视传播学科的综合性主要体现在影视生产创作传播的多元素介质参与、团队合作发生、生产流程线型等方面。在呈现形式上，不仅包括视觉元素还包括听觉元素。尽管电影经历了"默片时代"，并在这一时代产生了大量的优秀的无声作品，但目前电影学和电视学理论依然认同：影视的基本定义是"声画结合的时空艺术类型"。影视的综合性特征还体现在影视传播学科艺术与科技的综合化方面。① 基于影视传播对"技术"的依赖，不论是影视的早期发明，还是后续的发展变化始终和科技的发展密切相关。不仅从视觉方面发展了摄影机和摄影技术、灯光设备乃至小配件和照明技术、动作特技的威亚技术、拍摄环境的空间工程建设；在声音生产方面发展了录音设备及技术、声音制作环境和技术等；在后期编辑方面，有化工冲印、特殊画面效果的营造手段等。随着数字技术的发展，数字摄影，尤其是后期数字化编辑和特殊画面效果，以及新模式的存储、电视导播、发行、修复、信息工程和卫星传输技术同样得到发展和完善。影视传播工作的过程是流程型的线型工艺，必须沿着前期准备、中期素材采集、后期编辑和效果包装，再到存储发行传播的过程进行。上一个工序的完成是下一个工序的顺利进行的保障，下一个工序又是上一个工序的修复完善和发展。多元素的介入必然形成生产流程的多工序岗位的团队合作。

所以，影视传播学科本身的综合性和影视事业的技术依赖决定了影视传播教育领域相关实验室必然成为影视人才培养的对应空间。生产领域的规律和产业特性决定了教育系统对人才培养的基本特征。所以，基于影视传播领域生产和发布的综合性特性，在人才培养阶段，则必须建立系统化的实验室机构，包括有效组织课堂教学与实验教学的独立性与综合性，并选择某一项特色实验课程作为最终成品完善的平台；建立以团队为单位的、实践项目为基础的项目化实验教学；实现各团队和项目之间的系统资源共享并建立评估机制。从而实现中国高等影视传播教育和实验室建设的科学发展，从而推动我国影视传播事业的进步。

二、当前，网络的发达为实验室系统实施资源共享提供了便捷的通路。实验教学资源，实验室信息、网络建设及应用实验中心实施网络信息平台。学生可以根据各自的学习计划，灵活地选择实验项目，并进行网上预习和实验准备等工

---

① 涂晓、王平、赵炳翔主编：《影视艺术新概论》，中国戏剧出版社，2007年版，第55页。

作。系统可分成五个模块:网上预约、网上预习、网上答疑、网上案例展示、网上成绩查询。一、网络预约:此模块将实验课程分三块:1、基础实验部分;2、任选实验部分;3、综合性、设计性实验部分。学生进入不同模块,选取自己要选的课程。二、网络预习:此模块为每个实验准备了预习要点、预习题目,预习合格后,学生根据实验中心安排的每个实验的时间单元,选定自己要做实验的具体时间。三、网络答疑:预先设定每个实验平时练习时所遇到的常见问题及解决方法,对于非常见的问题,则由学生将问题留在留言板上。当任课教师、管理员进入系统,可以方便地通过留言与学生交流、解决学生遇到的问题。四、网络案例展示:此模块内放置一些典型的教学案例,供学生参考。同时,此模块内放置近年来中心师生的优秀成果,供大家鉴赏。五、网络成绩查询:该系统学生可以通过学号与密码,查看自己的实验评分、等第及评语并利用 MOODLE 系统开展师生专题讨论。

如前文赘言,影视传播是一门综合性很强的学科,涉及专业教学课程繁多。尽管各高校专业特色不同,但仍然可大概分为基础教学和实践创作两个部分,且整个流程几乎都依赖于技术试验。如:摄影实验室、摄像实验设备部门、演播室实验部门、新闻与节目导播实验部门、录音与制音实验部门……需要指出的是:对于具体的课程教学计划和评估标准理应在系统内进行,使每一门课程实现有效的作用。以上海师范大学广播电视编导专业教学的《摄影艺术》课程教学和配套实验教学为例:该专业的《摄影艺术》教学充分体现整个教学体系的连接性。首先,把《摄影艺术》教学作为一门独立的专业课程,在教学环节中完成必须的基本技能与艺术创作指标以及相关教学内容。同时,基于数字化摄影的光圈、快门、变焦技术与动态摄像近似和相同,《摄影艺术》亦可作为后续《摄像艺术》的一门基础课程。所以摄影教学需要在满足独立教学职能之外还要满足后续摄像教学的基础学习任务:在教会学生照相的同时,也为其动态摄像课程打好基础。在《摄影艺术》具体的教学过程中主要采取强调横构图的训练、进行照片蒙太奇(即:摄影故事版)等创作练习。实现了学生由静态画面创作向影视动态画面创作的培养过渡。目前,在上海师范大学传媒艺术中心开设的实验和实践课程体系由三个层次组成,如下图所示:

除了课程之间的相互系统联系之外。加强专业之间,甚至高校之间的实验项目和学科互补也将是有益的尝试。影视艺术的综合性衍生了广泛的专业,涉及表演、主持、新闻、公共关系等多个专业学科。外延的扩展还涉及设计艺术学科涵盖的会展影像设计、视觉传达学科涵盖的动态平面设计、工业设计涵盖的影像界面设计、通讯专业涵盖的微视频设计创作、舞台美术专业的多媒体设计、印

实验教学课程体系

→ 第一层次(30%):基础实验——强调课程的基础性、普及性。
电视摄像、影视布光、非线性编辑(Premiere Pro)、电视制作基础、平面图形图像处理、电声技术、摄影基础、多媒体技术基础、电子技术。

→ 第二层次(40%):选修实验——突出学生的个性化、专业化。
电视录音技术、摄影艺术、三维动画、视频特效、非线性编辑电视原理与系统、程序设计基础、网络课程设计与开发、数据库应用、网页设计、Web 编程、Net 实用技术、数字音频技术。

→ 第三层次(30%):创作实验——注重学生的创新能力与合作能力。
虚拟实验室、IPTV 实验室(移动网络基础与程序开发)、广告设计综合实验室、基于项目的研究实验室、模拟电视台。

刷出版专业所涉及的电子图书和阅读设计……通过以上种种名目可以让我们相信建立多学科间联合打造可能更加有利于各专业学科的优势体现和资源互补。如通讯类专业的通讯界面设计,不仅包括影视传播学科内容还包括设计学、人体工学的设计内容,甚至还因为界面的情节化涉及表演专业的身体创作参与。这就需要把实验室的内涵建设提升到更高的全局系统层面上去考量,从而形成影视传播为主,涉及多种学科共同发展的实验室系统模式,这将为节约教育成本实现实验室与专业发展的高效率运转提供新的可能。

同时,提倡团队化背景的项目化实验教学是目前影视传播专业实践教学理应提倡的一项新举措。团队化是指组织学生建立起学习期内比较固定的合作生产团队。一方面共同学习基本课业;一方面又比较突出每个人的兴趣特长和团队的技术分工。相对固定的团队组建符合影视传播专业团队工作的生产模式。而项目化实验教学则包括:虚拟实验项目,是指为教学需要而虚拟的实验课题;赛事化项目,是指鼓励学生参加国内外各类赛事而确立的选题项目;创作化项目,是指学生独立选题,以艺术创作,技术实验而进行的自主创作项目。目前以鼓励大学生开展科研活动为目标的"大学生创新项目基金"所支持的项目即属此列。市场化项目,市场化项目是指完全参与市场竞争,实现客户服务的生产化试验项目。提倡团队化背景的项目化实验教学是将各个流程环节形成局部元素的艺术与技术合成。有利于收效成熟成品作业并有利于培养学生全单成品意识和执行控制能力。尤其是市场化项目,更将帮助学生与市场的直接接轨,同时实验项目的团队运作,还将实现未来用人单位团队岗位的引进,从而解决就业问题。

虚拟项目实验教学和创作化项目教学应建立一门承担最终成果的成品完善课程,由各课程教师共同参与指导,承担综合性的教学训练的任务。上海师范大学广播电视编导专业目前尝试以《影视特效制作》课程作为最后成品完成的课程教学与实验科目。理由是:影视特效制作是一项严密的生产过程,它涉及制片的整个过程。其流程基本跨越了电影制作的前期、拍摄与后期制作三个阶段。影像特效的实践生产领域，涵盖内容广泛。以此作为虚拟项目的实验平台是相对完备和合理的，也必将凸现特色。赛事项目实验和市场项目实验以技巧性、创造性训练为主。并不依赖某一门课程进行，指导教师可参与讨论，发表个人意见作为引导。管理老师做到保证实验器材正常运作，并检查实验内容与程度是否达到专业课要求。实验考核以文案、样本、书面记录结果、态度为主的一种过程性考核方式。以设计性、综合性实验（实践）为主，所有选题都必须有书面计划书并按约定的时间与要求进入各实验室。教师定期检查指导实验过程。其考核方法首先是观看作品、成果发表、发布或被使用的情况。如未发表，考核该组文稿、创意、最后作品与书面自评意见，并向全班同学阐述自评意见，由老师、学生给予最终成绩。根据教学进度，学生可以在网上登记预约实验时间，在征求教师同意后阅读、预习实验要求及相关守则。教师在实验前以案例为入口分析演示，学生得以模拟感受。实验开始时，学生可以自由组合，理论课教师负责指导技巧、管理教师负责指导技能。

三、随着中国影视传播业的发展，影视传播的相关人才培养成为各高校人才培养的责任和学术增长点。据不完全统计，我国目前以电影学或电视艺术学名义，以及包含在传播学，艺术设计，广告学，数字媒体等系科下建立得的影视传播相关专业已经达到将近 300 个。基于影视传媒行业对技术及工程的依赖，影视传媒类的实验室同相关的专业学科并行纷纷建立。这无疑对于影视人才的培养和影视事业的发展是有效的促进。但是也无可避免地出现一些差强人意的现象。其中以办学和实验室定位不明确、无特色，尤其是同一地域高校之间存在形式雷同，特色混淆的现象最为突出。这将限制影视传播教育事业的健康发展。同时也是对国家教育资源的浪费。时下高校影视传播类专业林立，实验室众多。要想使各自的专业教学和实验室建设获得长期发展并立足于高校之林，恐非"依靠准确定位，呈现特色，形成'错位发展'模式"不可。当然，准确定位并非是一件容易的事情，往往会成为专业及实验室系统决策者动感情，受痛苦的事件。一味地简单求大求先，期望成为领军角色的普遍愿望往往和目前各高校的具体情况成为矛盾。一方面，各高校的专业性和综合排名成为招生选择的主要参考。生源素质的层次和分流使得综合素质较高，文化成绩较好的考生在选择专业的时候往往会优先考虑排名较为靠前的高校。另一方面，各高校的经费投入和政策倾斜情况也各不相同。所以，生源条件和学科环境的客观情况决定了我们教育者必须结合自身客观情况，确定准确的培养定位。从而组织师资力量，安排符合客观规律的课程体系和实验教学模式。如北京电影学院导演系主任田壮壮教授有培养"全面能力建立,有共同沟通语言"的考虑;上海戏剧学院电视编导系主任方方教授也曾提出"强调动手能力"的思路。① 总之,建设影像传播与数字特效系统实验平台必须联系客观情况,科学的定位、发挥各自的特色、实现错位发展。各高校的影视传播教育也必将会绽放异彩,为国家的影视事业发展培养更多的优秀人才。

---

① 参见梁寒剑采访并结合彭小莲《电影人的尴尬》完成的访谈录。

开源软件与会展信息
管理实验课平台建设

孔秀祥①

（上海大学影视艺术技术学院广告学系　上海　200072）

　　[内容提要]　会展信息管理既是一门会展专业的平台课，同时也是专业课。信息化时代，会展的作业都将建立在信息化平台上，如流程管理、客户管理、空间管理、票务管理和财务管理等。信息管理作为专业课，是通过开源软件建设的实景化教学平台来展示会展信息管理的环节、步骤、方法与效果，能够培养专业的信息化管理人才。利用开源软件能更全面地培养会展管理人才，在我们的教学中发现开源软件能在很多方面为教学提供便利。可以多方面带来好处。

　　[关键词]　开源软件；会展教育；实验教育；网络

一、会展教学在探索中前进

　　会展业发展时间不长，会展教育更是一个新课题，1991 年，中央美术学院（清华美术学院）设立了展示设计专业；2004 年 9 月，上海对外贸易学院会展专业招生，据不完全统计，开设会展专业或者提供会展课程的高校已经超过 66 所，其中，经教育部备案或批准设置的普通高校本科会展专业 14 所，其余为职业技术学院设置的专业或者以专业方向的形式提供会展课程。这些学校主要集中在北京、上海、广东、浙江等地区，其中上海地区最多。②

　　从我们所做的会展教育专业调研的情况看，各地会展教学都处于摸石子过河的状态。会展专业课目录各不相同，会展的实践教育也各有奇招，北京的高校

---

　　①　作者简介：孔秀祥，男，1963 年 3 月生，上海大学影视艺术技术学院副教授，广告学系副主任。
　　②　刘大可《中国会展教育，谁是谁的谁？》http://expo.people.com.cn/GB/58536/6841650.html

依托众多的会议，上海的高校则从名目众多的展览中寻求实习的机会，也有些高校开始了与国外高校或展览公司合作的方式培养学生。教材也陆续出了一些，但质量参差不齐，译自国外的教材内容较为充实，理论也有一定的深度，但适用于中国的会展教育的比较少，国内自编的教材，缺乏会展实际的检验，或者干脆来自门外汉的编造。有些来自会展管理第一线的教材，适合于行业实训，与学校教育还需要一定的磨合。较有质量的教材我们还在期待中。在课程不成熟、教材缺乏的情况下，我们自 2005 年开始上马会展方向的本科教学。其中的会展信息管理课程，几经摸索有了一些经验，在此稍做总结，希望得到大家的指点。

会展信息管理已经出版了二本教材，一本是戴聚岭、卢文芳的《会展信息管理》，上海人民出版社出版（简称戴本），一本是贺刚、金蓓的《会展管理信息系统》，中国商务出版社出版（简称贺本）。这二本书比较让人失望。戴本的目录似乎与会展相关，但翻开一读却见不到会展信息的丝毫影子，几乎是一本计算机信息处理教材的抄本，只是在标题和每一节的开头加上"会展"二个字而已。这样的书居然能在上海人民出版社出版，简直让人不敢相信是真的。相比之下贺本要好得多，基本上建立在会展管理信息的基础之上，但觉得不太过瘾，一般性的论述不够系统，对于软件的介绍还不够具体，看了以后有云里雾里的感觉。

会展信息管理应该从演绎与归纳二个维度上来展开。从演绎的维度看，符合会展信息管理软件系统设计的要求，即从可能的角度考虑所有会展中会产生的信息并设计出处理接口与模块，从归纳的维度看，就是要调查目前会展相关企业的信息管理的现状与管理者对于信息的理解及其所需要的处理工具。

从信息化的角度看，一切的原子状态与原子活动都可以通过一定的模式转化为比特与信息。会展信息极其庞杂，我们可以采用多种模式与方法来对其进行信息化管理，我们先对会展信息进行分类。

二、会展信息的类别

这里试从信息的属主与信息的类型二个角度进行叙述。

1. 以信息属主分类，这有利于会展信息化软件找到正确的买主，或者在全功能软件中为不同的买主开发不同的专用模块。

（1）策划者

会展策划者是指通过分析市场与经济形势而筹划新的会议与展览项目的会展高级人才。他们所需要的会展管理软件主要是市场、行业与相关会展的信息，还需要法律法规、政策规定方面的信息和会展人才资料库。至于用于操作性的功能不需要多，使用能用的 office 软件完全可以满足策划者的需求。当然如果有一个详备的会展信息库，通过数据挖掘也许能帮助策划者更好、更高效地做好信息调查的工作。

（2）管理者（政府与行业协会）

管理者除了政府的职能部门，还包括行业协会。会展的行业协会和其他相关行业协会的会展协调部门。这些管理者可能会根据各自管理的模式将会展纳入到他们的管理系统中，一般不需要专门的会展管理软件，但需要会展管理软件所生成的数据。所以会展管理软件需要与这些部门接洽，以便了解他们的数据规范，做到管理软件使用单位与其上级部门之间的数据无缝对接。

（3）经营者

会展经营者即承担会展的实际运作的单位或部门。从申办会展、招展、组织观众到会展的实际运作和最后的总结都是一项项繁重的、琐碎的工作。利用项目管理、客户关系管理等专用软件可以有效地提高工作效率。招展、组织专业观众、协调各方关系等应该是客户关系管理软件起作用的领域，而会展的实际运作则是会议、展览类项目管理软件起作用的领域。现在有些会展管理软件将这些模块集成到软件系统中，对会展经营企业的内部管理与各部门之间的协调带来更多的便利。

会展已经自然由实物延伸到网络，虚拟会展软件对于经营者也很有吸引力。

（4）设备提供者

会展需要越来越多的设备，对其他行业的依赖程度也在不断提高。会展最不可少的是展馆与会场，还有影音设备、通讯设备、灯光设备和餐饮服务。这些设备的提供者，由于向专业化方向进一步发展，他们也需要专用的软件来管理。不仅管理设备，还要管理这些设备的设计与使用。使用情况可能与经济利益挂钩，还有使用情况与人员配备、消防安全挂钩。这些通过专门的管理软件会提高效益并消除相当的人为的风险。

会展中心是各种信息的汇集地和发布地，因此，其智能程度将决定它在未来的信息化社会中承担何种角色。我国目前新建了一批具有设备自动化系统、办公自动化系统、通信自动化系统、消防自动化系统、保安自动化系统的 5A 智能化会展中心。其中深圳国际会展中心、上海光大会展中心、厦门国际会展中心最具代表性。这些 5A 化会展中心，一般在其办公自动化系统中会配备场馆管理模块，具有会展管理的功能。会展管理软件就要考虑对这些原有软件的扩展与对接，因为原来软件与场馆互为一体，无法舍弃，场馆方面又会有较多的人员培训方面的投入，所以接轨老系统，是新软件系统比较可行的方法。

厦门国际会展中心的总信息点数超过了8000点,其中包括350个光纤到桌面点,每个信息点达到155Mbps的带宽,与这些信息点结合的就是原配的软件系统,新的会展管理软件要进入这些5A中心,就必须能与原来的软件共存、共享与数据互换。

(5)参展者

参展者中的大中型企业,会有自己的信息管理系统,这些大型管理系统中可能会衍生出会展管理模块,即使没有会展管理模块,一般也会要求会展管理软件能与原有的管理系统相对接,或者直接成为原来系统的一个子系统。对于小型企业,购买专门会展管理软件的可能性极小。现在动辄几十万的软件,早就将这些小型企业给吓退了。

(6)会展培训机构

现在的会展管理软件似乎盯上了会展教育培训机构。像联展等公司专门针对有会展专业的学校推销他们的软件。学校之间似乎在投入上进行攀比,软件相对又有较大的回扣,而对于软件在教学中的实际作用与效果给出评估的则几乎还没有看到。目前会展管理软件在各会展企业中的应用十分混乱,各种软件在组织构架、实施理念、操作界面等方面差异非常大,所以让学生过早地定位于一个昂贵的商业化、私有软件并不十分适合,他能顺利进入拥有他所学软件的公司的机会非常小,所学技能的适用性也几乎为零。会展教学机构课程教学选用的软件以选用开源软件为首选。

2. 从信息类型分别

(1)客户信息

会展客户主要是合作方、参展商、支持者、专业观众、媒体等。合作方则有政府机构、行业管理机构、场馆管理者、合作会展公司等,所谓支持者是指物流、搭建、安保、志愿者等,媒体是一个特殊的客户,可能会成立专业的媒体管理与协调的部门。客户信息因为客户的类别不同而需要采集数据并进行不同的管理。

(2)项目信息

会展活动是一个典型的项目。从会展策划、申报、筹办、招商、正式实施和会展结束各个阶段都产生大量而错综的信息,有些信息需要实时处理,有些则可以延后一定的时间来处理,有些则用于各主管部门或个人之间的协调。信息的汇集、归类、送达、反馈与预警是会展项目信息管理所需要的基本功能。

(3)物流信息

物流信息要与会展项目管理信息融合起来,可以作为项目管理的一个子模块,也可以分开进行,但需要有信息互换的机制。物流信息与客户管理信息也有交集,客户信息库可以将物流信息采集并管理。

（4）工程信息、设计信息

工程与设计会与具体的场馆相关联,与会展项目、客户信息相关联。同时也是知识库的重要内容。

三、会展信息管理的现状与会展信息管理软件

上文所述的会展信息管理图书,贺本从电脑、软件到信息采集和硬件设施等方面广泛撒网,每样都介绍一点,因为面铺得太开在深度上有明显欠缺,给人东拉西扯的印象。戴本则从开发到设计,似乎在培养信息系统的开发者,在会展信息的特点上明显被作者有意忽略,会展只是本书的标签而非着眼点。

会展信息管理,应该聚焦于会展管理中所生产的信息的管理,以及如何利用信息化手段充分开发会展信息的价值。在会展信息管理教学上,除了让学生掌握会展信息管理的基础知识与实用技术,我们还肩负着开发一个有利于培养学生的教学环境的责任。

为了承担起历史所赋予的责任,我们需要对国内外会展信息管理系统的现状与发展趋势做进一步的调研,这可以分二个层面进行:高端会展企业的信息化管理软件与实施情况;国内一般会展企业的信息化管理情况调查、统计与分析。在对会展信息进行收集与分析的基础上建构会展信息的元数据集,从会展信息化管理的二个主要方面:项目管理与客户管理入手建构会展信息管理教育的基本体系。梳理会展信息化管理的流程、步骤和结构关系,探索通过实践性教学使学生掌握会展信息系统的路径与方法。

[①]通过前期调查,我们发现会展信息电子化、网络化、生产化管理的现状有这样几种状况:

1. 经营者非常态化运作,信息处理的电子化、网络、自动化程度不高

2. 非专门化办公软件与信息处理软件有应用,场馆管理基本实现电子化,

3. 专门化软件应用相对较少

总体上看信息化程度不高,也因此存在着一个会展软件的大市场。国内有好几家软件企业开发出了会展管理软件,北京的万众易维科技公司的会展信息管理系统(ExposoftCRM)、西安远华软件有限责任公司(3wSoft)的软件、上海优品的 EIM 会展管理软件系统和联展(Synair)公司的会展管理软件,都标上一

---

① 邵培仁《传播学》,高等教育出版社,2000 年 6 月第 1 版,第 102 页。

个非常高昂的价格在会展场馆与企业之间做着促销,也将促销的触角伸向有会展专业的学校。因为价格动辄十万以上,企业接受程度不高,高校接受的程度也非常有限。这种管理软件与信息标准的群雄逐鹿的战国乱象,非常不利会展的信息化管理的发育,也使得这方面教育成本的提升,甚至变得无所适从。国内的会展管理软件全是私有代码,通用性较差,不同系统间的信息交换非常困难。为此上海大学利用自身的优势,选择二个可以用于会展信息管理的开源软件(DotProject 和 vTigerCRM)对学生进行会展信息管理的专业培训,取得一定的经验和资源积累。

如果采用私有软件进行教学,因为这些软件各有门槛,学生参加工作时很难能碰到学过的软件,而采用开源软件进行教学,学生不但掌握了会展信息管理的基础知识与基本技能,而且有可能在没有会展信息管理系统的公司内低成本地组建一个功能丰富,切实可用的信息管理平台。从而也可望推进会展信息管理的标准化建设。

DotProject 和 vTigerCRM 都是基于 WEB 的 PHP 的开放源代码软件系统。

DotProject 是一个项目管理的框架,包含了公司、项目、任务(带甘特图)、论坛、文档、工作日历、联系人表、投票、帮助和多语言支持、用户/功能权限、主题等模块,其支持者是遍布全球。2007 年 2 月的 2.10 版本发行以来,DotProject 已经被翻译为 24 种语言,应用于全球约 70 多个国家和地区的大小公司和团队中。vTigerCRM 基于国际著名的开源软件 SugarCRM,由印度的团队开发支持。部署 VtigerCRM 之后能为企业带来很多好处,如销售队伍自动化、客户服务与支持、营销自动化、库存管理、多数据库支持、安全管理、产品定制、行事历、电子邮件集成、加载项等。

经过二年多的教学实践,我们已经探索出一些将 DotProject 和 vTigerCRM 与会展管理流程结合的措施与方法。

四、实验平台的构建与课程设计

DotProject 和 vTigerCRM 二款软件需要在电脑上建立一个带有 PHP 解析功能的 WEB 服务器和一个 mysql 服务器。在 windows 环境下有现成的软件包 XAMPP(Apache + MySQL + PHP + PERL),是一个由免费开源软件组成的服务器平台软件包。下载安装之后会形成一个 xampp 的文件夹,开启 apache 和 mysql 服务器,再将 DotProject 和 vTigerCRM 软件拷贝到 xampp/htdocs 文件夹下。如果服务器有域名,如 www.exhibition.cn,则可以通过 http://www.

exhibition. cn/DotProject 访问 DotProject，第一次访问，会进入安装程序。通过 http://www. exhibition. cn/vTigerCRM 访问 vTigerCRM，第一次访问也会进入安装程序。这个平台的构造除了电脑的支出，其他均为免费。从这个软件的社区我们可以感知到有大量的中小公司在使用这二个软件，也有比较专业的为这个二个软件服务的公司。软件免费，服务则是收费的。学会使用这二款软件也是一种不小的收获。

这二个软件既可以安装在本地电脑上使用，通过 http://127. 0. 0. 1/或 http://localhost/访问，当然更能在互联网上访问。我们的实验平台就是通过校园网访问的，访问地址分别是：http://myad2. shu. edu. cn/~dotproject21/和 http://myad. shu. edu. cn/crm/

学生第一次上课需要设置账号，其最后的成绩评定也依账号上的内容为准。

会展的信息管理，不是信息管理技术，而是实实在在的数据管理，这些数据可以是现成的，也可以是现制的。我们要求学生从零开始进行数据管理，首先要求学生选择一个专业性的会展并进行调查，收集数据，这个工作通过网络搜索和专业网站以及专业数据库查阅，有条件的还可以通过实际参加或参观具体的展会完成信息的采集与整理。

调查及数据收集要求完成这样几项工作：同类会展国际国内的开展情况，有哪些展会，展会地点（包括具体的展馆）、时间（包括流程）、规模（展商名录、专业观众类型、一般观众数量），展会的主办者、承办者以及品牌评估。

深入调查具体展会的筹办、申办、招展、布展、开展、撤展以及物流、出入境、安全管理等方面的流程与步骤，以及各步骤所需要的人力、物力、财力的情况，将这些错综复杂的信息用项目管理的软件来进行管理。展馆空间在展会中的利用与设计情况等比较深入的信息。

在收集资料的基础上，逐步在上述二个软件中建立自己的行业会展数据库。资料收集越充分，数据库的建设将越接近实战。收集数据提交到网上，同班同学可以相互学习、评价，构建学习共同体。不过这个过程进行得不是很好，主要是学生不习惯进行这种以学习共同体的方式进行学习，尤其对相互评介感到不适应、不习惯并无所适从。在这方面需要强加推动，以形成风气。学习共同体是通过另一个开源软件 moodle（http://myad. shu. edu. cn/moodle）来建立和实施的。

在数据库中有了数据之后再进行深入的功能性、操作性学习，并让学生讨论各功能在会展管理中可以解决的具体问题和相关的意义、作用等。体会会展管理过程中各种角色的职责以及他们会遇到的问题和所需要经验等。

最后的考试也在这个基础上进行。为了全面考察，考试在一个全新的数据库环境下进行,并提交相应的界面拷贝。

五、课程的演变与今后的改进

会展信息管理课程,我们称之为"计算机辅助会展管理",一开始是作为一门项目管理的信息化管理课程来进行教学的,所以选用的软件是 msproject。成人教育的会展专业进行了二轮的试讲。msproject 是一个商业化的软件,在工程管理上有较广泛的应用,对于会展管理有一定程度的疏离,而我们完全无法改变这个程序以适应会展的信息管理,所以我们就一直在寻求更好的软件。在 2007 年我们开始建构 dotproject 和 vtigercrm 平台,并将其引入会展教学,在"计算机辅助会展管理"的项目管理的信息化基础上增加客户管理的信息化。在 2005 级的课上开始使用,当时以同一个假设的会展项目开始进行数据设计、组织、录入与管理的,虽然大家所做的工作相近,更适合于讨论,但因为没有差异性,个体的学习责任、探究责任难以界定,存在搭车现象,教学管理与教学质量难以提高,而且因为数据是假设的,给学生的真实感打了一个很大的折扣。第二轮教学在学生需要掌握一个行业的会展情况,这样有利于寻找更好的工作机会,并能尽快融入工作中。所以设计了一个每个同学先确定一个行业的方案,在学习信息化管理的过程中了解、熟悉直至掌握这个行业的会展形势与相关技能。

这个具有实战性的教学方案虽然只施行了一轮,但在全日制与成教中都得到较好的反映。

这二个软件我们一直在跟踪其发展,从开始使用到现在已经有了较大的改进,特别是在汉化上进步尤其明显,除了生成 PDF 文件的汉字有乱码外,其他基本上不存在问题。但因为使用的是二套独立的软件来管理同一个公司或行业的数据,而且这些数据的相关度较高,所以软件间的数据共享成了一个现实而急迫的任务。目前还找不到二个软件间数据共享的中间件,自己改造又需要投入较多的精力,而且可能无法跟上二个软件升级的速度。这是一个需要解决的问题,我们除了密切关注其他用户及免费软件空间上能否出现一个我们需要的中间件外,我们还希望在这二个软件使用、了解的基础上,自己做一个简单的数据共享方式。需要解决二个系统的用户、客户、流程等信息的融合与共享,在保留各自系统独立性以便升级的前提下,用代码桥接二者的信息内容。收集实际会展的信息,建设一定规模的信息库以供教学之用,并进而为相应的研究提供资料以资参考。通过会展信息管理应用开源程序的实例来开发开源的价值,开拓新学科的教学资源空间。

在数据库化的信息管理教学基础上,逐步构建我们的会展信息数据库,为今后的教学、研究打下一个资料基础。各会展行业展会资料库、客户资料库、会展设备与产品资料库、会展工种资料和会展过程日程资料库等。

六、开源软件与学校教学

自有软件诞生以来就一直存在着 copyright 和 copyleft 的争议与对峙,对于版权产品,还出现了盗版党成为一个国家的第三大党,甚至要进入欧洲议会的现象[1][2],以反对过度的软件版权保护。在软件供应链上存在着大量的源码公开的优秀软件,像赫赫有名的操作系统 Linux、FreeBSD 就是源码公开的操作系统软件,其功能与微软的 Windows 一样,而用这二种源码开放的操作系统所开设的服务器,从我个人的感觉和各种公开的测试数据来看,要比 Windows 更稳定,基本上不用维护。还有像 apache、php、mysql 等都是源码公开的优秀软件。这个名单可以很长,差不多我们需要的功能都有相应的开源软件可供选择。有识之士提出在学校的教学中应该更多使用开源软件,而不是使用源码封闭的专有软件。我们在教学,特别是实验教学中,可以考虑使用开源软件。一方面可以节约开支,并豁免了申报经费的烦琐过程,另一方面可以让有兴趣的同学在学习课程知识与技能的同时开展对更为深层的知识与技能的探讨,如搭建自己的软件平台,或将平台应用到以后的工作环境中。优秀的开源软件一般都有用户群所组成的社区,大家为软件的改进出谋划策,为更好地使用软件而相互帮助,一般使用中的问题都可以在社区的帮助下获得解决。我们在使用的上述二个软件和教学平台 moodle、网站平台 drupal 等都有很好社区。当然开源软件的使用是需要有一定的动手能力的,安装或使用过程中会碰到一些意想不到的小问题,因为一时找不到方向而为成为无法克服的障碍。要懂得社区交流技巧,这些问题都应该能得到较好的解决。在这方面建议可以举办一定的讲座、交流等以推广开源软件与实践与教学中的应用。

结　语

无论是新专业的课题,还是传统专业的传统课程,在利用开源软件进行教学方面都有开发和提高的潜力。将开源软件引入教学,在培养学生学习兴趣、提高

---

① 瑞典盗版党壮大 或进欧洲议会
② http://www.chinadaily.com.cn/language-tips/news/2009-05/06/content_7749317.htm

他们的探索能力方面也许会有意想不到的收获。当然利用开源软件会有一定的门槛,不过如果能在学校环境下形成一个开源软件使用的交流机制与平台,开源与课程的结合就会越走越好,开源的精神也能渗透进教育之中。愿更多的老师关注开源软件的教学生产性。

参考文献:

[1] [美]丹尼斯·洛克.项目管理.姚冀等译.广西师范大学出版社,2002 年.

[2] [美]威廉·奥图尔等.公司活动项目管理.冯学钢等译.电子工业出版社,2003 年.

[3] [美]小伦纳德·霍伊尔.会展与节事营销.陈怡宁等译.电子工业出版社,2003 年.

[4] [英]罗宾森等.会议与活动策划专家.沈志强译.中国水利水电出版社,2004 年.

[5] [美]黛拉·偌贝.如何进行成功的会展管理.张黎译.高等教育出版社,2004 年.

[6] 《上海世博》杂志编辑部编.走进世博会.东方出版中心,2008 年.

[7] 王起静.会展项目管理.中国商务出版社,2004 年.

[8] 姚奇富.网络辅助教学理论与设计.浙江大学出版社,2006 年.

[9] [美]W. Jason Gilmore. PHP 与 MySQL5 程序设计(第 2 版).朱涛江等译.人民邮电出版社,2007 年.

[10] [美]Marc Wandschneider. PHP 和 MySQL5 Web 应用开发核心技术.机械工业出版社,2006 年.

[11] 周春雨.中国会展教育摸着石头过河.中国贸易报,2007 年 2 月 6 日.

[12] 刘大可.中国高等会展教育发展态势分析.北京第二外国语学院学报,2006 年第 5 期.

[13] 赵法忠.会展教育与实践严重脱节.国际商报,2005 年 8 月 24 日.

附录 1:课上布置的作业与要求

事件与任务截图上传

选择一个行业作为学习的基点

作业:行业会展信息、展商信息调查

行业会展流程及活动安排

项目任务甘特图上传

通过各种报表与菜单掌握 dotproject 的功能

会展产品列表作业

vTigerCRM 资料添加后的我的首页

报表作业汇报

报表过滤条件设计题

CATI 运作流程与适用性分析

——兼谈学院 CATI 应用推广

胡维平[①]

（上海大学影视艺术技术学院广告学系　上海　200072）

［摘要］　与传统的电话调查、面访调查和邮寄调查等方式相比,电脑辅助电话调查系统（CATI）在问卷采集成本与速度、问卷管理、样本抽取、访员行为控制、质量控制、数据分析与管理等方面有巨大的优势。通过 CATI 能够以较快的速度、较低的成本、更高的效率采集所需调查数据。

［关键词］　CATI；运作流程；电话调查；访问；适用性

CATI 是 Computer Assisted Telephone Interviewing System（计算机辅助电话调查系统）的简称。该系统是利用电脑辅助进行电话调查的一种调查访问作业系统。与传统的电话调查、面访调查和邮寄调查等方式相比,CATI 在问卷采集成本与速度、问卷管理、样本抽取、访员行为控制、质量控制、数据分析与管理等方面显现出巨大的优势。通过 CATI 能够以较快的速度、较低的成本、更高的效率采集所需调查数据。CATI 借助计算机强大的运算和数据处理功能,推动了中心化电话调查方式的广泛应用。

早在上个世纪七十年代美国市场研究领域就出现了这种计算机辅助电话调查系统。近 30 年来,由于电话的高普及率以及城市入户访问越来越困难等原因,许多国家的半数以上的访问均通过 CATI 完成。在中国,电话调查到 1987 年才开始被一些专业调查机构使用,主要用于民意测验和媒体接触率的研究,到 2004 年,CATI 在中国已获得较为广泛应用。

---

①　作者简介:胡维平,女,上海大学影视艺术技术学院广告学系讲师,博士,主要从事广告理论、消费者行为等方面的研究。

一、CATI 运作流程

CATI 通常的工作形式是:访员坐在计算机前,通过电脑设定的随机拨号方式拨通被访者电话后,根据电脑屏幕上的问卷题目,逐一向电话另一端的被访者读出问题,并将被访者的回答通过鼠标、键盘、手写笔或触摸屏等直接录入计算机内,而且能实现数据录入和统计的同步;督导员在另一台计算机前借助局域网和电话交换机的辅助对整个访问工作进行现场监控;还可以通过调出通话录音进行抽查。

CATI 项目整体业务流程(图 1)如下:

1. **建立项目**。设定一个新项目,并给项目一个编号。项目状态为"准备",设定项目分类,在项目描述中填入项目经理、项目目标、规划信息和委托信息等。

2. **准备样本**。样本可以通过软件系统随机生成,也可以通过外部文件导入。只是文件格式要与计算机系统相匹配。一般系统支持 Excel 和 TXT 两种文件格式。

3. **设置样本**。设置样本状态(对占线、拒访、中途拒访、成功完成等进行预先设定)、样本自定义字段(不同的客户数据库对字段的定义是不同的,通过自定义字段名和字段值,就可以将常用字段以外的字段加入样本库中)、样本优先级(根据不同的特征对样本设优先级,优先级高的样本将首先被拨打)、样本分配(对待拨电话,可以根据不同的特征分配给不同的技能组中的访员)、样本展现(当管理人员设定相应的样本信息展现的字段后,这些字段会在话务员访问过程中即时展现)、样本修改等。

4. **执行策略**。对访问运行时间进行设置,包括访问开始日期、访问结束日期以及每日工作时间等。可以由系统对多个访员设置排班表;为保证调查的客观性,还需要对访问对象的特征进行配额控制。如对三个不同城市的调查,有必要控制每个城市的受访人数;电话拨号方式选择设置:拨号模式、待拨样本队列大小、抽取待拨样本最小数量、最多拨打的次数、重拨最小间隔、问卷最长执行时间、回访时限、补充样本的上浮系数等。

5. **编写问卷**。将访问脚本定义为问卷,问卷管理提供了设计访问脚本的工具,并可对访问过程中的每个细节都预先进行定义和设置。问卷管理包括保存问卷、保存题库、调试问卷、打印问卷和导出问卷等功能。

6. **项目执行**。

访员在项目执行前进行软件使用培训以及针对具体项目进行项目培训后,

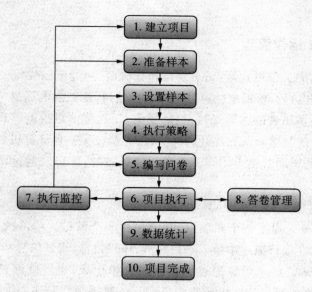

图 1 CATI 项目业务流程

在规定时间里访员进入 CATI 调查访问主程式,输入访员代号及密码,并确定调查主题。此时话务员的工作界面通常被分成几个部分,有状态区、命令区、查询区、对话区、待拨样本区等。

用鼠标点击"拨号",计算机系统将随机产生一个电话号码(即样本),自动拨号之后会遇到各种情形:接听、占线、无人接听、传真机号码、空号、拒访及无合格受访者等,特别是当无法成功访问时,是再访还是放弃等,可根据样本设置的要求进行处理。

电话拨叫成功后,访谈开始,电脑上会出现调查访问界面,包括要问的题目、各题的访问状况、选项视窗、提示语视窗等。访问时,首先是完整的开场白,告诉对方你是谁、要干什么、希望对方做什么等。之后,按照访问题目及选项依次进行。并将答题按要求输入电脑。当访问中途遇到问题时如无法继续访问等按要求操作。如受访者接受访时有事无法继续,但承诺可另行约定时间再访,则访员点击"约访",进入"约访时间设定"对话框,根据情况设置下次访问的时间。

当访问结束,要念电脑提示的结束语。点击"完成"直接结束。当完成当天所有的访问后,访员应"签退"、"确定"并退出系统。

7. 执行监控。监控包括话务监控、配额监控、坐席监控、外线监控、静态录音等。当样本量较大不可能逐一检查时,可以事先设定质检比例。

8. 答卷管理。包括两个方面,一方面,对于封闭式问题一般没有多大歧义。

但对于开放式问题,比较复杂。在编码前就要将受访者可能出现的各种回答考虑到,给每个可能出现的回答分配一个代码,形成一个编码库,而且需要不断对该编码库进行维护。另一方面,就是对答卷的审核。管理人员可以通过答卷审核的功能,边听录音,边对照答卷进行审核。审核作废的答卷将不参与统计。同样,一般答卷的审核也是按一定比例进行。

9. 数据统计。 数据统计包括样本统计、话务统计和答卷数据导出等功能。样本统计可以每几个小时进行一次,以便发现问题后,随时对样本进行调整。话务统计也可几小时进行一次,以把握访员的工作效率。当项目完成后进行答卷数据导出,数据导出格式可根据数据处理部门的要求设定,导出格式一般支持 SPSS、Excel 或 Quantum 等。

10. 项目完成。 当访问满足了所有设定的配额及质量要求后,项目完成,管理人员把项目状态设置为"完成",并即时备份项目数据。

二、CATI 的优势与不足

CATI 的与传统的电话调查、街头拦截访问、邮寄调查、入户访问等传统调查方法相比,有很多优势,主要归纳如下:

1. 速度快,效率高。

一是采用计算机信息处理技术,减少了人员操作的难度,如抽样由计算机帮助实现,访问速度快,获取答卷的时间短。通过上面对 CATI 工作形式的介绍,不难发现,访员坐在调查室内只要拨通电话就可以快速访问样本,而不必耗时又费力地上街或入户访问。

二是省却了问卷手工录入,也是耗时费力之事。而且有可能因工作量大而出现差错。CATI 将数据直接录入电脑,且是受访者回答一题就录入一道,与将所有纸质问卷收齐后,再统一录入、统一编码相比,错误率大大降低。

三是免去了进行数据统计分析的过程,特别是对于统计软件不太熟练的研究人员,将节省大量的数据处理的麻烦,而对于善于统计软件处理的人员来说,也可以直接获取要分析的数据,再应用 SPSS、SAS 等统计软件进行交叉分析等更复杂的分析。

2. 成本低,质量高。

由于 CATI 不存在问卷打印费、交通费、礼品费及资料录入整理费等,因而降低了调查成本。据测算:完成同样的调查项目,CATI 所花费的费用比面访要低 30% 左右。

从问卷采集质量来看：由于电脑程序的设置，可避免了一些因跳问问题或选择的答项错误而导致的数据差错或丢失；与受访者非当面接触，可打消受访者的顾虑，特别是对一些涉及个人隐私方面或比较敏感的问题（如个人或家庭收入水平、受教育程度、婚姻状况等），或者对一些特殊商品的看法（如卫生巾、避孕产品、美胸产品等），由于电话访问存在着较大的距离感，可能获得较为真实的回答；调查成功率相对较高，且原始数据和汇总数据接触人员少，保密性强；CATI没有中间环节，不必进行层层组织和布置，排除了一般调查过程中会出现的人为干扰因素，使调查结果更加客观公正；CATI可以避免街头拦截访问、定点访问、入户访问等访问方式因现场控制难度大而导致访问质量难以控制的弊端。实时的监控及录音存档，能较好地控制访员可能出现的吐词不清、语气不当甚至舞弊行为，有效提高了采集数据的质量。

3. 覆盖面广，能访问到不易接触的对象。

只要有电话，就可能访问到——任何地方、任何单位和个人。我国城市电话覆盖率高，因而电话访问的覆盖率也高；与入户面访要迎接陌生人相比，受访者更愿意接听一通来电。而在一些特殊情况下，电话比其他访问方式更能访问到不易接触的调查对象（如非典时期，甲型H1N1流感等疫情重灾区等）；对于一些高收入、高地位的人群也可能因随机拨号而成功进行访问。

4. 获取样本方式灵活并可及时调整样本构成

首先是样本取得方式比较灵活：可由系统根据给定条件在已有的样本库中随机产生，还可以用新产生的外部样本（如某公司本年度的客户群）。其次可对访员的访问随时进行样本汇总分析，准确掌握样本的构成情况，当发现有偏差时（如年龄、职业等），可以及时调整样本的取舍，特别是在需要配额抽样的调查中非常重要。

CATI与其他调查方式相比有许多优势，但也有不足。CATI的主要不足如下：

1. 调查内容不能过多、过于复杂，难以深入。

由于通过CATI进行访问时，无法与被访者进行面对面的交流，对被访者的控制较少，询问时间不宜太长。一般认为电话访问时间不宜超过15分钟，其结果是：太短，获取的信息量达不到预期的目的，太长则降低访问成功率；电话访问内容全部是依赖访问员的语言解释，如果内容过于复杂，会使受访者无法准确判断，因复杂难于解释，也容易引起受访者的误解，使受访者的回答不准确，甚至引起反感导致拒访。一些复杂的问题就不能像面访那样深入。这是很多调查研究被排斥在CATI门外的主要原因。

2. 不能出示图片等视觉材料。

有些调查是需要辅以图片、实物、说明等视觉材料通过增加受访者的感性认识才能获得真实答案的。而 CATI 由于无法向被调查者出示调查说明、照片或实物等背景资料,也不可能有过多的时间在电话中作详尽的解释,因此会出现被调查者可能因不了解问题确切的意思而无法回答或无法准确回答的情况。

3. 不能访问到没有电话的人群,抽样总体与目标总体不一致。

CATI 是通过电话访问,它不能访问到没有电话的人群。CATI 抽样总体是全体电话用户,如果调查的目标总体既包括有电话的用户也包括没有电话的用户,就会出现抽样总体与目标总体不一致的问题。我国目前大中城市电话覆盖率在 80% 以上,一般在这些城市中的调查可以采用 CATI,而在电话覆盖率较低的农村,特别是经济不太发达的农村,样本的代表性就很差。

三、CATI 的适用性

1. CATI 主要应用领域

(1) 市场调查。

CATI 可应用于多种目的和内容的市场调查。如可用于商业环境研究、顾客忠诚度与流失率研究、居民消费观念消费习惯或生活形态研究、产品的市场分析与定位研究、市场渗透率或市场占有率调查、产品品牌知名度调查、品牌转换调查、品牌竞争对手调查、产品用户的使用和态度研究、广告效果跟踪研究、媒体覆盖率和广告到达率调查以及市场其他各类数据的采集等。

(2) 民意调查。

民意是个人意见的集合,是社会舆论的具体表现。民意调查用科学的方法,有效地收集和分析人们的意见、观念、信心、习惯、行为和态度等有关的信息,使各级政府能够从宏观和具体等不同的层面把握社情,弄清当前人们对市政建设、环境治理、治安情况、经济社会发展前景,以及就业、教育、住房现状等方面的评价、看法及认识,从而为管理决策部门制定有关的战略和策略提供基础性的数据和资料。民意调查具有时空性、趋势性、简洁性等特点。CATI 符合民意调查的一些特点,已经被各级政府、高校、研究机构等用来进行民意调查。

(3) 行业行风调查。

近几年,为加强各个行业行风的建设,不少组织加强了行业行风的调查,如商业服务业、保险行业、旅游行业、电信行业、工程勘察设计行业、公交行业、律师行业、医药行业的行风调查等。行业行风调查包括行业政策的透明度、办事程序、办事效率以及办事人员工作态度等等。

（4）教学、课题研究

社会学、统计学、新闻传播学、广告学、市场营销学、公共卫生系等学科需要科学方便的数据采集工具。在 1975 年，加利福尼亚大学洛杉矶分校（University of California at Los Angeles）就将 CATI 系统应用于教学研究。我国高校对这方面的建设远落后于国外的高校，但随着经济的发展，以及高校本身对教学、学生社会实践、课题研究的重视日益增强，目前我国一些有实力的高校已经建立了调查实验室。如复旦大学、上海大学、中央财经大学等已建有 CATI 系统。

2．主要适用对象

与上述调查领域相适应，CATI 的适用对象包括：各级政府部门、媒体单位、工商企业、高等院校、研究机构和个人等。

3．主要适用项目类型

（1）当前热点问题或突发性问题

这类问题需要进行快速调查，同时由于受到社会的关注，容易得到受访者的配合，成功访问率高。如关于甲型 H1N1 流感对公众和政府的影响等。

（2）受众切身利益问题

这类研究因关乎受众切身利益，可以将访问时间延长且能得到真实的回答。

（3）项目主持单位与受访者之间有特定关系

如果电话那边称是上海市劳动局想了解上海市民有关退休金改革方面的问卷，笔者相信都会得到受访者相当的关注与配合；如果上海大学想了解本校学生学习状况也会得到学生的积极配合。

（4）对于特定问题的消费者调查以及对特殊群体的调查

如对品牌忠诚用户群关于该品牌新产品的购买意向调查；对于某公司基金投资者近期投资意向的调查等。

四、学院 CATI 应用推广建议

2008 年，上海大学影视艺术技术学院建立 CATI 实验室（图 2～3），有 20 多台电脑可同时进行访问。为科学合理地利用这套系统为教学和科研服务，笔者提出如下建议：

1．专人负责管理。

管理人员应懂得技术操作以及项目运作的整体流程，并培训一批相对固定的高素质访员，能做到随时需要随时调用。建立 CATI 使用手册，规定收费标

图 2～3：影视艺术技术学院 CATI 实验室，位于上海大学新校区 D 楼 117 室

准，管理人员也是访问过程中的督导员。

2. **为学校及院系提供数据采集服务。**

建立起上海大学学生数据库及教职员工数据库，可及时掌握学生的学习、生活、思想等，教职员工的生活、工作状况，各级行政部门的服务质量等，为各级管理层的有效管理提供数据资料。学校可为每次数据的取得付出费用，从而既了解"校情学（学生、学者）意"，又支持了院系实验室的发展。

3. **在学校硕士研究生、博士研究生及所有教师中推广 CATI。**

一方面鼓励教师和研究生应用 CATI 开展科研活动，提高科研效率；另一方面可根据调研的性质、目的等具体情况收取相应费用，以维护系统的正常运转。

4. **教学研究。**

正如前面所提到的，可为一些需要调查采集数据的课程如媒介管理、广告效果调查、新闻传播学等提供数据采集服务。需要说明的是，并不是要求学生掌握该系统的运作流程，而是把 CATI 系统作为老师的教学及学生的学习实践的工具。

5. **向社会推广。**

可为各级政府部门、新闻媒体、企业、个人等提供数据采集服务。将有关信息在网站发布，并在其他相关网站做推广，使需求者能够通过链接顺利联系并落实调查服务。

参考文献：

［1］ 史 铮.电话调查：一项新兴的社会调查方法［J］.统计与预测，2003 年第 6 期.

［2］ 笑 天.社会学研究方法［M］.中国人民大学出版社，2001 年.

［3］ 艾尔·巴比.社会研究方法［M］.华夏出版社，2000 年.

［4］ 谢邦昌.计算机辅助电话调查［M］.中国统计出版社,2000年.

［5］ 邓国华.统计调查的有力工具——电脑辅助电话调查系统［J］.理论导报,2008年第［1］期.

［6］ 张小军.把握改革机遇努力开拓创新谱写我国统计调查工作新篇章——中国统计调查历史回顾［J］.中国统计,2003年第4期.

［7］ 金勇进,王　华.序贯抽样在计算机辅助电话调查中的应用［J］.数理统计与管理,2006年第6期.

［8］ 苗兴状.CATI技术在市场调查中的应用及质量保证［J］.工业技术经济,2001(06).

［9］ 冯亮能.统计调查中CATI应用研究［J］.上海统计,2001(09).

［10］ 孙　蕾.网上调查与计算机辅助电话调查的比较［J］.统计教育,2002(03).

［11］ 肖　明.电话调查中如何进行抽样设计［J］.北京广播学院学报(自然科学版),2002,(02).

［12］ 向继红,沙　瑛.如何掌握电话调查中的访问技巧［J］.市场研究,2004(09).

提高实验教学质量的综合改进措施研究

——来自华东师范大学传播学院实验中心的经验

徐正则[①]

（华东师范大学传播学院实验中心　上海　200062）

[摘要]　本文通过统计华东师范大学传播学院实验中心设施和设备的使用情况,并分析了其具体原因,针对统计中所发现的问题和不足,进而提出了提高其使用率和使用效果的综合措施,对新校区实验中心的建设和进一步提高实验教学质量有着重要的意义。

[关键词]　实验设备；使用情况；实验教学；改进措施

影视、传播学是应用性文科,所谓应用,就是可以直接用于生活或生产的,不同于一般性的文科,需要学生具有一定的实践和动手能力。当前全球经济不景气,对本专业学生的就业工作带来了很大的挑战,企业在招聘人员时越来越重视学生的综合能力,尤其是实践和动手操作的能力,而这种能力的培养主要是在实验教学阶段完成的。"专业技术基础理论课是培养学生的基础课程,而实验教学又是至关重要的教学环节","对一个学校的规模和水平与学生的专业基础知识能力素质的提高而言,高等学校实验室可谓是'知识创新的源头,人才培养的基地'","使得在专业技能上都要求娴熟,更多地强调动手能力的培养,只有造就'上手快,能力强'的专业人才,才能满足社会的需求"。由此可见,实验教学质量的高低与学生动手能力有着极大的关联,从这个意义上说,实验中心及实验教学质量的水平直接决定了学生的就业能力。

---

① 作者简介:徐正则,男,华东师范大学传播学院实验中心工程技术人员。

实验教学质量与实验中心硬件设施、设备使用情况、教师的应用水平、实验类课程的建设水平、设备使用制度、学生参与实践项目的情况、学生对动手操作的热情和兴趣等等多个方面密切相关，比较难以通过量化的方式来精确地评估。一方面这些因素之间相互影响，相辅相成，比如良好的硬件设施有利于教师应用水平的提升，而只有高应用水平的教师才能建设出高水平的硬件设施；另一方面它们又合起来影响实验教学质量。这些因素错综复杂，其中只有硬件设施、设备使用率等硬性指标相对比较容易量化，因此本文以此为切入口，通过统计和分析实验设备的使用情况，提出了进一步提高其使用率和使用效果的具体措施，它们对改进实验教学各个环节的质量有着重要的意义。

一、现有实验室、设备及相关课程情况

华东师范大学传播学院实验中心是承担影视、编辑出版等相关专业实验教学的部门，学院现开设广播电视编导、播音与主持艺术、新闻学、广告学、编辑出版学五个本科专业；广播电视艺术学、电影学、新闻学、传播学、文学与传媒 5 个硕士点；文学与传媒博士点和文艺学·影视文学理论博士招生方向。

这些在校学生都会或多或少使用学院实验中心相关设施和设备，有的是在相关的实验课程中使用设备（课堂教学实验），有的是在业余时间来操作练习（学生自主实验）。下表是不同层次学生使用实验设备的主要形式。

	课堂教学实验	学生自主实验
本科学生	✓	✓
硕士生		✓
博士生		✓

其中本科生作为实验设备的主要使用者占我院学生数量的一大部分，本科生既有相关的实验类课程，又可以在业余时间实验；而硕士生和博士生只有理论性课程，只能在业余时间使用。

下表是实验中心现有设施、设备和所开的实验类课程。

实验室名称	有设备	实验项目名称	实验学时	所属课程	面向专业
计算机房	普通计算机40余台，安装有基本的编辑和制作软件，如photoshop，after effects，coreldraw等等	影视语言与影视广告制作	15	影视广告制作	广告
		计算机图文设计	40	图像处理、制作、编辑、排版	广告、新闻、广电、编辑
		广告专业学年设计	60	实践创作	广告
		电脑制作	30	图像处理	广告、新闻、广电、播音、编辑
		非线性编辑技术	30	影视文件的生成	各专业选修
		新闻编辑	15	编辑操作	新闻
		图像复制原理	20	图像复制流程环节操作	广告编辑
		CI设计	40	综合性设计实践	广告
		多媒体制作技术	40	综合使用多媒体软件进行命题设计	广告、新闻、广电、播音、编辑
		平面广告设计	30	平面广告综合设计	广告
编辑出版实验室	APPLE Mac Pro 1台、图形工作站2台、计算机若干、专业扫描仪、大幅面打印机	书刊装帧与设计	30	书刊装帧与设计	编辑
		网络与电子出版	30	网络与电子出版	编辑
影视编辑机房	Sobey无卡非编11台、有卡非编6台、高清非编1台、APPLE Mac Pro 1台，主要安装EditMax、Premiere、Edius Canopus和Final Cut	纪录片制作	20	纪录片制作编辑	各专业选修
播音实验室	演播室电视录制系统一套（简陋）、音响系统（简陋）、APPLE Mac Pro + Protools LE 2套	播音技巧训练	36	播音理论与技巧训练	播音
		节目主持技能训练	60	节目主持技能训练	播音

续　表

实验室名称	有设备	实验项目名称	实验学时	所属课程	面向专业
摄影暗房	底片冲洗设备	摄影与暗房技术	15	摄影与冲洗	广告、广电
		新闻摄影与暗房技术	15	摄影与冲洗	新闻
多功能演播室	灯具、幕布、画板、钢琴、投影系统等等	摄影与暗房技术	30	摄影与冲洗	广告、广电
		新闻摄影与暗房技术	30	摄影与冲洗	新闻
		广告摄影基础	30	广告摄影	广告
		摄影造型基础	30	摄影造型	各专业选修
		电视摄像	30	电视摄像	各专业选修
摄录设备外借室	外借摄像机、照相机、三脚架、投影仪、移动式音响系统			各类使用相关设备的课程	各专业选修

以上实验中心现有设施和设备在没有课程教学使用的时段，可以供学生业余时间使用（除一部分高端设备不予外借以外）。

二、实验设施和设备使用情况的统计及原因分析

实验中心现有设施和设备需经过手工登记方可使用，下面是对 2008 学年使用情况的统计，按学生使用实验设备的形式，分成教学实验和学生自主实验。由于本文作者才到现单位工作，目前只有两个学期的相关数据。从这两个学期实验室及设备使用情况的来看，大部分设备使用率偏低，甚至有的就没有被用过，只有少部分如外借摄像机使用情况比较好。

表 1：实验中心 07－08 学年第二学期使用情况

实验室名	教学实验人次	周平均（19 周）	学生自主实验	周平均（19 周）	使用率主观评价	备　注
计算机房	9210	485	408	21.47	高	以每堂课平均 40 人计算，大约使用率是每周 12 门
编辑出版实验室	0	0	0	0	低	

续 表

实验室名	教学实验人次	周平均（19周）	学生自主实验	周平均（19周）	使用率主观评价	备 注
影视编辑机房	475	25	213	11.2	较低	教学实验每周1堂课，25人的班级；学生自主实验多为学生练习片、实践项目等
播音实验室	930	49	115	6	中等	每周两门课程
摄影暗房	0	0	0	0	低	
多功能演播室	2240	118	195	10.3	较高	以每堂课平均30人计算，大约使用率是每周4门
外借摄像机	36	1.89	469	24.68	非常高	一共有各型摄像机33台
外借照相机	11	0.58	3	0.15	低	一共只有3台照相机

表2：实验中心08－09学年第一学期使用情况

实验室名	教学实验人次	周平均（19周）	学生自主实验	周平均（19周）	使用率主观评价	备 注
计算机房	8670	456	368	19.3	高	以每堂课平均40人计算，大约使用率是每周11门
编辑出版实验室	95	5	0	0	低	
影视编辑机房	380	20	530	27.8	中等	教学实验每周1堂课，20人的班级；学生自主实验多为学生练习片、实践项目等
播音实验室	1120	58.9	80	4.2	中等	每周两门课程
摄影暗房	120	6.3	0	0	低	总共19周的课程，其中4周使用暗房
多功能演播室	2440	128	176	9.3	较高	以每堂课平均30人计算，大约使用率是每周4门
外借摄像机	42	2.21	519	27.31	非常高	后购进26台，拆封了3台，一共有各型摄像机36台投入使用
外借照相机	25	1.32	20	1	低	后购进8台单反，共11台

从以上两个表可以看出，专业级摄像机、计算机机房、多功能演播室是目前使用率高的设备，外借摄像机有时甚至供不应求，播音实验室使用率中等，而出版机房和编辑机房使用率较低，具体分析原因：

1）专业级摄像机使用率高的原因有几点：

首先,摄像和影视制作作为传播学院的基础课程,各个专业的学生都必须掌握此类技术,有多门相关的课程如影视语言与影视广告制作、非线性编辑技术、纪录片制作等等,不仅课堂上需要,而且课后的完成作业阶段,拍摄练习阶段都需要使用摄像机,摄像机成了学生和教师课堂实验教学必借的物品。

其次,学生经过课堂上的学习,一般都能比较熟练地掌握和操作摄像机,不需要重新摸索一段时间,而其它一些设备如果学生以前没有比较深入的接触,一般就不会想到去借出来用。因此摄像机作为影视传播专业学生一种熟悉地常用设备,在课后的业余时间也会凭个人的兴趣爱好向实验室租用以制作个人的作品,可见课堂上的实验教学使用到的设备和制作方法对学生具有很强的指导和引导的作用,另一方面也反映出目前的学生缺乏创造和创新能力,很少会自发地去尝试用一些课堂上没有教过的。

此外,专业级摄像机作为一种比较昂贵的专用设备(消费类民用摄像机比专业级摄像机性能上还有一定差距),最便宜的型号都要 13000 元以上,依靠父母作为主要经济来源的学生一般不会轻易去购买,只能需要时从实验室借。相较而言,实验室购买的多台民用级 DV 却无人问津。本文作者在学生时代,也曾经常多次向学校实验室申请外借摄像机。由于获得的途径比较少,专业级摄像机一直供不应求。

2)计算机机房和多功能演播室使用率高的原因是大部分需要动手实践的初级课程一般都安排在这两个实验室,学院的实验教学以入门级课程居多,其特点是学生数量较多,为了满足数量上的要求,选用的软件都基于普通 PC,以低端常用型号为主,不会动用专业的工作站,比如实际的广告业界通常使用苹果电脑、手写板等作为制作设备,而广告设计这门课程使用是 PC 机上安装的 Photoshop、Illustrator 等软件。由于在自己的计算机上也完全可以使用这些软件,如上两个表所显示,两个实验室除了上课使用较多以外,很少能吸引到学生利用业余时间前来自主练习。

3)使用率中等的是播音与主持艺术专业专用的播音实验室,一方面大部分该专业相关的课程都会使用到该实验室,另一方面其它专业都没有相关的需求,因此使用情况比较平稳。此外,有部分实际制作项目的配音也是在完成的。

4)使用率低的是出版编辑机房和非线性编辑机房

这两个实验室不同于计算机房,其特点是以专业的中高端制作设备为主,甚至有部分完全与行业标准相同,在购置经费有限的情况下,为了尽可能地满足不同的需求,以扩大学生的眼界,同一型号的设备数量不多,但种类比较丰富,比如非 线 性 编 辑 机 房 就 有 Final Cut、EditMax1、EditMax7、Premiere CS4、

Topbox2、Edius Canopus 等多种非编系统。安排在这两个实验室的教学课程也比较少，一共仅有 3 门中高级课程，建设它们的主要目的是希望通过增加学生的自主实验和制作实际项目来提高他们的制作能力，开阔眼界。但目前使用情况不理想，原因有几点：

首先，在有限的经费情况下，为了丰富设备种类，同一型号的设备数量不多，一般只购置 2 - 3 台，如 Final Cut 非编系统，一方面教师很少愿意在课程教学中教授如何使用这类高端设备，至多也就是蜻蜓点水般地作些演示，就算有意在教学中使用，数量也不够学生分配，因此课堂教学中使用的就较少。另一方面，实验教学以手把手教授为主，学生的自学热情不高，等要靠思想严重，课堂教学中没有接触过的设备和系统，很少会有学生根据自己以前所学的知识和技能，理论联系实际，举一反三，去尝试，去摸索使用，缺少钻研精神，没有形成创新的文化氛围。因此在业余时间的自主实验过程中，形成了所有学生只使用且只会使用这一种设备的情况，比如在完成上海教育电视台《学子 DIY》节目的过程中，大家都还在使用他们熟悉的 Premiere，而更专业的非编系统却无人问津，客观上造成了大量的设备闲置，使用情况不佳。

其次，近几年来，随着原来封闭化的 AV 设备逐渐向开放化的 IT 设备转变，造成了原本高高在上的广播级专业设备越来越多地被民用化的准专业设备所替代。最典型的例子就是非编系统，几乎是只需以平民的价格配置一台性能比较高的电脑，加配一块 IEEE1394 采集卡安装上 Premiere CS4 就可以实现大部分的编辑工作，虽然与广播级的非编工作站还有一定的差别，但在大部分常见的制作情况下，这两种非编系统所提供的编辑功能已经高度地靠近了。正是因为这些设备具有高可替代性，所以很多学生的作业、练习和项目就在其宿舍的电脑上完成，就无需使用非线性编辑实验室里的设备了。此外，实验室只在工作日开放，也使许多需要夜以继日地制作项目的同学望而却步。这样不仅造成了设施的闲置，也缺少了开放的实验室环境中相互之间的交流和协作。

再次，由于这两个实验机房的特点是以学生的自主实验和制作实际项目为主，实际项目数量较少也是使用率低的重要原因之一，从经验来看，在项目进行的过程中，比如制作系列电视节目、DV 短片大赛等，实验设备的使用就会显著地增加。

最后，使用率不高也与学生学习、自学的积极性和侧重点有关，特别是大多数同学比较注重理论知识的构建，而对于实践技能的掌握却不够重视，造成学生动手能力弱，更缺少热情自发地制作一些作品，大部分同学除了参加数量有限地课程教学外，很少有学生利用业余时间在实验室中摸索和摆弄设备。

三、提高实验设备使用情况的综合改进措施

针对以上有关使用率的统计中所发现的问题和不足,分析不是单一的原因造成的,需要提出进一步的综合改进措施,分成以下几个方面:

1）硬件设施和设备方面

增加实验中心的场地设施,用于添置诸如演播室之类的大型专业设备,由于现有场地限制造成设备类型不全面,不完整,缺少了很多专业基础核心的实验教学内容。另外还需要为研究生提供一些自主管理的实验场所,目的是让学生乐于来实验室,把实验室当作自己的地盘,平时没课的时候都会自发地前来,可以考虑"建立应用型、综合性小机房配合专业教学和学生能够完成专业课程作业的要求",当然,这需要制度方面允许。此外,还需留出一些备用的场地,为实验中心今后的进一步的发展留出充足的空间。

设备采购过程中,多添置专业设备,减少民用级产品,并且形成一定的规模,比如实验室原有数台家用 DV,一直无人问津,学生宁可空手而归也不愿退而求其次,这与专业级摄像机供不应求形成了鲜明的对比,因此以后应该停止采购家用 DV。另外,针对部分专业设备如 Final Cut 非编系统使用率也不高这类情况,如前文分析,主要是因为学生不熟悉、不会用造成的,不仅不应该因此而放弃购买,反而应该更多地增加专业设备,并且通过增加相关的课程和培训等措施,以使学生有更多的机会熟悉使用它们。

根据实验中心实际运行中的统计数据和经验,对于学生实际需求量较大的设备,在以后的采购中增加相应的数量。

2）文化和学习氛围、宣传方面

大学的文化氛围中,在大部分师生的骨子里中,应该说有一种对实验教学有害的思想——理论研究是阳春白雪,而动手实践是下里巴人。这种意识客观上造成了学生比较注重理论知识的构建,而对于实践技能的掌握却不够重视,积极性和热情不高,影响到了实验教学的效果。就拿最受学生欢迎的摄像机来说,除了教学安排学生课后完成的作业以外,经常来借的也就是几个有兴趣的"老面孔",由于数量不多,才比较抢手,而更大一部分的学生群体对此还是漠然视之。因此有必要在师生中加强宣传,改变这种思想,需要"重视和强化应用性、操作性强的专业技能训练,重视实践、实习性的课程,重视动手能力、加强技能培养、提高学生的创作能力",只有对实验实践重视起来,才能切实地提高实验教学的效果。

另外,学生动手实践过程中等要靠思想严重,没有接触过的设备和系统,很少会有学生根据自己以前所学的知识和技能,理论联系实际,举一反三,去尝试,去摸索使用。这就需要树立创新文化,形成学生自主学习的文化氛围,通过尝试各种可能的手段、方法和技术,以更好地解决实际工作中所遇到的问题。

最后,需要加强实验中心现有设施和设备的宣传,增强学生对实验中心的了解,尤其是每次采购之后,针对新购设备的特点需要重点介绍。在工作中发现,设施和设备的闲置很多情况是因为学生根本不知道实验中心有什么,可以做什么造成的,而加强这方面的宣传往往能起到意想不到的效果。

3)课程建设方面

从目前各个专业的课程表来看,实验教学的种类和课时都偏少,应该增加实验教学在整个教学活动中的比例,"增加课程体系内容的实践性、应用性,实现理论向技术、向实践转化的能力教育",尤其可以以全院选修课的形式加入更多如何使用中高端专业设备的课程。

由于以理论为主与以实践为主的老师各自侧重点不同,而实验室老师既熟悉现有设备和学生水平等情况,在专业方面又是内行,因此也应更多的参与实验类教学课程的制订和安排,这样才能有意识地利用现有的设备,最大化地发挥其作用。

随着实验中心 IT 化设备的逐渐增多,由于 IT 设备的更新换代速度较快,新的设备通常伴随着新的制作理念、制作方式,而老师由于思维惯性以及学习惰性等原因,仍然在课堂上教授老旧的内容,甚至自己也不会使用。需要从两个方面改进,一方面,增加对老师的培训,尤其是针对新设备的使用特点,另一方面,教学实验的内容也应该与实验设备同步,不断地更新和升级。

4)提供技能培训方面

由于大学与社会上的培训机构培养人的目标、方式、着重点有着本质的不同,在与职业联系紧密的技能培训方面,大学的课程有着较多的局限性,换句话说,大学所培养出的人才与用人单位的对人才的标准还是存在一定的偏差的。大学有大学的特点,无需变成职业培训机构,但是可以取长补短。因此,在这方面可以通过与业界有影响力的相关厂商建立联合培训实验室的方式,来为学生提供经济上可承受得起的职业技能培训和认证,如全球非编领先厂商 AVID 公司就与国内多家高校建立起了合作关系,在课程教学之外,为希望能提升个人能力,增强择业竞争力的同学安排。不仅给学生提供了学习如何操作中高端设备的机会,也解决了这些设备因为学生"不识货"而备受冷落的问题。此外,除了与厂商合作以外,还可以积极参与国家级的专业技能等级考试,如与专业相关的合成师、剪辑师、动画师、音响师等。

建立视频培训系统，它的内容与职业培训相似，但是一种汇集了大量视频培训的资料库，学生可以用点播的方式来使用，目前网上有很多的这类由专业公司或个人制作的培训视频集，可以不停地收集和更新这个库。这个系统可以在课余时间让学生在实验室里自学，培养学习能力，这对学生以后的发展极其重要，因为如果从事相关行业的工作，很多技术的更新换代也是飞快的，可能才毕业你在学校所学的已经落后了，这就要求不停的学习，而且要求以同样飞快的速度来掌握它，学生同样应该学会如何找到需要的学习材料，包括从网络上收集。从另一方面来说，这套视频培训系统也是对实体培训班的补充和延伸，因为教师的知识和技能也有很多局限，也肯定跟不上新技术日新月异的发展，而这套系统的资料是从网上收集而来的，是经常更新的，汇聚了各家之所长，所以如果想要学习最新的技能，想要站在行业的最前沿，只能通过这类方式。

5）制度建设方面

建立开放的实验环境。"开放式实验室是指学校正式建制的各级各类实验室，在完成正常教学、科研任务和完成正常的实验教学以外，实验室利用现有师资、仪器设备、环境等条件，利用一切可以开放的时间和资源面对大学生、研究生和面向社会开放使用的实验室。"开放的实验环境可以解决学生实训时间不足的矛盾，可以满足学生个性化发展的要求，可以在课余的时间利用实验室来完成跨学科、跨专业的创新型、综合型的实验项目和工程项目的实验，与此同时教师也可以利用教学任务以外的时间搞研究创新，还可以吸引社会上相关专业的机构和人员的加入，充分发挥实验室在实施素质教育中的重要作用。实验项目优秀成果的出现也可以极大地提高学校的社会地位和知名度。可见，建立开放的实验环境对提高整个实验中心的效能具有重大的意义，也是在制度建设方面一种重要的创新。而目前的实验中心的现状是只在工作日开放，使许多需要夜以继日地制作项目的同学望而却步，影响了他们的创作欲望，也造成了设施和设备的闲置。

可以考虑给学生更多的使用设备和设施的权利，尤其是应该增加让研究生自主管理的实验室，这样休息日和晚间也可以开放和使用，研究生在自己的实验室里也有一种主人翁的意识，实验室就是我的家，没事的时候，就可以在这里学习、交流、协作，汇聚人气，充分地利用好实验中心。

可以考虑在一定的条件下向学生提供实验室里的高端设备，改善学生使用高级设备的权利，这方面的规章制度需要制定，以后工作中可以有章可循。这对于扩展学生的眼界，向中高端人才发展有着极大的好处。比如有一定制作经验的研究生拍摄 DV 作品,如果有好的创意,经过了精心准备的拍摄计划,又在导师的指导和点拨下完成,就可以向学院申请使用高级设备。当然,如果这类价值不菲的设备在使用过程中意外损坏,会造成很严重的后果,因此具体的条款还须斟酌。

6)争取项目实践机会

实际的项目实践机会是改善实验教学质量的最佳途径,同时也能有效地提升实验设备的使用率。首先,由于昂贵的专业级设备数量较少,以课程教学这种形式显然是不合理的,不可能让每个学生都有充足的练习机会;其次,教学中所讲解的知识和技巧以及学生在操作中所遇到很多问题,与真正完成项目之间的还是存在天壤之别,上课过程中只能教授学生最基本最常用的操作能力和初级技巧,只有项目实践才能练习面向实际情况的一些高级技巧和经验,而这种经验是无法通过教学中的习题和作业来模拟获取的;最后,新的制作技术发展速度过快,甚至教师也来不及学习和掌握,在解决项目所遇到的问题的过程中,可以让学生根据需要自学新的技术,培养学生的自学能力和分析问题、解决问题的能力,因为此时老师也不会使用,只能自己思考解决。

学生的动手能力与其说是在课程教学实验中获得的,不如说是在项目实践中发展和提高的,因此项目实践对提高实验教学质量的作用是无法通过更多的教学实验课程来替代的,甚至希望在实验课程中增加项目实践模块来模拟真实的项目,其作用都会大打折扣,只有经过社会检验过的实际的项目才能起到最好的效果。

综上所述,本文首先统计了实验中心的使用情况,并分析了其原因,这些原因不是单一的,因此提出的这些有针对性的具体措施需要综合使用,才能起到相应效果。当然,实验中心目前使用的手工统计方法,对使用率的统计还不够准确,以后可以通过现代信息化的管理手段加以改善,比如使用通过智能卡管理把各个设备使用情况的信息存放到数据库中,方便进一步的数据分析和挖掘。

目前,华东师范大学传播学院新校区教学实验楼正在紧张的施工过程中,通过这次研究,提出以上这些具体的措施,对新实验中心的规划方案和各项制度的完善,具有重要的实践指导意义。

参考文献:

［1］ 钟康云.高等艺术院校建立开放实验室的必要性研究.浙江传媒学院学报,2004 年第 4 期,第 47 页.

［2］ 钟康云.对影视艺术类高校音视频实验室建设与管理的思考.中国现代教育装备,2006

年第 8 期,第 26 页.

[3]　曹　鹏.论影视实验室设备购置与设备管理的思路及对策.中国现代教育装备,2007年第 12 期,第 184 页.

[4]　钟康云.对影视艺术类高校音视频实验室建设与管理的思考.中国现代教育装备,2006年第 8 期,第 26 页.

[5]　钟康云.高等艺术院校建立开放实验室的必要性研究.浙江传媒学院学报,2004 年第 4期,第 47 页.

对当今影视实验
教学管理现状的浅析

顾国英[①]

（上海大学影视艺术技术学院影视传播实验教学中心　上海　200072）

[摘要]　实验教学在高校的教学中占有重要地位。影视艺术实验室的建立与管理有它的特殊性，本文就影视艺术实验的规范化管理提出了一些看法。

[关键词]　影视；实验教学；规范化管理

这些年来，随着人们物质文化生活水平的提高，人们对精神领域的追求，影视艺术专业就像雨后的春笋，遍地开花。然而，对人才的培养却大相径庭，有的学校十分注重在影视专业教学中实验课程，老师通过手把手地教，让学生对设备的基本工作原理及基本操作方法有了一个从感性到理性的认识，从课本到实际操作、练习的动手能力的过程。从中一步一个脚印的掌握最基本的节目制作技巧，为毕业后能够成为有艺术创作能力和实际动手能力的人才而打下扎实的基础。基于影视类专业的实验教学有其自身的特点，所以它的实验教学需要建立相应的规范化管理模式，这也是影视艺术实验教学管理的必然发展趋势，但目前影视艺术实验教学管理中还存在着诸多问题。

首先，对于影视学专业的实验室，它需要投入大量的资金。学生在录取该专业的学费也相应比其他专业的高些，但是，学校为了使学生能够在四年的学习生涯中比较全面地掌握基本的影视设备和技术，了解熟悉最新的影视设备，因而，学校在实验室的建立和建设时就需购置了大批新设备。如影视制作的前期设备有数码摄像机、非编用的苹果电脑、数字采集机、非编卡、演播室、录音棚等许多设备，而这些设备的技术更新很快，这样不断投入新设备，相应的大大增加了教

---

① 作者简介：顾国英，女，上海大学影视艺术技术学院影视传播实验教学中心实验师。

学成本。另外，实验设备的更新周期加快，使得学生在实验过程中对出现新设备的操作不适应，会出现误操作，有时还会犯一些低级错误，设备的损坏各式各样。

其次，现今对于影视专业的实验教学考核缺乏完整评估体系。对实验教学评估的宗旨是对实验课开设情况的检验和评价——即实验教学的"指挥棒"。影视专业是最近几年发展起来的新学科，目前，在一所以理工科为主的大学里，对影视艺术类的实验教学的评估，大都是以理工类实验教学的模式作为参考标准，而在具体的操作时常常会出现矛盾或偏差，因为在一些具体条例规定上与影视实验的教学规律不太一致。如影视节目制作课就是一门操作性很强的实验课程，在这门课中，涉及到理论的成分不是很多，他需要学生在整个实验教学过程中掌握具体的操作技能和技术，从而熟练应用，老师一般也采用在计算机房上课。所以就缺乏像实验数据的记录、或定量的、定性的分析结果等等数据。学生在课上或实验中主要是对制作设备的正确操作和熟练使用，还有更主要是结合横向的知识，对通过自己亲自动手所拍摄或录制、制作的作品来体现该作品的思想和艺术价值，所以影视艺术类实验教学应该有结合自身特点的实验教学评估体系，从而不断积累和提高实验教学的经验与质量，逐步完善影视实验教学的评估体系。

其三，不够重视影视教学的基础性实验。影视艺术的教学应该是十分强调学生个性的培养，在当今面向大众、面向社会教育的今天，学校花费了高额的教学、实验设备的投入，希望培养出的学生既有专业个性、又有综合共性的全面人才，而在具体实验教学中往往只注重学生个性的培养，忽略实验教学的基础性和技能性的培养，渐渐的会影响到教学的实际效果。而在国外，影视教学通常可分为二个阶段，第一阶段是以基础教育为主，在实验教学中强调基本原理的运用，特别是综合原理的运用。第二阶段是注重综合素质的培养。我们的教学其实也是有所类同，但是对基础性、验证性实验的不够重视，长此以往，环环相扣，最后影响了每个学生的综合素质，影响了实验教学的最终目的。偏离了办学、办专业的最终目标。

其四，实验室的设备标准化配套和资源的合理利用、及实验室管理、优化、高效多是以建设良好实验教学平台和科研平台为保障，是提高实验教学效率的关键所在。影视专业实验室对设备的系统化和标准化的要求很高。往往在理论上可行的，在实际的操作过程中却出现这样那样的小问题，实现不了，或者由于设备的技术指标刚刚满足要求，因此原本只需半个小时就能解决的问题，它却花费了你几个小时、甚至一二天。同样在影视制作过程中要严格地按照影视艺术的技术标准来操作，否则制作出来由于缺少某一步骤的作品却达不到技术上的要求或缺了某一艺术的效果,而成了废品。但是,绝大多数原因是由于经费的关系使我们在实验室的建设上往往购置一些各方面配置较低的制作设备,这样学生在实验的过程中就缺少具体的参考指标,忽视技术指标,通常我们所说的作品不够理想,最终影响到教学的效果。而我们现有的实验教学设备大多是从建校起日积月累起来的,设备的型号、档次、功能都有着很大的差别,虽然每年在淘汰些落后的、长期不用的设备,也在不断增加了许多新的基础设备,同时也有添置了不少高端设备,但还是无法满足现有的、不断增长的、全日制、成人教育等实验教学。另外,由于各实验室的设备缺少完整的系统配置,因此学生的综合性、操作性实验都很难达到一定的教学要求,有的即使达到了但也是满足了最基本的次数,离熟练掌握的程度还相差很远;或由于教学计划和实验设备配套的脱节,学生住宿与上课地点的两地化分开,使实验设备开设的内容和时间上等都存在错位、不足或浪费的现象;有的实验缺少深度,影响到了教学效果。对建立规范化实验教学模式的思考是十分必要。针对以上提出的几个问题,从提高实验教学的质量和效益出发,结合我们学校、我们学院实验室的具体情况和实验的有限资源和条件,我们制定合理的、切实可行的实验教学规范化管理模式。在模式的设计上,要遵循影视艺术的创作规律和影视艺术的制作工艺,同时结合教学内容,科学地进行规划、组合,充分利用现有的实验室资源。建立符合我院影视实验教学内容的实验体系。

一、影视艺术是技术与艺术融为一体,密不可分的。影视艺术必须以影视技术为基础,也就是说,只有掌握了一定的影视技术才能把影视艺术作品通过技术手段表现出来,同样影视艺术的教学则很大一部分是实验教学。学生只有通过不断地实验,才能更牢固地、熟练地掌握基础理论,通过不断地实验,才能提高自身的动手和实践能力,通过不断地实验,才能把技术与艺术巧妙地结合在一起。从中我们根据影视教学的基本要求及人才的需要,按照实验教学目的将不同阶段的实验项目分类、归并和分层次有计划地划分。从基础性的实验到熟练操作性实验和综合性实验,形成了从基础训练到艺术创作的完整的实验教学体系。

基础性实验的教学目的是加强影视教学的基础知识,在实验教学中强调原理的运用,特别是综合原理的运用,要求学生了解影视设备的基本原理和掌握影视设备的最基本操作使用。操作性实践的教学目的是使学生掌握基本的功能及调试的方法,拓宽知识面。而综合实践则以开拓创新为目标,充分发挥学生的主观能动性,结合所学的各方面的综合知识,提出有创意、有思想的拍摄作品为实践,是综合素质的培养。不同的实验阶段要求有各自不同的实验模式:在基础性实验阶段大都以教师为主角,是以传授知识为主,要求学生掌握基础知识、基本技能。在操作性实践阶段以学生自学、独立操作为主角,碰到问题求助老师帮助解决或同学之间的帮助解决。在综合实践阶段要求学生以独立思考和创作为主,从一个简单短小的事件开始,到出校门时的一个复杂、完整事件的综合组织、策划和集体完成的工程,从而达到培养学生的独立工作能力。在教学中始终以教师辅导为主或为辅的形式,学生通过实验对影视设备、硬件构成有一个感性的认识,并在教师的指导下逐步培养学生严格认真的实验态度。学院在大一时开设的专业基础课程电视摄像时,首先要了解摄像机的初始化的操作,如白平衡的调节,变焦、景深镜头基本运用,在实验中通过对人、景、物、色彩的不同,帮助学生了解在具体条件下摄像机需要对白平衡、变焦、景深进行重新调整的方法。像这样的课程如果学生不通过实验课的验证,对摄像机的诸多功能就很难具体理解、操作。所以,在影视教学中对影视设备的熟悉和掌握都需要通过基础性实验课程来解决。同时,在实验性实验的课程上由于教师水平的差异,在课程内容上随意性比较强,缺少统一的、基础性的标准,学生掌握基本技能质量的高低的原因之一。从而影响到教学质量的高低。操作性实践以掌握解决问题的方法为主,提倡自学为主。学生在教师的指导下独立操作使用影视设备,在实践中遇到问题再来与老师共同探讨,通过反复实习,反复解决所碰到的具体问题,在实验的过程中得到提高和感悟。因此操作性实验的目的是让学生在实验过程中进一步掌握设备的功能,逐步达到驾轻就熟的本领。渐渐的在上课过程中,要充分发挥学生的主动性,积极引导学生正确的操作步骤,反反复复加以练习,直到熟练掌握为止。紧接着,学生在通过基础性实验课,如对摄像机的基本功能及原理有了初步了解。在操作性实践课中,学生可以通过对实景的拍摄进一步的了解它的基本功能在不同时间、地点、场合下的不同变化所带来的不同艺术效果。同时,还要让学生理解,可以通过对白平衡、焦距、景深的变化来达到能满足或符合作品内容或画面气氛的一种特定的效果。我们目前在操作性实验中还存在的一些问题,如实验报告内容可有可无,或过于简单而缺乏思想内容和深度。综合性实践是影视实验教学的最高阶段,也是最后一个环节,对于高年级的学生来说,在掌握了前两个实验的基础上提高综合素质能力的实验,让学生把自己几年来所学的知识进行一个综合的练习,有自行提出实验的课题或者外接来的课题。在教师的参与下共同讨论完成课题。通过实验过程,理清了基本思路,是对基础理论、艺术专业和技能训练的一个综合应用,是对艺术创作与创新能力完美结合,是一个或一部艺术作品再现。在综合实践的课程中,学生结合自己已掌握的知识,通过同专业或不同专业同学之间的合作、帮助参与,最终自己独立完成影像作品的创作。例如,摄像专业的学生要结合本专业所学到的知识,通过对摄像的构图、色彩、光线艺术的运用,拍摄的镜头要能体现自己对艺术作品的独特理解,到了后期剪辑时可运用剪辑技巧、音乐的效果来进一步完美的表现作品的思想、意念。这有这样,才能最终出现一个既有艺术性、又有创意的好作品来。

　　二、实验室的整体建设,虽然我们不能说实验室的硬件设施有多好,我们的实验教学水平就有多高。但实验教学的高水平是离不开高水平的实验室建设,它是实验教学高水平的保障、是前提。我们通常所说的实验室建设包括硬件建设和软件建设两个方面。硬件指的是实验室场地、环境、实验设备等等,是实验教学的物质基础。而软件则主要是我们的管理。硬件建设要以专业要求为特点,适合当今时代的发展需求,体现时代先进性和长远性,让学生在学期间就能够接触或了解先进的科技设备,有条件的最好能掌握一、二样最新最前端的科技设备,为他们的日后走出校门打好良好的基础。随着高科技的不断发展,为管理工作也提出高要求的挑战。我们学院是在 1994 年成立的,是一个较早以影视艺术和技术结合为专业特色的学院,但由于各个专业对实验的要求都有其侧重点与不同点。例如,影视编导专业和影视制作专业都有关于后期编辑的节目制作课程,但是他们对画面编辑的要求不一样。编导比较注重镜头的运用和组接,强调剪辑技巧和视听语言的叙述性,而动画制作专业的学生注重画面的立体的、多维结构、镜头之间的创作,通过对画面的加工达到一定的艺术效果,对软件的要求比较高。如果把实验室建设按着各专业的要求分散在各系势必造成经费严重不足,场地也大量缺乏,而有时还会出现资源的浪费。由于影视设备的成本高、技术更新快、系统化要求高,分散式管理不仅造成管理人员的浪费,而且设备的利用率会大大减低。虽然各专业在实验上有各自不同的要求,但是影视制作的工艺流程是统一的,所以影视设备适合于集中使用。所以我们学院一成立,就成立的影视传播实验教学中心即是为学院各专业共享的一个公共平台,充分提高了学院设备的使用效率。我们还根据影视实验教学的情况,按照影视制作流程及规律把现有的实验室分成四个部分:影视基础实验室,影视现场制作实验室——演播室,影视音频实验室、专业影视制作实验室等。每个实验室都由若干个基础和专业实验组成。经过整合的实验教学平台,教学设施配置先进,功能齐全,高、中、低档次兼有,满足了我院的各类实验教学及科研任务所需。其中基础实验室是专门为基础性实验和操作性实验教学服务的,它在数量上要求比较多,有三个非线性编辑教学实验室,周一到周五全天开放,以满足教师的教学为主,设备的规格以中低档次为主。而专业实验室则从质量上满足教学、科研的需要。它在设备的规格上要求是高端的设备,前期有松下 P2 摄像机、REDONE 电影镜头拍摄摄像机,后期配置全高清苹果系列设备若干套、蓝鱼 4∶4∶4 系列全高清设备、惠普系列等等。它以制作"精品"和"参赛作品"为目的,为教师的教学科研服务,同时也是影视艺术专业的学生项目的重要基地。专业实验室的建立可以推进理论与实践的互动,教学与市场的接轨,实践带动教学;了解本行业的发展动向与市场的需求。因此在实验室建设中,需要用发展的眼光考虑。在购置设备时选择较先进的仪器设备,既要实验技术不断提高,又满足了实验教学的需要、又能适应影视设备不断推陈出新。同时在选型时注意到设备升级换代的空间余地,使设备有限寿命周期内能够最大发挥效能。例如,为了最大限度的提高教学设备,在保证教学质量的前提下我们选用 SONY、松下品牌系列的机型 DV150、DV180 等格式的摄像机作为前期拍摄设备,后期电视编辑基础实验室则选购DV、HDV、DVPRO 等兼容格式采集机,另外,我们考虑最低档的、普通化的后期非线性编辑的采集问题,选择了有 1394 接口的为数不多的几台 DV 录像机,使 1394 接口可以和普通的 PC 机兼容,这样我们就形成了高、中、低端的制作流程,系列化的制作同时避免了许多不必要的麻烦,大大也提高了设备的利用率。在新建实验室里我们还把可用老设备进一步充分利用起来。学院办学十多年来,积累了不少设备,有许多老设备虽在功能上还能够使用,但按照现在的技术标准,都已经属于淘汰设备。所以我们要把新老设备进行重组,充分发挥有限的资源,使之达到最大的有效应用。又如,我院各个专业都有摄像机应用这一门基础课程,摄像机使用很频繁。我们在两个校区都有摄像实验室。根据实验要求在实验室内配置了不同类型的摄像机,其中有先进的数字摄像机,也有少量的模拟摄像机。学生在低年级时的基础性实验过程中,通过各种不同类型摄像机的使用与对比,更进一步了解了数字与模拟的摄像机的技术差别和功能的优异。

三、作为影视专业特色的院校,学生的影视作品层出不穷,也是他们的学习成果之一。而良好的开放式实验教学环境和条件,将有利于学生的学习积极性和学习潜能得到充分发挥,有利于学生创新思维的早期发现和快速培养,更有利于学生学习热情和个性的培养,一帮二,二帮四,一届一届传承下来,从而使实验教学水平有质的提高。因此我们积极为综合性实践课程提供开放条件,已取得了很好的教学效果。对于毕业班的学生,通常让他们完成一、两个项目,通过项目来培养他们的艺术创作能力和综合实践能力。在时间和创作空间上给予充分的自由,只需采用有效的网上登记、上课老师签字的方法即可。只要是符合条件的,按照规定无偿地为学生服务。这样学生可以根据自己的时间掌控计划,安排前期使用时间和后期的制作时间,可连续也可分段的完成作品。从而提高了设备的使用率。为了更好地鼓励学生创作热情,学院每年组织一、二次学生的 DV

作品大赛,把一些优秀的作品还拿到外面的电视台等新闻媒体去进行参赛,对获奖的作品加以物质奖励,大大激发学生的创作思路和热情。另外,在实验室基本体系的建设中,实验教学的辅助设施也十分重要。尤其像资料库,影视艺术类院校实验教学需要有配套的音像资料库为基础教学服务。音像资料库可以为教师与学生提供音视频剪辑的共享素材,使剪辑的素材更加规范统一,增强剪辑实训性,在这些方面我们现在还是比较薄弱,有待于进一步的积累、搜集。其次素材库的建设来源于老师在讲课中的中外经典案例,来自于学生的优秀作品,来自于课外作品的灵感,它可以供身边的或下届的学生借鉴,是教学效果不断提高的有利因素。四、加强对实验室的科学管理,对提高教学质量意义重大。实验教学在培养学生综合素质和创新能力方面具有其他教学环节不可替代的作用。实验教学在整个高校的教学中占有突出的地位。建立一套相应的实验评估标准,也是学校实验教学规范化管理的重要保障。根据我校的具体情况,建议在实验中心的实验教学管理上采取以下措施:(1)在综合性实践的实验课程中,要求学生持有设备使用考核合格证,或经过专门的培训后才允许进入专业机房的使用。对于影视设备成本投入高,操作性强,如果不采取有效措施,万一由于学生的操作不当或误操作,会加快设备的损坏率,影响正常的教学。(2)实行实验报告统一管理。既可以衡量学生掌握实验程度、反映出问题和归纳实验成果。我们通过实验报告了解学生的实验情况、感兴趣程度,及时了解学生最新动态,及学生对所使用影视制作设备的性能了解程度。(3)提高实验教师的综合能力。教师的综合能力是实验教学质量的关键。影视制作行业设备现代化成分高,设备更新换代快,周期越来越短,这就要求技术人员不断参加技术培训、不断实践,才能紧跟影视技术的前沿。(4)影视类的实验教材是实验教学中必不可少的,我们要根据影视行业的特色和结合本院的音视频设备的实际情况,编写相对独立的实用性强的应用教材,这不仅可以让学生熟悉自己学院的设备使用方法,还能减少设备的损坏率。(5)以计算机和网络化的现代化管理,来提高办公效率,建立起实验中心的网络平台。用网络化管理不仅可以提高实验室老师的工作效率,还可以减少计算机病毒的侵害,还为上课老师提供快速、便捷的网络资源的共享。尤其使影视类师生有紧跟信息时代的潮流、有创新思路的创作热情和有敏锐的洞察力与社会责任感等等提供必要的条件。总之,影视艺术类的实验教学规范化的建立是一项系统工程,不可能想当然,我们应该根据社会发展的趋势,培养国家需要的人才,在结合自身具有的有利条件,建立自身特色的实验教学体系,以适应未来影视发展的需求。以上是我对学院影视艺术实验教学管理的发展趋势粗浅的看法,我想随着不断的科学管理实践,逐步发现问题、解决问题,以提高整个影视艺术实验教学管理水平,使管理更加规范化、有序化、网络化。充分发挥实验教学在高校教学中的重要地位及效能,最大限度地为教学、科研服务。

参考文献:

[1] 杨寿堂.论艺术院校影视实验室建设规划.浙江传媒学院学报.2005年第一期.

[2] 石建中.影视制作专业实验教学改革实践探讨.湖南科技学院学报.第28卷第1期,194-196.

实验器材规范操作
教学的意义及其实践初探

覃力立[①]

（上海大学影视艺术技术学院影视传播实验教学中心　上海　200072）

[摘要]　实验教学是影视传播类教学的重要组成部分。在实验中往往要涉及到大量的设备器材，操作层次的教学由于受到多方客观因素的限制往往被忽略。其实，实验器材规范操作的教学对维护设备的完好、对保证实验教学的完成，以及对学生综合素质的提高都有着重要的意义。在多年非正规的操作教学中尽管存在一些问题，我们都努力寻求解决方案，总结出一些较好的经验。我认为有必要更进一步规范和加强设备器材规范操作的教学。同时，也希望能就一些实验器材规范操作教学的展望与大家共同探讨。

[关键词]　实验；器材；规范；操作；教学

实验教学是影视传播类教学的重要组成部分。影视传播实验课程是学生在影视传播基本理论的指导下，学习、探索影视传播规律的综合性活动，是实现影视传播教学任务的有效途径。影视传播实验教学对全面培养学生的思维能力、动手能力、创新能力以及职业素质都具有十分重要的作用。

人们一般将影视传播实验的教学内容分为三个等级：即基础层次的演示型、验证型实验，较高层次的设计型、综合型实验，最高层次的创新型实验。其实在具体的每一项实验中都不可避免地要涉及到基础的、针对各种各样具体设备器材的操作，其中涵盖了设备器材操作的方法、操作的步骤、操作的规范、操作的窍门等问题。在多年非正规的操作教学中尽管存在一些问题，我们却一直都在努力寻求解决方案，总结出一些较好的经验。我认为有必要更进一步规范和加强

---

①　作者简介：覃力立，女，上海大学影视艺术技术学院影视传播实验教学中心实验师。

设备器材规范操作的教学。同时,也希望能就一些实验器材规范操作教学的展望与大家共同探讨。

一、器材的规范操作及其教学困难

在影视传播类实验中往往要涉及到大量的设备器材,它们直接对应了影视传播行业实际制作中运用的较多的设备器材。从我们影视学院教学实验中心现有的多个型号的模拟、标清、高清摄像机;高端的电影镜头以及三脚架、稳定器和减震器、大型摇臂,轨道车等摄像辅助设备;还有多个型号的电视后期制作编辑系统以及演播厅的一系列导播系统和灯光设备、演示设备等等,所有这些设备器材,它们有的是电子类的、光学类的、机械类的,有的是电子光学机械综合类的;它们有的是硬件的,软件的,还有的是软硬件兼具的;它们有的小巧精密,有的粗大笨重,有的是粗中有细的……至于影视制作设备器材上的操作控制器,本来就多而复杂,从外表看它们有的是开关,也有的是按钮、旋钮,还有的是触摸屏……从内涵看它们可能是直观的硬件可以直接控制,也可能是模拟或数字的电器式间接控制,还可能是层层菜单式的软件控制……

另外,随着现代科学技术的不断进步,影视传播制作的设备器材正在按照类似摩尔定律的规律,在技术上、品种上、质量上、数量上逐年翻番递进,光怪离奇的设备器材为千姿百态的影视制作增添了新、奇、特的平台,但同时也不断地给我们带来了新的挑战,即设备器材的规范操作。凡此种种,对于初学者,尤其是对于大多数具有文科类、艺术类背景的学生来说,操作使用设备器材时,有的感觉到或迷茫或胆怯,无从下手,有的却胆大鲁莽,往往会导致错误的操作。总之,很容易造成实验的困难或设备的损害。比如:关于摄像的知识和原理,如果不能转化为实际的操作能力,将是无效和浪费的,而获得实际技能唯一有效的方法就是大量的训练。虽然几乎每台设备都配有使用说明书,但是说明书却不是万能的。首先,书面的描述与机器的实物以及实际的操作之间是有很大距离的;其次,影视设备绝大多数是进口设备,说明书要么是外文版,要么是翻译并不精确的"中文"版;再次,说明书中不可避免地要涉及到大量的专业词汇,且不说文科艺术类学生,就是连非电子类的理工科学生也难以弄懂;最后,可能由于商业上的原因,说明书往往只描述了单台设备的使用,对与其有直接联系的其他设备往往避而远之、只字不提,更不会详细描述多台设备的综合运用了。凡此种种造成初学者看了说明书都不知从何下手,这就需要有人指导,在死板、难懂的说明书与实际的机器灵活的操作使用之间架起一座沟通的桥梁。

事实上,在影视传播实验的主体教学内容中,操作层次的教学往往被忽略。在教科书、在实验大纲、在实验教学指导书中也都很少具体涉及到。究其原因,一是由于学生数量众多,每次实验教学要涉及到的设备、器材数量众多,而实验经费却是逐年分批到位的,设备器材只能按年度分批购买和积累,同时随着现代科技的高速发展,电子产品的迅速更新换代,在早期产品很快就停产的情况下,后续购买的器材往往焕然一新,每一批设备都型号不同,甚至厂家也不同;二是从培养的人才要与社会接轨的角度来考虑,我们希望学生能不断接触到新型的设备,因而也希望实验室的设备能与时俱进,在资金有限的条件下陆续添置新型设备,才能创建我们名副其实的示范性实验室。上述的两个原因,使实验室中的设备器材往往就涉及到众多不同的厂家、不同的品牌、不同的型号,因此,不尽统一的设备器材给统一化的操作教学带来了不小的困难,因而无法在有限的实验课课时内实施具体的操作教学;三是由于大量的文科类实验、开放性实验、创作类实验,教师往往只布置实验项目和实验要求,对具体的操作不做任何要求,因而也没有进行设备操作方面的教学和指导。比如前段时间我们学院就出过一个笑话,任课教师让学生在电脑上自己看片,由于没安装暴风影音软件,他们既不会上网下载软件来安装使用,也不会用电脑上已安装好的其他播放软件,结果就不看了,没有完成老师布置的看片任务。

那么实验设备器材操作的教学,尤其是规范操作的教学是否要进行?该由谁来进行?又该如何来进行?这是我们必须要面对的问题。

二、实验器材规范操作教学的意义

我们认为实验器材规范操作的教学必须要进行,因为它对维护设备的完好、对完成其他层次的教学实验,对学生综合素质的提高都有着重要的意义。

首先,实验器材规范操作的教学有利于维护实验设备器材的完好。规范的操作使用,能保证设备器材长期处于良好的状态,延长设备器材的使用寿命,相当于增加了几十万、几百万的设备经费的投入。影视传播实验的设备器材流动性大,外借多,使用率高。尤其是外借的设备,如摄像机及其附件,学生要经常外借和归还,器材常年在他们手中传递使用,所以我们必须在学生离开实验室前要教会他们,在教师不在场的情况下,保证学生能独立、正确、规范地检验机器、能准确做好拍摄前的程序设置,懂得拍摄中的机器防护以及三脚架等附件的使用要领,从而保证一系列拍摄实验的顺利完成。另外,实验室还要注意做好归还时的检查、验收工作。

其次，实验器材规范操作的教学是完成一切教学实验的基础和保证。在实验室中，无论是演示型、验证型、综合型、设计型还是创新型实验，都要求学生能够独立完成，这就不可避免地要求他们能独立地使用设备器材。比如要使用我们专业非编实验室的设备：Canopus 以及 Apple 、Avid 的高清非线性编辑系统，Bluefish 高清视频特效合成编辑系统，这些设备少则十来万，多则三、四十万，价格昂贵，设备先进，功能强大，硬件、软件相对来说都较高深、复杂，学生对于设备器材的使用是否得当，操作步骤是否正确，操作手法是否精确，操作技巧是否能充分掌握等等这些问题，都直接影响到实验的完成和创意的实现及最终效果。因此，在正式实验之前，就应该教会学生正确、规范、熟练地使用设备器材。

再次，实验器材规范操作的教学对创新型实验来说，有利于为创造性地使用设备打下基础，有利于总结、研究出设备器材的使用技巧，能最大限度地发挥出器材的技术性能，从而能获得理想的艺术效果，实现"融汇艺术技术，锤炼创新能力"的影视传播实验理念。例如：摄像机镜头跟光圈、跟聚焦的操作，数字摄像机菜单的调用，曝光特性曲线的活用，大小型摇臂、稳定器、减震器的使用等等。除了前期的拍摄，后期的高清采集、编辑外，还包括标清化的高清脱机编辑，以及编辑后的素材备份，高清成片的输出、存储，或下变换为标清成片的输出、存储等一系列的制作流程，只有娴熟的、富有创造性的操作，才能让艺术创作的意图得以实现，达到"所见即为其所想"的境界。

最后，实验器材规范操作的教学还有助于提高学生的专业素养。实验教学不仅是传授知识、验证理论和训练实验技能，而且也是求证知识、培养能力和启迪智慧，更重要的是培养学生严谨的工作态度、较强的工作能力和良好的传媒人才的职业素质。我们只有通过长期的器材规范操作的教学，以及学生自己反复多次的规范操作的训练与实践，才能培养学生的爱护公物，操作规范，工作严谨，技术熟练、细心到位的富有创造性思维的影视传媒专业人才的素养。

三、实验器材规范操作的教学实践

实际操作能力往往与个人的天分、生活的阅历、长时间的知识修养和情感的积累有着密切的联系。设备规范操作的养成有别于在课堂上对理论知识的掌握，教师需要多次、反复指导学生进行训练，才能逐步养成他们的良好的使用习惯，在指导的过程中，我们一定要渗入人性的关怀，关心爱护学生、培养学生做一个负责任的人。在实际教学中往往存在着这样那样的矛盾：一是实验课学生较多，教师只有一个；二是综合性、创新型实验涉及的设备器材往往很多很杂，操作步骤更多;三是受实验课时的限制。以上三个原因致使授课教师无法在做具体实验时一一去指导每一位学生使用每一台设备,无法做到关注每一操作的步骤要领,详细讲解是不可能的;四是大量课外开放式实验,任课教师往往根本不在场或不能随时在场;五是人文类实验课的教师一般对设备器材的操作不够精通。因此,部分实验器材规范操作的教学任务往往就责无旁贷地落在了实验技术人员身上。

多年来我们按照"以学生为本,传授知识、培养能力、提高质素、全面发展"的现代教育理念和"融汇艺术技术,锤炼创新能力"的影视传播实验理念,树立以培养学生技能为目标的实验器材规范操作的教学理念,顺应"教育要面向现代化、面向世界、面向未来"的时代要求,根据不同器材,分门别类,由表及里,由简到繁,利用一切机会向学生传授设备器材的基本使用方法、使用注意事项和技能技巧。例如开放实验中使用的摄像机、录像机、编辑机,它们是精密的光学、机械、电子仪器的结合体,一台摄录像机的价值要相当于几台甚至几十台电脑的价值,如我们实验室现有的小型电影电视摄像系统 JVCGY - HD201EC 高清摄像机等,与之相配套的三脚架(曼富图 516/350 12500)、电影镜头遮光罩 VOCASMB - 325、电影镜头连接器 HD201、电影镜头转换器 P + S TECHMINI35、摄像机跟焦系统 VOCASMFC - 1、高清广角镜 FUJINO TH13 * 35BRMU、高清监视器 JVC DT - V24L1D、数字电影镜头 P + S ZEISS85 MM、大型摇臂、减震器、稳定器等等,学生能否规范的操作这些贵重、娇嫩的摄录像机及其配件非常重要,我们一定要利用每次借出设备的时机,对学生逐一进行设备器材的规范操作教学。手把手地教会他们如何规范地操作机器开关、旋钮,如何设置菜单,以及三脚架应该如何正确地使用,蓄电池又应该如何充电、放电才能保证容量和延长其寿命等等。

又比如对磁带的线性编辑,直观性差,要使用的机器设备也多,一直是教学中的难点,上课时我们辅助相关教师,课外开放时间,我们就要亲自逐个地教会学生如何连线,如何选择编辑方式,如何判断录放机的状态及其信号,如何打点,如何快捷编辑以及如何配音、配乐等等。

再如多媒体实验室,涉及到了非线性编辑、动画、特技、音频制作、平面制作、多媒体合成等众多的软件。另外我们学院的实验室基本上都是开放实验室,学生课外使用频率非常高,同一时间内各年级各课程的实验往往同时在进行,相关任课教师不在场,学生各种各样的操作问题就全都由实验技术人员来指导了。从基本的电脑平台操作,到软件应用及相关参数的设置,再到作品的最后合成直至刻录输出,这些问题需要我们逐一答疑解惑。

多年来,我们在借出、归还设备及开放实验中坚持"非正规"的实验设备器材规范操作的教学，一遍又一遍，一届又一届，耐心细致，基本上保证了实验教学任务的顺利完成，也保证了设备的长期完好，例如十来台松下 M3500 模拟摄像机都使用了十多年，目前低年级的基础摄像课还在使用，新型的数字设备就得以支持高年级学生用来完成大量的自创作品，并能屡屡获奖，使得我们相当大部分的毕业生有理论、会创作、又有规范严谨的实践操作技能和素养，深受用人单位的赏识。

四、实验器材规范操作的教学展望

综上所述，规范操作的教学是仪器设备的生命，是完成实验的保证，是学生素质的体现。我们认为既要强调实验的综合性、创造性，也要加强基本的实验技能训练。影视传播实验不存在纯粹的单项练习，通常都包含有综合性的操作内容。不论是复杂的还是高难度实验项目，都要注重从基础的、规范的操作教学抓起。

在实验室和设备器材打交道的实验教师、实验技术人员是最了解实验室的设备器材的，也最有条件将使用说明书和自己的经验融合在一起，总结出一套完整、规范、严谨的设备器材的操作技法、操作要点、操作步骤和操作诀窍的教材，在规范操作的教学实践中不断改进教学方法。今后我们要进一步加强操作教学实践，有步骤地逐步制定计划，最终形成较完整的影视传播实验操作教学的内容体系形成正规的教学教案，开发出更多样化的教学方式方法并形成多级别的考核等级。

在教学形式中，除了以往"见缝插针"的方式以外，还可以采用"请进来"和"走出去"的方式进行教学。所谓"请进来"是指利用实验室在师资、设备、场地等诸方面的优势，与相关实验课同步，针对即将使用的设备器材，将学生请进实验室来，正规地举办一些操作技能培训班。所谓"走出去"是指为各等级的大中型贵重实验设备器材配备专、兼职的操作指导师，凡使用这些贵重设备时，操作指导师必须要在场，尤其是设备外借时，操作指导师一定要"跟机"到位，随时发现问题随时指导，以确保学生操作技能的掌握、设备的安全和实验的完成。

为了配合设备器材的操作规范教学激励学生规范操作，还可以实行操作技能的等级考核制度。一是实验室内的"持证用机"制度，即对学生进行不同类别设备操作技能的考核，并由实验室颁发不同等级的操作合格证书。学生只有凭借各等级的操作合格证书，才能进入开放实验室，才能独立使用相关设备，或者才能外借设备；二是与劳动社保部门的职业技能等级证书制度相结合，包括教学培训结合,证书等级、证书权利结合。

操作技能的培训,尤其是规范的操作习惯的养成,是一个长期的过程。今后,希望教学主管部门也能在制度上进一步优化有关规范操作教学,鼓励广大学生和教师一起来重视和参与规范操作的教学,支持实验室的有关规章制度。比如,具体可以考虑到学生操作考核能否计入学分,教师工作量能否适当倾斜,操作合格证书制度能否诞生和坚持执行等等这些问题。

我认为:实验器材的规范操作教学最终是能够做好的。

影视传播实验教学理
论探索与实践创新

实验教学
理念和方法

高校影视及新闻传播专业
实验教学改革与创新之探析

张慧丰[①]

（上海交通大学媒体与设计学院　上海　200030）

[**摘要**]　当下媒体传播方式快速更新的大环境,对高校影视及新闻传播专业的实验教学的改革提出了新的要求。本文首先分析媒介素养教育理论对实验教学的要求,其次分析当下国内高校实验教学的现状,最后对影视高校实验教学的改革和创新提出方法和思路。

[**关键词**]　媒介素养;实验教学;设备;作品;影视实践;媒体实战

随着我国电视台制播分离力度的加大,数字频道的纷纷上马,以及网络电视、手机电视、移动电视、楼宇电视、播客等新媒体的涌现,"内容为王"[②]已经成为共识,庞大的视音频节目和人才的市场需求,凸显出高校影视及新闻传播专业的实验教学改革与创新的重要和紧迫。

面对目前影视创作急需兼备电影、电视、电脑多媒体和网络技术全面知识与整体素质的人才的现实,影视专业教育一定要在传授艺术传统、专业技能和掌握全面、先进的影视制作技术上加大力度。在高校教学环节强化摄录编等环节的视音频制作实践,具有补充和消化影视及新闻传播专业理论知识的作用,这不仅是整个影视实践教育综合体系的重要组成部分,而且是提高媒介素养、适应未来职场需求的重要途径。

众所周知,影视教学不仅需要理论教学,同时还需要专业性很强的实践教

---

① 　作者简介:张慧丰,女,上海交通大学媒体与设计学院实验中心主任。

② 　数字时代:内容何以为王——解读中国广电之数字化转型进程 黄升民等 载于《现代传播》2002年第5期

学,这就要求教师自身不仅要有深厚的理论修养,还要有丰富的创作实战经验。评估影视专业的办学能力时,师资配备、硬件设施的档次和规模构成了软硬两方面的必备条件,学生作品则是检验教学成果的重要依据,透过学生作品,便可显露出学生在创作中对制作技术和技巧掌握运用的成熟程度。

一、媒介素养教育是影视实验教学方法改革的理论基奠

美国媒介素养研究中心给媒介素养下了这样的定义:媒体素养就是人们面对媒介各种信息时的选择能力(ability to choose)、理解能力(ability to understand)、质疑能力(ability to question)、评估能力(ability to evaluate)、创新和制作能力(ability to create and produce),以及思辨的反应能力(ability to respond thoughtfully)。[1]

加拿大安大略教育部(Ontario Ministry of Education)的媒介素养定义为:媒介素养旨在培养学生对媒体本质、媒体惯用的技巧和手段以及这些技巧和手段所产生的效应的认识和判断力。确切地说,媒介素养是一种教育,宗旨为增强学生理解和欣赏媒介内容的能力,让学生了解媒介信息的传输过程和制作过程,从而认清媒体是构架现实而不是单纯地再现现实的特性。由于网络媒体的飞速发展,媒介素养教育最终还是培养学生自己动手制作媒介作品的能力。[2]

基于上述理论,媒介素养教育视野中的影视实验教学是针对影视、新闻传播等相关专业学生的一门专业技能实验课,目的是培养未来的媒体工作者。因此在影视实验教学中,一定要注意强调媒介工作者和媒介自身的素养问题。媒介素养教育对于媒体工作者而言,是在专业水准和技术层面之上的一种补充,因此在影视实验教学时,应该强调教育的目的并非仅仅让学生掌握拍摄制作的技能,而是在掌握拍摄及制作基本技能的同时,充分把握拍摄理念,估计自己传达的信息会达到何种效果,造成什么样的社会影响。不能仅仅停留在对作品本身的把握上,而是要深层次的思考作为媒体工作者肩负的使命,这一点在实验教师对学生实践作品的评点中可以不断渗透。

---

[1] Sills & Strategies for Media Education by Elizabeth Thoman form Center of Media Literacy of USA,1999.

[2] Media Literacy Online Project by College of Education,University of Oregon.

二、高校影视实验教学的现状浅析

1. 在教学模式上仍侧重于传统文科专业的理论教学，忽视技术技能的训练和实践。

这无可避免地导致了许多影视专业学生眼高手低，动手能力薄弱，缺乏能够自如进行艺术创作的操作技能和表现技巧，以至于造成如今高校影视及新闻传播专业的教育与市场的实际需求之间的关系错位和断裂。

2. 实验设备缺乏和不配套，难以开展有效实验

影视专业是一个设备建设投入高、实验运转费用高的双高学科。在影视教学实践中，摄像（ENG）、拾音、演播室灯光、ESP/EFP 现场摄制、导播、主持与采访、对编、非编、配音、配乐、字幕、特技、片头包装等均是不可忽视的实践环节。而一个影视专业要配齐上述相关的实验设备和设施，少则数百万元，多则数千万元，目前除部分专业艺术院校和少数综合性大学外，一般院校无财力购置。对于核心的影视摄影和画面编辑实验设备，也会因为设备数量有限，只能是演示实验和简单的设备操作实验，难以真正普遍开展影视艺术创作实验。

3. 实验教学课程设计不够系统和专业，实验效果不佳

尽管在专业培养计划体系上，不少课程是体现了理论课程与实验课程的比例，但由于相应的要求不到位，实践课时往往就并入理论课时了，或就是放了学生任其自由发挥的拍摄、制片。实验课程因此不能起到真正的系统专业训练的效果。目前在影视实验课程方面还没有真正原创的、权威的影视实验教学大纲、实验教学计划和实验教学指导书。不少院校的这些教材是模仿理工科的对应材料撰写的，实际可操作性和作用并不很大。加上在实验教学上普遍存在的计划和操作两条线，实验的随意性比较大，实验教学沦为理论课教学的点缀。在具体的实验设计中，操作性、验证性的实验较多，综合性、创新新和应用性的实验较少，学生毕业后依旧不能独立承担媒体影视制作及相关岗位的任务。另外，在整个实验设计的体系上，实验课程的相互衔接以及系统性方面还存在较大问题。

三、影视实验教学改革与创新思路

1. **影视实验室的建设规划既要重基础、考虑全局性，还要有前瞻性。**要与培养当今媒体市场内产业的人才需求紧密结合，必须考虑数字电视节目制作方面的内容，只有这样，才能为社会及时输送影视制作的高级专业人才。今后数字

化影视设备是首选。我国广播电视数字化将实施"三步走"的发展战略,即 2003 年全面推进有线数字电视;2005 年开展数字卫星直播业务,开始地面数字电视试验,有线数字电视用户达到 3000 万;2008 年全面推广地面数字电视和高清晰度电视。2015 年将停止模拟电视的播出。① 这一发展战略对艺术院校在影视实验室建设方面意义是深远的,挑战也是十分严峻的。推进地面数字电视是一个长期的过程,从国外的情况来看,完成模拟向数字的转换需要十年或更长的时间。目前我国有广播电视播出机构 2500 多座、有电视转播发射台 18000 多座、电视机社会拥有量 5 亿台。② 去年我国启动了地面数字电视,今年开始要在全国范围大面积分步骤推广,计划今年在全国直辖市、省会市、计划单列市及部分地级市共 100 个城市开通地面数字电视,实现标清电视与模拟电视同步播出,其中在直辖市、省会市和计划单列市还要同时播出高清电视节目。③ 在高校影视实验室建设的整体规划和设备的配置过程中,要注重实验设备的配套完善以及是否具有一个完整的系统等因素,既能保证基础教学,又适当考虑与行业发展同步并与市场接轨的高端广播电视设备,从而能在较长一段时间内保障实验教学和节目制作技术水平的先进性,避免在短期内需要二次更新设备平台所造成的财力浪费。

2. 争取影视实验教学的基本条件,提升影视实验的地位

影视实验室和设备的基本条件:摄像机、编辑系统(线编、非编)、演播室、配音间、包装合成工作室等,其中摄像机的专业等级,演播室的大小和设备配置,编辑系统需要怎样的技术指标等,这在设备配置上价格的悬殊巨大。因而,我们主张,在财力投入不足的情况下,一定要尽量满足本科教学的必备条件。因为本科生的实践教学课主要以练习技能为第一目标,过程重于结果,首先要保证每个学生都有充分实践的机会和权利,而不应过于追求高端平台,而减少设备的采购数量,最终导致昂贵的机器束之高阁,而学生却完全没有得到练习的机会。比如,像演播室的设备配置,我们学院建设了 200 平米的演播室,但一直因为资金投入的问题,设备尚未到位。我们从以最小的投入得到较高性价比的原则出发,提出投入 100 万左右,建一个 4 讯道的移动 EFP 系统,虽说不能一步到位,实现在演播室中配置专业演播室摄像机,而是使用小高清的 ENG 摄像机替代,但我们可以通过一定的技术手段,可以基本满足多机位摄制节目的摄像、摄像调度(通

---

① 广播影视科技"十五"计划和 2010 年远景规划

② CCBN2009 张海涛主题报告会

③ CCBN2009 张海涛主题报告会

话)、录制提示(TALLY)、监视信号、导播切换、录像等现场录制的功能要求,加上箱式移动 EFP 的特点,学生的实践可以从演播室范围扩大到任何现场,像毕业庆典、社团活动、文体活动、精品课程等。我们学院的非线性编辑网络系统是2003 年底创建的,索贝双网结构的非编系统,在当时尚属技术领先(与当时东方卫视新闻中心的系统相似)。20 个无卡站点、2 个有卡站点。近几年里计算机技术的迅猛发展,我们这个非编网系统已经明显跟不上媒体发展的需要,如何更新系统? 我们的思路是,新配置更新的非编系统不仅要能编辑出在电视媒体播出的标清节目,还要考虑目前不少学生已经使用小高清摄像机了,编辑上需要配套跟上,再就是编辑系统需要有符合在新媒体发布的各种流媒体格式,如网络电视、手机电视、楼宇电视、移动电视等。在高清摄录编设备方面,就等待日后有条件再上了。

3. 对学生开放实验资源,为学生创作作品提供技术上支持

虽说我们的摄录像设备条件在数量上离满足学生的需求尚有不小的距离,但我们还是在主观上确立了尽力为学生提供现有条件的做法。学生借用摄像机只要是提前预约,并与上课教学不冲突的条件下,我们都满足学生的借用要求,往往到了周末我们的摄像机都会被学生借空。再如,我们可以尝试新的设备借用模式,将一个实践课程班的同学分为几个小组,每个小组的同学以签责任书的方式,共同使用一台摄像机来完成实践课的作品,共同承担摄像机长期外借所存在的损坏风险。这样可以让学生不受借用时间的束缚,有更充裕的拍摄时间,更好地进行练习。在非编的使用方面,工作时间内学生随时可以来编片子,前提只要是有过培训的学生,做好使用登记即可。非工作时间学生需要编辑片子的,只要提前与我们预约,我们可以在上班时间事先给预约的同学开好用户、素材空间、上载好素材,这样同学们就可以在非编实验室无时间限制的编辑、创作了。给学生全面开放实验室资源,事实上是加大了我们实验室管理的难度,我们必须有一整套可操作的管理细则相配套,才能保障实验室的安全和设备处于最佳状态下使用。

4. 突出专业特点,探索一条学生能直接参与媒体市场实战的创新培养之路

对于在校生来说,要想以后在媒体瞬息万变竞争激烈的工作环境中具备优势,实践经验非常重要。

中国人民大学高钢教授认为,应引入与主流新闻机构和前沿科技企业携手共建的机制,通过这样的合作建设,将前沿技术、前沿趋势、高端项目、高端人才引入教学与科研领域,为实验设备的更新、为课程体系的改革、为科研工作的活跃开辟通道。面对媒介融合的趋势,新闻院校应尝试进一步打破课堂教学平台与实验教学平台的界限,让更多的新闻实务课程的日常教学,在仿真的媒体环境中进行,培养学生的实战能力。

媒体工作的专业实践是培养学生实务工作能力的重要环节。学校可以和媒体结成战略合作伙伴关系,将媒体作为学生的实习基地,和媒体联手培养学生的实务工作能力。

以交通大学媒体与设计学院为例,学院有影视编导、新闻传播及设计(工业设计、艺术设计)三大专业方向,我们要在国内众多的传媒专业中找到适合自身的定位,就得突出交大的工科背景优势,实现技术与艺术的真正结合,这才是学院发展的有效突破口。设计专业的学生通过选修影视专业的部分课程,可以在演播室的置景、虚拟演播室系统的三维背景设计、电视广告制作、电视频道和栏目包装等方面得到系统实践,而以上几方面又一直是媒体所紧缺的人才。新闻传播专业的学生通过学院影视实验室的平台,模拟电视新闻,从记者的新闻选题、摄像、采访与写作、演播室新闻口播、现场采访录音、后期编辑、新闻配音、标题新闻制作、新闻字幕与图表制作、新闻合成播出等流程,分工组成电视新闻摄制团队,在校园电视台或校园网络上开辟固定的播出时段,让学生融入到新闻作品制作的各个环节之中,了解和掌握电视新闻节目的制作流程和核心技术。提高学生对新闻的敏锐度和对社会的洞察能力,使学生从理论到实践得到切实的锻炼。可尝试与某电视台合作,成为某电视台的"新闻记者站",定期或不定期的发稿发片。影视专业要避免学生满足于能用 DV 拍摄制作出课程作业的现有水平,在课程实践教学中摆脱课程之间分割实验的弊端,探索开辟综合实验的平台,实现编剧、导演、场记、主持、摄像、灯光、录音、画面编辑、特技、字幕、配音、音乐编辑、片头制作、ENG/EFP/ESP 多机位现场制作、导播、制片等全方位的实战训练,以影视项目带动实战。最好的办法当然还是与媒体合作,以某个电视台或频道作为学院的实习基地,承接电视台的某个栏目。要有计划地组织并指导学生参与国内影视节目的各类比赛和活动,播出学生的作品,以提升影视专业的知名度。

结语

综上所述,我们大致可以得出关于国内高校影视实验教学所普遍存在的几大问题:专业仍然以理论教学为主,实验设施不配套、学生实践机会少、课程设计不够科学合理等等。而这些问题都可以尝试通过实验室带有前瞻性的建设规划,开放实习资源为学生提供良好的技术支撑,并实现教学产业一体化等方式来解决。影视及新闻传播学科的特点,注定了实验课并不是鸡肋,而且地位应逐渐得到重视和提高。媒体发展日新月异,实验教学改革迫在眉睫,本文所提问题皆在抛砖引玉,希望能获得更多专业同行的宝贵意见。

参考文献:

[1] 罗自文.当前影视实验教学存在的问题与对策.中国青年政治学院学报,2007年第5期.

[2] 钟康云.构建艺术类高校音视频技术实验教学模式的探索与实践.浙江传媒学院学报,2006年第4期.

[3] 巫荷才.高校摄录编播设备数字化改造探析.中国有线电视,2006年第19/20期.

[4] 杨寿堂.论艺术院校影视实验室建设规划.浙江传媒学院学报,2005年第1期.

[5] 钟康云.影视艺术类高校音视频教学资源库的建设与规划中国现代教育装备,2008第8期.

[6] 韩 洁,成英玲.对影视实验教学有效组织方式的探讨.科技创新导报,2008,No.24.

[7] 倪 万,许维江,唐子恒.数字化时代的新闻传播类专业计算机课程教学体系研究现代教育技术,2008年第6期.

[8] 李 琳.充分利用计算机和网络平台提高剪辑实验的效率浙江传媒学院学报,2007年第8期.

广告的"术"与"学"及
实验主义广告教育

郜　明①

（上海大学影视艺术技术学院广告学系　上海　200072）

[摘要]　广告实务派大师的广告"术"，奠基并发展了广告学术理论的"学"的科学体系。因此，注重广告实践教学，在实践中提高学生的广告学识和能力，可能就是提升广告教学效果的有效途径。本文就广告的实践教学设计了一个体系，以此强化广告教育中的实践环节。

[关键词]　广告教育；实践教学；实践模式

广告学的发展，从广告活动产生开始，就一直活跃在两条线上。一条线是学院派。最早的广告学著作是美国学者哈洛·盖尔（Harlow Gale）于 1900 年撰写的《广告心理学》；稍后，美国西北大学校长沃尔特·狄尔·斯科特（Walter Dill Scott）主张将心理学等科学引入广告活动。并于 1903 年出版《广告原理》一书，美国经济学家席克斯又编著《广告学大纲》。这些学者开创了广告纯学术研究，标志着广告在一定程度上由"术"而走向"学"。

遗憾的是，这些学者的研究并未走出大学的讲坛，他们的广告"学"的研究，很快便被广告大师们的广告实务和实务性研究所掩盖和取代，广告大师们一统由"术"而"学"的天下。

另外一条线是实务派，以霍普金斯为代表的广告人，每天都在思考如何使他们创作的广告达到既定的广告目标，帮助广告主提升产品销量和树立品牌。他们强调有效的广告"术"，而这些广告"术"，经由广告人在反复实践和思考的过程中，也上升为广告科学的理论。广告的"术"，提炼上升为真正意义的广告"学"。

---

①　作者简历：郜　明，男，上海大学影视艺术技术学院广告系副教授。

纵观广告科学的发展脉络,我们看到,广告大师们的经验性广告运作模式,经提炼后,构建且丰富了广告科学的理论,广告大师们是广告学的真正奠基者和贡献者。

自 20 世纪五十年代,麦卡锡等人提出"营销管理"的企业管理理论,促使了市场营销学的形成,广告学在这一阶段,逐渐走向真正的学术科学。在这一过程中的每个阶段,都可看到广告大师对广告科学的形成所作的智慧贡献。

20 世纪 50 年代,曾任达彼思广告公司董事长的罗瑟·瑞夫斯提出了独特销售主张理论(USP 理论),他认为广告必须能够挖掘并阐释出产品独特的物质层面或精神层面的让消费者购买的理由。以此为依据,他创作出了 M&M 巧克力"只溶在口,不溶在手"的经典广告。"USP 理论"是广告发展史上最早一个具有广泛影响的广告创意理论,为广告科学创造了重要的理论方法,至今指导着广告的创意,对广告界产生了持久不衰的影响。

60 年代奥美公司创始人大卫·奥格威提出了品牌形象理论,他认为广告必须为产品和企业品牌塑造出一个人们可感知的形象,且通过长期的广告积累在人们心中形成品牌的独特个性。通过塑造品牌形象,开启消费者的心路历程,与品牌个性产生共鸣,在其心目中确立品牌的位置,由此达到销售产品的目的。品牌形象论至今不仅是奥美公司的"镇山之宝",而且已发展成为众多广公司的圭臬。

70 年代,美国广告界新秀里斯和特劳特两位年轻人提出了广告定位理论,定位理论是继"USP 理论"和"品牌形象论"之后在广告理论上的重大突破,也是营销理论史上的壮举,定位并不是指产品本身,而是指产品在潜在消费者心目中的印象,即产品在消费者心目中的地位。定位,就是要替产品或品牌找到一个适合的"概念"嵌入消费者的心中,使其不会消失泯灭在复杂的传播环境中。重新定位莲花软件公司,使里斯和特劳特赢得了客户的尊重。

无独有偶,在世界广告理论百年形成过程中,除了系统提出理论主张的广告大师,更有奉献独特广告思想的广告大师们,他们同样丰富了广告科学的理论。

李奥·贝纳凭借万宝路香烟广告的创意一举成名,为我们留下了关于广告创意的独特思想。他认为广告的创意要能同时调动人们的眼睛和心灵,使人们产生关注,产生思索,从而增强广告的效果。

詹姆斯·韦伯·扬的创意魔岛理论至今仍是解释创意奥秘的重要学说。

乔治·葛里宾在杨·罗必凯公司的岁月中,对广告文案的撰写,颇有心得,他提出广告文案要解决"说什么"的问题。广告文案"说什么"就诞生于商品特征与受众需求和心理的融合上。葛里宾对广告文案创作精辟的阐述,指导广告人在广告创作中要重视对商品、消费者的考察和研究。

威廉·伯恩巴克与道尔及戴恩创办了 DDB 广告公司,他一直是广告界的先锋,他首倡文案与美术指导协同工作,打破以往的工作流程,提高了工作效率,这种工作方法现在已成为广告界的标准工作模式,他的"甲克虫"大众汽车广告,开始在策略上转向情感诉求,影响深远。

……

在广告发展百年长河中,广告大师们的智慧熠熠生辉,他们创造、丰富了广告学术的科学理论,广告学理论的形成,皆源于广告大师们丰富的广告实践,正是这些广告大师,使广告由"术"而真正步入"学"的殿堂。

由此反省我们的广告教育,虽然广告教育在中国起始颇晚,但也已有二十余年。在这二十多年的广告学教育发展中,广告教育界与广告业界似乎总是呈现两条不交集的平行线,广告教育脱离广告业界也久矣。而广告的市场运作特性,使得广告学教育对广告实践有强烈的依附性,但广告学教育所依附的广告业界,多年以来,对广告教育则更多的是质疑和诟病。一方面,广告教育并没有扮演好建构高度通则性和系统性理论的角色,广告学界所发展的理论对业界无多大帮助,相反,目前所传授的广告理论都来自实务派的广告大师们。有一种说法,广告学一流著作,是如奥格卫茨、伯恩巴克等有着丰富专业经验的广告大师根据他们的第一手资料写成的著述,二流著作,是针对广告实践中某领域来探讨,作者提出问题,并运用他们在这一领域直接经历的一些事例来支持他们的论点,三流著作,则较多地堆积理论,缺乏实证研究,这类作品,广告业界人士很少使用,但在大学,对这类作品的使用却相当广泛;另一方面,广告理论知识和实务知识的结构、特质和对接问题,一直存在冲突。广告学者游走在理论和实践之间,只讲理论,不会实践,纸上谈兵,以其昏昏,使人昭昭。

中国广告教育的困境,困扰着从事广告教育的有识之士,关于中国广告教育如何作出困境,人们在不断地作着探索。在此,笔者结合广告专业的市场运作特点,就其教育体系中,建立多元化实践的可能的模式,作一番抛砖引玉的探索。

一、广告专业特质要求广告教育注重实践环节。

中国广告教育主要分布在综合院校的新闻传播学科、财经商贸学院的商业经贸专业和美术设计学院的相关系科中。除却美术设计类,要求有专门的艺术设计的才能,培养艺术设计类广告人才;新闻传播及商业经贸类的广告专业,其培养人才的目的,是否可以概括为"培养学生成为策略性传播领域里的领导角色"。现在,广告业是一个任何人都可以进入的行业,没有门槛,没有专业特质,学文、学理,学工,甚至什么也没学,都可以做广告,评广告。从知识体系到专业技能都缺乏专业特质,学社会学的可以搞社会调查,学中文的可以写广告文案,学新闻的可以搞媒体发布,学环境艺术的可以做设计,所有的人都可以参与创意。广告专业培养的学生,如果没有一种核心的专业特质,你做的别人也能做,你这个专业又将如何立身呢?

"培养广告专业的学生成为策略性传播领域里的领导角色",就是广告专业学生竞争于其他专业的核心特质,这一核心特质也就构成了广告专业教学的培养目标。上世纪八十年代起始于英国的广告策划一职就是广告专业学生区别于其他专业学生的专业特质的职位表现,这一职位要求其通晓广告运作各环节的专业特点和要求,了解消费环境和消费者,运用其丰富的市场营销学知识和广告学知识,制定广告项目的传播策略。在这一总的广告传播策略下,文案、媒体、设计,以及活动组织等广告专项环节得以围绕策略展开。广告专业以此确立核心特质。

这一核心特质的形成,要求广告专业学生不仅要从理论上吸收营养,更需要积累丰富的实践知识,要掌握领先于理论的广告业界知识,与时俱进动态掌握广告业界新出现的贴近市场的运作方法。这种实践知识结合进广告专业的教育体系,就要求对广告实践教学在课时上,在内容上,在安排形式上有精心的设计。

当实践教学的各种环节以一种固定的模式,在广告教育系统中被确认下来后,才可以使其在整个广告教学体系中占据相应的地位。当实践教学具有了这样一种地位时,它必将使得秉持传统教学方式的教师的生存方式的转变,他们必须脱下"立法者"的外衣,参与到教学实践中,并将其作为教学安排中不可或缺的一部分予以关注,并努力使自己具备驾驭实践教学必需的各种能力。在教师的强力关注和引导下,学生也必然地要更多地参与到实践教学之中。从课上到课下,从入学到参加工作,通过参与社会调研、案例教学、公司实践和毕业实习这一全方位、多层次的系统,学生必然会加深对广告运作过程的理解、深化对于广告职业和广告理论的思考、提高自己理论联系实际的能力,进而增强广告职业者应有的职业道德。通过这样一种既定模式将每一名广告专业学生纳入到实践教学的轨道,无疑会使其在一种自然的状态下具备广告职业所要求的基本技能、思维方式和道德情操,无疑会大大增强其在社会上的竞争力。

二、广告教育多元化实践体系的内容框架

目前中国的广告教育,在形式上,也是具有实践环节的,如安排学生在广告公司的毕业实习。而这种实践环节,笔者之所以称之为"形式上",主要是因为它的实践效果令人置疑。许多院校基本采取的是放任的管理方式,学院介绍、学生自己找寻、公司需用人时找上门……通过各种途径确定了学生实习的单位。而整个实习期间,教师则疏于指导和管理,完全由实习单位作主,安排学生的实习内容。实习单位的文化、业务水平和实习项目的层次等决定了学生实践的效果。这种形式上的实践环节,虽然也构成了广告教学体系的一部分,但其效果之虚无,使得它失去了其在整个教学体系中的意义。而且,在广告教育体系中,仅安排毕业实习,对广告教育目标的完成,也是远远不够的。因此,笔者在此提出多元化广告实践体系的设想。

广告实践教学的实践内容是丰富多彩的。案例教学、社会调研、组建学生社团、参加各类竞赛、与广告公司的合作教学、学生参与教师的科研项目,以及学生参与广告公司的实战项目等,丰富的广告实践内容,构成了广告实践的多元化的路向;将这些内容有机规范,就可以建立一项广告实践教学的模式。

1. 案例教学构成了多元化广告实践教学模式的基本形态。将案例教学运用娴熟自如的哈佛管理学院,在以案例教学为主的实践教学方面,为我们开启了样本示范作用。哈佛学者斯腾恩伯格认为,优秀教师与普通教师存在三大差别特征,即知识的差别、效率的差别和洞察力的差别,就知识而言,包括三个层面,即原理性知识、特殊案例的知识、把原理和规则运用到特殊案例中的知识。哈佛案例教学法是:就某个现实的管理问题提供背景情况介绍,指出面临的困境或几种选择性,没有唯一正确的答案,给学生留下一个创造性的解决问题的练习机会。学生在课下阅读案例资料,在课堂分组讨论解决问题的思路和办法。这样做的好处是有助于改变学生思考问题的方法,把学生从抽象概念引向具体背景,引导学生动用科学的理论知识去分析、归纳、演绎、推理、总结,从而达到巩固知识、提高能力、发展理论的目的。从类型来说,哈佛案例教学一般分为三类:一是问题评审型,就是给出问题和解决问题的方案,让学生去评价;二是分析决策型,就是没有给出方案,需要学生讨论分析以提出决策方案;三是发展理论型,就是通过案例,发现新的理论生长点,发展并不断完善理论体系。哈佛案例教学法所追求的是一种新的课堂教学结构,新的学习方式。其目标是不以终端结果为满足,而在于使学生学会探索知识形成过程的规律,并发现新的生长点,发展并不

断完善知识体系,真正达到巩固知识、培养能力、提高全面素质的目的,从而使教育质量得到提升。

案例教学应该是运用案例进行教学实践,改变传统教学以本为本、从概念到概念的注入式教学方式,变成一种促进学生成为教学主体,学生自主学习、合作学习、研究性学习、探索性学习的开放式教学方式。哈佛案例教学告诉我们,在实践教学中,重视学生的主体作用,把课堂还给学生,是案例教学成功与否的关键。同时,哈佛案例教学也告诉我们,解决案例中企业面临困境的答案不止一个,这就激励学生不固守已有的概念,积极探索,找寻创造性解决问题的方法。

值得一提的是,上海大学广告学系的品牌课程的教学,已经在做这样的案例教学探索。任课教师选择一些成长中的品牌,选课学生组成课题小组,通过调研,课题小组为选择的品牌做企业诊断,并进而为这些品牌企业制定品牌战略。当品牌课题小组在成果汇报会上,展示他们精心研究、为企业度身定制的成果报告时,在座企业的老总、总监们按捺不住被打动的心情,纷纷表示要与课题小组深度合作。

在这样的案例教学中,学生通过鲜活的企业实务,实施调研诊断,发现问题并找寻解决问题的策略方法。学生完完全全成了教学的主体,针对企业个案,学生主动去思索、分析、策划、创意、推理、总结,从而达到巩固知识、提高能力、发展理论的目的。

2. 组织学生参加各种类型的广告大赛,可以说是另一种形式的案例教学,它同样构成了广告实践教学模式的有机组成部分。广告业内,竞赛种类繁多,有教育部组织的中国大学生广告大赛,有在广告行业具有广泛影响的 ONE SHOW 奖、金犊奖,以及网络广告设计大赛、公益广告大赛等等。这些竞赛活动的设立,多层次、多途径地提供了学生创新能力、设计策划能力以及整合能力的展示舞台。学生在课题上所学的知识和技能,通过这些舞台,可以得到展示和检验;并且,参与竞赛活动的过程,也是知识和技能得以提升和完善的过程。在整个参赛的选拔、组队、培训、竞赛、总结等环节上,通过学院以及教师的积极组织和专业指导,给学生在知识上以最大的支持,使学生在活动中既充分发挥了个人特长,将所学专业知识得以发挥和运用;又可以通过活动,进一步提升相关的专业水准,学生的创新能力也将得到提高。

3. 广告教学院校与广告公司的"合作教学"。广告教学体系中的实践环节对广告教育培养目标实现的重要性,以及广告业目前以广告业界为主流的现状,使多元化广告实践教学模式的建立,离不开广告公司这一企业实体的支持。在此,笔者提出广告实践教学模式的又一基本形态——广告院校与广告公司"合作教学",以求教于同行。

广告实践教学的性质,决定了在广告院校与广告公司的"合作教学"中,以广告公司作为主体,主导整个广告实践教学过程,企业教师作为学生的第一指导教师,学校教师作为学生的第二指导教师。具体来说,"合作教学"的方法是:

首先,学生在第一学年第一学期,被安排二周的时间,实施认知式实习。学生通过到各种类型的广告公司、媒体广告部门、企业营销部门的考察和访谈,了解广告公司工作情况以及实际的工作程序和方法,感悟在课堂上所学的基本广告课程中的知识,如《营销管理》、《广告学原理》在实践中是如何得以运用的;同时,可以检验所学理论知识的适时性;并且,通过这段时间的实习,也可达到积累实践经验、感性认识,为以后阶段的理论学习打下基础的目的。

其二,在第二学年的第二学期,安排 3 个月的企业实习。与首期二周认知式实习以了解广告公司实际工作情况,积累感性认识的目的不同,此时的实习,着重使学生将之前所学的专业知识和技能在实践中去运用,将所学知识活化致用,并得以进一步通过实战升华提高。毕竟他人的理论知识要化作自觉的能力行为是需要克服距离的,这个距离的克服,唯有实践。这个阶段,广告公司通过"应用性项目教学",让实习学生参与到广告公司正在实施的项目中,围绕项目开展中所需要解决的问题,开展调研、策划、创意、制作、组织实施等一系列实践活动,这些专业实践活动的参与,一方面,学生可以将从课堂上所学的相关知识内容学以致用,另一方面,更是直接从实践中体会这些专业知识在实践中是如何得以运用的,可见,学生参与这样的实践活动,更多的是得到一种能力的培养,广告教育的培养目标,主张的恰恰就是这种能力。这样的能力,在课堂上是学不到的,或者说,是学不全的。

其三,学生毕业前,还有一个专门安排的毕业实习。这个实习时段,大约也是 3 个月。这个时段的实习重点,是学生结合实习项目,从理论到实践对所学专业的一次检验。这次实习,对所学知识有活性化致用的效果,但更多的是在前两次实习基础上的对专业的贡献。学生在此阶段完成的毕业论文,不应该是理论的空泛阐述,也不应该是实践行为的总结,更不应该是一种没有创见的人云亦云。由于有了前两次的递进式的实习,理论与实践的贯通应该已是被完成了的,毕业前结合毕业论文的这次实习,更多应该体现的是一个经过完善专业教育和实践的准专业人士对专业进步发展的思考,这种思考是落实在专业实践中完成的。所以说,大学阶段的最后一次实习,更多体现的是一个学生在完成专业理论知识和实践知识,拥有了一定的专业技能以后,对专业进步发展的思考,对专业进步发展的贡献。

通过如上这种以广告公司为主导的多阶段、递进式的"合作教育",达到培养学生实际解决问题的能力,其中包括科学地解决问题的思考能力,实施各种计划和活动的组织能力,及时对社会环境变化作出反应的适应能力,以及用科学的方法接受新的知识的学习能力。

这种"合作教育"模式,旨在培养学生将来在社会上的竞争力、发展力,在工作中具体的发现、分析、解决、总结问题的能力,操作、应用的能力,以及独立、协作、交往、自学等一系列能力。通过"合作教育",使学生能借助理论科学方法,解决来自广告实践中的具体问题。

在"合作教育"实施中,关键是教学院校加强与实习企业的沟通,使企业视这种校企合作是企业自身发展前途中重要的一部分。首先,"合作教育"是企业储备专业人才的途径;其次,"合作教育"使学生对企业有更多的认知,在当前以及未来市场上,这对企业的品牌建设和宣传是具有积极意义的;第三,"合作教育"使企业使用了具有一定专业水准的学生,对企业的发展同样具有积极的反哺作用。当企业从"合作教育"中感受到利益,企业就会从理念到行动对"合作教育"给予支持。没有企业的支持,"合作教育"只能是一种良好的愿望。

在企业的支持下,教学院校还需加强对实习基地的建设,重视实习内容的选择,注重在实习过程中对学生动手能力和创新意识的培养。

此外,社会调研、组建学生社团、学生参与教师的科研项目,以及学生参与广告公司的实战项目等,一系列的实践活动,可以使学生进一步开阔眼界,了解更多的学科前沿知识,培养科学研究的基本能力,同时也使学生的个性特点得到充分的发挥,对所学专业的前景有全面了解和认识,为学生毕业后进一步发展打下良好的基础。

三、多元化广告实践教学是中国广告教育走出困境的良途

综合前文分析,可以认为,笔者提出的多元化广告实践教学的模式,是中国广告教育走出困境的良途。这个模式,切合了广告业市场化、实践性运作的特点,找准了中国广告教育目前的困境所在,架构了广告理论和实践的活动,使其成为一种有内在功能连接的、循序渐进的多元的结构模式,达到切切实实地解决中国广告教育困境的目的。

笔者根据以上提及的多元化广告实践教学的体系框架,已在教学实践中作了两届学生实践教学的尝试。实践证明,其效果是明显的,学生通过实践活动,不仅更好地理解了相关理论知识,掌握了相关技能方法,而且所拥有的实践知

识，又帮助他们更好地理解理论知识，最终意义上，提高了广告专业学生的核心特质，使学生更有效地掌握了广告专业的原理知识，拥有了广告运作的方法和能力，提升了其在毕业市场上的竞争力。

参考文献：

［1］ 魏　炬.世界广告巨擘.北京:中国人民大学出版社,2006 年 3 月.

［2］ 陈先红.论中国广告教育的 TRC 模式【J】.广告研究,2006（3）.

［3］ 李世凡译.美国广告教育的发展研究【J】.广告研究 ,2006（3）.

［4］ 张发松.中国广告教育的发展瓶颈与解决方案【J】.中国广告 ,2005（9）.

［5］ 王德松.建立科学实践教学考核体系.中华读书报,2006－5－28.

［6］ 构建相对完整的实践教学体系 http://open.edu.cn 2004－2－25.

［7］ 案例教学综述http://www.lyxedu.com 2004－12－15.

微格教学法在影视传播
实验教学中运用初探

张建荣[①]

（上海大学影视艺术技术学院影视传播实验教学中心　上海　200072）

[摘要]　微格教学是培训教师教学技能的一种方法，作为实验教学改革与创新的关键点，微格教学法在影视传播实验教学中有着广泛的应用前景。本文从专业教师成长的途径出发，介绍了微格教学法的特点及微格教学的组织实施步骤，在实验教学中具有一定的意义。

[关键词]　影视传播实验教学；微格教学；微格教学课；教学技能

高等院校是培养人才的地方，教育质量是学校的生命。影视传播教育作为影视产业发展链上重要的一环，肩负着培养人才和输送人才的使命。综观当今教育形势，为使学生能适应社会的需要，在就业竞争中具有优势，学校应以培养具有人文精神、艺术素养、实务技能的影视传播复合型人才为目标，注重学生创新精神和实践能力的培养，推进教学改革，提高教育质量，多出人才，快出人才，出好人才。而这个目标的实现，必须是通过教学来完成的。

教学是实现教育目标的基本途径。记得教育家钱伟长有其独特的见解，他指出："我们怎么样进行教改？改向重视培养学生的学习能力和解决问题的能力。换一句话说，要培养他们的创造力。""作为我们将来教学改革的方案……就是我们所有的教师都要鼓励学生进行创造性的学习，创造性的工作。"钱先生的这些话十分精辟地阐明，高等教育要培养具有创新意识、创新精神和创新能力的创造性人才，要以创新的思想理念创造性地进行教育教学改革。近几年来，我们作为实验实践教学第一线的教学部门，在教学改革的实施过程中，在影视传播实验教学中创造

---

① 作者简介：张建荣，男，上海大学影视艺术技术学院影视传播实验教学中心副主任。

性地运用了教学技能培训方法——微格教学法,为专业教师的成长发展探索了一条新的途径。实践证明,微格教学法这种教学技能培训方法使广大教师得益匪浅;同时,他们在教学上的成功,使学生创新精神和实践能力有了极大的提高,近年来上百部学生获奖作品也充分反映了教学的有效性。微格教学是培训教师掌握课堂教学技能的一种方法,它是以教学控制论、教育目标分类学和教育评价学为理论依据,充分利用教学视听设备和电子计算机等现代化教育技术手段,训练教师的职业教学技能,特别是在影视传播实验教学方面有着广泛的应用前景。

一、问题的提出

我们知道,年轻专业教师成长一般有职前(大学学习)与职后(教学实践)两个阶段。依据国内外的研究,以下途径可以促进专业教师发展:1,在实践中不断更新教育教学的原理规则知识。当今社会,全球范围内的科技革命浪潮汹涌,态势迅猛,知识在经济发展中的地位日益突出,科学技术快速发展,知识量的递增速度越来越快,知识的新旧更替周期越来越短,教师应顺应时代步伐,不断加强学习;同时,在深化和更新学科知识学习的基础上,还应该加强学习教育学、课程学、心理学、教学管理等学科知识,特别是加强教育理论方法与教学实践相结合的桥梁课程的学习。2,勇于投身于课堂教学和实验实践教学,在教学情景中发展和丰富案例知识,提高教学实践能力。3,在教学反思中发展教师的策略性知识。当教师全面地反思自己的教学行为时,就会从教学主体、教学目的和教学工具等方面获得体验,从而提高自己的教学能力。教师在反思过程中扮演双重角色,教师既是"演员"又是"评论家",教学反思实现了理论和实践之间的对话,是教师专业成长的重要途径。

有什么样有效的途径能尽快尽可能地提高年轻专业教师的教学能力呢?总结以上发展成长途径,笔者认为,微格教学法是大家公认的、被实践证明了的较为有效的方法。微格教学法运用于影视传播实验教学更是一种有力的探索,更富有实践意义。那么,如何在影视传播实验教学的开展中运用微格教学法来不断提高教师的教学技能呢?

二、微格教学在影视传播实验教学中的运用

1. 微格教学法

微格教学(micro teaching)是一种利用现代化技术丰富教师教学案例知识、

实践性地培训教师教学技能的教学方法。而教学技能是教师灵活而富有创造性地运用教学方法、使教学达到教学艺术高度的基础，因此，微格教学不失为是一种有效的教学方法。

"微格教学首先是由美国斯坦福大学欧伦和纳昂提出，后受到广泛运用和发展起来的一种新的师资培训的方法和课程。它是一种简化了的、细分的教学，将一个复杂的完整的教学过程打碎，把它分解为许多容易掌握的单项的教学技能。实践证明，微格教学能够帮助教师提高教学技能，从而达到提高课堂教学质量的目的。"[1] 同时，微格教学是一个有控制的实践系统，能使教师有可能集中解决某一特定的教学行为中的问题或在有控制的条件下进行学习。它是建筑在教育教学理论、视听理论和技术的基础上，系统训练教师教学技能的方法。因此，自从90年代初微格教学在我国兴起后逐步成为师资培训的一种科学方法。具体方法是由参与培训的教师组成小组，由小组的每一位成员轮流担任教师开展"微型教学"，并将教学实况记录下来，供小组成员反复观察、评议，最后由教师总结。在微格教学法实施过程中，参加培训的教师可以从自身和他人的多角度案例中获取教学方法，提高教师教学技巧和整体教学素质。

2. 微格教学法的运用基础及必要性①

影视传播专业教育在我国起步较晚，而影视传播实验教学是我国高校中专业教育的比较薄弱环节。自从进入21世纪以来，我国高校影视专业与新闻传播类专业蓬勃发展，形成了专科、本科、硕士、博士完整的人才培养体系。但是在这一体系中如果忽视了通向培养合格人才的桥梁——实验教学，必将会是理论与实践的严重脱节，使培养出来的人才往往"眼高手低"，难以适应社会需求。

近几年来，我们始终把实验平台作为人才培养的重要基地，坚持把实验教学改革与创新作为关键点。在教学中创造性地运用了微格教学法，紧紧围绕培养全面发展、具有创新精神的人才这一目标，把实验教学实践环节作为艺术技术结合的切入点，把理论教学和实践教学多重穿插、有机结合，以学生的能力培养为主线，多层次全方位地开展实践教学。

以我院影视工程系为例，设置了影视艺术技术专业和影视艺术技术专业（动画方向）。其中，影视艺术技术专业是一个把艺术技术完全融合在一起的专业，该专业的目标是培养具有艺术思维、有一定的艺术理论和良好艺术素质、懂得影视艺术的创作原则和要求、有扎实的数理基础和影视工程技术基础，并在影视和电子媒体制作方面有一定特长的工程技术人才；影视艺术技术专业（动画方向）

① 肖作义刘敏《谈微格教学法》.函授教育.99.1

是一个把艺术技术完全融合在一起的专业,该专业的目标是培养具有艺术思维、有一定的艺术理论和良好艺术素质、懂得影视艺术的创作原则和要求、有扎实的美术基础和影视制作理论基础,并在影视动画制作方面有特长的技术人才。在教学计划中按照电子技术、影视艺术、美术、影视技术等主干学科的要求,开设了影视作品分析、音乐概论、电子线路、微机原理、电视原理、音响系统和调音、电视编辑、动画基础、数字音频处理、网络技术与应用、多媒体制作、音频节目制作、艺术概论、美术概论、动画作品赏析、摄影基础、电视摄像、电视导演、线描、色彩、动画造型与技法、二维三维动画创作、数字视频合成等主要课程;同时开设的主要专业实验课程有电子实验(包括电子技术类课程的各科实验)、影视设备测量实验、音频节目制作、多媒体制作、计算机音乐制作、计算机动画制作、音频工作站实验、电视节目制作、视频合成实验、计算机动画制作等;侧重教学实践环节,累计达到 50 学分以上;除此之外,第四学年的毕业设计是实践环节中的重中之重。那么,在二十多名专业教师中,年轻教师占了相当大的比例,尽管学历层次较高,学术水平也不低,而教学经验是需要长时间的积累,教学能力更需要在实际教学中不断磨练。为此,系领导十分重视教师的教学技能,他们一方面继承了"传、帮、带"的优秀教学传统,另外,充分利用教学资源,运用微格教学法加强教师教学技能的培养。如教师在每门课程开课前的"试讲",就是实施微格教学法过程中的一个环节,就这个环节,教学领导和专业教研组严格把关,常抓不懈,在给教师以压力的同时,切实有效地提高了他们的教学技能。

在教师中进行微格教学,本身需要和体现一种高水平的教学技能,它与以传播知识为重点的一般意义上的理论教学不同,要强调实践性是微格教学必须遵守的法则。微格教学把单项技能强化训练后,通过整合成为高水平的综合教学技能或复杂的教学技能,然后应用于实验实践教学,从而大大提高了教学质量。到目前为止,微格教学法有力地促进了专业实验教师队伍的梯队建设,快速地形成了一支具有丰富教学经验和实验教学实战能力的专业教师团队。他们通过开展验证型实验、设计型实验及综合型实验的教学,加深和巩固了学生对所学理论知识的理解;提高了学生的综合素质,激发了探求科学奥秘的兴趣;培养了学生的创新能力、创造性思维和科研能力,是人才培养体系的有力支撑。

3. 微格教学法的组织及运作

微格教学的组织方式比较灵活,各单位按照实际情况有计划地进行,一定要制订与工作计划相辅相成的周密方案,切不可随心所欲,盲目草率;或虎头蛇尾,半途而废;或搞形式主义,走过堂的形式。要体现科学性和指导性原则,做到有目的、有系统、有重点。另外,要有档案意识,对每完成一次的所有材料进行总结、整理及归档,以备随时调用。

一般来说,在影视传播实验教学中运用微格教学的基本运作步骤分为五个:

1)目标设计。这个阶段也就是组织准备阶段。可以先把教学计划中所有的实验课及实践环节从理论课中分离出来,系统地进行梳理,集中重新设计,使之自成体系。接着确定培训目标或训练要求,如某一教学内容或某项技能:导入技能、提问技能、板书技能、教学组织技能、实验演示技能等。要有针对性,强化薄弱点,巩固优势技能;有参考推广价值。

2)教案编写。编写教案则是一项重要的工作。教案是课堂教学组织、设计的具体方案,是实施教学过程的依据,又是完成教学计划的重要保证。没有一个好的教案,就不可能上好微格教学课。在确定了所训练的教学技能及内容后,编写前可先为组织受训者提供现有成功范例,如录象、教案等资料,受训教师要明确目标。编写教案时要注重实效性、科学性、合理性。微格教学的特点在于"微"字,所谓注重实效性是指对课堂教学的教案编写不要贪多、贪大、求全。也就是说,应把握教学过程的整体性与阶段性。微格教学是讲授一小部分内容、或一个小章节,它只是教学过程中的一个小阶段;其次,编写教案还要把握讲授知识的完整性与掌握知识的局限性。重点突出教学形式和方法上的创新,强调教师的学术个性或教学风格。

3)微格教学课(实战演练)。讲课前要营造良好的教学情景或氛围,配备好所需教学设施,安排好人数、确定讲课时间、听课教师等。在教学时,教师的教学行为和"学生"(听课教师)的"学习行为"要有机结合起来。在注重教学技能练习的同时,又要注意到这些技能在教学实际中的使用效果。如果只重视教师在微格教学课上如何演练技能,而不重视教学对象的反应及教学效果,就失去了微格教学的培训意义。教师在授课过程中的教学行为包括板书、演示、讲授、提问等若干活动,教学行为要预先经过周密设定,与教学时间一栏相对应,使自己的教案更具有可行性。年轻教师讲授微格课,因为没有经验,对教学过程掌握不好,有时扩大了预定行为范围,有时又缩小了自己的教学行为范围,这都需要指导教师事前提醒,提出一些应付课堂变化的建议。尤其是现代课堂教学,多媒体教学手段复杂,单硬件的操作来说,如果事先不策划好调试好,都可能影响教学进程。

4)评价反馈。组织者(指导教师)事先把教学行为按目标分类,制订标准,然后才依据标准对受训者的教学技能进行分析评价,可分主观评价和客观评价,对受训者要客观、公正和富有建设性的评价,这样才能调动受训者的参与热情,促使其去反思、找差距,不断完善自己的教学技能,反之容易挫伤受训者的自尊心。要为受训者提供自我评价、相互学习的机会和条件,以及切实可行的指导意见,帮助受训者找出成败的原因,客观地分析整个教学过程,启发他们找出问题、探索问题以及解决问题的方法,通过不断的实践,来提高受训者对教学本质和过程的自我意识、自我评价、自我决策和自我更新的能力。当然,评价一般课后当场公开进行为好,也可以课后个别交流商榷。

5)总结修改。受训者汇总各方面意见和建议,总结本次微格教学实践的收获与教训,及时修改教案,进一步完善教案,形成完整资料,以供他人参考和提供宝贵经验。

三、启发与思考

微格教学是一种实践性很强的教学方法,它能在较短的时间内实现超常规的训练效果,但在影视传播实验教学中运用微格教学有其特殊性。表现在影视传播专业所涉及的知识与技能较广,有文有理,有工有艺;表现形式同主流媒体联系紧密;课外的练习多,综合实战技能要求高,一般以创作及作品作衡量标准;信息量大,技术发展快等。因此,运用微格教学必须从教学效果角度出发,以达到的实际效果来评判,设计微格教学课必须是以培训教师的技能为目的,以训练教师的"诊断"教学能力为目标,要求把课堂教学活动变得更加实际,特别重视双方的影响和变化,学会运用教学技能,激发学生的学习,促进学生思维,从而提高教学质量。

把微格教学运用在影视传播实验教学中是我们教学改革的一种有力尝试,我们有理由相信,微格教学在教育中的巨大作用必将逐渐地显现出来。

参考文献:

[1] 孙时进.心理学概论.华东师范大学出版社.2002.5.

[2] 周 镭.论微型教学的组织和实施.中国电化教育.1996(4).

网络课程的探索与实践

杨士颖[①]

（上海大学影视艺术技术学院影视工程系　上海　200072）

[**摘要**]　随着网络技术日新月异，网络课程的开设已成为一门大学的重要课程。本文在网络课程多年教学的基础上，探讨网络课程教学的一般形式，对课堂内容与实验的关系、学生能力培养与实验的关系进行分析，对下一步的课程改革提出了展望。

[**关键词**]　创造性思维；教学模式；实验教学

一、网络课程开设的背景

随着计算机技术与电子信息技术的发展，计算机网络技术得到了迅猛的进步，计算机网络技术使信息的收集、存储、加工和传播不再是相互分离的几个部分，而是一个有机整体。信息的存储和加工涉及计算机技术，而信息的传播则涉及通信技术。计算机网络是现代通信技术和计算机技术密切结合的产物，是适应社会为信息共享和信息传递的要求而发展起来。计算机网络只是一个技术平台，它需要内容的支持。影视学院有影视艺术技术专业作为技术支持的专业，有新闻传播作为内容采编的专业，有广播电视编导和广告专业作为艺术设计和制作的专业，对于计算机网络都有自己的需求。为了适应社会发展的需要，影视学院开始开设网络课程。《网络技术与应用》课程是影视学院一门平台课程，所谓平台课程就是影视学院各专业都必须选修的课程。要开设一门影视艺术技术专业、广播电视编导专业和新闻传播专业都适合的课程，是有一定难度。首先是这些专业的学科背景各不相同，有的是理工专业，有的是文科专业，要开设这样的

---

①　作者简介：杨士颖，男，上海大学影视艺术技术学院影视工程系主任。

课程，就必须能够找到它们的共同需要。第二个难点是在开设《网络技术与应用》课程之前，学校有一门平台课程《计算机文化》，要求每一个专业都要学习，在《计算机文化》课程中对网络的技术已经有了一定的介绍。因此课程必须有比较高的起点，才能成为学生欢迎的课程。一般的关于网络内容课程开设主要有两种类型：一种是以计算机网络原理为主的课程，主要介绍计算机网络构成的硬件技术和软件技术，计算机网络的管理技术，网页的编程技术等。这类课程主要适合于为理工科的学生开设，因为他们学过的学科基础课包括计算机原理，电子信息，C 语言等，这些课程可以帮助他们理解网络硬件和软件技术。另一种类型是偏重于网页制作软件的使用，比如介绍 FrontPage 软件的使用，网页三剑客的使用，这类课程对学科基础课的要求比较低，比较适合于文科专业的学习。根据我们学院的实际情况，我们确定《网络技术与应用》课程，主要以教授设计一个网站为主要目标，对相关软件应用和相关知识进行教学。

二、课程的设计目标

分析许多网页设计的教材发现，大多教材都是围绕一个软件进行介绍。对一个软件的各种功能进行详细的介绍，配合大量的实验来理解内容。这种教学方法的优点是可以使学生比较容易掌握软件的使用，但是，软件只是工具，只掌握了工具并不能够使他们设计出合格的网站，如何把学生培养成具有创造性能力人才是我们进行教育活动的目的之一。我们认为应该把《网络技术与应用》课程设计成为学生提供学习和研究的课程，成为培养学生创造性思维的课程。具有许多有利条件。如何培养学生创造性思维？创造性思维是与生俱来的还是后天学到的？

1. 创造性能力与生俱来，创造性思维需要培养创造能力是人类与生俱来的能力之一，但是人的创造能力并不能自动形成创造性思维。创造性思维是以感知、记忆、思考、联想、理解等能力为基础，以综合性、探索性和求新性特征的高级心理活动。创造性思维就是指发散性思维，这种思维方式，遇到问题时，能从多角度、多侧面、多层次、多结构去思考，去寻找答案。既不受现有知识的限制，也不受传统方法的束缚，思维路线是开放性、扩散性的。它解决问题的方法不是单一的，而是在多种方案、多种途径中去探索，去选择。创造性思维具有广阔性、深刻性、独特性、批判性、敏捷性和灵活性等特点。创造性思维是创作力的核心，因为思维是一切能力的核心，是能力水平的决定因素。因此，对学生创造力的培养落在了创造性思维培养之上。

2. 探索和研究是创造性思维培养的良好环境,大量的创造性思维理论的研究证明,创造性思维可以在特殊的环境里通过特定的过程来培养。环境的特殊性主要表现在:能够提供大量的资源;能够引发多视角、多角度、独出心裁的思考,能够引起想象与细节的描述;能够保证学生思维的独立性;能够促进学生创造性人格的形成。创造性思维需要人们付出艰苦的脑力劳动。一项创造性思维成果的取得,往往要经过长期的探索、刻苦的钻研、甚至多次的挫折之后才能取得,而创造性思维能力也要经过长期的知识积累、素质磨砺才能具备,至于创造性思维的过程,则离不开繁多的推理、想象、联想、直觉等思维活动。当前创新教学模式主要有以下几种形式:开放式教学。这种教学模式在通常情况下,都是由教师通过目标的引进,学生参与下的解决,使学生在问题解决的过程中体验事物的本质,品尝进行创造性活动的乐趣的一种教学形式。活动式教学。这种教学模式主要是:让学生进行适合自己的实践活动,包括模型制作、游戏、行动、调查研究等方式,使学生在活动中认识事物。探索式教学。这种教学模式只能适应部分的教学内容。对于这类知识的教学,通常是采用"发现式"的问题解决,引导学生主动参与,探索知识的形成、规律的发现、问题的解决等过程。这种教学尽管可能会耗时较多,但是,磨刀不误砍柴工,它对于学生形成整体能力,发展创造思维等都有极大的好处。

三、课程的实验设计

我们设计《网络技术与应用》课程培养学生的创造性思维。我们针对创造性思维培养而设计开发的、体现创造性思维培养环境特征的网络课程,称为研究式的网络课程。基于研究性学习的理论,学生在研究式网络课程中的学习是基于问题解决的学习,并且学习内容是开放的,学生的学习方式不是被动接受,而是探究的。我们把设计一个网站为目标,把教学内容分解为以下问题解决的探索过程:如何构建网站?如何把内容分解到各个网页?如何进行网页图文混合排版?如何进行各种网页链接?如何完成网页的交互控制?如何进行网页的美术设计?如何准备网络视频和播放网络媒体?如何完成网络与数据库的链接与查询?课堂与实验有机结合是实现目标的保证,课程的设计的完成后,课堂内容与实验是完成课程的设计的具体体现。培养学生的创造性思维并不是给学生一个目标,然后让学生自己去解决所有问题。这种放羊式的教学过程,往往是事与愿违,少部分学生可能会克服困难达到目标,大部分学生也可能在一次次的失败中使他的创新想法腰折。教育的目的是使受教育者能够更快成材。我们的课堂内容与实验都是围绕如何使学生具备设计一个好的网站的技术与相应知识。设计一个网站最主要是要考虑两点:好看和好用。好看就是吸引眼球,需要关注设计艺术;好用就是浏览者能方便地找到想看的内容,这是一个技术支持的问题。优秀的网页的艺术设计不仅体现出网站的行业特点、产品诉求、网站的定位,可以表达出网站主人所要诠释表达的各种元素。网页是一种通过电子信息传播的内容,它传承了他出版物如报纸、杂志等在版面设计和美术设计的一些优点,也要遵循一些共同的设计基本原则:主题鲜明;形式与内容统一;整体性好。但是,由于表现形式、运行方式上的不同,网页设计又有其自身的特殊规律如交互性和信息的链接特性。在创建网站的初期,完成网站主题的构思和解决技术问题是学生首先要解决的问题。我们要求学生完成一个主题性的网站,根据专业不同,可以是一个介绍导演的网站,可以是介绍戏剧的网站,也可以是一个介绍个人成长的网站。优秀的网页设计是形式服务于内容的,有什么样的内容,决定了有什么样的设计。我们以 Dreamweaver 软件为主,介绍如何构建网站,如何围绕主题组织素材。如何实现网络的主要功能。为此设计了四个实验。网站构建实验,网页布局与图文混合排版实验,框架与网页链接实验,网页的交互控制实验。实验采用开放式方法,每个实验目标明确,解决一个或几个问题网站设计中的问题,都是内容允许学生自己组织。为了达到教学目标,每个学生的实验都必须达到要求,经过教师的验收。

掌握了网站的构建技术和内容组织和排版方法后,让学生掌握一定的美术设计基础也是很重要。正如黑格尔所说:"工艺的美就不在于要求实用品的外部造型、色彩、纹样去摹拟事物,再现现实,而在于使其外部形式传达和表现出一定的情绪、气氛、格调、风尚、趣味,使物质经由象征变成相似于精神生活的有关环境。"(黑格尔《美学》第三卷)"。网页设计中的美术设计包括主标题栏的设计,文字字体的选择,网站色彩的搭配,照片的处理等内容。它对于提高网站的品位,使网站吸引人们的注意十分重要。在专业网站中有专业的美术编辑和美术设计者,本课程不可能完整的介绍美术设计的全部,但是在网页设计课程中介绍一些美术设计的基本知识,介绍网页制作中美术设计和制作的基本工具,这对于学生设计出更有个性的网站无疑是非常有帮助的。我们在介绍 Firework 软件使用同时,介绍了字体选择与网站主题的关系,分析一些网站美术设计的得失,分析一些网站色彩的搭配的方法和照片的特殊处理方法等内容。设计了提出矢量图与位图结合网页的美术设计实验。

现代的网站设计更加强调趣味、动感和品位。现代的网站已经成为一个将动画、图像特效与后台的数据交互等结合在一起的集艺术、技术于一身的网络载体。网页的是由各种视听要素组成的。网页中的视频是网页内容的一大特色。视频内容信息含量大,受众面宽,理解更容易。特别是网页中的视频的一个重要形式 FLASH 动画,由于它制作容易,表达直接,声像俱全,成为网页内容的一部分,为了使网站更具有各种视听要素组合的特点。我们在介绍 Flash 软件使用的同时,设计了三个网络 Flash 视频制作的实验,技术从低到高,逐步推进。使学生具有组合各种视听要素的能力。此外,我们还与时俱进地介绍了以网络为核心的数据库技术。通过以上的教学环节,使学生具备了设计一个高质量网站的基本技术和知识结构。最后要学生完成一个高质量的网站设计大型作业,对于每一个学生来说,都是体现自己聪明才智的最好舞台。

四、课程和实验改革的展望

通过《网络技术与应用》课程的教学实践,使我们体会到课程和实验改革的重要性与必要性。下一步如何改革?我们发现网络化教学可能是下一步探索的可能选择。进入 90 年代以来,开设网络化课程已成为一个全球化的大趋势。国内外一些大学甚至一些信息技术公司纷纷设计网络化课程来进行教学或培训,它们开发出各种网络课程数据库来管理教学,开发出各种工具来组织教学活动。网络化课程的设计应依据建构主义学习理论的思想,是以"学习者"为中心的设计,网络化课程的教学设计对教学活动和学习环境作重点设计。由于网络课程在很大程度上依赖于学生的自主学习,所以网络课程的基本功能结构按学生自主学习的要素来设计。从一定意义上来讲,网络学习对教师和学生提出了更高的要求。一方面,教师除了要掌握本学科的专业知识和一定的教学技能之外,还要吸收先进的计算机和网络技能,不断地学会应用网络资源为教学服务,从而在开展网络教学时不至于无从下手,还可以对学生遇到的技术问题给予快速的解决;另一方面,网络学习对于学生各方面的素质都提出了更高的要求,学生不应当只停留在被动地接受知识的状态上,应积极地利用网络资源和通讯手段,吸收和共享各种资源和服务。我们相信以网络为主要内容的《网络技术与应用》课程,经过网络化改造,一定能够更好地在内容上和教学环境上满足培养创新性人才的需要。

参考文献:

[1] 谢印宝,张佑生.关于计算机网络课程教学改革的探讨.合肥工业大学学报(社会科学版),1999 年 S1 期.

［2］ 孙迎春.网页设计研究.南平师专学报.

［3］ 张贵明.网络艺术的设计原则和特点.科技情报开发与经济.

［4］ 周　娅.Web 技术支持下的网络课程建设研究［D］.南京师范大学,2002 年.

［5］ 郑建启,李　翔.设计方法学.清华大学出版社,2006 年.

［6］ 桑新民.多媒体和网络环境下大学生学习能力培养的理论与试验研究阶段性总结报告［J］.中国远程教育,2001(11).

［7］ 丁兴富.远程教育的微观理论［J］.中国远程教育 2001(2).

［8］ 现代远程教育资源建设技术规范(试行).教育部现代远程教育资源建设委员会.2002 年 5 月.

一样的电视，不一样的风景

——广播电视新闻专业大学生的影视审美实践

张 阳①

（安徽大学新闻传播学院广播电视新闻学系 安徽合肥 230610）

[**摘要**] 当代的新闻学教育正在各地的高校蓬勃展开，但是，我们的新闻学教育，特别是广播电视新闻学教育还在承袭着传统的新闻学教育的课程体系，缺乏审美教育和审美实践。本文从广播电视新闻学专业大学生的实践教育的角度，来简述审美教育在素质教育和创新实践中的重要性。

[**关键词**] 广播电视新闻学专业；审美教育；审美实践；创新实践

如果用一个词来形容中国的新闻传播学教育，没有比"泛滥"来得更贴切的。在 20 世纪 80 年代，还只是在一些特大城市的重点综合性院校设有新闻传播类专业，到 20 世纪 90 年代，新闻传播类专业在全国各地高校迅速铺开，到 2008 年 6 月为止，在我国高校设立新闻传播学专业点达到 877 个，这些新闻传播学专业点分布于全国 300 多家高校之中，在校生超过 13 万人。新闻传播类专业不仅在一些理工类、师范类、财经类、政法类、农业类、体育类院校遍地开花，在一些地级城市院校，新闻传播类专业也纷纷涌现。而伴随着新闻传播教育如火如荼开设的同时，截至 2006 年 11 月，全国经核准颁发新版记者证的记者总人数也只有 18 万余人，其中在编人员还不到 15 万人，换句话说，假如现在的新闻传媒机构的采编人员全部退出媒体，也只需要四五年时间，我们的新闻传播专业的毕业生就可以把媒体所有的工作岗位全部占领。

新闻学类专业点"超常规"的发展必然造成毕业生供大于求。据中国新闻教育学会会长、教育部新闻学科教学指导委员会主任何梓华介绍，我国新闻媒体目

---

① 作者简介：张阳，男，安徽大学新闻传播学院广播电视新闻学系主任。

前的数量大体上控制在：报纸约 2200 多种，期刊 8000 多种，广播电台、电视台、有线电视台各约 1000 座。在近三五年内，国家新闻出版总署将继续贯彻"控制规模，优化结构，提高质量，增进效益"的方针。这意味着在今后一段时间内，新闻媒体将维持现有规模，数量上不会有大的增长，因而对新闻人才的需求将是有限的。

与此同时，中国新闻教育学会的一项调查显示，媒体对新闻类专科层次的毕业生已经不再需要，对能从事一般记者、编辑工作的本科毕业生，需求量也已接近饱和；而且，为了进一步提高报道的质量，一些媒体在招聘人才方面不再局限于招收新闻学类专业的毕业生。何梓华先生由此发出这样的感慨。"新闻媒体需要的，高校供不上；新闻媒体不怎么需要，高校却在大量培养！"

事实如此明了，一方面，新闻媒体需要的人，高校新闻传播专业供应不上，另一方面，新闻传播专业生产的大量毕业生新闻媒体却看不上眼。这无疑是一个站在各自立场上的人才培养的悖论。

还是从新闻传播专业的其中一支广播电视新闻学专业来看吧。作为新闻传播专业的一个新兴的分支，广播电视新闻学专业无疑是近几年在新闻传播众多专业中较为抢眼的一个专业。在新闻传播类专业中，广播电视新闻学专业开设的数量相对来说少一些，但目前在全国也达到 120 多所。一个严酷的现实是，这个专业的毕业生在专业刚刚大力发展时就遇上了不大不小的就业寒流。究其原因，除了媒体从其自身角度所说的毕业生动手能力差，把握选题能力不足，理论和实践脱节严重等等原因之外，或许还有其他的层面，那就是，新闻传播专业学生的审美教育的缺失，这种缺失尤其对广播电视新闻学专业的学生来说后果更为严重。

德国诗人席勒在谈到美育的特点时曾说，美育通过自由去给予自由，这就是审美王国的基本法律。这不仅指出审美是用一种自由的方式进行的，而且还说明了审美教育的目的是使人们取得更多自由，即成为完美的全面发展的人。对于新闻传播教育来说，审美不仅仅是使学生自身的人格健全和完善，同时，审美在新闻传播中所担负的更多的是对社会，对人性的善的理解，更能激发出发现新闻背后美好的含义。在审美教育过程中，审美主体总是处于一种精神自由状态，完全按照自己的爱好和心理需要，以轻松愉快的方式进行。因此，审美教育易于引发受教育者的浓厚兴趣，从而调动学习的积极性和主动性，充分发挥主体性。从教育手段上看，审美教育必须用美的形象作为手段去吸引人、教育人，因为美是自由的象征，是人的一种自我超越，因而人在美的形象面前，能看到自身的价值、希望和理想，会感到亲切、自如和喜悦，从而激励自己去创造更加美好的生活。列宁说过，没有人的情感，就从来没有也不可能有对真理的追求。审美教育可以激发受教育者的情感，激发他们对美好事物的追求。

回到广播电视新闻学专业来说。现在的广播电视新闻学专业的学生是按照所谓的大文科的方式进行招生，在某些学校或许还包括一部分的理科学生，不少学校还把此专业设置在中文系里，或者是由过去的教育技术专业转变而来，和作为艺术类招生的电视艺术学专业或者其他类似的专业的学生相比，他们在起点上就缺少影视艺术的教育，在课程设置上，大部分的学校所开设的是新闻传播的课程加上广播电视发展史、广播电视新闻、电视编辑、广播电视写作、电视技术基础、电视专题研究、广播电视节目主持等广播电视专业课程，课程设置上注重理论的内容，而缺少美育的课程，特别是缺少审美的实践。造成的一个结果就是，毕业生无法动手创作出富有审美元素的新闻作品。在和纯新闻专业的毕业生的竞争中，缺少新闻采访写作的功底，在和影视艺术专业的毕业生的竞争中，又缺少影视艺术的表现。作为广播电视新闻学专业的毕业生，他们的职业理想大部分应该是电视媒体，但现在往往这大部分人的职业理想会变成极少部分人的现实，更多的人可能会从事与电视有关的职业，比如电视广告策划制作与营销、企事业单位的电视特约记者等，而这些职业又往往需要艺术的审美，因此，如何在学习阶段一方面加强审美的理论教育，另一方面加强审美的实践能力的培养，就成为现在的广播电视新闻学专业教育的一个课题。

新闻需要审美，电视更需要审美。"广义一点说的话，传媒艺术可以将一些新闻类、社会类节目中的叙事艺术，纪录片、专题片的创作艺术等包括进来，而这种包括也许是颇有价值的。这里指的是作为创作手法的艺术性质。现在，越来越多的非艺术类的栏目，如法制栏目、经济栏目等，都借鉴了文学的叙事方法，把事件或案件的情节讲述得跌宕起伏，注重细节表现，并设置诸多的悬念，留待下次播出，这样使受众在收视这类节目时成为一种艺术观赏，产生了欲罢不能的审美心理。此类节目还时常看到编导在有意刻画人物的性格，如侧重于表现一位成功人士的某一方面的性格特征。专题片、纪录片的创作，则具有更为明显的艺术气质。纪录片注重故事性和人物形象，专题片对于素材影像的视觉效果选择，解说词的艺术化等等，都使大众传媒的这些形式具有了很强的艺术品格。"由此可见，作为电视新闻类的专题片、纪录片等，需要吸取艺术传播的审美手段，在表现力上体现审美的价值。

强调在广播电视新闻学专业学生中加强艺术审美最好的方式是加强审美实践的能力，鼓励学生在新闻传播理论学习的基础上，加强审美能力的培养。作为电视的审美是无处不在的，电视文本的写作，电视画面的创作，电视的后期编辑，电视音乐的应用，都体现着艺术审美的能力。这些能力的培养是在实践中不断提高的，学生一方面要在理论学习上不断进步，一方面要及时把理论运用到创作的实践上，而理论的学习一方面是书本的知识，另一方面是大量的观片，从经典节目，经典影片中领会影视审美的含义。在 2007 年中国高校影视教育实验教学学术研讨会上，有专家就提出了"研究节目是基础，做好节目是目的"的观点。"媒介素养教育的开展，为影视实验教学方法的改革提供了新的教学思路和借鉴；影视实验教学方法的改革要将实验课与影视理论课相结合，同时要加强影视实验课自身教学模式的改革……增加实践教学时间，合理安排实践教学进程，确保学生熟练地掌握从事广电媒介的基本技能；合理安排实验教学内容与作业，增强学生实践操作能力。"在实践中体现影视审美，给学生充足的实践机会去创造审美，应该是现在广播电视新闻学专业教育大力推广的开放式的教育形式。

电视需要审美，电视创作需要创新，在实践中，需要不断鼓励学生进行创新性的实验。常态化的选题表现不足以充分体现现代电视手段所能达到的高度，也不足以满足观众的审美需求，要鼓励学生在选题不变的情况下做与众不同的表现。白岩松在一次研讨会上曾感慨道：现在的中央电视台新闻频道节目难做，那是因为，同样的一个选题，会有五六个栏目去做，怎样才能做得与众不同，怎样才能更精彩更吸引观众，是每一个编导每天都在思考的问题。我们的广播电视新闻学专业学生在创作一个选题时，应该好好思考这样一个感慨的含义。只有最能够表现选题的真和美，最能够表现审美特质的节目，才能够最吸引观众的关注。这是"眼球经济时代"对电视提出的要求，也是电视工作者对自己的高要求，这也同样是我们对广播电视新闻学专业学生提出的目标和要求。

在具体的实践中，广播电视新闻学专业应当增加有关课程的教学，比如音乐欣赏、影片鉴赏、影视语言的泛读教育，使学生增加电视表现手段的感性认识，增加审美的能力，另一方面，增加实践教学课程，比如影像创作课程的设置。影像创作课程应该是一个开放的课程体系，在这个课程中，不预设课程的最后样式，也就是给学生创作的自由发挥的空间。学生的创新能力是无限的，应当鼓励他们任何形式的创新。当然，选题创新和表现创新是同步的，所谓选题创新，是鼓励学生寻找身边任何可以表现的选题，从电视短剧到纪录片，从 MTV 到电视散文，都是可供选择的创作对象。对于学生的影视创作的训练还有一个比较好的方式就是短片的创作，比如公益广告的创作，要求在短短的一分钟内做电视的表达，如何以最简洁的电视语言表现一个公益的主题，每个学生都会有不同的选题和表现手段，这样的创作能很好的体现学生对于主题文本的写作、对画面情绪和节奏的表达以及对主题的升华能力。类似这样的创作在中国传媒大学已经有了很好的实践,同样在安徽大学新闻传播学院也有不错的表现。表现创新也是能够反映学生审美能力的好的实验手段。同样一个选题,不同的学生会有不同的表现手段,对主题的理解每个人都有不同,这样的创作更能反映学生的创新能力和审美表达能力,学生们的创作往往会出人意料,只有这样才能达到广播电视新闻学专业学生在将来面对同样选题时强于其他媒体表达的目的。

　　面对新闻媒体对人才的高要求,广播电视新闻学专业只有突破传统的教学模式,走开放式的教学之路,教授学生其他专业共有的课程之外,加强学生的审美与创新实践能力,才有可能为新闻媒体提供与众不同的人才,也才有可能在一样的电视创作面前,看见不一样的风景。

参考文献:

[1] 资料出自"百度搜索".

[2] 张　晶.传媒艺术的审美属性.现代传播,2009年第一期,第18页.

[3] 周建青,朱　辉.实验,影视教学通向成功的桥梁.现代传播,2007年第四期,第134页.

[4] 同上.

实验教学中如何实施
创新意识和创新能力的培养

翁志清[①]

（上海大学影视艺术技术学院影视工程系　上海　200072）

[摘要]　高校实验教学的基本目标在于培养学生的创新意识和创新能力，这也是现代教育改革的方向，在实验教学中积极开展创新教育，有利于发展学生的素质和能力。而目前的高校实验教学中存在的诸多问题妨碍了这一目标的实现，在实验教学中如何培养学生的创新意识和创新能力，值得高校教育工作者的思考和探索。

[关键词]　实验教学；创新意识；

创新能力在进一步深化素质教育的今天，教师应该在实验教学的各个环节中培养学生的创新意识和创新能力，创新意识和创新能力的培养是一个循序渐进、长期完善的系统工程，探讨实验教学环节中如何培养学生的创新意识，提升学生的创新能力是非常必要的。下面就高校实验教学中应如何培养学生创新意识和创新能力谈一点粗浅的看法。

一、要给学生创新的平台

创新是一个民族的灵魂，是国家发达的不竭动力。创新在现代化社会中的重要作用越来越成为人们的共识。有人说，现在的大学生没有创新力了，真的是这样吗？不尽然。我们的学生正值风华正茂的年龄，怎能那么的没有生气呢？如果你给他机会，给他展示自己的一个平台，你会发现学生的朝气，学生那独特

---

①　作者简介：翁志清，男，上海大学影视艺术技术学院影视工程系讲师。

的发现与创新,就像阿基米德说的:"给我一个支点,我可以撬动地球。"我们的学生现在缺少的就是这样一个支点,一个机会。回顾我们的教学实践过程,哪个学生没给你过惊奇?他们的发现与创新往往就产生在我们的教学过程中。我们应该认识到,教学不仅仅是传输知识,它也应该起到发展认知和培养能力的作用。因为许多知识的来源往往是通过实践活动中获得和提炼的,只有通过实验来理解知识点,一来能激发了学生的学习兴趣,二来也发挥了学生参与教学的主动性,同时,也使学生的实验能力和创造能力得以大大增强。由于学生的学习积极性提高,长此以往使他们养成了运用实验手段来解决实际问题的科学实验态度,促进其在学习中自身学习素质的提升。值得注意的是,目前由于多媒体教学的发展,有些教师过分追求先进的教学手段,图实验操作程式化,不重视学生的独立思考的动手培养。这一做法会造成学生机械式地做实验,不但使学生失去了"创新"的机会,压抑了学生的学习兴趣,而且严重影响了学生求新意识的发展。所以,我们应努力为学生提供创新机会的平台,使学生的新思维在实验中得到充分的展示。

二、要优化实验的教学目标

在实验教学中实施创新教育,优化实验的教学目标很重要。我们在制定实验教学目标时,对学生必须掌握的知识要点进行梳理并与实践环节中操作能力有机地结合起来,在内容的安排上要充分考虑学生自主创新能力的发挥,有利于学生的创新思维的培养。教师在实验教学的备课过程中,首先要在分析教材的具体内容和学生接受能力的基础上,有目的地注入创新教育的理念,并在整个实验教学环节中不断强化和巩固。教师的教学内容设计和实验项目的选择要循序渐进地渗透对学生创新意识的培养,并且针对不同层次学生有的放矢地制定符合各层次的实验教学计划和措施,这里可以考虑在原实验项目基础上附加一些扩展性的题目等。比如学生可以根据自己的实际能力情况进行学习:对于学有余力的同学,在完成规定的实验任务后,可以自行设计一些新的内容,而对于学习进度慢的同学,也可以循序渐进地学习,教师也可花较多的时间用以辅导进度慢的同学,既保证了课容量,又提高了课堂效率[1]。同时,在设计整个教学环节中,要站在学生的角度来考察每个实验项目中会遇到的问题,有些对于我们教师来说不是问题的内容,在学生看来或许会形成一个问题,所以一些不经意的实验过程,会让学生产生一些"灵感",尝试着另辟途径加以完成。所以,教师要在具体实验内容中考虑留给学生"创新"的环境,设计一些问题和要求作为实验切入点,让学生从不同角度提出解决方案,这样就有利于培养学生的创新能力,这些切入点可以是实验中的有趣现象,也可以是展示学生自己的创新成果等,这样不仅仅能激发学生的好奇心和求知欲,而且能通过这些现象和成果引领学生探索新知,养成对科学真理不断探索和追求的良好素质。

三、要设计实验的教学手段

高校实验教学的核心目标在于有效地培养学生的实际动手能力,训练学生学会如何运用科学的实验方法去发现问题、分析问题和解决问题。因此在相关专业实验的选题内容、操作方式等方面要有创新,提供一个宽口径让学生在掌握基本技能的前提下,探索新的发现。这应落实到具体实验教学的各个环节中,尤其是实验教学内容的选择上。要保证实现高校实验教学的目标,首先就要将实验教学与本专业的理论教学紧密地结合起来。高校实验教学与相应的理论教学应作为一门大课程开设,在教学上先理论后实验,一般情况下,实验教学较理论教学晚几周开始,这样学生可以在了解了一些理论知识后通过实验环节加以认证。在理论教学讲课开始时,教师就应首先向学生讲明课程的教学要求,包括接下来的实验安排,这样可以使学生有一个思想准备,在整个学习过程中,学生通过对课程理论知识的不断了解来发现问题,提出问题,再确立实验课题,最后自主地完成实验设计和操作。在这里必须强调,教师仅仅是在实验课题方案的选择、确定以及实验安全等方面给予适当的指导,不能给学生指定具体的实验课题内容,更不能为他们制定和规划实验步骤,所以,学生要完成必要的实验教学,只有搞自己认真学习、主动探索,同时要不断地钻研理论教学内容。培养学生的创新能力,一定要建立起一套科学的教学模式。只有科学的设计实验教学内容,优化实验教学方法,强化实验教学过程,才是实现创新能力的重要保障。在教学模式中应当发挥教师的引导作用,强调学生在整个教学活动中的主体地位。老师在实验教学中须扼要,突出重点,说明难点,把基本原理,基本知识和基本技巧能讲得精确、精练,并富于启发性,耗时要少,效率要高。在内容上要得其精要,抓住要点、难点;其次在方法上要得其精巧,要做到启思导疑,运用自如;再则在举例上要精炼,炼其重点,炼其拓展,举一反三。总之,要落实到学生良好学习习惯的培养,落实到学习能力的提高和发展上。教学的目的是让学生学会怎样学。学生创新能力的培养,就是在传授知识的同时,引导学生积极思考,推动学生掌握分析问题的科学方法,最终使学生能通过实验自主地学习领会,使学生由想学到会学,真正发挥学生在教学中的主体作用。因为方法的掌握比具体的知识掌握更重要,而且方法的掌握在自主实践中实现更能记忆深刻。因此,教师必须把教学的重点由以传授知识为主转移到发挥学生的潜力,培养学生的自主学习能力上来,逐步引导学生掌握自主学习的方法,培养自主学习的习惯,真正达到让学生"自求得之"的目的。

四、要让学生带着"疑问"进行实验

我们说,发现问题和提出问题的能力是创新能力的一个重要前提。实践证明,不能提出问题就不可能善于思考,也就不会有创造性的行为。爱因斯坦曾经说过:发现问题和系统阐述问题可能要比得到解答更重要。创新精神是通过问题意识的培养逐渐形成的。在某种意义上,发现和提出一个有价值的问题实际上就是一种创新[1]。在实验教学中,教师要引导学生发现问题,为学生提出问题创造良好的环境,并使学生在发现问题——分析问题——解决问题的过程中体会到创新的成就感。当然,问题的解决绝对不是靠简单的死背硬记书本知识就能得到的,而是需要运用创造性思维方法来加以解决。教学中教师要善于激发学生的学习兴趣,发挥他们的想象力,挖掘出他们创新的潜能。让学生逐渐养成能自主获取知识和创造性地运用知识的良好习惯。在实验讲解演示中,教师可以演示实验现象,说明一些特点和重要性等,避免把实验步骤和结论直接给学生,而是要留给学生又适当的思考空间,自己探索解决问题的途径,允许他们在一定范围内犯错误,改正错误,使他们通过排除艰险后最终获得"亲自得出结论"的创新机会,这样就达到了在实施创新行为的过程中发展自主能力的目的。古人云:"学贵有疑","学则须疑"。疑是思之源,思是智之本。培养学生有问题而思考,由思考而提出问题、解决问题的能力,是培养学生自主学习能力的关键所在。在实验教学过程中,教师要善于创设各种问题情境,有序设置能把学生思维逐步引向深入的问题台阶,启发引导学生思考、讨论,从而形成正确的观点。当然在学生实践的过程中,教师要对实践进行必要的指导,鼓励学生对自己所喜欢的解决方案进行大胆设计,畅抒己见[1]。

五、要引导学生尝试探索性实验

为了使创新能力的培养得以持续发展,可以让学生作一些探索性的实验,所谓探索性实验就是主张让学生在自主地参与知识接受过程中,掌握严谨的科学研究方法,探索性地获取科学概念,并随之逐步形成具备探索能力和科学态度的素质。这样一种教学模式,在注重自主性和实验性的同时,更强调了科学研究方法的掌握、探索能力的培养和科学态度的形成。这里必须指出,探索性实验中探索问题是实验探索的主要目标,规定探索内容和探索方向,是进行实验探索中首先要考虑的。所以探索性实验教学与普通实验教学相比,更具有让学生大显身手的机会,思维空间可以进一步扩展,更能激发和满足学生的探索与创新欲望,学生只有在探索性实验的尝试过程中,边思考边实践,在不断的探索中锤炼了自身的创新能力。这里需要说明的是探索性实验中问题不要过于的复杂和开放,应当将探索问题控制在一定的范围之内,避免学生盲目性,使学生有针对性地实现探索目标,得出正确的结论。同时在实验探索问题的内容选取、方式方法和探索程度等方面要符合学生的认知规律、知识基础掌握程度和能力水平。可以考虑设计一些有启发性和针对性的问题作为铺垫,在问题中穿插一些激发学生创新意识的内容,要结合和充分利用学生掌握的现有知识结构,当然也应积极鼓励学生查阅文献资料,因为查阅资料的过程实际上也拓展了自己的知识面。为了能够使探索性实验有效地开展,教师应采取一些科学的探索方法对学生加以引导,比如,在实验器材的选择与使用、实验数据(现象)的记录与分析、实验故障的寻找与排除以及实验结果的获得与总结等方面作一些指导。通过整个探索性实验的探究过程使学生从中体会到排除困难的艰辛与获得成功的喜悦,增强学生的自信心和学习动力。但是,探索性实验教学过程中,过分强调创新性既无必要也无可能,实验设计的科学性、合理性和可行性才是重点。教师过分强调创新性可能导致学生毫无头绪的乱想,设计出来的实验或无理论依据、或根本不可行。如果学生想不出课题,也可由教师指定范围,由学生自行进行实验设计。

六、要加强实验和社会实践的结合

实验与实践脱节,是目前高校许多实验教学的一大缺陷。这主要表现在:实验教学与相应专业的实际工作相脱离,同传统理论教学几乎一样,走的是从书本到书本的路子,学生所做的实验也几乎都是重复性机械性的"演示实验"或"验证实验",学生只能从书本学到一些有关实验的理论知识,致使实际的实验往往流于形式,学生很难真正掌握必要的实验操作方法和技能,更难以借以发展实验选题、规划、设计、操作等方面的创新素质,以致走上实际工作岗位以后很长一段时间不能独立承担有关的实验任务或项目,不能适应实际工作需要。要从根本上改变这种状况,就应当将实验与社会实践紧密结合起来,为学生从实验教学走向社会实践创造条件。比如,学生可以参与专业教师的一些科研课题研究,从中进行科学学习与分析、科学探索与实践。由于这些科研项目都处于学术发展的前沿，并且其产生的成果具有比较大的经济或社会效应。学生的参与不仅为课题组注入了新生力量，最主要的是让学生在参与中能够接触到学术发展的尖端知识，进一步增强他们的求知欲和探索欲。通过实践这个大课堂中，学生可以获得在传统式课堂教学中获取不到的经验和体验。另外，我们还可以通过实践教学基地的形式，开展一些学生实践技能活动，比如课程设计等，在进行实践活动的同时也完成了实验教学。当然，实践教学基地是为直接实施教学设计服务的。这样不但能够将课堂内的实验变换为社会性的实验，而且能够对实验教学赋予新的内容，学生可以用探究的心态来创造新的实验内容，这既保证在教学内容上的不断进取，与社会生活紧密相连，又从根本上改变实验教学内容一成不变的状况，由此避免了教学内容与实践运用的脱节，增加了学生对自己本专业学科范围的感性认识，自觉养成独立开展实验工作的创造素质。总之，社会在发展，社会对人才的需求也在不断变化，实验教学也要紧跟社会发展的步伐，与时俱进，使学生通过创新意识和创新能力的不断培养，成为一名社会有用之才。

参考文献：

[1] 翁志清.非线性编辑的教学实践探讨.影视传播教育的改革与创新研讨会论文集，2006(9).

试论 RED ONE 对综合性大学
影视制作教学的机遇和前景

舒浩仑[①]

（上海大学影视艺术技术学院影视艺术系　上海　200072）

［摘要］　本文从 RED ONE 摄影机的特点、性能和应用等方面以及与传统的胶片摄影对比上做了详细阐述，指出了在数字电影时代，RED ONE 对电影业界格局产生的影响和改变，更重要的是在 RED ONE 的影响下，综合性大学的影视学院如何抓住这一数字电影新技术革命的时机，利用自己的后发优势，打破自身在大银幕电影教学上的空白。

［关键词］　RED ONE；数字电影；胶片电影；电影教学

　　RED ONE 简单地讲就是一台 4k 的数字电影摄影机，而且是全球首部 4K（4520×2540）、4∶4∶4 无压缩的数字电影摄影机，多格式的拍摄模式、可升级的模块、与传统光学摄影镜头的超强适配性，一系列创新让它夺得 2006 年的 NAB（全美广播器材博览会）大奖。而且 RED ONE 的机身售价才 17500 美元，而差不多是索尼，阿莱，潘娜维申的数字电影摄影机的机身价格十分之一。而 RED ONE 的摄影机是迄今有可能替代传统的 35 毫米胶片的数字摄影机。

　　那为什么说 RED ONE 是可能取代传统的 35 毫米胶片摄影机呢？那我们首先来看一下她的感光部分，这是数字电影摄影机的核心 CMOS 感光器，而 RED 公司把 RED ONE 的 CMOS 称之为 Mysterium™，这是一个 1200 万像素 24.4 mm×13.7 mm 拜尔排列［单层］CMOS 镜头。它是一个 490×2580 像素的活性矩阵，每个像素是 5.4 微米。当动态像素矩阵达到 4900×2580 的时候，

———————————————

　　①　作者简介：舒浩仑，美国南伊利诺斯州大学 MFA。现为上海大学影视艺术技术学院影视艺术系讲师。

最大录制分辨率就是 4900×2580。而此 CMOS 芯片的动态范围大致在 11 档左右，而且它能够记录 680 亿个色彩。那么 RED ONE 的 CMOS 芯片有能力记录这么多视觉信息时，那么有如何来解决传输和存储如此海量的视觉信息呢。未经压缩的视觉信息差不多达到每帧 4.5 k 左右的 RAW 格式，如果每秒是 24 帧，那么每秒的数据传输率可以达到 323 MB/秒，那就要有一个巨大的数据线来传输以及一个庞大的硬盘阵列来存储这些海量的数据，显然这对于 经常需要更换拍摄场地的电影摄影是不可能实现的。

那么既然不可能以这样未经压缩的方式来传输和存储，那么我们必须要找到一个数据压缩方式来对 RED ONE 的原始拍摄信息进行处理。RED ONE 给出的答案就是 REDCODE。Red One 采用的 Redcode 编解码器能够将 CMOS 传感器上记录的原始数据充分压缩，从而可以利用便携式存储来存储数据。Red One 提供了两种压缩方式：一种最大码流为 28 MB/s，一种最大码流为 36 MB/s，压缩比分别为 12∶1 和 9∶1。尽管压缩比非常大，但 Redcode 是一种类似于 CineForm RAW 和 JPEG2000 的小波编解码器，避免了许多数字视频压缩算法中常见的马赛克现象。

Red One 提供了如下几种不同的存储方式：

320GB 外部硬盘阵列 RED - DRIVE（硬件 RAID 0），能记录 2 到 3 小时的 4 K REDCODE 内容；

64GB 固态闪存 RED-RAM（硬件 RAID 0），能记录 30 到 40 分钟的 4 K REDCODE 内容；

8GB/16GB CF 卡，8GB 的 CF 卡相当于一卷 400 英尺电影胶片。

这些数字的存储方式意味着节省了胶片和洗印的成本，而且使迅速实时查看原始的拍摄内容成为可能，这一点其实非常重要，在胶片时代时，如果你要马上看到真正的原始拍摄内容，几乎是不可能的。因为没有一个摄制组可以拥有一个移动的冲印厂，也就是说任何已拍摄的胶片都要送到专门的洗印厂去冲印，而且如果你想要看到在真正胶片上的拍摄画面，你还必须在片场架设电影放映机，显然这对于大多数低成本的电影制作是无法实现的，而退而求其次看经过胶转磁后的视频样片，但其中的一些画面细节却无法看清。

除此之外，RED ONE 也能够得到和传统 35 胶片摄影机一样的景深和可选焦点，而且 RED ONE 采用电影业内广泛使用的 PL Mount（胶片电影摄影机镜头接口），使得过去深受摄影师喜爱、高质量胶片电影摄影机镜头都可以再次发挥作用。

最后在来对 4 K 数字摄影与传统的 35 MM 胶片做一下比较。传统的 35 mm 胶片在扫描到数字中间片（DI）的标准分辨率是 2 k，只有极少数的 35 毫米胶片，为了做特效才会进行 4 K 的扫描，而更重要的是 RED ONE 原始素材就是 4 K，而且不需用经过任何昂贵的胶片底扫。

就 RED 来说，"4 k"是指一个 4096×2304 的像素分辨率。分辨率的高宽比是 1:1.77。由于有很多种高宽比的可能性[用 RED 和胶片扫描都一样]，水平的像素值是固定的，而垂直的像素值是可以变换的，比如，1:1.85 4 k 可以是 4096×2214 的分辨率。如果想要一个高宽比为 1:2.35，那么分辨率可以是 4096×1743。这里所说的 4 k 是指水平的像素数量是 4096。

2 k 是指水平的分辨率为 2 048 个像素。这就是说 4 k 的分辨率是 2 k 的 4 倍。不同于胶片需要底扫，RED ONE 4 K 拍摄的会明显比 4 k 扫描胶片出来的画面效果更锐利。

讲了这么多 RED ONE 的优点，那么她和我们目前国内综合性大学影视教学有什么关系呢？在谈这个问题之前，让我们先来简单地回顾一下国内综合性大学影视教学的现状？客观地讲，目前国内综合性大学的影视学院只有电视制作教学，几乎没有电影制作教学。而国内唯一能够进行电影制作教学就只有北京电影学院，原因很简单，北电有师资、设备和财力。而即使其他影视学院有电影制作教学的师资，也没有制作设备。胶片电影的制作设备是极其昂贵的，价格基本上在二至三百万人民币之间，而且需要专业的技术人员进行维护和保养，这不是一般的院校所承受得起。即使有学校具备拥有胶片电影摄影机财力,但是胶片本身的冲印过程也很复杂,而且需要送到专门的洗印厂去冲印,胶片本身的价格和冲印的费用也很高,一盘 400 尺(大约 5 分钟的放映时间)35 毫米胶卷的费用在 1000 元人民币左右,而冲印费用大约在 300 元,而且还没有包括胶转磁的费用,显然学生们是无法承担这些费用的。而即使财力雄厚的北电,每年也只能择优投拍 10 部学生的短片胶片电影。

而现在 RED ONE 来了,上述问题都将迎刃而解。第一,一套 RED ONE 连镜头在内大约在 50 万人民币之内,这个价格目前国内大多数影视学院是能够承受的,第二,RED ONE 是数字电影摄影机,不存在需要使用昂贵胶片的问题,但又能够得到胶片的成像质量,第三,RED ONE 是 IT 产品,而不是传统意义上的光学摄影机,也就是说只要学校有维护 IT 产品的技术人员,就有能力维护 RED ONE。显然在这个 IT 时代,找一个 IT 产品的维护人员不是一件难事。简而言之,RED ONE 是一个如视频般方便和低价的方式获得传统 35 mm 胶片电影质量的摄影机。

那么有了 RED ONE 摄影机,那么她的后期又将如何解决呢?是不是需要买一套专门的设备来做后期的?当然不是,Red One 提供了一种全新的数字前期拍摄解决方案,众多软硬件厂商也纷纷推出相应的后期处理解决方案。在 2008 年底,Adobe CS4 加入了对 Redcode 格式的支持,使得用户在普通的台式电脑上就能够剪辑和调整 RED ONE 的素材。

按照 Red 的推荐配置,在 8GB 内存的工作站上安装了 Windows Vista 64 位操作系统和 Adobe CS4。首先将前期 RED ONE 拍摄完成后拷贝出所有视频文件到本地存储。这是项目进行的最基本的操作,将来所有涉及到 RED ONE 的素材都从这里读取。

准备完毕后,我们开始进入具体后期制作流程:

启动 ADOBE PREMIRER CS4。新建项目,当所有软件正确安装后,会在新建项目的对话框中看到多了一个 RED R3D 的选项,这个就是我们需要的 RED ONE 的工程文件。RED ONE 下面的目录中大家会看到不同的分辨率的项目,可以根据原始素材的格式和机器本身的性能建立相应的项目。项目建立完成,进入。可以直接双击调入素材,也可以通过素材浏览器选取你需要的素材,选取素材后右键看素材属性中的 source setting。根据你项目的实际情况和对画面质量的需求进行自定义设置。

注意:在完成自定义设置后,一定要保存项目,退出应用程序后,然后重新打开项目文件。设置好后就可以在 PREMIERE 中进行剪辑,然后生成 EDL 或者通过 Adobe Media Encoder 生成你需要的文件格式。利用其他 DI 等系统可以对经由 PREMIER 生成的 EDL 进行套底、调色，最终生成数字中间片，并进行多格式发布。

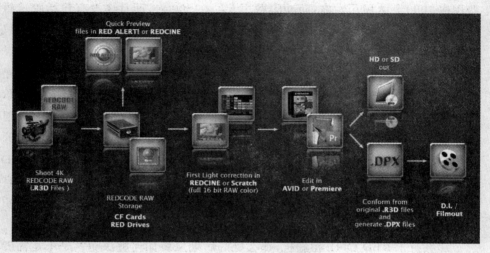

RED ONE 的后期制作流程图

所以 RED ONE 的出现正在改写目前影视制作行业的游戏规则，而目前在国际电影界内，索德伯格等导演已开始使用 RED ONE 拍摄电影，如他的新片《格瓦拉》和《应召女郎》。就连对影像质量极为苛刻的好莱坞大片也开始启用 RED ONE 拍摄，如最近预算为五千万美金的好莱坞大片《先知》（尼古拉斯凯奇主演）全片使用 RED ONE 拍摄，当《先知》的导演 Alex Proyas 接受记者采访时，被问及使用 RED ONE 的感受，他说"我不会再用任何胶片拍摄以后的电影，RED ONE 实在太好用了。我们得到的画面非常好，尤其是把影片通过数字投影仪放映的时候" Proyas 说："完全没有颗粒，简直都有三维的质量，感觉自己好像能深入银幕内，因为画面的深度实在让人难以置信。我算是被彻底征服了。这种图像的清晰度是我在胶片上从来没有见到过的，而且它还在不断完善，还有图像的平滑度，我真的是太喜欢了。Proyas 说，当今很少有影片不沾数字技术的光。"几乎你在电影院看到的所有影片都是经过胶转磁和数字调色的，所以我们再也不会知道真正的胶片上的画面到底是个什么样，"他说："电视、MV、广告已经重新定义了新生代观众的视觉感受。以前我们觉得很讨厌的一些东西，比如说图像对比度和锐度的级别，现在看来都是理所当然的。"

在 Proyas 看来，全数字化成为行业标准只是个时间问题。"RED 摄影机能给我在胶片上得不到的东西，尤其是画面、平滑度和清晰度。数字影院将变得越来越普遍,所以我想数字电影拍摄是大势所趋。"

　　另外据美国连线杂志在 2008 年 8 月报道,胶片不仅在摄制阶段将被逐渐淘汰,而且在电影放映时也将被数字取代,好莱坞四大片商决定把全美 10 000 块银幕改为数字放映,这也就意味未来有 RED ONE 拍摄的电影经过电脑的后期处理后,无需再经复杂和昂贵的数转胶过程,直接能进行 4 K 或 2 K(目前的 35 mm 电影放映相当于 2 K 的分辨率)的数字放映,电影的制作成本再次被拉低。

　　当 RED ONE 在改写业界的游戏规则时,他也将会改变目前国内电影制作教学的格局。在电影制作教学方面,北电独大的局面将有所改变,使得众多综合性大学的影视学院也有了制作大屏幕电影的可能性。而且随着 RED ONE 的技术进一步发展和成熟,她的价格也会越来越低,使得有更多的学校,甚至学生就能够拥有 RED ONE 拍摄出高影像质量的电影,而同时又不会使他们破产。也就是说在胶片电影时代,国内其他影视学院要在电影制作上与北电竞争,几乎是不可能的事情,但是在数字电影时代,特别是 RED 的出现后把大屏幕电影制作的门槛一下子拉低了,使得原先在胶片时代处于劣势的学校有了后发优势,也就是这些学校没有过多的历史包袱,可以轻装上阵,直接进入数字电影时代,而不用去顾及所谓的历史传承。其实在工业界,有一个很好的例子,在胶片摄影时代,柯达是一家独大,而数字摄影时代,柯达几近破产,原因很简单,她有太多的历史传承,不舍得原先庞大的胶片产业,但是时代车轮滚滚向前,大众已不再使用胶片来拍摄,而它原先在胶片上无与伦比的优势变成了沉重的包袱,而那些原先没有胶片产业的厂商去迎头赶上,紧紧抓住这数字摄影的产业方向。

　　所以大屏幕电影制作和教学在 RED ONE 面前已不再变得高不可攀,真正的电影民主时代即将来临,让我们尽快地去拥抱她。

《电视摄像》课程教学 实践的几点思考

陈晓达[①]

（上海大学影视艺术技术学院影视艺术系　上海　200072）

[摘要]　由于课程的专业实践特点，电视摄像的教学需要更加注重实验教学的环节，以学生亲身参与实践，切实掌握默会知识，来取代传统的课堂讲授和演示。摄像实践能力不只是操作技能，还需要独立面对解决实际问题的综合素养，带有具体情境的项目式教学模式，统一辅导和个别辅导相结合，能取得较好的教学效果。

[关键词]　电视摄像；实验教学；实践能力

摄像是电视视频系统制作过程中必不可少的重要环节。电视作为视频和音频组成的综合视听语言艺术，摄像环节的成功与否直接决定了电视节目的视频质量等级。电视摄像课是立足于实践层面，运用电视摄像机拍摄电视画面的一门实践性很强的课程，它要求学生对电视摄像机设备的结构原理、使用功能、操控技术熟练掌握，并能准确稳定地运用拍摄技能，将创作构想逐一转化为精致生动的画面，最终的目的是让学生掌握对摄像机等电视制作设备的技术操作，深化对诸种技术元素进行有机综合运用与整合的能力，对电视艺术形式在具体创作过程中有从理性到感性的具体理解，最终具备摄制电视节目的能力。

目前国内开设影视专业院系的高校有几百所之多，几乎在课程设置上都会把电视摄像作为首要的专业基础课。把握好这一教学环节，对于理论系统的领悟和后续跟进的实践课程，富有承上启下的积极意义。虽然讲授理论知识的课

---

①　作者简介：陈晓达．上海大学影视学院艺术系讲师，电影学博士研究生在读，主讲"电视摄像"、"电视演播室制作"等课程。

堂教学不可或缺,但电视摄像课程的实验教学对学生动手操作能力的培养和锻炼,特别是对学生制作节目水平的提高有着非常重要的意义。学生专业理论知识学习得怎么样,最终要通过实际的摄制水平来检验和体现。因此,在整个电视摄像课程的教学过程中,搞好实验教学是非常重要的一环,也是实施素质教育、提高学生专业素质的有效途径。

如何开展卓有成效的实验教学,让学生的实践能力有切实的掌握和提高,是目前讲授电视摄像课程的老师们普遍面对的问题。笔者通过自身的教学实践,对电视摄像课程的教学提出一些自己的想法,以期对实验教学改革提供参考。

一、在"做"中学而不是"讲"中学

"你看多少场足球比赛,才能学会踢足球?"笔者常在摄像课上问学生这样一个问题。答案自然明了,通过别人演示讲解获得的间接经验,即使再详尽、再明了,也总是少于直接经验。像学习骑车、游泳一样,像电视摄像这类以教授实务技能为目的的学习,学习者必须通过实践活动,反复操练和训练,自己体悟换取默会知识。这和理论课程主要靠讲授知识点,通过理解、思辨进行知识的学习完全不同,学生要掌握的是默会知识,即所谓的"内在于行动中的知识"(action-inherent knowledge)。牛津大学学者吉尔伯特·莱尔曾就这一概念提出知识的know-how 和 know-that 两种类型,"know-that"是能够表述为各种命题性知识,"know-how"则表现为各种做事的知识"。他认为,know-how 相对于 know-that 具有逻辑上的优先性。当某人在发现了一种 know-that 的知识以后,如果不知道如何来使用它,就不能说他真正地拥有这种 know-that 的知识。《文心雕龙·知音》篇中的:"凡操千曲而后晓声,观千剑而后识器",也是阐述相同的道理,如果只看不做,终究只是"纸上谈兵"。

在实际教学过程中,教师往往会花费大量的时间和精力去讲述摄像的理论知识,讲述的太多,实际操作少,很多时候摄像课就变成了教师课堂理论宣讲和放映影片范例,即使操作,也是一学期讲八九周,课余让学生自己去拍个作业,课上老师分析一下,在课时不多的实验课上,设备的操作过程都是由实验教师演示一次,学生只是在一旁观看,真正由学生自己操作的时间不多,实验课变成了另一种形式的理论课了,讲与听成为了教学的主要手段,做与实践则成为了课余的辅助手段。考试形式也大都以书面考核为准,从书本出发的考试方法,考题是教科书中已有的问题,答案也往往是对现成条文的背诵,结果我们常会发现个别擅长背诵、书面考试得高分的学生,电视摄像的实际操作能力却差强人意。

所以,我们的教学方法应该立足于在"做"中学而不是"讲"中学,那种采用从概念到概念的灌输式课堂教学,缺乏强有力的导向实践和理论联系实际的教学机制,这样所造就的是一些并不能真正掌握知识的能力脆弱者,学生也往往视知识的传授为难以支撑的沉重负担,觉得学不能致用,造成理论学习和实践的严重脱节。电视摄像技术是电视摄像方面的经验和技巧,电视摄像艺术是摄像师运用摄像技术,按照一定的审美观,对生活中的各种形态和意识的集中概括,是通过电视画面而形象表现出来的。理论和实践两者不能割裂开来分成两大板块,而是理论基于实践,同时实践中贯彻理论知识的教学,这样学生对知识点会有直观的了解和领悟,又提高了实际能力。

这里并非否定课堂教学的重要性,摄像课还是需要对有关知识点以及艺术手法应用进行讲解,让学生从感性认识上升到理性认识,但必须是以实践为基础,是"实践——认识——再实践"的学习过程,要避免观摩讲解和实践练习两张皮的弊端。比如在讲解摄像照明章节中,先将学生带到电视演播室或室外操作相关灯光照明设备,演示不同光源、灯位带来不同的影像效果,让他们对电视照明有直观的认识,然后再在课堂上讲解光线性质、照明手段、影调造型等相关知识,观摩优秀的运用照明技巧的影视片段,让学生有更加深入的了解,再布置实验项目,从自然光照明到室内三点式布光,练习不同布光技法,最后就学生作业进行点评。这样学生学到的不再是对于抽象知识的生吞活剥,而是理论结合实际的生动认识。

在摄像实验器材的使用上,我们力求人人都有充分的时间操作摄像设备,从低端到高端器材都要有机会上手。在新生开学之初我们就倡导编导专业的学生有经济条件的话每人购置一台 DV 摄像机,人手一机便于他们在课余时间完成相关拍摄作业,多拍多练,今后在电视编辑、导演创作课上还可以进行自我创作,当然没有的话学院实验中心也可以向同学们提供松下 180,Sony Z1C 等专业DV 摄像机,申请手续简便。对于那些价格昂贵的广播级专业设备,比如高清摄像机、35 mm 电影镜头、摇臂、斯坦尼康、轨道车,平常在课堂上专业教师会进行演示操作要领,让每个学生在课上体验上机操作。学生课下如果要在创作中使用这些专业设备,经过指导教师同意也可以申请到。所谓"曲不离口,拳不离手",这样让学生多接触摄像机,在"做"中学,通过动手操作,培养了实际操作能力,摄像课的教学目的也就达到了。

二、实践能力不等于操作技能

关于实践能力的培养还有另外一个误区,就是对实践能力真正含义的理解问题。尽管像"电视制作"这类实践应用课已经很明确的把提高学生的实践能力作为首要教学目的,授课老师也意识到要由过去单纯的灌输式课堂教学,调整到强调理论联系实际的教学机制,加大了实验教学的比重,要让学生不仅弄懂理论,还要会具体动手操作。于是教师也花很大精力去教学生怎样使用某电视制作设备,某某效果是如何做出来的,学生也很刻苦地记住这个或那个按钮是干什么用的,直到能顺利地完成老师布置的一个个操作要求,但是当这些我们认为具备"实践能力"的同学参与具体创作或走向实习岗位时,仍会遇到各种问题,有制作力却没有执行力,有模仿力却没创造力,社会上影视制作的用人单位经常反映一些学生只能充当"操机员",而非能独当一面的电视创作人员,实践能力还是相当缺乏。

这里有一个容易误解的地方,实践能力是否就等于操作技能或"动手能力"?首先有必要理清实践能力这个概念。我国学者傅维利给实践能力下的定义是:"保证个体顺利运用已有知识、技能去解决实际问题所必需具备的那些生理和心理特征",实践能力强的个体应当是适应社会生活、能解决基本实际问题、能有效参与社会生活实践和促进自我发展的人。

显然,把实践能力说成是"动手"能力或技能是对实践能力概念的误解。它们只是实践能力培养的一个内容而不是全部。实践能力是一种能面对现实的综合能力,而不是简单的机械的操作技术,会操作摄像机并不表示你能成为一名合格的摄像师。造成学生实践能力培养低效的原因虽然是多方面的,但普遍提供非问题的实践活动,或不激发学生们进行现实问题分析、解决是其中最重要的原因。

"授人以鱼,不如授人以渔"。针对学生在初学电视摄像制作技术时独立自主性较弱的特点,在实验指导的期间应实行研讨式、启发式教学方法,切忌包办代替。遇到问题时,应充分发挥学生的主观能动性,要求学生从原理上进行分析,及时组织各种各样的讨论,引导学生自己思考分析,探讨交流,得出结论。比如在摄像课上总是强调白平衡的重要性,但也要提醒学生可以灵活对待,为了在艺术上取得某种令人满意的效果,也可以有意识地使摄像机的白平衡失调。我们在指导学生拍摄暖色调画面如夕阳西下时,在技术上有意识的使白平衡偏红,这样就能拍到红霞夕照的唯美画面;而拍摄冷色调画面如夜景时,又可以使白平衡偏蓝,以艺术地表现冷色调的夜景气氛。

除了独立思考、处理问题的能力,我们也强调社会实践能力和综合素质的培养。影视节目制作是团队合作的结晶,许多影视人必备的素质在大学学习的时候就要养成习惯。因此,在小组实践合作过程中,针对部分独生子女缺乏团队合作能力,怕苦怕累的缺点,要贯彻素质教育的理念,教人又教"心",培养每位组员集体主义精神和吃苦耐劳的能力。拍摄时会遇到各种麻烦、辛苦和压力,如果遇到心理素质不好的人,很难现场处理好问题,灰心沮丧,草草了事的情绪时常出现在一些学生的拍摄过程中,教师这时要对他们进行教育,找出问题症结,提出方案,训练学生解决问题的能力和认真敬业的素质。

因而,把握现实问题解决与学生实践能力发展的关系,尽最大可能地消除实践能力培养中的无情境的实践活动,这是我们实现学生实践能力培养目标的主要方向和取得实践能力培养高效的重要途径。落实到电视摄像课程的教学实践中,不应仅是停留在操作技能培训这个层面上,要重视实践能力的综合培养,其中包括学生独立处理问题的能力、思维创造力、团队协作能力等等,如果缺乏这些能力的综合,哪怕一个学生专业操作技术再强也是一纸空谈,这样所造就的是那些没有独立思考能力的学习机器,不具备合格的摄像专业素质。这就要求在实验教学中多设计一些带有具体情境的项目练习。

三、基于项目的实验教学模式

基于项目的学习(Project-based learning,简称 PBL)中的"项目"是管理学科中的"项目"在教学领域的延伸、发展和具体应用。因此,基于项目的学习是以学科的概念和原理为中心,以制作作品为目的,在真实世界中借助多种资源开展探究活动,并在一定时间内解决一系列相关联问题的一种新型的探究性学习模式。[①] 美国学者托马斯博士认为,某种学习活动是否可以称之为项目式学习,需要满足:1. 向心性,即项目是课程的中心,而不是课程的外围和边缘。2. 学习的积极性、自主性,即学生的学习过程是积极的、主动的,学习的结果并不是达到教师预先设定好的目的,学生需要确确实实做一些事情,而不是被动地听和完成预定的作业。3. 学习的真实性,是指学习的内容和问题往往是真实的、开放的、结构不良的,而不是虚构的、封闭的结构良好的,对这些问题或内容的学习是以真实的方式来进行的。4. 学习的问题性,即利用一定的任务和问题去调动学生的积极性,完成学科的核心概念和原理、原则,从而促进学生心智的发展。5. 学习的建设性,即学习的主要活动必须有助于学生对知识进行的转换和建构,也即是学生必须获得新的理解和新的技能。[②]

---

① 刘景福,钟志贤:基于项目的学习(PBL)模式研究[J].外国教育研究,2002,(11):18～22.
② 王海澜:论作为学科学习框架的项目式学习[J].教育科学,2003,(5):30～33.

电视摄像等制作课程中的项目式学习模式,强调学生要在真实情景中的任务驱动下,在探索任务和完成项目的过程中,在自主学习和协作的环境下,在讨论和会话的氛围中,进行学习活动。我们在学期课程初始就向学生提出这门课程要完成的创作项目,然后让学生明确了为了完成这个项目,他们应该解决哪些学习问题,明确了学习任务,学生在学习过程中就会有的放矢,较好地把握学习的关键。可以结合教学大纲和进度设计一系列开放式的实验项目,这和以往单纯布置作业不同,要放手让学生自我"学步"、大胆练习,学生可以根据自己的实际需要选择实验设备和手段来完成不同层次的实验项目,教师则要重视阶段性总结,细致剖析每个实践项目完成情况的优点和问题所在。这样学生不仅学到了知识、提高了技能,还培养动手实践能力,提高了学生的探索创新精神。

在这种项目式教学过程中,"项目课题"的提出是最重要的,它将决定这节课学生是主动地去学习还是被动地去学习。它的教学模式基本以"呈现课题——明确任务——解决问题——完成项目——评价项目"为主要结构。在摄像课里,应对各种节目类型的摄像技巧,可以设计多机制作模式、新闻纪实类节目、虚拟剧情类节目、MTV等几个实验项目,要求镜头语言清晰到位,符合节目风格要求。这些实验项目由于比较开放,没有更具体更细致的要求,这就极大地调动学生学习的积极性,促使学生自己开动脑筋去思考和探索,有利于培养创新精神和分析问题、解决问题的能力。另外,我校还有很多和电视台、社会上影视制作单位的合作项目,比如上大与上海教育电视台合作的《学子》栏目,主要播出学生制作的新闻专题片,在摄像课上就会根据这档栏目的要求,去布置相关小组进行拍摄摄制,然后根据修改意见进行补拍修改,学生在这样的项目实践机会中能直接学习到社会上广播级主流媒体的摄制要求,获益良多。再比如2009年初我院与北京某网络公司合作的阿迪达斯篮球广告视频大赛,摄像课上将这个项目课题明确后,学生分成几个小组专门就比赛要求对该产品进行拍摄策划,在老师的指导下完成了广告拍摄,十多个广告短片在网上点击量达到百万,收到广告主办方的嘉奖,学生不仅从中体验学习到商业广告摄制的特点和技巧,还极大激发了他们对影视创作的积极性。

实验教师对项目的监督和评价也是不可或缺的重要环节,项目过程中老师要关注督促制作进度,对出现的问题积极予以指导和校正,事后要和学生一起观摩、议论和点评实践项目。当然,由于成本限制和制作经验不足,最终的作品结果可能往往差强人意,这里我们应该多看重过程而不是结果。我们的教学目的就是要让学生在标准的电视制作过程中体验真实情景,掌握技能,养成有系统、有条理的专业工作习惯。因此把整个项目完成过程的评价作为学生的考核标准,能够真实反映学生的能力,在某种程度上能起到督促学生的作用。电视制作以往的考核,主要包括理论知识卷面和学生最终作品两部分。由于学生以组为单位完成实验项目,这种评定并不能反映每个学生的实际水平,不能起到奖勤罚懒的作用。一定程度上,也使部分不自觉的学生滋生吃大锅饭,蒙混过关的思想,对勤奋学生尤其不公。我认为应该重视过程的考核,这个"过程"应包含整个实验项目过程中学生的表现,独立操作的能力,独立分析问题、解决问题的能力。具体操作上可由实验老师根据学生在平时项目执行的表现记录打分,这部分平时成绩应该占到总成绩的三成以上,同时每个同学要在期末考核时为自己的实验项目进行制作阐述,如摄像课卷面考核设置实验综合题,要求为个人作品撰写拍摄阐述,包括创意主题,拍摄内容,拍摄技巧应用,若干镜头分析,在项目实行过程中的经验教训,个人心得等。

四、统一辅导和个别辅导相结合,激发学习兴趣

由于每一个学生的学习环境、成长经历、个人的生理及心理成熟状况存在差异,导致了他们的知识水平和知识结构大相径庭。因而,在摄像知识的接受能力上千差万别。而且由于一些原因,如传统文理分科的影响以及高考志愿的调剂问题,有些学生对技术知识不甚了解,不感兴趣,觉得技术操作和理论知识乏味和枯燥,对专业技术的未知心理不可避免地导致了畏惧心理。他们中一些同学在实验过程中仅满足于观看或简单的操作模仿,缺乏从原理出发进行分析,以求掌握现象本质的主观能动性。分组实验也从某种程度上助长了这种情绪,整个小组总是靠一两个"技术尖子"才能完成项目,而另一些同学的依赖心理严重,久而久之失去了对制作电视节目的兴趣。

针对这种情况,我们提出"统一辅导和个别辅导相结合"的教学方法。尽管目前由于大学扩招导致学生人数众多,摄像课一个班通常都有近40多人,无法完全实现以前"手把身教"的小班授课模式,但在课堂上实行统一辅导的同时,还是要尽量挤出时间,创造个别辅导的"开小灶"的机会。笔者在教学过程中,坚持每学期除了有小组项目的练习,老师还针对小组中每个同学进行上机操作辅导和考核,对于接受能力强、进步快的同学,着重讲解新知识,交付较高难度的拍摄任务。对于接受能力较弱的同学,重点给予具体细致的辅导,答疑解惑。经常得到学生反馈说,在个别辅导时学习的效果要比上大课时好得多,记得牢,印象深刻。

正如影视理论里有主张纪实的长镜头学派和主张表现的蒙太奇学派,电视

摄像艺术本身也有多种风格和形式，每个学生可能对营造画面美感具备不同的感觉，教师要因材施教，鼓励不同的个性发展，日后形成自己的摄像风格路线走下去，比如对画面叙事性，捕捉空镜头能力较强的同学，可以布置拍摄纪录片作业给他，而对营造画面视觉冲击力，色彩光线比较敏感的学生，则让她练习MTV广告等要求画面造型性的拍摄。

这种因材施教的策略，最大的意义在于让每个个体能认清自己的特点，发挥所长，在学习的初期建立起自信心，激发他们的学习兴趣。教育家苏霍姆林斯基曾指出，"学习兴趣是学习活动的重要动力。"在浓厚兴趣推动下的学习活动，一旦达到成功，学生便会产生学习的价值感、荣誉感和喜悦感，这样就更加促进了学习兴趣的深化，并会产生新的学习需要，采取更为积极的学习态度和学习行为。由价值感、荣誉感、喜悦感堆积而成的"求知雪球"，在求学的道路上不断吸附新的知识养料，形成循序渐进的良性发展态势。

诸如电视摄像类的实践课程教学中，关键还是要焕发起每个学生的自信心与学习兴趣，对每个学生的点滴进步均应给予充分的肯定和鼓励，建立起自信对于初学者来说是很重要的。当代独生子女有着强烈的自我意识和竞争心态，教学中可以充分利用这个特点焕发出他们专业的热情与兴趣。摄像课上每次各个小组完成的作品我们都会公开举行一次评比，先是各个小组搭对互评，要求写出对方的优缺点，然后在课堂上投影大屏幕公映，让同学们坐在一起讨论，看谁拍得好与差，好在什么地方，差在哪里，最后再由教师给予现场点评。那些制作良好的作品自然会赢得一片掌声，甚至教师个人会颁发一些奖品以示鼓励，这时学生们收获的不仅仅是一份专业荣誉感，更是积极向上的学习态度，良好的竞争氛围促使每个学生都认真努力对待每次制作实践，从"要我学"变为"我要学"，学习兴趣大为提高。

在学校整体教学工作中，我们也要努力制造一种自下而上，从低到高的鼓励式教育氛围，通过周边一点一滴的肯定和成就感，让全体学生而不是个别尖子学生，在艺术创作上一直保持自信，充满专业荣誉感和对专业的热情，这样才能维持长远，让他们体会到自己学习的快乐。现在上海大学影视学院除了积极搭建平台组织学生选送作品参加国内外各项赛事，如上海电影节大学生短片大赛等等，学院内部也会组织一些竞赛活动，如每年的上大传媒文化节，及夏季学期会有学院奖的创作季活动，针对不同层次、不同年级设置竞赛活动，提供一些展映机会和奖励，这些都极大激发了学生积极性，众多优秀的学生作品得以涌现，形成了良好的创作机制。

相信本文总结的若干教学经验会随着教改的深入而不断丰富和创新。关键是在实施过程中，教师要认真指导，严格要求，及时总结讲评，从多层次、多角度，采用多种方法进行指导，使同学们学有所知，做有所获，不断提高电视制作的教学质量，练就学生扎实的技能功底，提高电视艺术修养和实践能力。总之作为影视专业一门重要的实践课程，电视摄像课程的实验教学还有待进一步总结和探索。

参考文献：

[1] 谢　飞.关于高等院校的影视教育研究.北京电影学院学报,2006(01).

[2] 李绿山.基于项目的"电视编导与制作"课程改革探索.电化教育研究,2006(04).

[3] 吴志华.论学生实践能力发展.东北师范大学教育学博士论文,2006.

[4] 谢红军.如何指导学生进行电视摄像实习.天中学刊,2001(5).

胶片电影效果与 HDV 短片

郑　跃[①]

（上海大学影视艺术技术学院影视传播实验中心　上海　200072）

[摘要]　电影的生产从技术设备上的支撑来说，主要有电影机，电影镜头，电影胶片等等。电影机和电影镜头，以及电影胶片都具有自身的特点，因此胶片电影的图像具有自身的特点。胶片通过化学的反应产生清晰的图像，而数字电影则是通光电反应得到图像，在 DV、HDV 的使用创作过程中，通过使用什么设备，如何使用设备更好地模仿电影胶片所带来的效果呢？本文以上海大学影视学院 JVC201 外加 mini35 电影镜头转换器和电影镜头为例在景深控制、精确聚焦、色调调整、灯光使用、颗粒感塑造等几个方面分析如何使用 JVC201 外加 mini35 电影镜头转换器和电影镜头对电影效果进行模仿塑造。

[关键词]　电影胶片；HDV；景深；焦点；色调；颗粒

在电影短片创作实验教学中，能让学生们收获最大的莫过于选择电影摄影机和电影胶片，能让学生们直接体会电影胶片的魅力和电影的拍摄过程。然而，电影机和电影胶片的高昂费用让许多高校都无法承担。目前，只有极少数的几家高校有这种设备。作为每一位学生来说都想拍摄出高质量的电影画面，同样每一个教师也都希望自己的学生都能在电影短片的创作中感受艺术的魅力，在设备和资金支持不可能实现的情况下，教师们更应该充分利用学校、学院现有的设备资源，在技术层面上模仿电影胶片的成像特点和艺术特色。在 DV 创作中，使用什么设备，如何使用设备更好地模仿电影胶片所带来的效果呢？本文以影视学院 JVC201 外加 mini35 电影镜头转换器和电影镜头为例分析如何对电影效果进行模仿塑造。

---

① 作者简介：郑跃，男，硕士，上海大学影视艺术技术学院影视传播实验教学中心教师。

一、胶片电影的成像特点

模仿电影的成像特点，首先应该了解胶片电影的特点。

电影的生产从技术设备上得支撑来说，主要有电影机、电影镜头、电影胶片，还有一些摄影用的辅助设备比如，灯光、稳定器、摇臂、轨道、反光板、柔光板等等。电影机和电影镜头，以及电影胶片都具有自身的特点，电影机和电影镜头都是高精密设备，能够实现摄影师以及导演的创作需求，胶片通过化学的反应产生清晰的图像等等。我们主要从清晰度、色彩表现力、光比宽容度、景深效果、颗粒感等几个方面进行简要的概述。

第一，清晰度。35 MM 甚至超 35 胶片具有足够大的成像面积，"胶片具有高的分辨率，超 35 mm 胶片的分辨率范围是 4096×3112、超 16 mm 胶片是 2048×1152、HD 录像是固定值 1920×1080。胶片可以记录栩栩如生的影像细节，它不需要用电子设备提升画面的影像锐利度，所以胶片的影像清晰度看上去比磁带更加真实"。[①] 每一秒 24 幅的 35 mm 胶片的连续成像，让场景充分展现在画面中，转换为数字格式，是可以达到 4096×3112 像素，以 14 bit 取样，三元色，这样：4096×3112×14（bit）×3（原色）＝50 MB，也就是说，处理一幅 35 毫米电影画面要有 50 兆的贮存空间，如果连续以每秒 24 格的速度拍摄，在电影银幕上播放可以得到足够清晰的画面，对于细节的展现是非常清晰的。

第二、色彩展现力

色彩，可以通过色调、饱和度来表示。电影胶片的独特的感光材料，通过光产生化学法应，对色彩的展现远远超过目前 ccd 对色彩的表现，因此胶片能够很好地还原色彩，而且具有相当高的饱和度。"物体的色调决定于光源的光谱成分和物体的反射或投射特征"[②]，由于 35 MM 的胶片对光线的捕捉能力强大，所以其对色调的还原也有很高的质量。

第三、光比宽容度

电影胶片可以让在光线较暗和较亮的环境下拍摄到清晰的画面，在同一个画面中可以包含更高的光亮和更低的光照。电影每秒要过 24 张底片，每一张底片大部分都是相同的，比如脸部的一个特写要持续一段时间，这样在脸上的每一个斑点都被几十张底片所纪录，底片上的颗粒因为每一张底片颗粒位置不同而

---

① 翁山宝，张晓翔：《电影与高清晰度》载于《现代电视技术》2008 01
② 石东新、杨宇、陈爽文等著：《数字电视制作与播出技术》第 7 页 电子工业出版社 2008 年 1 月

画面相同,互相弥补的结果就看不出粗糙的颗粒了。

第四、景深效果

摄影机的机身和镜头都是质量上乘,价格不菲的精品。镜头的口径、通透性都非常出色,更多的进光量,让画面足够明亮的同时,其光圈的数值具有更大的幅度。在摄影机方面,目前最好的数字摄像机的宽容度是 6 档光圈,而胶片是 10 档光圈,可以再现更大光圈和更小光圈所呈现的效果。更小的光圈可以获得更大的景深,使画面获得丰富的层次,能使主体很好的融合到画面的背景之中,同时获得非常清晰的画面,而更大的光圈能获得更好的浅景深效果,使主体更加突出,很好地和背景进行分离,使画面的表意功能更加突出,很好地表达导演的意图。

第五、颗粒感

由于感光材料的特性,使得电影胶片的成像带有一定的颗粒感。不同特性的胶片具有不同的颗粒感觉,比如高感光的胶片,其颗粒感更加明显,增强了画面质感的同时增强了对影片艺术性创作的要求。低感光的胶片则成像比较细腻,在不同题材,不同内容的要求下选择不同的胶片型号和不同的胶片冲印方法,可以实现不同的艺术效果,增强电影的艺术性,更好地表达主体,衬托内容。

二、DV 和 HDV 创作的特点。

DV 是一种数字格式,其主要应用于便携式摄像机,其分辨率是 720 * 576,色彩采样比率为 4:2:0,有隔行扫描和逐行扫描两种扫描方式,其分辨率可以达到电视播放的分辨率,我们国家的电视制式为 PAL,其扫描线是 625 条,DV 格式在分辨率上可以满足电视的播放要求。DV 成像原理是物理反应——光电效应,数字的记录方式。

HDV 在成像原理和记录方式上等同于 DV,只是在分辨率上有两种,分别是 1440 * 1080 和 1280 * 720 两种,前者一般为隔行扫描 1080 i,后者为一般为逐行扫描 720 P,其分辨可以达到 DV 的两倍以上,因此在播出上可以实现更好的清晰度。

24 P 的记录格式是模仿电影的每秒 24 格的记录方式,这种方式是专门为数字电影制作而设立的。"所生的信号无法由电视无线播送,但却是个结合电影胶片和电脑视觉特效的绝佳格式。24 P 的更新值为 72,指的是每个画格会出现三次(24 * 3 = 72),有极稳定的影响品质。Sony 发展出这种格式的摄像机成为 CineAlta,松下稍微加以改良,使色彩看起来更像是由胶片拍摄而来,改进后的

CineAlta 记录的信息是原来的四倍"。①

三、如何在 HDV 创作中,模仿电影效果。

HDV 创作中,使用什么设备,如何使用设备更好地模仿电影胶片所带来的效果呢？下面以影视学院 JVC201 外加 mini35 电影镜头转换器和电影镜头为例探讨电影效果的塑造。

第一、电影镜头转换器的成像原理及 JVC201 摄像机特点

Mini35 电影镜头转换器是针对三分之一英寸 CCD 的小型摄像机设计的,卡口有不同的类型,安装在可更换镜头的摄像机上是非常方便的。其成像原理是前端电影镜头得到的图象呈现在毛玻璃上,毛玻璃通过供电进行运动产生一定的颗粒感,然后将图像信号投射到摄像机的 CCD,得到带有颗粒感的画面。优点是能通过转换器使用电影镜头有效控制畸变,色彩信号还原较好,景深非常明显,可实现精确聚焦,并带有一定的颗粒感。缺点在于,通过转换器,进光量得到削弱,在暗环境下的表现不够好,暗部细节展现不够。在光圈小于 4 的情况下颗粒运动的痕迹过于明显,不能使用小光圈获得很大的景深。

JVC201 摄像机是一款可更换镜头的摄像机对于安装电影镜头转换器比较方便。这是一款可记录小高清格式的便携式可肩扛摄像机,同时可以拍摄 24 P,720/50 P,1080/i 的一款摄像机,具有专业机的特点,同时具有辅助聚焦系统,在焦点上更容易确定聚焦准确与否。

第二、景深的控制

Mini35 电影镜头转换器跟小高清 JVC201 摄像机相连,蔡斯电影镜头作为光线的捕捉端,其大口径的进光量充足,通透度有很大的提升,色彩还原比较好,对比度也比较高。使用 50 mm 和 85 mm 的镜头能出现非常好的景深效果,尤其是光圈开到最大以后,仍然能够清晰聚焦,实现较好的图像质量和优质的浅景深效果。

光圈越大景深越小,主体越加突出,电影镜头大多数为定焦镜头,其在光圈开到最大的情况下,成像在焦点处仍然非常清晰,没有损失画质,通过机身后端的进光量调节或者使用滤镜的方法,来减低进光量,保持画面曝光的平衡性,同时实现非常优秀的浅景深效果。使得主体清晰并且非常突出,脱离与背景,画面

---

① （美）琳恩·格罗斯 拉里·沃德 著,廖意苍、凌大发译:《拍电影 ——现代影响制作教程》第 56 页
世界图书出版公司 2007 年 10 月

立体感,层次感得到很好的体现。

光圈越小,景深越大;焦距越短,景深越大,实现大景深效果时,需要使用25 MM的镜头甚至更加宽广的焦段,但是镜头的光圈仍然不能小于4,因为P+S转换器的特点所限制,小于4时会产生过重的颗粒感。

第三、精确聚焦

电影镜头的刻度精细程度要高于电视镜头和高清镜头。因此,在使用电影镜头的拍摄中可以实现很好的聚焦。反之,如果稍有疏忽,焦点较之实物或前或后就会产生虚焦,在大一点的监视器上会非常明显。

初次使用电影镜头,应该将电影镜头的聚焦系统进行重新的调较,使得实际焦距与焦距刻度相吻合,具体方法是使用皮尺,量出焦平面到实物的距离,然后,把刻度调整为该数值,打开聚焦辅助系统,看是否清晰,然后在大的高清监视器上观看,焦点是否准确,如果不清晰可调整P+S后端的后焦调整系统,使焦点成像得到最清晰的状态。调整后进行固定,轻易不要更改后焦环,更换镜头不需要重新调整。该调整的原理是通过调整后焦环将P+S的成像清晰地投射到摄像机CCD上以得到清晰的图像。否则,前端镜头的聚焦再准确也会出现焦点模糊的现象。

第四、色调的调整

色调的调整,我们在拍摄的时候进行色调的调整,可以通过白平衡进行调整,也可以通过菜单自主选择。前期拍摄最好调为统一准确色调,后期调整时可以在非编软件中输入精确的数值进行调整,实现统一色调。

不同的剧情,可以采用不同的色调来表现。或偏暖,或偏冷,或者采用黑白记录等等。有时在拍摄的过程中也不一定要采用同一色调,主要根据剧情对画面的要求来进行调整。不同的饱和度也可以带来不同的效果,我们可以通过摄像机的参数来进行调整,加大对比度和饱和度实现色彩的浓或淡。

第五、灯光的使用

由于电影镜头转换器的进光量被削弱1.5档,因此,在灯光要求上要高一点,尤其是在暗环境下的打光,光要更亮一点,主光的亮度要高,加大主光和辅光的光比,使人物更加具有立体感。使其更像电影胶片的成像特点。

由于摄像机CCD的限制,其在过暗,或者过量的环境下对细节的呈现非常有限,因此,我们在布光的过程中,加大光比的同时,我们应该注意成像过程中的细节呈现,对于过暗或过量的地方进行调整。

具体方法可以采用摄像机的KEEN设置,在过曝的地方可以打开拐点,让细节进行展现,同时也可以通过我们灯光的控制,来进行调整,更换功率低的灯具或者改变灯光与被摄物体之间的距离,通过反射实现等等。

模仿高锐度的胶片效果时,画面锐度会较高,比较生硬。在我们的 HDV 拍摄中我们灯光的选择上可以选择硬光源,当我们模仿低感光胶片的细腻画面时,我们需要柔和的光线,因此我们可以选择柔光灯,或者在硬光源上增加柔光板,使画面柔和不生硬。当然在柔光灯上在使用柔光板可以得到更加柔和的画面。

第六、颗粒感的调整

电影胶片具有一定的颗粒,是胶片通过化学反应得到的独特现象,电影胶片具有颗粒感但是却不损失清晰度,因为这一道工序是在冲印时实现的。

我们在用 JVC201 和 mini35 电影镜头转换器时,我们需要对其毛玻璃的运动进行调整,让颗粒运动不过于明显。

这一过程的调整需要一台足够大高清监视器,我们的调整的原理是调整毛玻璃的运动速度和快门速度相吻合,让快门在闪烁的过程中与毛玻璃的速度相一致,这样毛玻璃上的颗粒呈现在画面上的运动就不会在屏幕上过于明显,反之,如果毛玻璃的运动速度与摄像机快门速度不一致,则画面上的颗粒就会产生不规则的运动,颗粒就会过于明显。电影胶片的颗粒其实是胶片冲印过程中不可避免的,对于数字电影来说,没有颗粒感在另一个角度说也是一个优点。

有人认为电影是讲故事,技术方面粗糙了一点好像没有大碍,但也有的人认为技术的优良则能体现我们对电影创作的态度,能更好地讲故事。有的人认为胶片是一种讲故事的方式和态度,数字 DV 只是平民情结。诚然胶片的效果,目前数字设备还是很难超越的,但从发展趋势来看,电影胶片势必将被数字电影所取代,现在已经有了 2 K、4 K 的 24 P 摄影机,其分辨率已经超过了 35 MM 胶片,作为高校的影视专业的学生应该掌握更多的数字技术,了解更多的数字技术特点,利用 HDV 、DV 设备和数字技术手段模仿胶片电影效果,为以后真正的创作高水平、高质量的数字电影打好坚实的基础。

参考文献:

[1] 石东新,杨 宇,陈爽文等著.数字电视制作与播出技术.电子工业出版社.

[2] (美)琳恩·格罗斯 拉里·沃德著,廖意苍,凌大发译.拍电影——现代影响制作教程.世界图书出版公司,2007 年 10 月.

[3] 翁山宝,张晓翔.电影与高清晰度.载于《现代电视技术》,2008,01.

[4] (美)罗纳德 J.康姆潘西著.电视现场制作与编辑.北京广播学院出版社,2003 年 9 月.

[5] 李铭主编.数字时代的影像制作.中国电影出版社,2004 年 6 月.

[6] 缔维时空主编.高清之路.福建科学技术出版社,2007 年 7 月.

《报纸版面编辑》实验
课程教学创新探析

戴淑进①

（武汉大学新闻与传播学院　湖北省武汉市　430072）

［**摘要**］　高校实验课程的教学改革与创新是提高高等教育质量,培养大学生创新精神和实践动手能力的有效手段之一。《报纸版面编辑》是新闻学专业中实践性较强的一门实验课程。在实验教学过程中,我们对教学方法进行了一些行之有效的改革和创新——增加总学时,调整理论课时与实验课时比例;调整课程授课内容和比重;调整软件操作教学导向;加强课程教材及案例库建设——以提升课程的教学效果,提高学生的实践动手能力。

［**关键词**］　版面编辑;实验;课程教学;创新

　　提高高等教育质量一直是高校教学工作紧紧围绕的命题,这一命题的核心目标之一就是提高大学生的创新精神与实践动手能力,在此背景下,课程教学改革与创新,特别是实验课程教学的改革与创新成了实现这一目标的有效尝试。我国当前所开展的本科教学工作水平评估以及实验教学示范中心建设就是期望通过"以评促改,以评促建,以评促管"的思想来不断完善高等教育质量监控体系,也不断深化课程教学的改革与创新,从而提高高等教育水平。

　　武汉大学新闻与传播学院本科实验教学中心于 2006 年底通过了国家级示范中心评估成为新闻传播学科首家本科实验教学示范基地,这一方面肯定了我院实验中心之前的实验教学工作,更重要的是为实验中心今后的教学质量提出了更高的要求,对实验课程教学创新提供了更强的动力。作为实验中心的一份

---

　　①　作者简介:戴淑进,男,武汉大学新闻与传播学院实验教学中心专职实验教师,主要从事《报纸版面编辑》、《数字图像处理》、《数码摄影》等实验课程教学。

子,笔者有幸参与到了整个实验教学改革与创新系统当中,对一些实验课程的教学进行了有益的创新探索。

《报纸版面编辑》课程(也有些学校叫《计算机辅助编辑》)是新闻学专业本科学生的一门必修课程,主要讲授如何利用计算机编辑排版系统熟练地进行专业的报纸版面制作,因此,这是一门实践性很强的课程。学生要想较好地学习这门课程,除了懂得相应的理论知识外,更重要的是要花大量的实验学习时间,才能熟练掌握该门课程所要求的实践动手能力。结合以往教学经验,针对如何有效提高本课程实验教学效果和提高学生的动手能力,我们对该课程的实验教学进行了改革和调整,力求在形式和效果上有所突破和创新。

一、增加总学时,调整理论课时与实验课时比例

一门课程的学时很大程度上取决该门课程的教学内容,而教学内容的多寡和难易通常用学分来衡量。目前,一般的标准是 1 个学分对应 18 个学时。在我院以往的教学实践中,《报纸版面编辑》是 2 个学分,也就是 36 个学时的教学量,这其中不仅包括理论教学课时也包括学生上机实践操作课时。在这种形式下,这门课程是作为一门普遍课程来教学,其实验和实践课程的性质没有过多的强化,在教学手段和教学形式上也没多少特色可言,因此,对于学生实践能力的培养和锻炼也由于学时过短而显得实效不够。

针对这一问题,为了突显这门课程的实验性质,我们将该门课程设置为一门独立的实验课程。所谓独立实验课程,是指这门课程主要以实践实验教学内容为主,大部分课时甚至所有课时都要求在实验室完成。在学分设置上,也由普通课程的 1 个学分对应 18 个学时变为 1 个学分对应 36 个学时,因此,这门课程在总学分不变的情况下,学时翻番。这样,学时总量的增加为课程实验教学的开展和实施提供了较为充足的时间保障。

当然,单纯的学时增加并不意味着实验教学效果的改善,相反,如果教学内容和形式不进行相应调整,还有可能导致教学效果和效率的下降。

在以往的教学实践中,由于课时较短,课程的理论教学和学生的上机实践通常是同步进行,老师在多媒体终端上一边讲解理论和操作,学生也同时在自己的计算机上进行同步操作学习。表面上看,这是在理论教学的同时一步一步引导学生进行实践操作练习,学生也能跟着老师的步骤从头到尾完成各种教学案例,但实际效果上,当学生跟随老师的节奏完成操作后,学生对于整个实践过程却没有多少宏观把握,实验过程当中的每一步骤以及缘由被掌握的程度很低。

要解决这个问题,实践证明可行的办法是将这门课程的理论教学和实践操作进行合理剥离,即将课程分为理论和实验两个模块,采取模块式教学方法,并保证两个模块合理的课时比例。以往,由于总课时所限,这种操作可行性小,保证了理论课时就顾不了实验课时,或者相反,因此只能把两部分混在一起,试图在交融并进中获得理论与实验两部分学时都增加的错觉。

而随着课程总学时的增加,理论课时与实验课时也就真正增加了。虽然是一门以实践实验内容为主的课程,但《报纸版面编辑》这门课程确实也像其它实验课程一样存在一些相关的基础知识和理论,如报纸版面设计原则、版面结构、版式、版面设计的美学原则、组版元素设计常规、字体、图像、颜色、印刷等等都是报纸版面制作中不可回避的内容,而这些内容的切入深度就需要教师在实验教学中较好的把握。根据几年来的教学经验,通常这些理论内容在占总学时的1/4,也就是18个学时的时间,就能保证该实验课程理论部分所涉及内容合理的广度和深度。在这部分学时里,老师应用多媒体教学手段结合实例讲授报纸版面编辑相关知识,学生以理论学习为主,通过这些知识的掌握为后面54个学时的版面编辑和设计实践储备理论指导。

二、调整课程授课内容和比重

当前,由北大方正公司开发的方正飞腾软件是中文排版领域的佼佼者,全球至少85%以上的中文出版物都由其制作出版。在国内,其在出版社、报社等出版领域的占有率则更是高达90%以上。因此,国内各高校新闻学专业《报纸版面编辑》课程的实验实践教学活动也是围绕着飞腾软件进行。可想而知,该课程中关于这款软件的使用教学也就成了其中必不可少的内容。

但问题也就出在这里,很多学校和老师在实施这门课程的教学时,一方面由于总课时所限,另一方面也由于软件本身功能强大,内容繁多往往把报纸版面编辑的教学变成了飞腾软件使用教学,把教学内容过多地局限于软件功能的讲解和使用,对于有关报纸版面编辑的理论与知识则一带而过甚至毫无涉及。实际上,这门课程学生更应该掌握的是本文第一部分所讲到的理论模块部分,而飞腾软件则是学生应用这些理论知识进行专业报纸版面编辑制作时所使用的工具,换句话说,只要学生掌握这些理论知识,那么应用别的排版软件也能做出专业的报纸版面。

基于这种认识,我们在《报纸版面编辑》这门课程的教学活动中,没有把教学内容仅仅局限于飞腾软件的使用讲解,而是把有关报纸版面编辑的基础理论知识、思想和理念进行了有机的归纳和梳理,形成了这门课程 18 个课时的理论模块,并把它放在课程教学的初始阶段进行,对于软件的教学则放在了后面实践教学学时里面。这样做的好处是能够较大限度的保证该门课程理论部分的稳固性,即使将来所使用排版软件因为升级或变更,也只需要对实践部分教学内容做出相应调整。

同时,在后续的 54 个实践教学学时里,除了结合各种报纸版面实例讲解方正飞腾软件的使用外,我们也会有大约 6 个学时用来横向比较新闻出版行业中使用的其它排版软件如 Adobe Indesign, Quark XPress, Adobe PageMaker 软件,使学生能够大概了解这些软件各自的优缺点,这样既开拓了学生视野,也使学生将来有必要使用这些软件时能快速上手。

飞腾软件是专业的排版软件,除了强大的报纸版面编辑功能,其它出版物的版面制作功能也相当丰富。但是,在飞腾操作使用的教学上,我们只把教学重点放在了和报纸版面编辑相关性大的功能讲解上,而对诸如数学公式排版,化学公式排版等报纸版面相对较少使用的功能讲解则点到为止。这样通过强化重点,调整教学内容比重,使得教学内容层次明显,教学效果突出,也使得学生有更多的时间进行报纸编辑实践操作练习,提高动手能力。

三、调整软件操作教学导向

如前所述,方正飞腾排版软件是功能强大的专业排版软件,其使用说明书就厚达近六百页,可见其使用操作教学也具有相当的课时量。在以往的教学实践中,对于软件操作功能的讲解也大多采用常见的软件教学方法,即从最开始的软件安装、设置再到软件界面、工具栏、菜单栏等各部分功能的全面教学。这种以软件操作使用为教学导向的方法,虽然能够比较全面地讲解软件的功能,学生通过教学和实践练习也确实能掌握软件大部分的功能使用,但是当要将这些功能应用到报纸版面编辑实践中时,却往往无所适从。例如我们在讲解"盒子"这个概念和飞腾软件的"插入盒子"功能时,大部分学生都能掌握其使用方法,但是当在报纸版面制作实践中遇到某个新闻段落中插入的图示或图像时,很多学生却不知道甚至完全想不到要使用这个功能。也就是说,学生对软件操作的掌握并没有和实际的应用建立起应有的联系。

这实际已经脱离了《报纸版面编辑》这门课程的根本,也就是使用飞腾软件来实现报纸版面编辑的思想、理念和效果。这里面,我们要明确的是,关于报纸版面编辑设计的想法是先于软件操作的,即学生首先要考虑的是如何来表达报纸版面的编辑思想,然后才是考虑如何利用飞腾软件的功能实现这种思想表达。

因此,在软件的操作使用教学中,我们尝试采用以报纸版面编辑实际应用为导向的教学方法。我们首先将各种报纸版面如新闻类、娱乐类、体育类等版面中常见的组版元素进行适当的归类,将其分为标题、正文、线条、照片、图像等等,围绕这些组版元素将飞腾软件和这些元素相关的功能进行有机归纳与整理,然后以报纸编辑应用为导向,每个元素设置 4 个学时左右的专项练习。这些专项练习通常不是常规报纸版面大小的版面,而是在相对较小的版面上,比如 A4、8 K 或者其它一些非标准尺寸上的版面上布局报纸版面上某种组版元素比如文字(含标题和正文)常见的排版编辑效果,老师围绕这些效果来展开飞腾软件相应功能的讲解,学生也进行相应的实践练习。通过这些专项练习,学生不仅清楚了飞腾软件功能的使用,同时也掌握了报纸版面设计中各组版元素常见的编辑效果以及如何通过飞腾软件来实现这些效果,然后再在此基础上,熟能生巧,举一反三。

在所有的专项练习完成之后,学生也基本上掌握了应用飞腾软件进行报纸版面编辑所需要用到的大部分功能。接下来,就是要培养学生应用这些在专项练习中所获得的"模块化"实践能力来统筹编辑各种完整报纸版面的能力了。我们会为学生提供 4 K 和 8 K 两种版面大小的不同类型的新闻类、体育娱乐类报纸版面,同时也提供版面中要用到的新闻稿件、图像图形等内容,学生则模拟报社实际报纸版面制作的整个流程,从最初的新闻稿件的选取和编辑,照片的选用,格式、分辨率和色彩模式调整,再到整个版面的编辑设计和制作,以及最后的调整、保存和输出发排,来完成整个实验任务。学生可以根据我们提供的小样来进行版面制作,也可以重新组织稿件和图片进行自由的设计和编辑。通过这些练习,学习既巩固了飞腾软件功能的使用,更重要的是使整个课程的实验教学紧紧围绕着报纸版面编辑来进行,而学生的学习重点也是如何进行报纸版面编辑而不是如何使用飞腾软件。

经过前面两个阶段的教学与实践强化后,学生对于软件的使用已经比较熟练,学习重点也已经转移到报纸版面编辑本身上来。接着,我们会将学生进行分组,每个小组 6 - 8 个人,各小组统一协商制作一份相对完整报纸。这一环节中,小组中每个学生对于报纸版面编辑的把握就不仅仅是停留在一个版面,而是需要通盘考虑整份报纸的风格、定位、版式结构等统一性和协调性内容,也就是说要求多了,局限多了,而不是各自为战天马行空地制作各种不同风格的报纸版面。通过这一阶段的学习,学生已经真正进入到报纸版面编辑的实战状态,其实践动手能力也能得到质的提高。

四、加强课程教材及案例库建设

一直以来，我院在进行《报纸版面编辑》课程的教学时所使用的教材都是老师根据以往教学积累而自编的讲义，在软件操作的教学上则配合软件自带的使用说明书进行。由于没有合适的教材，有关理论知识部分的教学自由度会因为老师的不同而变化，学生也会因为没有教材而降低老师所讲解理论知识的掌握程度，而目前市面上也缺乏合适的可用于这门课程的出版实验教材。有鉴于此，作为本实验课程教学改革与创新的一部分，关于本课程有自身特色的教材编写也在紧锣密鼓地进行，并力争把我们所积累的实验教学经验以及创新反映在教材当中。

同时，作为一门实践性极强的实验课程，我们也充分注意到了案例教学对于这门课程的重要性。在以往的教学过程中，我们就一直有意识地收集国内外各种各样不同类型，不同版面大小的报纸以及其它出版物的优秀版面编辑设计作品，以作为一种珍贵的教学资源在整个实验实践教学活动中统筹运用。

实践证明，案例库的使用不仅能够开拓学生的视野，加深学生对报纸版面编辑的直观感悟，也可以使学生在进行报纸版面编辑实践中有资可鉴，举一反三，在模仿中提高与创新，从而做到融会贯通。

目前，该案例库中所收集的版面作品已经达到了相当规模，我们也正按照该课程实验实践教学改革与创新的进度对其进行有机组织与分类，以便在教学与学生实践过程中方便有效地检索与利用。

实验课程的教学改革与创新是一个持续的过程，需要课程教师在教学过程当中不断践行与总结，勇于打破常规，尝试在教学活动中使用新思维、新举措、新内容，而最终的实验教学效果好坏以及学生的实践动手能力是否得到提高则是检验这些创新方法妥当与否的唯一标准。

事实证明，我们针对《报纸版面编辑》这门实验课程所进行的这些改革与创新举措达到了预期的目标，教学效果得到了很好的保证，学生的动手能力也得到了真正的锻炼和提高，这从此课程教学的各个阶段学生所提交的实验实习作品上能够得到很好的体现。

参考文献：

［1］ 刘献君.关于建设我国高等教育质量保证体系的若干思考.高等教育研究,2008.7.

［2］ 方正飞腾创艺 5.0 获软博会工具类大奖.中国印刷,2008.7.

浅谈定格动画实验教学

宋　莹①

（上海大学影视艺术技术学院影视工程系　上海　200072）

［**摘要**］　近年来，国内各大动画院校纷纷将定格动画作为动画专业教育的重要实践方式，本文将就定格动画实验教学的内容和其教学特点做具体的分析，并结合一些教学经验，探讨实验性教学相关问题。

［**关键词**］　实验；定格动画；工艺流程；创新思维

引　言

　　定格动画摄影术是一种特殊的电影摄制技术：它是由摄影机逐格拍摄偶形或物体的空间位置变化，通过高速播放图像序列来获得被拍摄对象连续运动效果的摄影技术。简单地说，也就是为静止的偶形或物体拍摄一格画面，然后小幅地改变它们的姿态或位置，再用摄影机记录一格，如此循环往复成千上万次之后，将拍摄到的序列画面以一定的速率连续播放后就会产生偶形或物体自主运动起来的生命幻象。由于拍摄的对象是占据三维空间的偶形或物体，使定格动画的画面具有真实的空间感和质感，在计算机三维技术出现之前，定格动画一直作为唯一的三维动画形式带给观众以假乱真的视觉体验，它除了作为一种独立的动画艺术类型不断完善和发展，也是一种常用的真人电影视觉特效的技术手段。

　　实验、实验、再实验，是定格动画的内在精神，探索与创新是推动其不断发展

---

① 作者简介：宋莹，女，澳大利亚国立大学艺术学院硕士，现上海大学影视艺术技术学院影视工程系讲师。

的动力。一步一步的移动、一格一格的拍摄是定格动画制作的方法、也是赋予生命的方法，这是一个细水长流，积少成多的过程，没有捷径可走。要创造出有生命感的运动，学生必须首先培养一种所谓的"动画运动的触感"，这是驾驭这一艺术形式所必须具备的感觉，必须通过大量的实验和练习才能获得。2008 年，我院实验中心创建了定格动画工作室，首次将定格动画实验引入了动画教学体系，如何形成一套较为系统可行的定格动画工艺制作的教学实验模式，充分调动学生的创作热情，培养学生成为动画师所必须具备的专业素质和专业精神，是我一直思考的问题，本文将就定格动画实验教学的内容和其教学特点做具体的分析，并结合一些教学经验，探讨动画实验性教学相关问题。

一、定格动画实验教学的内容

1. 探索定格动画的技术特点

拍摄技术的特殊性赋予了定格动画与众不同的独特魅力，但任何事物总有两面，有利就有弊，关键在于你如何扬长避短，令技术完美地服务于艺术。在实验教学过程中，可以引导学生将他们较为熟悉的手绘二维动画和计算机三维动画的制作技术与定格技术进行比较，寻找技术特点，探索最合理的设计方案和工作流程。

在传统的二维动画中，我们用笔可以随心所欲地画出任何头脑中想象的形态与运动，例如夸张至极的表情变化，无所不在的伸缩变形和自由淋漓的动作设计…… 这一切通过手绘的方式可以很方便地得以表现，而随着软件技术的日益成熟，CG 动画也在不断接近这种运动变形上的自由性。但是这种随心所欲的自由在定格动画的制作中却是很难做到的，因为定格拍摄的对象是实物，是具有重量的物体，也就受到了地心引力的限制。所以如果不通过吊线，脚钉或支架等辅助设备的支撑，偶形连简单的行走，跳跃，飞行等动作也无法实现，而这些在二维或三维中是不存在的问题，因为后者都是无质量的线条和虚拟影像。而如果从另外一个角度看的话，这个弊端竟也是定格动画的显著优势所在，因为被拍摄物体的透视，光影，质感都是现成的，无须通过费力的绘制或耗时的渲染生成。

我们知道，在动画制作中，运动的绘制主要有两种方法，一种是由动画师先将动作的关键姿态(原画)设计好，然后再添加中间的过渡姿态(中间画)的方法——"原画法"。在传统二维动画中，原画和中间画一般是由不同的人完成的，由原画师完成关键帧的绘制后再交由中间画师完成过渡帧。在如今的计算机动画中，动画师只需制作模型的关键动作，而由计算机来完成中间过渡。

　　另一种方法称为"直接法",即按时间顺序一格一格绘制动作的方法。在传统的二维制作中,很少使用这种方法来动画角色,因为要在二维平面上展现具有三维体积感的角色的各种运动,保持各个角度下体积感的恒定性是非常关键的,而使用"直接法"就很难达到这个效果,所以计划性很强的"原画法"就成了二维动画绘制的主要方法。相反,在定格动画的拍摄中,"直接法"却是唯一的技术手段,因为偶形或道具的姿势和位置只能一格一格地按顺序摆放,后一个姿势的摆放必须以前一个为参考,而且因为拍摄对象本来就是具有体积的实物,也就无须为保持体积感恒定操心了,事实上用"直接法"制作动画比用原画法多了不少计划外的即兴发挥,动画师往往在摆放动作的过程中冒出一些新点子,使动画的制作过程充满惊喜和意外,为个人创作提供了更大的自由度。然而这种拍摄方法也加大了定格动画拍摄的难度,因为如果一个序列片断中有任何一格画面出现问题,就要整条重拍,而在二维和三维动画中,只需将问题帧提取出来,单独修改就可以了。

　　通过拍摄实验,学生会发现定格动画的技术特性使其的制作难度远大于传统的二维动画和 CG 动画,影片的摄制过程往往漫长而复杂,每个动作,每个镜头都要耗费创作者极大的精力和耐心,但在此过程中享受的创作乐趣也是无与伦比的。

2. 体验定格动画片制作的工艺流程

　　无论是实验性质的短片还是投入巨大的商业长片,定格动画拍摄的工艺流程都是非常繁杂的,都需要按照一个安排精密的工艺流程来进行,这也成为定格动画实验教学的基本流程和主要内容。每个学生都要经历从前期创作,中期制作到后期合成的整个工艺流程,在此过程中培养作为一个专业动画所必须具备的综合素质。

(1) 前期创作

　　前期创作阶段的工作目标是制定整个影片的设计蓝图,其主要工作内容包括剧本创作、美术设计、分镜头绘制和声音的制作等。由于定格动画制作的工艺特色,使其制作的过程存在很多不确定性,为了将可能出现的错误率降至最低,就要求学生在开始制作影片之前,制定详细的工作计划,把每个细节考虑周到。

　　例如在剧本创作前,就要引导学生选择最适合的题材和工艺手段。因为定格动画的制作材料和工艺手段非常丰富。黏土,木材,织物,各种日用品甚至废弃物都可以成为影片的制作材料,而材料的多样性也形成了影片工艺特色的多样化,而这正是构成定格影片艺术效果的重要组成部分。因此,在进行影片选题时,就要特别注意这些题材是否能充分发挥定格动画片的工艺特色;此外,在确定制作材料和工艺手段时,必须仔细研究技术可行性,使由此形成的工艺特色能够充分表现。一般来说,场景单一、人物关系简单的剧本比较适合学生制作的定格短片,如果剧本中出现多个场景且人数众多,就会大大增加制作难度,也意味着较高的成本和漫长的制作周期,更增加了效果的不确定性。所以,学生必须仔细地斟酌评估,在影片表现力和技术可行性之间寻求平衡。

（2）中期制作

在中期制作阶段,学生要完成偶形,布景和道具的设计制作以及定格动画的拍摄工作。在这个阶段,学生会面临巨大的挑战。因为没有高超的制作技术,再好的故事和设计也无法在影片中体现出来。泥塑、微缩模型制作、缝纫、表面涂装、金属加工、布光设计、现场执导等都是完成定格动画制作不可缺少的专业能力,而这些在动画专业的课程中却很少涉及,必须由学生在实验的过程中亲身体验,使他们的专业素养得到全面提升。

以偶形的设计制作为例,这个工序所涉及的材料和工艺在整个制作流程中是最多的。而偶形制作的质量优劣则决定了角色表演能力和视觉效果的质量。

偶形的制作有很多种方法,但按照其工艺的难易程度和成本高低来分的话主要可以分为两大类:

简易偶形和浇铸偶形。简易偶形主要指利用成本较为低廉的材料,如金属丝,塑料骨架,黏土,布料等经过手工拼装塑造而成的偶形。简易偶形的优点主要体现在工艺简单易掌握,成本低廉易修改等方面,很适合动画初学者、独立艺术家或小型工作室进行动画实验与创作。但简易偶形也存在费时费力,易损坏,不宜保持替换部件的造型一致等缺陷,而这些问题在浇铸偶形的身上得到了解决。

浇铸偶形是指那些采用精密加工的金属骨架和浇铸模型组合而成的偶形,这类偶形具有坚固耐用,可以流水线生产和复制,偶形细节丰富精致等优点,一般在制作周期长,要求动画效果较复杂精细的大成本影片中使用,如"圣诞夜惊魂","僵尸新娘"等影院动画片都采用了浇铸偶形的工艺。

通过以上的比较可以看出,简易偶形的制作工艺比较符合教学实验的实际情况,但事实上虽然其工艺流程相对简单,却仍然非常繁复,需要学生做大量的比较实验,不断在失败中吸取经验教训,才能真正掌握这门技术。

例如看似最简单的偶形的设计图纸绘制,其实大有讲究。图纸需提供偶形尺寸、造型比例关系的主要参照。偶形的尺寸和比例是一个值得斟酌的问题,太大了会降低偶形的稳定性,操纵性也会很差,同时增加场景制作的难度;而太小又会增加塑形的难度,不易体现细节,而且使用材料的不同也会对尺寸的大小设计产生影响,所以学生必须对剧情,材料,角色动作特点等因素综合考虑,反复实验后才能确定比较合理的偶形大小,不然就会在后面的制作中遭遇很多困难。

除了确定尺寸外，还要在图纸上标明各个运动关节（肘、腕、颈、腰、肩、髋、膝、踝等关节）的明确位置，非运动的躯干体块部位（手臂、腿部、臀部、胸部、头部等）的位置和大小以及确定需做插接结构的位置。同学们开始时往往认为运动关节设计得越多，动画制作的灵活性就越高，但经过实验会发现并非如此。实际上，骨架设计的原则是简洁和灵活。简洁指在符合角色动作设计需要的前提下，使用尽量少的关节，最大限度地简化骨架，使动画操作更简单，成本也越便宜。灵活指设计一些可替换的插接结构，以便在偶形塑造和动画的过程中进行局部修饰和替换。插接结构常安排在颈部和手腕位置，这样就可以单独塑造头部和手的形状，便于操作。而在之后的动画拍摄中，也便于表情和手势动画的重点制作，或是方便地进行替换操作，以创建更为丰富和精细的动画效果。

（3）后期合成

这个阶段是动画片最终完成制作的阶段，它包含了图像的处理，声音编辑，视频剪辑与合成等工作，是对学生剪辑，配音配乐，声画合成等专业能力的考验，同时也能培养学生专业软件的应用能力。

以图像处理为例，由于拍摄时常会使用脚钉、吊线等辅助装置，为了避免连续播放时的穿帮，就要在 Photoshop 中把这些装置一张张的擦除，此外也可以通过逐帧修改达到画面色彩与光线的统一以及角色位置与动作的精确对位。这个处理过程从技术层面来看非常简单，但工作量却非常巨大，所以学生必须具备非常耐心细致的工作态度才能完成这项任务。

很多同学不太重视最后的视频剪辑与合成，在他们工作计划里，往往把这部分工作的时间压得很少，结果虎头蛇尾，最终只简单地把所处理的图片拼在一起，加上音乐和音效便草草了事。事实上，剪辑师必须要有完整的思路和精湛的技术才能使后期合成顺利完工。虽然动画片在剪辑时不像真人影片那样有很多画面素材可供筛选，但这并不意味着动画片剪辑就很简单，它对于调节影片的叙事节奏，改变段落顺序、优化影片结构都有重要的作用。而声音的剪辑就更为细致烦琐，往往需反复对声音进行剪辑或修剪画面，才能最终实现完美的声画对位。所以，在这个过程中，不仅需要学生掌握娴熟的剪辑技术，还要具备丰富的电影视听语言知识，才能顺利完成这项任务。

二、定格动画实验教学的特点

1. 团队合作性

合作的意识和能力是动画创作者所应具备的基本素质。尤其定格动画片的摄制会涉及影片工艺所需的大量专业领域,通常包括导演、美术设计、工艺设计、动作设计、摄影、灯光、化装、服装、雕塑、模型、木工、漆工、置景等等,这些工作全部由一个人完成几乎是不可能的,所以在进行动画实验时就要求学生组成创作小组,分工合作,共同完成动画的制作。在合作中,学生一方面需要完成自己的工作任务,同时也要与团队的其它成员保持良好的沟通,使相互之间的工作不会发生冲突,保证较高的工作效率。

2. 传统与反传统

定格动画已经有百年的历史,从这个意义上来讲,它算是一门传统的动画艺术形式,但是一代代艺术家的探索与创新却不断赋予它新的生命。所以定格动画的实验课程不能仅仅将传统的制作工艺教授给学生,更应以激活学生的创新思维潜能作为教学的宗旨,设计各种开放性的课题给学生一个较开阔的思维和创作空间,教师应注重对学生在思维、创作行为、创作形式上给予指导,将创新精神与态度传达给他们,鼓励学生"离经叛道"去异想天开,从选题确定——剧本创作——材料选择——设计表现——拍摄制作等整个创作环节,给学生充分的自主,让他们能提出疑问和解决途径,在不可能中发现可能性,真正形成学生自己的创意思想。经过动画实验,学生们可以充分体验到定格动画化腐朽为神奇的独特魅力,在动画的世界,几乎所有的物体都可以被赋予生命,任何平常不过的物体,即使是家中触手可及的日用品都能拿来制作成富于情感或哲理的动画片。铅笔、硬币、CD片、水果、蔬菜、鸡蛋、药片、铆钉……都可以成为影片的重要角色。学生们可以将同类的小体积物体(如糖果,药片等)集聚在一起组合成各种充满设计美感的几何图形,通过造型与色彩富于节奏的变换产生万花筒般的视觉感受,以创造出抽象的,非叙事性的物体动画片。而通过为各种物体设计的独特运动样式,也能生动地传达如惊恐、好奇、愉悦、兴奋、悲伤等细微的情绪变化。通过创造性地利用物体的象征意义一些深刻的思想和观念也能用简洁浅显的方式进行表达。

3. 在失败中成长

我们总是按一个规定的评判标准来衡量学生作品的成败,但是要求学生在学习期间就形成自己成熟的作品是不太可能的,任何成功的动画师在做出成熟的作品之前都必定经过一段时间的探索和尝试,寻找适合自己的创作方式,为将来的成功做必要的准备。实验是一种行动力,是一种独立思考的精神。这种精神将会成为学生将来创作的原动力和源源不断创意的源头。所以在定格动画的实验教学中,我们允许并接受失败,我们强调的不是作品的失败,而应找寻作品中可贵的闪光点,引导学生将之发扬,激发他们的潜能和天赋,养成积极自信的创作态度,逐渐形成具有鲜明个性的创作风格,这是定格动画实验教育的目标。

结 语

在数字技术日新月异,三维动画大行其道的今天,定格动画这门古老的动画艺术仍然继续着它的辉煌,从"圣诞夜惊魂""华莱士与阿高"到今年奥斯卡最佳短片"彼得与狼",我们看到了这种艺术形式的蓬勃生命力。将定格动画实验作为动画专业教育的重要实践形式,可以最大限度地激发学生的创作热情,全面提升他们的专业素养,从而成为中国动画发展的中坚力量。

参考文献:
[1] 陈 迈.逐格动画技法.北京:中国人民大学出版社,2005.
[2] 薛燕平.非主流动画电影.北京:中国传媒大学出版社,2007.
[3] 聂欣如.动画概论.上海:复旦大学出版社,2006.

引入弹性设计理念
促进实践创新能力培养

王艳红①

（上海大学影视艺术技术学院影视传播实验教学中心　上海　200072）

［摘要］　决定实验教学效果的一个重要源头来自于教师对实验课程的设计理念，它贯穿于整个实验实践过程，对激发学生的学习兴趣和热情，强化教学质量至关重要。本文将对影视传播实验教学课程的设计理念进行探讨，根据笔者的教学体验和感悟，提出一些看法。

［关键词］　实验教学；弹性设计理念；人才培养；创新精神

一、引言

实验实践教学是高校教育培养体系的重要组成部分，也是培养学生创新精神和实践能力的有效方式和途径。在教学的实践过程中我们观察到，决定实验实践教学效果的一个重要源头来自于教师对实验课程的设计理念，它贯穿于整个实验实践过程，对激发学生的学习兴趣和热情，强化教学质量至关重要，可以说，实验教师对课程的设计理念从根本上主导和制约了该课程对学生实务技能和创新能力培养发展的方向、轨迹和最终效果。本文将根据实验教学体验及感悟，对实验教学课程引入弹性设计理念进行研究和探讨，对影视传播实验教学的课程内容配置、考核机制以及学生综合素质、创新能力的培养方式提出一些看法，目的在于使实验教学更加高效和人性化，使学生们能够在将来更好地应对市场经济的挑战，更好地立足和服务于社会。

---

①　作者简介：王艳红，女，工程技术应用研究员，现任上海大学影视艺术技术学院影视传播实验教学中心主任。

二、实验教学课程弹性设计理念

影视传播是实践性很强的专业,学生所有的素养与知识的真正获得,很大程度上取决于他们最终的动手能力,而实验教学正是培养和锻炼学生动手能力的极好平台。影视传播的实验教学有其不同于其他专业的特点,有些实验项目的教学成效往往与学生的专业、年级乃至生活阅历、知识积累和实践经验有着相当密切的联系。如果所有的实验教学课程设计理念都千篇一律,往往很难收到最佳的实验教学效果。所以,在设计实验教学课程之前,应当切合实际,充分考虑学生的差别以及可能出现的各种情况,弹性配置实验教学内容的知识点结构,加强针对性,将学生的积极性和能动性充分调动起来,在教与学之间的高度互动中,获得事半功倍的教学效果。

影视传播实验教学课程设计的主旨,应当以实验教学的硬件系统以及艺术创作的教学实验为主,理论学习为辅,融课堂理论知识于实务技能训练之中,进一步增进学生对影视传播工作的认识,丰富创作实践经验,为学生今后的学习和工作发展奠定良好的基础。为了合理配置实验教学内容的知识点结构,在对实验教学课程进行设计时,应当结合实际,充分考虑以下几个方面的因素:

1. 影视传播专业的潮流发展和市场需求

21世纪是信息技术的时代,也是影视传播技术迅猛发展,知识快速更新的时代。为了使实验教学更加有的放矢,为了培养和提升学生适应未来社会不断进步与发展的动手能力和创新意识,实验教学应当积极探索有利于实验教学成效的新方式、新方法,紧跟当今影视传播艺术技术的潮流发展,围绕市场需求,用新理念、新技术去合理配置实验教学内容,使学生既具有扎实的理论基础,又具有适应社会进步的实践创新能力。在配置实验教学内容时可以着重从以下几个方面入手:

(1) 探索新的实验项目

教师要具有勇于更新和探索的创新精神,不断改进旧的实验方法,探索新的实验项目,将新技术、新知识及时纳入实验课程。

(2) 模拟专业实战情境

在实验课程中模拟专业实战情境,即教师用行业的要求对待学生创作,并引导学生按照专业化操作,使学生以专业的态度模拟实战,培养适合社会要求的专业精神和实务技能。模拟专业实战情境毕竟不是真实的工作环境,学生有可能不去认真对待,所以教师要注意充分发挥学生的创造力,调动学生的积极性和主观能动性,来确保教学效果。

（3）探索项目嵌入式教学

即将科研课题、项目嵌入实验教学,探索并建立以课题、项目为核心的教学模式。通过让学生参与科研项目或与企事业单位合作项目的方式,使学生直接在真实的工作环境下锤炼,促进以往理论知识量的积累在实验实践中产生质的飞跃。

（4）为学生提供创新实践平台。

为了更好地培养学生的综合素质和创新能力,可以通过建立学生创新实践平台的方式,为学生提供充分施展才能、实现创意的实践机会,通过与电视台、公司合作或自办报纸等形式与社会实践接轨,实现学生创新精神和实务技能质的飞跃。如我院建立影视学子创业实践中心后,由专业教师作指导,班级学生组成创作团队,参与上海纪实频道、上海教育电视台的栏目制作,在实际工作环境下,培养学生的专业精神和创作能力。

（5）鼓励学生参加国际国内交流和展示

鼓励学生参加国际国内的各种比赛,提高学生的创作兴趣和积极性。同时鼓励学生参与国际国内校际间的创作交流,在实践中开阔眼界,提升实践创新能力。

（6）培养通才中的专才

实验教学应努力从学生的就业困境中寻找问题的症结,寻找利于学生今后就业和发展的方式方法。面对影视传播领域日益严峻的就业形势,单纯的培养专才只会限制学生的就业面,给原本就业难的形势雪上加霜。随着时代的进步,社会对具有一专多能型的人才需求量日益加大,具有综合能力和创新能力的学生就业竞争力明显增强。因此,在实验教学中,应重视综合性实验课程的设立,同时在实验实践中重视学生综合能力和创新能力的培养,使学生既具有某一专业方向上的强势,同时又具有更宽泛的综合能力,打造通才中的专才,拓宽学生的就业面,增强就业竞争力。

总之,实验教学应紧跟影视传播专业的潮流发展和市场需求,通过课内课外实验实践相结合,国内国际展示交流促提高,多层次全方位培养学生的创新精神和实务技能,增强就业竞争力。

2. 学生的兴趣

托尔斯泰曾说过:"成功的教学所需的不是强制,而是激发学生的兴趣。"可见,学习兴趣是推动学生主动探求知识的原动力,是学生最好的老师。为了使学生萌发强烈的求知欲望,在实验课程设计理念中应当坚持"以人为本",倡导以学生为主体的本科人才培养和研究性学习教学改革,重视学生兴趣,信任学生的分析判断与选择能力,激发学生的创新思维和创新意识,使学生在实验实践过程中形成学会思考问题、解决问题、敢于承担责任和发展自我的现代人格,以此调动学生学习的主观能动性和创造性。

在教学实践中观察到,采用下述开放式实验教学方式对于激发学生的学习兴趣和创作热情能够起到较好的效果:

(1) 开放式授课

即在有限的授课时间内给学生传授最基本的知识和技能,引导和鼓励学生打破思维定势,开放思想,自由发挥想象力和创造力去创作、实践。

(2) 开放式提问

告诉学生"谁提问最多,谁受益最大",只要与学习相关的任何内容,鼓励学生都可以自由提问,并主动与教师探讨,在学与教的互动中引导学生进行探究性学习,激发学生的学习兴趣和创作热情。同时,教师也能够快速洞察学生知识和技能的不足之处,针对性地使学生们获得最大收益,提高实验教学的质量和实效性。

(3) 开放式选题

对于创作型课程,为了考虑学生的兴趣要求,使学生有更大的创作自由度,作业形式可以采取开放式选题的方法。即在坚持积极、健康、向上的基本定位基础上,尊重学生的兴趣要求,由学生围绕课程内容,自行分组、自行选取感兴趣的选题进行创作,教师秉承尊重学生的原则对学生创作进行全程指导和评判。这样,学生有了充分施展才能的机会,积极性高涨,创作欲望强烈,往往能够取得可喜的教学效果。

此外,实验教师还可以通过新设备新技术介绍及演示、往届学生优秀作业和获奖作品展示等方法来激发学生的创作兴趣,并鼓励学生积极参加国际、国内各类比赛,进一步激发学生创作的兴趣和热情,引导学生主动投入实验,营造利于实验教学的良好氛围。

3. 影视传播实验实践的特点

在对实验教学课程进行设计时,应当契合影视传播实验实践的特点:

(1) 学生的实验往往以设计创新型居多。

(2) 室外的实验教学及实践占据相当比例。

(3) 学生自主创新的实验时间经常在课外,甚至无昼夜之分。

(4) 所运用的技术设备档次分明,由此导致学生实践技能水平也呈多层次化分布,并影响到学生作品的艺术体现。

（5）实验教师的层次水平对学生的综合素质以及实务技能的把握起着决定性作用。

影视传播实验教学的特点，要求实验教师必须不断充实自身的技术艺术水平，合理指导学生的设备选型和技术艺术应用。同时，由于学生创作节目的时间经常在课外，甚至无昼夜之分，所以，要求实验教师应当具有奉献精神，在必要时对学生在课外实践创作中遇到的问题进行及时的现场或电话答疑和指导。

4. 不同学生的专业特点

对于一些可以多专业学习、涵盖内容较广的综合性创新实验课程，要在有限的学期时间内，将所有创作知识和技能都传授给学生是极不现实的。由于不同专业的学生，其专业特点不同，利于其专业发展的实验类型也不尽相同，只有针对不同学生的专业特点，结合学生的兴趣，因材施教，才能取得良好的教学效果。下面将以三种不同专业的学生进行演播室实验教学为例作进一步说明：

（1）新闻专业的学生

新闻专业的学生，在配置演播室实验教学内容的知识点结构时，应侧重新闻节目的演播室制作。

电视新闻的制作一般采用"演播室＋外拍新闻＋后期配音"的方式进行，演播室在电视新闻制作中发挥了综合载体的重要作用。新闻演播室的主持人可直接口播新闻事件，也可利用串词穿针引线，将多个采访外拍的新闻依次穿插进节目中，使整档新闻节目变得充实丰满。目前，从中央电视台到各级省市电视台，电视新闻都趋向于演播室主持人口播以直播形式播出，重要新闻事件运用新闻转播车等方式实时现场直播，对于受众特别关注的新闻还可以增加报道频率进行滚动播出，以此拉近观众与新闻现场的距离，更好地感受新闻事件，提高电视新闻的收视率。

除了上述电视新闻之外，近年来各种演播室新闻谈话节目日益增多。将新闻引入演播室，主持人、嘉宾以及观众主动交流，客观分析，可以充分利用演播室技术、艺术上的优势，将新闻节目做得更活、更透。新闻专业的学生如果对此类节目感兴趣的话，不妨也可以尝试，通过制作该种类型的节目，同样可以获得宝贵的实践经验。

（2）编导专业的学生

由于编导专业的学生涉及的节目内容广泛，在配置演播室实验教学内容的知识点结构时，可侧重谈话节目、文娱节目的演播室制作，并适当辅以室内情景剧以及其他节目制作的讲解及实验。

谈话节目是目前最为流行的节目类型之一，其演播室制作重点在于：语言切换是基础,谈话气氛是特技运用的依据。摄像师应根据节目的节奏、情绪合理运镜,拍摄角度、景别的选取以突出说话人的拍摄为主,适当配合反应镜头,注意正、反打镜头以及其它能够表现语言、情感交流的大、小全景镜头的拍摄运用。

演播室制作是文娱节目的主要制作方式。由于文娱节目对舞美、灯光及视音频技术的整体效果要求甚高,导演、摄像师、音响师、灯光师往往需要将他们对艺术的感悟,尽量淋漓尽致地贯穿、渗透在节目拍摄制作的过程中。演播室制作时,导播应依据情境和节奏寻找合适的切换点,用敏锐的眼光及时发现、引导摄像师抓取"魅力"镜头,善用特技、字幕和音响增强节目的感染力和表现力。机位设置以座机结合游动机位,并可充分运用摇臂、轨道车、遥控摄像机等一些高科技摄像辅助设备完善拍摄手段。所有摄像师的运镜都应依据节奏合理进行,并充分利用前景及场景中蕴含艺术或实际意义的"亮点",在传统常规视角的基础上善用新颖的非常规视角摄取画面,通过景别、角度的合理变化塑造节目,使镜头语言丰富,节目鲜活耐看。

（3）影视工程专业的学生

影视工程专业的学生注重工程技术的学习,在配置演播室实验教学内容的知识点结构时,可侧重各种类型演播室系统的构建、功能及使用和维护技巧。为了培养学生们的实际能力,可以根据学生兴趣,选取一种节目形式进行制作,以便在节目制作过程中,锻炼和检验学生们对演播室工程技术的掌握。在实验过程中,为了使学生将学到的知识灵活运用于实践之中,可让学生们亲自动手,进行部分灯光、视频、音频系统的设计、连接和维护。制作电视节目时,以确保演播室节目制作的安全进行为第一要务,教师可事先人为设置各类故障,引导学生循迹观察,根据故障现象进行积极分析思考,直至有效排除,在实战氛围中锻炼学生沉着冷静,遇事不惊,灵活应变的心理素质和技术能力,以适应将来社会的激烈竞争与行业要求。

值得一提的是,实验教学课程内容的设计,由于充分考虑了不同专业学生的专业特点,既有利于以专业形式分班教学的实验,同时对于不同专业学生联合创作的实验实践更有其重要的指导意义。

5. 学生的年级和阅历

在实验教学过程中,不同年级和阅历的学生所体现的学习特点也有所不同,了解、分析这些特点差异,对教师配置实验教学内容以及引导学生确定创作节目的方向和内涵深度有着重要的指导意义。

以演播室实验教学为例。对于低年级的本科学生,由于影视专业学习时间不长,专业理论知识功底尚浅,如果开设演播室实验教学课程,则可将踏踏实实掌握演播室基本实践技能作为课程重点,不宜采取"填鸭式"教学,一味贪多,使演播室实验教学最终变成一锅夹生饭。

对于高年级的本科学生,由于影视专业理论知识已有一定积累,演播室实验教学能够较好的开展,但由于本科学生功课较多导致创作时间紧张,加上社会阅历尚浅,所以教师对学生所制作节目的内涵深度应有要求,但不能过高,应当将学生在制作流程上的熟练把握,以及创作形式和理念上的进步作为课程的着重点。

对于研究生,由于生源来自影视专业以及非影视专业本科学生,所以演播室实验教学对他们而言既带有补课性质,同时对本专业的实务技能与研究也是一种经验积累和提升。在演播室实验教学的过程中,应鼓励研究生主动进行探究性学习,培养他们自主创新的思维和能力。由于从总体而言,研究生的阅历普遍比本科生丰富,加上部分生源曾经有过工作经历,思想较为成熟,因此,对研究生的演播室实验教学,应将把握节目制作流程作为课程基础,着重节目形式以及内涵深度的挖掘、创新,将培养观察问题、发现问题进而研究、解决问题的能力作为演播室实验教学的目的。

6. 综合素质和创新能力的全面培养

纵观我国影视传播业的发展历程,其中既包含了影视传播工作者锐意进取,不断创新的智慧结晶和辛勤汗水,也是经济和科学技术飞速发展的必然结果。进入 21 世纪,影视传播的应用技术日益走向成熟,技术艺术的创新突破也加快了步伐。

为了使实验教学能够与时俱进,在重视学生实践能力培养的同时,教师要善于激发学生的创新思维和创新意识。在实验过程中,教师应循循善诱,引导学生充分发挥主观能动性,鼓励主动式研究型学习,在实验实践中培养敏锐的观察、分析能力,勇于面对困难,不断磨砺技艺,从各方面、多角度去寻找创新突破口,大胆尝试对表现主题和创作理念有利的方法,推陈出新。

为了适应行业的进步与发展,增强就业竞争力,作为影视传播业后备力量的大学生,也应当具备良好的敬业与团队精神,注重综合素质的培养。在实验教学的考评体系中,实验教师应当根据不同的实验课程采取灵活的考评方法,主要以平时成绩与期末考核相结合的方式进行,平时成绩占重要部分,期末考核采取上机答题、提交论文或创作作品等多种方式进行。对于社会实践和专业实习,应制定专门的考评办法。在实验教学中,教师可以将综合素质、创新能力作为学生平时成绩的重要考评指标,通过人性化打分,促进学生在思想、理论以及实务技能的全面发展,进一步提高实验教学质量。当然,教师首先应该以身作则,起到表率作用,通过言传身教,与学生共同进步。

值得注意的是,无论影视作品、报刊和广告、会展宣传等,其最终目的都是要面向社会大众公开播映或出版、展示,所以,在提倡创新精神的同时,教师必须提醒学生,在策划之初就要充分重视并切实把握好正确的舆论导向,坚持积极、健康、向上的基本定位,而不能盲目创新,单纯追求一时的出奇、出新,这是创作出一个优秀作品的重要前提。

三、存在的问题和思考

目前,弹性设计理念正在逐步渗透进影视传播的实验教学课程,由于大大调动了学生们的学习积极性与创作热情,创作出的作业在内容以及表现形式上经常令人耳目一新,并时有构思巧妙的创新作品出现。欣喜之余,观察到影视传播实验教学中仍然存在的一些值得学校和师生注意的问题,只有了解这些问题的根结并采取行之有效的解决方法,才能进一步促进影视传播实验教学的良好开展。

1. 不能公开播映或出版对学生创作造成的影响

高校学生与影视传播业内人士创作的目的不同。业内人士其基本的工作职责就是为公开播映或出版而创作,高校学生在实验教学过程中的创作一般则以作业形式出现,重在锻炼实务技能,公开播映或出版可能性较小。如果不进行公开播映或出版,则高校学生创作的作业作品就只能作为内部交流,公众影响力甚微,产生不了良好的社会效益,由此导致高校学生在外出拍摄或采访时,往往较难取得采访对象或其他社会人员的有效支持与配合,无形中大大降低了创作质量。采访对象即使接受采访,也不大愿意与学生进行更为深入细致的探讨,从而在一定程度上使得创作的内涵深度大打折扣。不过,凡事都应一分为二的来看待,面对这种客观存在的现象,一方面有其不利于学生创作的一面,另一方面也是对学生耐心和沟通能力的考验。解决这种问题的方法,需要培养学生们具有较好的耐心和沟通能力,在最短的时间内取得采访对象最大的信任,通过创作节目锻炼学生全面的工作能力。

2. 对实验教师的考评机制有待完善

影视传播实验教学的特点,决定了学生经常在实验室之外进行创作,创作的时间也经常在实验教学课时之外,甚至无昼夜之分,对于一些精密设备技术含量高,学生的知识技能不足,急需实验教师的实时指导。所以,为了更有效地帮助和指导学生,达到实验教学效果的最大化,实验教师在必要时,应当对学生在课外实践创作中遇到的问题进行及时的现场或电话答疑和指导。为了做到这一点,实验教师往往要放弃很多休息时间,要付出大量的精力和辛苦。我们固然要提倡奉献精神,但是为了更为有效地激励实验教学,体现高校分配制度的科学性和公平性,应当在对实验教师的工作量考核中适当考虑进去这些因素,客观地落实科学发展观"以人为本"的精神,更好地促进实验教学的开展。

3. 增加实验课程创作经费投入

影视传播专业的实验实践,往往需要一定的费用来支撑,例如布景、道具、场地租赁以及交通费用等等。由于学生自身资金有限,如果没有创作经费的资助,在创作的过程中,往往会束缚住学生的手脚,不敢大胆地突破创新,这样无形中会大大削弱学生实际的创作水平,实践创新能力也得不到最好的培养。为了更好地促进实验教学的改革与创新发展,除了教师在上课时要引导学生尽量扬长避短,充分发挥创意方面的优势,以最小的投入获取最大的收益之外,学校也应增加实验课程创作经费的投入,以政策的支持鼓舞实验教师和学生,做到上下齐心,共同推动实验教学的良好开展。

4. 实验教师应不断学习进步

影视传播专业的发展,要求实验教师必须与时俱进,不断提高自身的技术艺术水平,及时将新设备、新技术、新知识纳入实验课程的内容。

为了使实验教学生动有效,实验教师必须以充实的理论知识和实践功底正确指导学生的设备选型、技术应用和艺术创作;此外,为了激发学生的兴趣,发挥主观能动性和创造力,实验教学需要给学生提供最大的自由创作空间。最大的自由创作空间意味着创作选题的开放性以及学生提问的开放性,这些对实验教师的综合素质和能力都是一个严峻的考验。实验教师必须随着影视传播的发展不断更新理论知识和实践技能,才能令学生信服,从而为实验教学取得良好成效奠定基础。

5. 研究生技术水平参差不齐

在面向研究生的实验教学中,最常见的问题就是学生的影视专业技术水平参差不齐,这是因为很多学生是跨专业考入影视专业。有的学生甚至从未接触过影视设备,学习过影视技术。因此在教学过程中,就要充分重视这个问题。在利用有限的时间传授尽量多创作理论和技术的同时,充分发挥学生之间的互助作用,让有基础的同学帮助那些基础薄弱的同学,形成优势互补,共同学习进步的良好局面。同时,鼓励研究生发挥自己的主观能动性和创新能力,利用人生阅历较本科生丰富的优势,将作业、作品的内涵做得更有深度。

参考文献:

[1] 罗德·费尔韦瑟.演播室导演.北京广播学院出版社,2004.
[2] 埃莱娜·杜奇尼.电视与场面调度.中国电影出版社,2006.

数字视频合成教学实践创新

——"时间冻结"特殊效果的开发与制作

张 目 [①]

（上海大学影视艺术技术学院影视工程系 上海 200072）

[**摘要**] 使用相机阵列捕获同一瞬间被拍摄对象的不同角度的图像，同时使用跟踪技术推算出相机的排列轨迹，也就是虚拟摄像机的运动轨迹，将捕获的图像序列和在虚拟摄像机下渲染生成的三维动画合成在一起，形成最终的"时间冻结"效果。整个流程设计前期设计、中期拍摄与后期合成，全流程的提高学生的数字特技合成能力。

[**关键字**] 时间冻结；跟踪；图像序列；合成

数字视频合成是在数字化媒体时代中一项涉及领域极为广泛的工作，可以说电影、电视、广告、游戏、户外大屏幕、车内小屏幕等等一切当下社会无所不在的经过虚拟、拼贴、加工、处理、复制的数字图像都是数字视频合成的杰作。因此在我院，把数字视频合成作为影视艺术技术专业以及动画专业方向学生的一门重要的专业课程。该课程在教学中更为注重学生的动手实践能力，全部课时都放在配备了投影仪的机房上课。一般的教学方式是，教师讲解了重要的理念并通过投影演示了关键的操作技能后，以一个个小案例的方式让学生独立思考并动手完成，如遇到疑问则当即反馈给教师，在教师的指导下加以解决。通过这样在案例中不断的实践与反馈，进而再实践，让学生自行发现合成的规律、积累自己的解决方案并熟练操作技能。

实际工作中的很多特效合成任务是较为复杂的，是一个牵涉到从前期的特

---

① 作者简介：张目，男，在读博士，上海大学影视艺术技术学院影视工程系讲师。

技拍摄布置到中期的特技拍摄再到后期合成的一整套解决方案。为使学生更深入的了解实际的工作流程,并掌握解决较复杂合成任务的能力,在教学中还设置了专门的环节,走出传统的计算机类课程机房实践模式,把课堂搬到演播室,让学生把事先设计的特技效果进行全流程的实践解决。本文以"时间冻结"特殊效果的实现为例,阐释这种全流程的实践教学方案。

"时间冻结"特殊视觉效果最早出现在好莱坞的经典科幻电影《MATRIX》中,并以此项效果获得了当年的奥斯卡最佳电影技术奖。这种效果在一瞬间将运动中的拍摄对象"冻结",而摄影机却仍旧自如的在"冻结"了的时空中运动,动态的展现出被"冻结"对象的立体效果。图一是电影中男主角在躲避子弹的一瞬间被"冻结"的剧照。

图 1

我系自行开发了能够实现这一效果的特殊拍摄及三维合成实践、实验系统。图二是配备这一系统的专用演播室现场照片。

该特殊拍摄系统主要解决影视拍摄与数字特效制作中的高速运动对象的多视角、瞬间的拍摄与捕捉,及其特效画面的制作合成方法与技术方面的问题,是一套多视角、多时态的"时间冻结"的特殊拍摄与影像合成系统,为影视数字特效的设计与制作提供一种新的手段。在教学实践中,学员可通过该系统学习数字原始素材的采集操作,数字素材的色彩调整、去抖动、在时间线上组接等数字合成技能。

全流程的工作方案主要由拍摄部分、数据采集部分、总控部分和控制核心单元组成,以下介绍实践的关键环节。

图 2 -演播室现场

一、拍摄准备

1. 灯光系统开启,灯光开启后逐渐变亮,可实现现场内的无影拍摄;

图 3 -灯光开启

2. 支架阵列摆放,按照地面标记点迅速排列成有效拍摄轨迹;

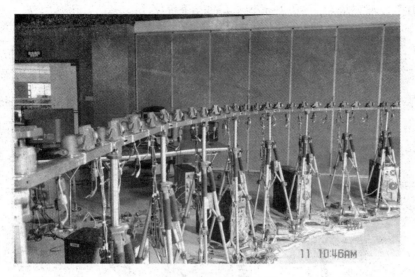

图4－排列拍摄轨迹

3. 相机开启、镜头对位

拍摄前首先架设好照相机，分别插入电源线插头，控制线插头和 USB 插头，拍摄前将校准杆放在拍摄中心位置，把照相机镜头设置在放大状态，以便准确对准拍摄校准杆。

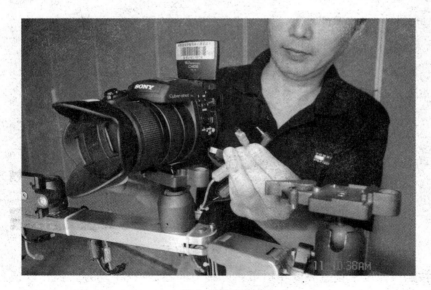

图5－开启相机

在照相机中选择单点对焦方式，用照相机中的十字标记对准校准杆十字位置。拍摄校准完成后，将镜头推到全景或合适的位置。

图 6 -相机镜头对位 A

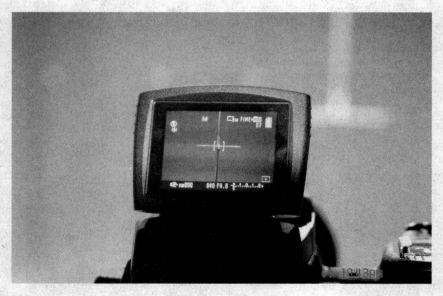

图 6 -相机镜头对位 B

按照对象要求设置亮度和拍摄速度相应的参数，以手动方式操作以便各相机保持一致。完成所有设置后在拍摄中心位置放置拍摄对象，并且调整聚焦。

二、现场拍摄

下图为现场拍摄情况模拟。

图 7 - 现场拍摄

三、后期合成

1. 原始素材时序整理

将拍摄得到的原始图片从存储文件夹中取出,放入工作文件夹,并对每一张图片按照机阵列的排列顺序以"001、002、003、……"的顺序重新命名,以便合成软件的识别与处理;

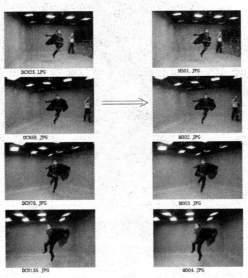

图 8 - 整理素材

2. 生成原始影片

将拍摄获得的图像序列导入合成软件，通过 MASK 技术渲染获得带透明通道的序列。

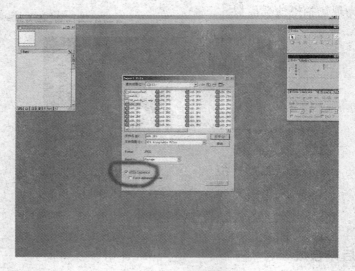

图 9 - 导入合成软件

图 10 - MASK 精确扣像

3. 延长影片

在矢量帧插值软件 RETIMER 中带透明通道的图像序列进行延时。

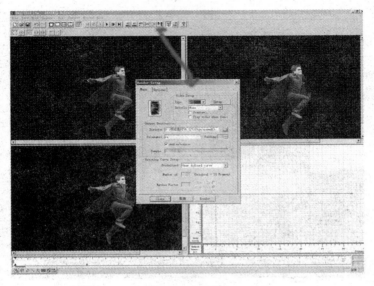

图 11 - 延时影片

4. 三维匹配

这是实现最终效果的关键步骤。现场拍摄的摄影机运动轨迹必须和后期合成使用的虚拟三维场景的摄影机运动轨迹匹配，才能获得真实的合成效果。拍摄现场需要在背景上设置一些"跟踪点"，拍摄完成后利用这些图像上的跟踪点反推出真实摄影机的运动轨迹。

图 12 - 跟踪点

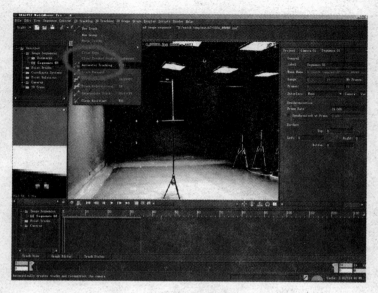

图 13 –跟踪计算摄影机轨迹

5. 制作虚拟三维场景

在三维动画软件中,利用跟踪计算得到的摄影机运动轨迹,制作出虚拟三维场景的镜头动画。

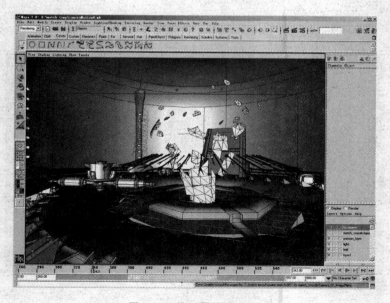

图 14 –三维场景镜头动画

6. 最终合成

在合成软件中将三维场景镜头动画和经过延时和扣像处理的图像序列进行最终合成，并添加发光、变形的效果。

图 15 -最终合成

以上即为"时间冻结"效果的全流程实现方案。学生在从设计到现场布置调试，再到拍摄，最后合成的实践过程中共要接触到 4 种以上不同的工作软件，将获得较全面的锻炼，有效地提高特效合成任务的全流程解决能力。

试论电脑图文设计的创意实验教学

罗清池[①]

（上海大学影视艺术技术学院　上海　200072）

[摘要]　电脑图文设计课程作为艺术类院校的专业必修课，课程对于训练的基础性、专业性、创造性有一定的要求。如何搞好电脑图文设计课程的教学？成为艺术类院校专业教师们长期关注和探索的问题，在教学实践中，如何框定重要的教学点？如何去铺垫操作基础？如何把学生的兴趣点，锁定到课程训练和学习中呢？如何把创意需要的创造性，与工业流程设计的规范化操作和精确性要求，在课堂教学中统一起来？……所有这些问题引发笔者对电脑图文设计教学的思考和探索。

[关键词]　电脑图文设计；实验教学；技术创意；网络教学平台；MOODLE 系统

20 世纪八十年代以来，计算机的使用不仅仅是一种新工具的使用，它同时也给设计人员的思维方式带来了一次革命，带来了很多意想不到的创意和构思。电脑图文设计课程作为艺术类院校的专业必修课，课程对于训练的基础性、专业性、创造性有一定的要求。非但要求学生掌握一定的计算机图文设计技能，还要求学生能把自己的创意思想，透过软件的操作表达出来，能在精通电脑设计软件的基础上，融合创意和技巧、融合技术和理念，实现技术创意和人文创意融合的较高境界。

在教学实践中存在着较多问题和难点。一是现在社会上流行多种电脑图文设计的书籍和光碟，涉及平面设计方面、影视广告设计方面的书，丰富繁杂；我们的课时却有限。如何在有限的时间内，框定重要的教学点？二是如何去铺垫操

---

①　作者简介：罗清池，女，硕士，上海大学影视艺术技术学院教师。

作基础？计算机技术发展迅猛，电脑设计的软件如雨后春笋，种类繁多。选择哪些软件作为基础软件深入训练？三如何把学生的兴趣点，锁定到课程训练和学习中呢？让他们真正对艺术设计产生浓厚的兴趣，掌握专业知识和技能，成为艺术设计领域的"高手"。四是如何把创意需要的创造性，与工业流程设计的规范化操作和精确性要求，在课堂教学中统一起来？等等……所有这些问题引发笔者对电脑图文设计教学的思考和探索。

梳理以往的教学经验，分析本校艺术设计类人才培养的目标，影视学院实验教学特色，以及学院具备的较为完备的教学软硬件环境。笔者逐步制定并形成了较为有效的教学模式。

一、按照先技术操作再创意设计的顺序，整体规划实验教学流程。展开阶梯形教学，一步步深入，在层层递进式的阶段教学设置中达成较高层次的教学标的。

将电脑图文设计教学进行阶段化设置，这个阶段化体现在教学进度的不同安排、实验软件的选择和因材因时施教的教学方法等方面。

两个学期，共二十周一百二十课时，分成三期实验。第一阶段为基础实验操作训练，教学五周三十课时，重点放在基本设计软件的深入教学和图符创意的启发教学上。第二阶段为软件组合训练，流程设计训练，教学五周三十课时。第三阶段重点进行现场创意训练。教学十周六十课时。创意的阀门如何打开？从技术到艺术，从色彩到图符，从文字到理念……如何进行原创图符设计、文字设计、排版设计，并引入创意设计大赛的多个项目，进行实战操作。三个阶段的实验教学按照先技术再创意的顺序，层层深入，逐步展开，符合学习心理惯势。

（一）第一阶段：进行基础软件训练、倡导跟踪模仿学习法。

1. 基础软件，先接触电脑设计的基础——平面设计。实验基本上是体验性、验证性的。通过深入学习、使用基础软件设计来领悟电脑创意设计的精髓，熟练掌握电脑设计基本技能，培养学生完善创意至精确的技术创意思维。

主要围绕二个软件：Photoshop 和 Coreldraw。之所以选择 Photoshop 和 Coreldraw。一个是位图、图像设计处理软件，一个是矢量绘图排版功能强大的软件，两者结合能完成丰富多彩的平面甚至二维的图形设计。为什么没有选择 Illustrator 呢？在矢量绘图的创意功能方面，Illustrator 不如 Coreldraw 强大，在排版和界面操作自由度，以及工具的便捷性方面，前者也有所欠缺。虽然它的特长是在流程设计中,较利于与 Adobe 公司开发的系列产品的结合使用。但 Coreldraw 的强大兼容性,使其与 Adobe 公司的系列产品的结合使用方面,不存在太大问题。llustrator 的菜单命令以及工具,结合了 Photoshop 和 Coreldraw 的部分特点,学生有可能在掌握了后两个软件的基础上自学。比较下来,做了如此选择。

2. 初期倡导跟踪模仿学习法。技艺的模仿是完善电脑图文艺术创造的基础,伏尔泰说过:所谓独创就是经过深思的模仿。设计需要独创,电脑图文设计要求掌握电脑技艺,从掌握技艺到走向电脑创作需要一个过程,在教学初期,面临一无所知的学生们,老师初步介绍一遍界面基本状态后,便要求学生眼到、耳到、手到,紧跟、模仿老师的动作来完成图形的制作,使之产生游戏般跟踪模仿的快感。在实验的过程中,基于学生的层次,会安排适当间隔的教学时差,用于逐个辅导。这种学习法看似机械,却可以训练一种操作的习惯性,让常用的工具和命令在一次又一次的模仿操练中加深印象。

比如讲 Coreldraw 中造型下的修剪命令,提取了三个由易到难的案例。验证修剪命令可以绘制出凹凸两种效果,并用于不同的技术创意中。第一个案例绘制凸起的水滴和凹陷的水池,画面较为简洁,能让学生清晰地厘清修剪的主次关系。上层的 A 图符修剪下层的 B 图符,或者再下层的 C 图符修剪中间层的 B 图符,分别出现什么样的效果,学生在实验的过程中能一目了然。第二个案例绘制"交通现场"海报,主要图形是一个凹陷的人形,也是利用修剪命令完成;但这一次的图形较为复杂,并且最后还要将此图形和相关主题文字结合,进行排版设计;在这一训练中让学生们巩固了修剪命令的使用方法,同时也提出了其他如排版、字体设计层面的初步要求。第三个案例则是利用修剪命令完成立体字的设计,修剪的元素因为字形的缘故,关系更为复杂,同时为了完美的立体效果,还加入了轮廓调和的特效,使学生进一步认识到修剪命令用法的多样化,频繁使用交互式调和工具,牢牢掌握其用法。

(二)第二阶段,侧重软件组合设计实验,系统化操作的训练,流程设计训练。

第一、塑造学生们多种软件组合使用的能力,以利于其今后走入社会,进入工业流程设计体系。这一时期的软件选择,按照同学们对行业设计的兴趣方向针对性训练,比如平面广告设计——Photoshop + Coreldraw(或 Illustrstor);飞腾排版系统或 Pagemaker 排版等;网站设计类——Macromedia Firework + Macromedia Flash + Macromedia Dreamweaver;影视广告设计类——Adobe

Photoshop + Adobe premiere + Adobe After Effects。案例则选择具有跨越软件维度的设计主题。比如针对平面广告设计，要求设计一本 8P 宣传册，位图素材的处理全部在 Photoshop 中完成，矢量图的绘制和最终的排版设计在 Coreldraw 完成。片头广告设计，将在 Photoshop 中处理好的位图、Illustrator 中绘制好的矢量图素材，导入到 Premiere 中剪辑成片头视频，在 Adobe After Effects 中制作特效合成。这一环节的训练触类旁通，同学们在第一阶段掌握了两个类别的基础软件后，举一反三的渗入到这些流程设计软件学习中易如反掌。

第二、针对工业设计领域的专业化和精确性要求，在设计的格式化方面、精确程度方面、速率方面、流程设计的完备方面加以控制。

比如进行企业形象系统的设计，要求制作成完整的设计图册。在 LOGO 和标准字及其组合形式方面，都严格地按照 100×100 的网格式设计法给予精确的规定，图符的每个细节要能以精确的数字来控制，使之具有传播的可操作性。这样的要求使同学们明白设计不仅仅有美学的要求，还要实现其实用的功能，技术上利于复制、传播。

同时，要求对设计图册进行形象包装，也就是在给企业做形象设计的同时，设计者拿出的方案就具有与之契合的自体 VI 风格。

进行促销活动系列宣传用品的设计训练，规定时间，不限制软件，考量制作速度。

从寻找素材，创造素材到最后作品完成，按照各种格式要求输出发布，整个流程训练贯穿教学始终。在教学中输入流程设计的概念。

第三个阶段，重点培养学生们的创意思维和创意技能。导入实战项目，要求课下积累创意素材，打开创意思路，课上现场设计制作。实验体具有创造性、实战性的特点。（将在下一环节的创意部分展开详述。）

二、将创意教学贯穿始终。从树立技术创意概念到人文与技术结合的创意设计，电脑设计既离不开电脑操作更离不开创意。

（一）选择教材就注意选用些具有原创性，较为经典的案例教学。比如美国图形艺术师 Shane Hunt 设计的案例。Shane Hunt 本人一直使用 Coreldraw 技术，并作为实验者和咨询者与 Corel 公司直接合作，提供技术创意思路，帮助对方不断提高产品的性能。因此他的作品具有启发意义，在技术操作方面也较为深入。

（二）培养多元化技术创意思路。所谓"技术创意"，乃因为我们的设计早已从传统的纸媒设计，进入到当今技术含量越来越高的电脑设计了，许多通过工具、命令、特效实现的新奇效果就令人咂舌，我们的问题是，如何去掌控并拓展这种神秘而绚丽的"技术创意"？

展开启发性教学，培养学生举一反三的能力。比如交互式调和工具可以制作出如棍状、球体、异形体的各种立体效果，还能做出具有丰富层次的卷发、漫天飞舞的雪花、爆炸的粒子等，结合透明工具，能制作出朦胧的月亮、太阳的效果，以及一些独特的图案等等。除此之外还能做什么呢？技术是为了使我们能更好地完成创意设计，因此要敢想，大胆尝试工具和命令的适用性。作为设计者，不仅仅要精通如何去使用软件，让软件为自己的构思服务，表现出脑海里的创新概念，也应该能对软件功能的完善和开发提出更多的创新要求，而不能仅仅被技术的特效牵着鼻子走。

（三）开启创意思维的开关。设计师的职责是要将头脑中生发的创新概念，形象化视觉化地表现出来。拿到一个主题，如何天马行空打开思路？首先展开相关概念的联想，联想的方向是一些利于画面表现，同时又能反应主题的词，如果把主题语形容成向水中投下的一粒石子的话，创意联想就是层层荡开的涟漪，这是创意的第一个层次。

第二层次是寻找到合适的词展开画面联想。比如主题公益广告创意设计"穿皮草是残忍的行为"。于是有同学构思了颇具意义的精彩画面，甲同学提出如果企鹅穿上人皮，人类作何感想？

第三层次如何将概念形象化，是个难题。笔者讲了一个关于画面创意的小故事，以启发同学们将理念形象化的智慧。某媒体欲报道名医首例"外生殖器延长术"成功的新闻，手术原理是医生割除患者阴囊的一部分，使阴茎看起来延长了。如果用文字详细描述，或者用写实图片描述都难以生动地诉诸大众，这时，美编绘制了一幅漫画，画的是一株大树，身着白大褂的医生们，躬身挖低树根部分的土，这样大树就显得高了。这幅图，让大家会心一笑，非常生动形象的比喻手法，把复杂的手术描述得非常清楚。

乙同学提出，一个有着可爱天真眼神的小男孩，为了讨好母亲，杀掉动物，把其皮毛献给母亲。这个画面显得血腥而无美感。笔者采用故事启发法，引导学生去认知，如何为画面注入趣味点。电影《狗狗与我的十个约定》，讲述了一个小女孩和她拾到的流浪狗，真实而动人的情感故事。主人公与狗狗有十个约定，要相互支持、理解、守护，度过狗狗寿命仅有的十年。随着主人公生活境遇的变动和成长，并未真正实现自己的诺言，而狗狗却在生命的最后时刻，飞奔到主人身边为救主人死去。这部电影通过注满情感的画面，让观众感动。

视觉化的画面,要求具有美感,这个美可以是喜剧、悲剧、正剧性的,重要的是里面有观者能感受到的兴趣元素,能在交流的一刹那,引起观者的共鸣,或让人笑,或让人哭,从而打动人心。

(四)构思形象化需要高超的技巧和真挚的情感投入,课堂上创造性表达的训练,常鼓励同学们打破常规,通过破立结合的方法,绘制出造型新颖、技巧流畅的图形。

如通常会给予一组规范字体或者图形,或给个主题,让同学们根据自己的联想和情感,进行打破传统想象的设计、变形设计等。

三、通过导入项目教学、利用网络教学平台、建立创作考核制度等横向大局控制,采取趣味实验教学等细节渗透的办法,全方位的凝聚学生们的实验设计热忱。

导入项目教学,通常会导入全国大学生创意设计大赛项目,或者企业实战项目等,规定时限,同学们在参与的过程中,产生追求成功的热情。

在网络教学平台 MOODLE 系统中设置"电脑图文设计"课,开展名副其实的网上教学。虚拟教学分为三大块:教学活动区、创意讨论区、作品发布区。第一区域主要由教师上传教学方案、大纲、制作素材、制作命令等相关设计信息;第二区域用来供大家讨论创意、设计心得、或技术提问等信息;第三区域提供给学生定期发布作业,所有教学活动进行网络公开,同学们创意更为用心,因为有了观众,同时又有比较,让大家不得不认真以待。

创作考核是指,创作有一定的量和质的约束和要求。量好规定,怎么去评判质呢?定期举行评比,让同学们自己投票选出好坏作品,再请其他数位专业老师进行点评打分。如此,较为客观的评选,促成较为公正的结果,以此推动同学们投入的创作。

趣味教学体现在具体教学中。如从教学一开始,就摒弃了传统教学的一般做法——选择绘制简单的图符进行逐个工具和命令的单层次训练,反而提升难度,将多个工具命令整合在一个案例中进行多层次训练。规整工具和命令,把有一定难度但有特色又常用的工具命令提炼出来,进行分门别类的训练。比如Coreldraw 造型菜单命令下的修剪命令、常用的交互式调和工具、交互式变形工具、交互式轮廓工具、鱼眼命令、3D 立体效果、多边形工具中的变形效果、位图分化处理器里的动画效果、位图跟踪技术等,这些技术能实现成千上万奇妙的创意,具有一定的趣味性,但是也具有相当的难度,有挑战性,这种挑战能让学生们产生一定的实验兴奋度。因此笔者选择把这样的一些工具命令,作为多层次训练的重点,不但可以满足教学的一般需求,还能调动学生们的积极性。每次教学,学生都会感受到如同做游戏般的新鲜感,参与的欲望高。

对于电脑图文设计教学的未来,课程设置应该紧贴社会和时代的发展要求。如果能跟某些大型专业设计公司,制作发布的工厂产生联动关系,使学生们能上现场观摩课或者实践课,可能效果会更好。在搞好电脑设计实验教学的道路上,有更多奇思妙想值得我们去探索,去实践。

参考文献:

[1] (美)罗宾·莲达、罗丝·贡内拉著.平面设计的诀窍.忻雁译.上海人民美术出版社,2006.1,第 1 版.

[2] 黄炯青主编.现代平面设计与制作实用手册.黑龙江科学出版社,2005.10,第 1 版.

[3] (美)Shane Hunt 著.精通 Coreldraw8 创意设计.刘丹,冯彦君,孙自安,石林译.中国水利水电出版社,1998.8,第 1 版.

[4] 视觉中国编著.Coreldraw X3 技术精粹与平面广告设计.中国青年电子出版社,2007.9,第一版.

[5] 王轶冬等编著.Photoshop CS 平面视觉特效设计精粹.兵器工业出版社,北京希望电子出版社,2005.7,第 1 版.

[6] (日)小林重顺著,日本色彩设计研究所编.形象配色艺术.南开大学色彩与公共艺术研究中心译,李军总编译.人民美术出版社,2006.12,第 1 版.

[7] 张茂林、王奕俊编著.企业形象策划与管理.中国建筑工业出版社,2008.6,第一版.

[8] 刘小丽编著.VI 设计模块.江西美术出版社,2004.1,第 1 版.

[9] 王竹宝.电脑图文设计课程案例及分析.科技信息,2008,第 28 期.

[10] 河星佰.创意性广告设计的有效教学方法研究——西欧各国与韩国,中国的设计特征比较.延边大学投稿,2006.10(31).

[11] 杨 斌.广告设计与广告设计课程的研究.湖南师范大学投稿,2006.7(14).

[12] 彭 丹.中国广告设计教学方法的研究,天津工业大学投稿,2008.7(30).

方正飞腾5.0在报纸
编辑实验中的操作方法

汪泳思[①]

（上海大学影视艺术技术学院　上海　200072）

［**摘要**］　本文主要介绍方正飞腾创艺5.0在报纸编辑中的重要地位，以及其在《新闻编辑》等相关课程的实验教学中的指导重点，并通过报纸合版实例操作使学生掌握方正飞腾创艺5.0的基本功能和操作方法。

［**关键词**］　方正飞腾创艺5.0；报纸编辑；操作方法

纵观新闻媒介的技术革命史可以看出，新闻传播业的技术革新往往是从新闻编排这一环节入手的，报业的现代化总是从编辑印刷流程的现代化起步的。随着计算机技术的发展和普及，基于网络技术的新闻采编系统通过计算机网络实现了信息的采集、编排、发送及输出。当代的新闻传播业务工作技术含量极高，因此电子编辑及其组版已经成为新闻从业者的必须的专业技能。

一、方正飞腾创艺5.0简介

方正飞腾软件是集图像、文字和表格于一体的综合性排版软件，它结合强大的图形图像处理能力、人性化的操作模式、顶级中文处理能力和表格处理能力，使其能够出色地表现版面设计思想。方正飞腾创艺除了适合用于报纸、杂志、图书等方面的用户，还能拓展到广告制作等其它相关行业，在中文排版设计制作领域享有权威。

方正飞腾创艺5.0继承了飞腾的操作习惯，兼容飞腾3.x和4.x等版本的

---

① 作者简介：汪泳思，女，上海大学影视艺术技术学院影视传播实验教学中心教师。

文件格式,并可覆盖飞腾面向的所有客户。同时,较原有的飞腾产品又有非常大的不同,在软件界面、创意功能方面有极大提升,在图形、图像和色彩方面的运用也取得了重大突破,这些功能使其能够更好地面向平面设计制作等领域。

二、方正飞腾创艺 5.0 在报纸编辑实验中的指导重点

在进行报纸编辑实验指导过程中,应特别注意报纸编辑的几项要素,加强对学生的指导:

1. 报头、版头的编辑

报纸的报头和版头设计的好坏关系着整张报纸设计的质量。醒目美观、标题精炼新颖、插图清新亮丽的报头和版头会在第一时间内吸引读者。报纸的报头和版头设计是一种艺术,不同的报纸报头和版头都不同,但所有的报头和版头有一定的格式,下面我们举例介绍报头和版头一般格式的编辑。

(1) 报头的设计

报头一般包括报名、日期、刊期、版数、刊号、主办单位、网址、天气预报等。不同的报纸,这些项目的布局是不相同的,可以各项单独布局,也可以几项组合在一个文字块内。《解放日报》的报头,如图1。

图1 "解放日报"报头

(2) 版头的编辑

版头的设计一般比较简洁大方。如图2。版头的编辑比较简单,设计好版头的布局格式,然后逐项排入文字块或图片即可。

图2 "解放日报"版头

2. 转版的编辑

在寸土寸金的要闻版,常遇到稿件太多的难题,转版在所难免。碰到这种情况,编辑往往会采用这样一些手法:标题在要闻版,文在其他版面;要闻版登摘要,全文登在其他版面。如图3。

将美好期盼化作共同行动

——写在2010世博会倒计时500天之际

学北京之长 谋办博之策

（下转第7版）

距世博会开幕还有 499 天

将美好期盼化作共同行动

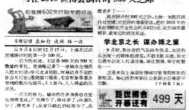

图 3　普通转版

3. 标题的编辑

在排版中标题的编辑是常规工作。飞腾中设置标题的方法有两种：可将文字块内任意文字定义为标题，也可以在文字块内新建并修改标题。

定义文字块内的文字为标题是指：在一个文字块中选中要设置为标题的文字。在实际应用中，标题文字并不是总能在文字块中找到的，所以，通常要新建一个标题区来新建标题文字。

在标题形成后，可以对标题的文字进行修改。通常会对文字的大小、字体、颜色、字距、底纹等进行设置。要制作如图 4 的标题，操作步骤如下：

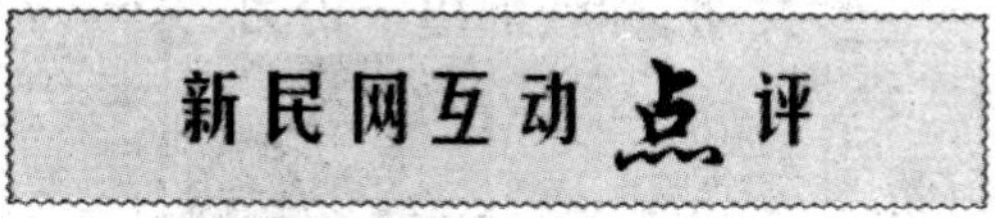

图 4　标题编辑

4. 版面的合成

使用合版功能的目的是加快排版速度。在排报纸时，如果版面内容较多且时间比较紧，就可以由几个人分别制作一个版面的不同部分，然后利用合版功能将几部分合到一个版面中，达到加速组版的目的。合版是将多个文件合入一个文件的同一页面中，此功能对报社的用户很有用。如图 5。

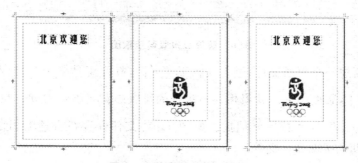

图 5　文件合并效果示意图

三、方正飞腾创艺 5.0 在报纸合版实例实验的操作步骤

教师可以通过报纸合版的实例操作,贯穿报纸编辑的基本操作,指导学生进行实验。例如 我们以《解放日报》为例,模拟打造一个报纸版面。如图 6。

图 6 解放日报版面示意图

(1)新建一个报版文件,进入飞腾工作界面,打开工具条中"显示/隐藏背景格"按钮▣,版面内显示背景格。在报纸的排版中背景格可方便定位。利用快捷键"Ctrl + G",打开背景格捕捉。如图 7。将文件保存在合适的目录下,一般以报纸日期和版面命名文件。

(2)排入图片和文字前,先要对版面进行大致的构思,利用标尺,将版面分

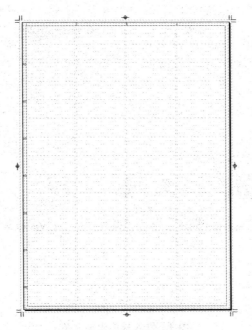

图7 打开背景格的报版版面

为几个区域,然后依次排入图像和文字素材。

(3) 打开工具条中"排入图像"按钮 ,在弹出的排入图像对话框中选择需要排入的报头文件,如图8。

注:事先应准备好排版会用到的各种文本文件和图片文件。

图8 排入报头

（4）确定报头位置，选择工具箱中的"文字"工具，添加报头附近的文字。运用文字属性面板对文字的字体、字号、字间等作出相应调整。如图9。

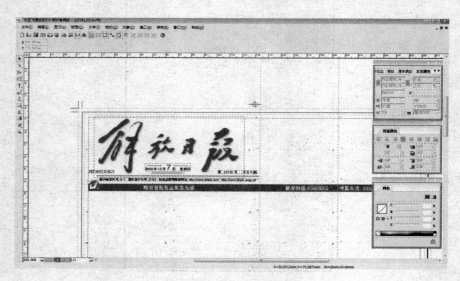

图 9　排入报头附加文字

（5）排入要闻导读的标题和文字。对文章部分文字块进行分栏。需要注意的是，分栏后的文字若出现左右栏内文字不在一直线上，则需要进行"对位排版"操作，以保持版面整齐。如图10。

图 10　排入要闻导读

（6）按如上操作排入头版头条的标题和文字。选择工具条中的"排入图像"按钮，排入主打文章的图像。如图 11。

图 11　头版头条排版

（7）竖向标题的排版，选中标题后，选择工具条中"正向竖排"按钮 ▥ 。如图 12。

图 12　竖排标题的编辑

（8）有些文章外延需要加框。选择工具箱中的"矩形"工具进行绘制，选中绘制好的矩形，选择"美工"→"线型与花边"，在线型与花边对话框中设置边框的颜色和粗细等。如图 13。

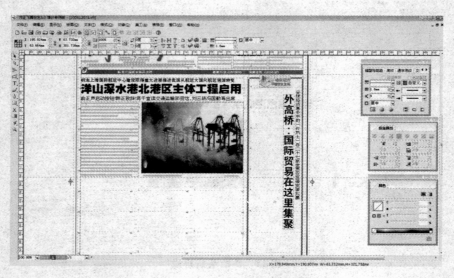

图 13　在文章外加上边框

（9）按如上操作，依次进行其他文章和图像的排版，如图 14。文章与文章间的划线用工具箱中的"钢笔"工具 进行绘制。

图 14　依次排入文章

（10）最后完成的版面如图 15。

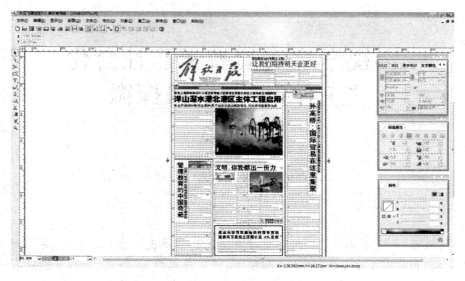

图 15　完成的版面

四、方正飞腾创艺 5.0 实验中应提醒学生注意的重要事项

在开展方正飞腾创艺 5.0 的实验教学中，除了熟练其基本功能外，更应把握其具体操作中的关键步骤，通过具体案例的实验指导，使学生进行实战演练；帮助他们在学会操作软件的同时，尽可能多地掌握报社、出版社、杂志社以及广告公司设计排版的基本思路和方法。

1. 鼓励学生多浏览国内外优秀报纸版面，以提高版面编排的艺术感和美感。在阅读报纸时多进行思考和分析，经常模拟练习、操作可以更好更快地提高报纸编辑能力。

2. 在进行方正飞腾创艺 5.0 实验教学时，当学生掌握基本操作后，可以提倡学生配合使用快捷键进行编辑操作，以提高编辑速度。

由于方正飞腾系统软件可以直接并且快捷地进行报纸图文组版工作，在我国的报社中被广泛使用。因此，在《新闻编辑》等课程中开展方正飞腾创艺 5.0 实践操作指导实验显得越来越重要和必要。报纸编辑是一门实践性很强的应用学科，掌握方正飞腾系统软件对相关专业学生今后在报社、杂志社等相关行业工作具有关键的作用。

影视学院实验教学非社会化
"工作室"制模式探微

段荣丰[①]

（上海大学影视艺术技术学院　上海　200072）

[摘要]　文章对当前高校影视学专业实验教学现状进行了分析，并针对问题提出"非社会化工作室制"的教学模式，进而对其概念、特征、运行原理进行论述。文章还借鉴比较了美国现行实验教学模式的优势，提出适合我国影视实验教学的方法，并通过上海大学影视学院研究生实验教学模式探索的案例，进一步阐明影视学院实验教学非社会化"工作室"制模式的可行性。

[关键词]　影视学院；实践教学模式；工作室制

美国管理学家彼得提出的"短板理论"提到：由多块木板构成的木桶，其价值在于其盛水量的多少，但决定木桶盛水量多少的关键因素不是其最长的板块，而是其最短的板块[②]。对于平衡发展的影视艺术技术学院教学，学术理论得到长足发展的同时，实验实践教学也应该迎头赶上，否则，作为"技术的艺术"的影视专业人才的价值量必然受到影视实验教学这根"短板"的影响。

木桶原理

影视专业又被称作"文科中的理科"，它对影视实验设备、影视实验教学的倚重不言而喻。影视专业完全按照文科类学问开展教学，势必造成纸上谈兵的结果，但也不能因为影视专业涉及摄

---

①　个人简介：段荣丰，男，上海大学影视学院广播电视艺术学研究生。
②　百度百科 http://baike.baidu.com/view/8918.htm? reforce=%CB%AE%CD%B0%D0%A7%D3%A6。

像、制作机器和设备,而完全按照理工类学科开展教学,因为理工科相关实验目的、器材、原理、步骤、数据处理、结论等部分,很大程度并不适合影视实验,且会造成实际实验教学与设计脱节、计划和操作两条线、实验的随意性比较大等情况发生,最终,实验教学只会沦为理论课教学的一种点缀。影视专业艺术、技术要齐头并进,实验课程就要跟上。然而,现实情况是,目前我国各学校 600 多个影视专业院系中有很大一部分在影视实践教学中存在明显问题。[①]

一、实验设备缺乏

影视专业被学生和家长戏称为"贵族专业",原因就是判断一个影视院系是否有实力,很大程度上的标准就是设备、设施环境的建设。一个影视专业的学院花上百万、上千万配备实验设备或设施并不稀奇,却不一定能满足大量师生共同使用的需求,还会因为技术更新换代加速折旧。高投入不仅体现在设备建设上,还体现在实验运转、维护费用上。

二、实验设计落后

实验教学中,设备是硬件基础,实验教学设计是软件基础,它包括:实验教学大纲、实验教学计划、实验教学指导书(讲义)等。[②] 实际情况是,大多数影视专业院系不是不具备这些实验软件,问题在于是否科学有效。

至今,真正原创的、权威的影视实验教学大纲、实验教学计划和实验教学指导书在我国还很缺乏。部分院校把影视专业简单对等于理工科专业,相应教学设计模仿理工科教学设计来撰写并执行,可操作性差。

对于具体的实验教学设计,可以将实验分为操作性、验证性实验以及综合性、创造性实验两个类别。我国影视实验教学的现实是,操作性、验证性的实验较多,综合性、创新性和应用性的实验较少,学生毕业后依旧不能独立承担简单影视节目的制作任务。另外,在整个实验设计的体系上,实验课程的相互衔接以及系统性还存在较大问题[③]。

---

① 罗自文.当前影视实验教学存在的问题与对策.中国青年政治学院学报 2007 年第 5 期
② 罗自文.当前影视实验教学存在的问题与对策.中国青年政治学院学报 2007 年第 5 期
③ 罗自文.当前影视实验教学存在的问题与对策.中国青年政治学院学报 2007 年第 5 期

三、实验教学管理滞后

在各个学校实际实践中,实验教学管理相对于实验教学设备和实验教学设计而言,显得更为滞后。按照对象划分,实验教学管理包括教师、学生两个管理方向。

1. 学生管理:主要包括单个实验成绩的评定、整个操作类课程的考核。很明显,影视实验教学的作业批改的难度相对更大。课程考核上,大多院校仍然以学期末的理论考试为主,实验成绩占比很小,致使部分学生不重视操作实验。

2. 教师管理:主要包括对教师工作量等各项业绩的考核。由于影视实验教学的特殊性,现实中,大多数学校影视实践教学的教师都是由影视专业课程教师兼任的,这使实验教学教师工作量陡然增大,但在一些按工作量发放薪酬的院系里,教师批改实验作业的工作量又不纳入总体工作量中,这必然会降低实验教师工作的积极性。另外,在科研考核、职称晋升方面,由于视影视实验教师为理论专业教师,而一直没有受到诸如音、体、美等传统专业教师那样的优待,其影视作品创作也很难获得科研上的认可。这些在客观上减弱了影视实验教师积极开展实验教学的内在驱动力。

可以看出,影视实验教学现存问题具有普遍性、长期性的特征。而应用教学数字化技术,并参照其他教学学科的先进教学方法,通过借鉴发达国家特别是美国影视实验教学的经验,我们可以逐步采取"非社会化工作室制"的实验教学模式,从而在一定程度上缓解上述问题给影视实验教学带来的不利影响。

"非社会化工作室制"

一、概念

一般而言,工作室制教学模式是以工作室为载体,由传统的封闭式教学变为面向生产实际的开放式教学。它以理论知识为基础,以专业技术应用为核心,以专业教师为主导,将课程、教室与生产实践融为一体;以承接技术项目为主要任务,将生产与教学紧密结合,由教师带领学生在承接和完成生产项目的过程中完成综合专业技术的训练。①

---

① 丁荣涛.高职数字媒体专业"工作室"制教学模式探讨.黑龙江科技信息.2008 年 11 期

对于影视实验教学，成熟的工作室制的形成并非一蹴而就的，现阶段施行"非社会化"的工作室制却是可行的，其中难度最大的环节——与市场领域接触、取得生产任务洽谈、产品销售等，在实验教学中并不一定现实开展，模拟进行即可，或者利用现有的条件、机会，减低接洽市场难度，可以通过参与社会上各类影像比赛、或摄制学校活动等方式取得项目。

另外，工作室制并不特指有固定的创作场所，而是强调一个创作的团队，这样，宏观上对设备调配使用更加灵活和充分。

二、与传统模式比较

工作室制是学校与社会衔接的一种实验教学方法，它的模式也来自于经济市场。

在以往的影视艺术实验教学中，大都实行三段式教学模式[①]，就好比计划经济的按部就班，这种模式在课程组织上本身没有错误，但是往往在现实执行中就会产生许多不利结果，如：课程的组织衔接、设计的程序等等，使得学生获得的知识被相对割裂，学生很难发挥创造力与团队合作意识。而今，许多影视艺术院校开始尝试进行教学改革，设计适合于自身的教育模式，以便于自己培养的学生能够立足于社会，因此，实践性课程开始被越来越多地安排进入教学计划之中。但是，仅仅有这些还是远远不行的，我们必须从问题的根源去寻求解决办法。

目前，我国的影视产业发展已经从"跑马圈地"时代进入了"精耕细作"的时代，"机会性效益"也已经让位于"市场性效益"。特别是电视，与客体的节目——栏目——频道相对应的，就是制作人——制片人——策划人。而以策划人为主体，也就是以工作室为表现形式[②]。

三、特征

工作室制教学模式为教师和学生提供了一个开放与发展的教育教学环境，相比传统的教学，它拥有更多的自主权与更实际的教学作用。其主要特征可以归纳为：

---

① 指实验前预习、实验中记录、实验后总结。引自：罗自文. 当前影视实验教学存在的问题与对策. 中国青年政治学院学报 2007 年第 5 期

② 潘知常. 讲"好故事"与讲好"故事——从电视叙事看电视节目策划"[J]. 东方论坛 2006(6)：63 –

1. 开放性

工作室是面对社会行业开放的,由教师带领学生直接参与社会工作实践,将传统的封闭式课堂案例教学变为而向符合现代实用技术的市场发展需要的开放式项目教学,课堂的涵义得以延伸。课堂在空间概念上不再只局限教室,而是延伸到了资料室、图书馆、互联网络乃至社会市场,从而扩大了教学活动活动半径,缩小了学校与社会、特别是经济生活之间的距离。学生有更自由的可支配学习时间,不再是被动地接受理论结论与事实,而是可以通过自己主动的探索、分析、归纳选择自己所需的知识。这种教学力式,突出了实践特征,加强了学生应用能力。

2. 工作＝学习

按照项目工作任务来组织学习内容是工作室制教学模式应用的前提。一般而言,学生学习上自觉的重实践、轻理论。传统上的理论学习与实践学习相互分离的情况下,技术理论知识与技术实践在学习相互割裂,教学分别由理论课教师和实践课教师分别承担,而这两组教师之间又往往缺乏足够的合作,技术实践对技术理论知识学习的"激发作用"难以实现,两者的整合效应难以充分发挥。应用工作室制教学模式后,学习内容组织层面上打破技术理论知识与技术实践知识之间的界限成为内在要求,以项目任务为纽带把这两类知识整合到统一的课程中,形成了内在的逻辑联系。由实践带动理论学习,使两者的联系不再是机械的、零碎的、牵强附会的,而能够取得更好的教学效果。

3. 学、研、赛相结合

无论怎么强调实践性,教学的目的并不是创造经济效益,所以,如何通过实践带动科研和学习进步才是实验教学工作室制的终极目标。实验结果不仅应该通过社会市场的检验,更要通过教学要求的评价,这才是评判实验成果的标准。工作室健全的设备、良好的学习空间,为学习、研究提供了一个平台。而在此基础上大力开展学习、研究、参赛,不断提高学生的创新意识,增强学生的创新能力,也正是工作室制的创新之处。学生通过不断地参赛,并在赛展中获奖,取得名次,从而激励更多人的自主进取意识和创新意识,最终达到创新能力的整体提高。

四、运行原理

不同实验类别应采用不同的实验教学设计,对于操作性、验证性实验宜采用

"微格"教学的方法①,例如摄像机的操作训练、分景别拍摄训练、运动摄像训练等,设备数量较多、规格和档次以中低档为主。而面对影视专业研究生教学,已经进入高级的教学实验阶段,研究生同学的认知能力、逻辑思维能力、自学能力都处于更高层次,"微格"法已不是主要的实验教学方法,对于研究生的综合性、创新性实验,可以采用美国影视实验教学中常用的"纠错法",从质量上满足教学、科研的需要。

"纠错法"是一种基于纠错理论的教学方法。英国心理学家贝恩布里认为:"差错人皆有之,而作为教师对学生的错误不加以利用则是不能原谅的。"纠错教学法需要教师善于捕捉学生学习过程中出现的错误,善于发现错误背后隐含的教育价值,引领学生从错误中获取真知、掌握技能。在具体的影视实验教学中,应让学生根据相对模糊、宽松的实验要求完全自主实验,对学生的实验创作过程进行全方位的监测,对其创作的作品进行详细的分析、细致的讲解,通过案例解剖的方法引领学生从错误操作中获得对规范操作、艺术创新的理解,加深学生对影视艺术创作的体会和把握,从而促进学生熟练掌握影视实践综合技能。②

影视实验技术层面教学设计可以借鉴理工科实验的"三段式"教学模式,它对于有效保证质量所起的作用不可低估,但也不能简单照搬,依葫芦画瓢。影视实验从成果来看属于艺术创作范畴,实验的目的不仅在于熟练运用实验设备,更在于运用这些设备去创作具有一定技术和艺术质量的影视作品。在影视实验过程中,学生个性化、创造性的理解、思考、设计、创作等"心得"方面的内容是实验教学最宝贵的财富。从影视行业从业人员经验来看,其创作能力的提高其实就是"心得"不断积累、升华的过程。因此,在学校影视实验中也应重视"心得"的训练和积累。结合传统教学的预习、记录、总结的"三步法",影视实验课程预习环节主要应强调三个方面的内容:一是理论思考,包括实验要求及对应的操作方法与技巧,以及这些方法、技巧的作用及其原理;二是影视作品案例分析,要求学生理解案例作品的制作过程(拉片),并理解这样做的原因,为自己的实验设计提供具体的示范;三是根据上述两个环节确定自己的具体实验设计(剧本、脚本等),以提高实验的计划性和实验效率。进行到实验过程中的记录环节时,不需要采用类似理工科的统一数据表格,而是可以根据具体实验的性质,采用自由记录操作的方法,书写实验的内容和创作感想,比如导演脚本、拍摄场记、编辑技法等。最后,实验结束后的总结环节,主要包括创作心得或创作体会,如导演阐述,它一

① 罗自文.当前影视实验教学存在的问题与对策[J].中国青年政治学院学报,2007,(5):136-137
② 罗自文.当前影视实验教学存在的问题与对策[J].中国青年政治学院学报,2007,5:138

方面有助于提高创作的主动性和积极性,另一方面,也为后期的总结和提高提供依据。

实验教学的工作室制模式的特点决定了"纠错法"和"心得法"的适用:按项目集中力量,不仅更适于监控纠错;完整的项目操作过程、尤其是"心得"式总结,也更能全面的获取知识。①

五、他山之石

美国是一个影视业大国,其庞大的影视工业体系甚至成为了国家的象征之一。在这样一个体系里,影视专业的高等教育起到了非常重要的推动作用,而其中影视实验教学管理也功不可没。大部分美国的影视操作类课程都完全或部分的采用了工作室制,努力打造"好莱坞的后备人才基地",针对性地为好莱坞的电影工业体系输送专业制作人才。虽然我国影视院校不可能在短期内普遍达到类似的条件,但是以影视实验室为单位成立非社会化的工作室,模拟社会影视制作的环境进行教学,可以使学生在一定程度上获得社会化的影视实践技能训练,提高实验教学的效果。②

美国影视实验教学的工作室班级/小组人数一般为8~16人(恰好适合国内影视专业研究生分班的情况),学生的实验作业一般采用一对一、面对面的批改模式,一位专业实验教师一般一个学期只承担一个班级/小组的教学任务。教师管理方面,由于这些专业教师大都有在影视专业制作机构工作的经历和丰富专业制作经验,其待遇一般比纯粹从事理论课教学的老师要好。③根据我国目前教学考核的实际,可以考虑有针对性地开展实验教学工作考核制度,适当减免实验教师科研工作量、职称评定要求和理论研究限制,而加大实验教学作品成果考核力度。实验教师和理论教师区别对待,才能更有效地激发他们工作积极性,从而在整体上形成教学、科研相长的可持续发展局面。

基于影视艺术创作的特性,美国的影视专业技能教育中很少有单一的操作性、验证性实验,而是一般都融合到综合性和创新性实验之中;一般也不设定期末理论考试,而是将课程成绩通过平时的实验作业或学生发表的作品来综合评定。这些完善、明确、适宜、稳定的评价体系以常态的形式详细公布在网络上,作

---

① 罗自文.当前影视实验教学存在的问题与对策.中国青年政治学院学报 2007 年第 5 期
② 蔡友,王瑶.影视动画专业进行创业教育的初步研究与实践[J].湖南大众传媒职业技术学院学报,2006,(4):33
③ 罗自文.当前影视实验教学存在的问题与对策.中国青年政治学院学报.2007 年第 5 期

为学生自我检查的参照，也使实践活动变被动为主动。我国的影视专业教学也应根据实际情况，将课程考核理论化逐步转变为应用化，也就是从传统的理论考核转变到对"实验作品"的考核，并借鉴美国经验，事先公布考核标准，变被动推进学习为主动自我督促。在最终的实验成绩评定方面，可以根据情况，采用学生互评和教师总评相结合、以教师总评为主的方式，以缓解实验教师短缺矛盾。

器材、制作流程的管理方面，美国影视学院通常采用"制作号（Production Nnmber）"的制度。也就是，所有的工作室或课程明细在学院的器材中心都有备案，每门课在什么时间使用器材，使用多少数量和多少规格都要严格地规定。器材中心给需要器材的每个小组/每门课的每个学生都定了工作号，学生使用工作号去中心借领器材。如果学生希望多借一些或时间长一些（如创作毕业作品），就需要向专门管理"制作号"的办公室申请。① 这种严格的设备制度管理，不仅降低了硬件的损耗，更加深了工作室成员对项目社会化有偿租赁环节的认识，对我国影视实验教学设备管理有很强借鉴意义。

良好的硬件配置和科学的制度管理都会为影视实验教学提供一个良性的内部条件。而要使影视实验教学真正焕发生机和活力，并且最大限度地发挥其效率和效力，还有赖于影视实验教学整体外部环境的改善。

影视行业之所以被称为文化工业，不仅具备艺术创作的特性，更融合了许多其它行业的支撑，如化工、模型、光学仪器等等。同理，对于影视学院的发展，不仅需要激发学生艺术创作的灵感，更要建设良好的外部环境，包括：基于市场需求的专业学科设置；整个学校整合信息、设施、师资等各种资源为影视专业所用；开展与社会接触的影视相关活动；影视学院与社会单位的合作、互动，等等。只有良好的外部环境与良好的内部环境形成合力，才能促使影视实验教学真正实现质的进步。

案例：上海大学影视学院研究生实验教学非社会化工作室制模式雏形

一、概况

1995 年 5 月，上海大学影视艺术技术学院成立，所属影视工程系、影视艺术系、新闻传播系原分别隶属合并成立上海大学的不同院校，各自建有相关实验

---

① 林韬.美国南加州大学电影学院的教学方式.北京电影学院学报.2007 年第 1 期

室；2000 年通过优化配置、资源，共享整合，成立了影视制作实验中心；2002 年实验中心获 MAYA 培训授权证书；2005 年，上大广告系的 3 个实验室并入影视实验中心，由最初的 9 个实验室经建设调整成为 16 个。2005 年实验中心承担了上海市劳动局职业培训中心《数字视频合成师》、《数字角色动画师》、《数字建模师》、《渲染师》、《数字音响制作师》职业标准制定项目，并成为这五类职业资格上岗证书培训的首批认证单位。2006 年结合影视传播教育高地的建设更名为影视传播实验教学中心。截至目前，学院共建有 3 大实验平台，各类专业实验室 23 个，形成一个功能配置合理，结构相对完整的教学实验体系。

上大影视传播实验教学中心有专职人员 13 人，平均年龄 40 岁左右，其中中级职称以上占 70% 左右，硕士以上占 15%；中心用房面积总共达 1000 平米以上，拥有设备 1350 台件，总值 2100 多万，中心主编刊物 17 种，自编讲义 4 种，其中 3 种获得奖励；该中心面向 15 个专业，开设实验课程 61 门，实验项目达 418 个，每年实验人数达 2000 以上，实验时间达约 13 万小时。

"融汇艺术技术，锤炼创新能力"是上大影视学院实验教学理念，中心立足本科生教学，拓展研究生教学，并辐射社会影视传播人才的培养。根据影视传播学科的专业特点，学院所提出的人才培养目标是：培养具有人文精神、艺术素养、实务技能的影视和传播复合型人才。贯穿这一培养目标的实验教学工作思路是：把教学实践环节作为艺术技术结合的切入点，环绕培养全面发展、具有创新精神的人这一目标，充分发挥学校"三制"的优势，在教学中把理论教学和实践教学多重穿插、有机结合，以学生的能力培养为主线，正确处理课内实践和课外实践、校内实践和校外实践两大关系；并且在实践环节中要达到理论与实际、艺术与技术、基本技能与创新能力相结合，从而多层次全方位地开展实践教学。

截至目前，学院共建有 3 大实验平台，各类专业实验室 25 个，形成一个功能配置合理，结构相对完整的教学实验体系。按照多层次全方位的构建思路，从下至上，遵循多层次实验教学梯级上升的结构模式，依托这个硬件平台，学生可以由基础逐渐走向专业，由课程学习逐渐走向专业实验，最终实现与社会实践在综合素质、实务技能上的双接轨。具体特点如下：

1. 多功能实验教学机房处于实验教学体系结构框图的最下层，它兼容多项功能，可为本科、研究生以及成人教育的学生提供近 30 门专业基础课的实验教学。一旦学生们完成专业基础课的学习，即可根据需要进入更高层次的实验室展开专业课的实验教学。

2. 影视学子创业实践中心、报刊编辑实践中心等，通过与电视台合作或自办报纸等形式与社会实践接轨，实现学生实务技能质的飞跃。

影视制作与多媒体实验平台、影视工程实验平台和媒体设计与制作实验平台三大平台融汇艺术技术,三者之间既有独立性又相互联系,多层次全方位保障实验教学的开展,培养、锻炼了学生的综合素质和创新能力。

实验中心在教学方法和思路的实践过程中,取得了良好的教学效果和实验成果。学院学生创作的各类电视作品一百多部在省级以上电视台播放,其中有相当一批学生作品不仅在上海、凤凰卫视等各类电视台播出,而且还在洲际地区、全国的一些 DV 大赛、影视作品竞赛中频频获奖,在广告和电子竞赛等方面也获奖累累,实践教学的成果显著。多年积累的成绩不是几个盆景,而是全面开花,这些一方面源于学生自身的努力与创造,另一方面不能不说是这种实践教育教学方式激发了他们创作的潜力与天赋,有力地证明了实验实践教学的成效。

二、工作室制模式雏形

在教学思想上,上海大学一直践行钱伟长拆除四堵"墙"教育思想:要拆除学校与社会、学校各部门各学科各专业、教学与科研、教与学之间的"墙"。工作室制的实验教学模式正符合拆除学校与社会、教与学这两堵墙的思想的具体体现。

现阶段,上大影视学院现行的影视实验课程模式虽然不完全是工作室制,却已具备工作室项目管理的一些特征。

(一)通过分组,培养学生的团队协作

影视创作是一个需要分工协作、严密组织的过程,它一方面具有艺术创作自由发散的特点,另一方面又具有大工业生产的严密性。一部影视作品的成功常常需要摄制组各个成员的合作,是集体力量的结晶,这与学校教育关注了个人能力的特点截然不同。习惯了通过个人考试获得成绩的学生通常缺乏团队意识,也缺少能够进行团队协作的机会,上大影视学院研究生实验课程,将两个班级分为 2 个小组(每组 12 人左右),采取团队协作的方式自我策划制作演播室作品,不仅有助于提高学生的综合素质,更是影视专业领域的基本要求。

(二)区别于本科教学,加大综合性实验比重

本科的实验教学将基本操作放在十分重要的地位,除了教师讲授与演示之外,还在实验项目中安排大量的演示、验证性实验,如果如法炮制到研究生同学课程中,学生在死板僵化的实验安排中易产生厌烦情绪,不利于积极主动性的发挥,往往是机器使用得很熟练了,却仍然难以拍出有创意、有想法的作品。因此,改革实验内容、教学方法和手段,减少验证性实验的比重,开发实验项目的应用

性与启发性,强调学生的主体地位十分重要。上大影视学院研究生实验课程将基本知识、操作技能、小组创作与社会实践结合起来,完成从学习、操作到实践的全面培养,强调学生在教学中的主体地位,培养学生的创新能力。

（三）实行学生自主选题的方式

综合性实验项目以培养学生的艺术创造力为主要目的,打破课堂教学教师唱主角的传统模式,给予学生更多的自由空间,以学生自由分组、自主选题的方式开展实验教学,极大地发挥了学生的创造精神。例如在综合性实验阶段设置拍摄一部剧情短片、一部广告片、一部 MTV 作品、一期演播室节目等宽泛的作业要求,对作品的主题、立意以健康向上为原则,不做更多限制,而作品的风格、表现手法则完全放开,充分调动学生表达个人想法、进行艺术创作的欲望,将学生的积极性调动起来,达到事半功倍的效果。学生自由组成摄制组,从编剧、导演、摄像、灯光、表演到后期编辑与生成都进行分工合作,教师本着尊重学生自我意识的态度全程对拍摄进行指导与点评。

（四）强化实验教学与社会实践的结合

上大影视学院研究生实验教学不仅仅在课堂上进行,更与专业实习、课外活动相结合,把课堂延伸到更广阔的范围内,直接与市场接轨。例如负责老师同时担任研究生会影像社团指导老师,把对研究生同学的技术指导日常化,通过设备参观、设备商家技术讲座、剧本讨论等各种方式的活动激发研究生创作热情,同时鼓励学生积极参加国内、国际各类影像比赛,通过获奖来激励学生进一步开展创作,将实验课上的内容融入到课余生活中,让兴趣引导学生继续探讨影视制作的各种问题,最大限度的发挥学生的想象力和创造力,真正实现综合能力的培养。

参考文献：

［1］ 周忠诚."说"音视实验教学[J].浙江传媒学院学报,2004,4.

［2］ 李维祥等.关于实验教学内容及方法改革的实践与再认识[J].实验技术与管理,2001,2.

［3］ 雷 炜.基础课教学实验室建设的探索与实践[J].实验室研究与探索,2003,2.

［4］ 章奕晖.新形势下高校实验室工作的思路[J].实验技术与管理,2002,2.

［5］ 阎克勤等.评估促进实验室规范化管理[J].实验技术与管理,2000,1.

［6］ 刘凤泰.关于实验教学改革的问题[J].实验技术与管理,2000,4.

［7］ 吴能表等.加强本科实验教学的指导与实践[J].实验室研究与探索,2005,11.

［8］ 罗自文.当前影视实验教学存在的问题与对策[J].中国青年政治学院学报,2007,5: 136－137.

［9］ 潘知常.讲"好故事"与讲好"故事——从电视叙事看电视节目策划"[J].东方论坛，
2006，6：63－64.

［10］ 蔡　友，王　瑶.影视动画专业进行创业教育的初步研究与实践[J].湖南大众传媒职
业技术学院学报，2006，4：33.

［11］ 百度百科 http://baike.baidu.com/view/8918.htm? reforce＝％CB％AE％CD％B0％
D0％A7％D3％A6.

［12］ 林　韬.美国南加州大学电影学院的教学方式.北京电影学院学报，2007 年第 1 期.

实践教学
理论与探索

关于加强影视传播专业
实践教学的探索与实践

忻志海① 李英春②

（同济大学传播与艺术学院 上海 200092）

［摘要］ 影视传播专业是一个实践性、应用型的专业,实践教学在其教学体系中具有举足轻重的作用。做好该专业的实践教学,应从教学模式构建、实践教学教师队伍建设、国内外交流平台的搭建、为学生提供良好的实践与实习基地等多方面入手。

［关键词］ 影视传播；实践教学；项目教学

影视传播作为高等院校的专业教育,其教学目标应该是使学生不仅具备系统的影视传播理论,同时具有新闻采访写作、广播影视编导、新媒体综合应用等诸项实际动手能力,实践教学在其课程体系中具有不可替代的作用。借鉴我院实践教学的探索与实践,笔者认为要搞好影视传播专业的实践教学,需要从以下几个方面着手：

一、合理定位,构建"专业型、实践型"影视教学模式,强化实践类课程教学

"专业型、实践型"影视教学模式,首先要对学科的发展合理定位,要根据学科要求在影视传播教育方面形成完整科学的教学体系。如艺术学科的完整教学体系；传播学科的完整教学体系。其次,要充分开展影视传播教育的实践,以求

---

① 作者简介：忻志海,男,同济大学传播与艺术学院媒体实验与实践中心主任,高级实验师。
② 作者简介：李英春,女,同济大学传播与艺术学院媒体实验与实践中心讲师。

专业教育理论与实践并重培养目标的实现。我院将"媒体文化"(Media Culture)"媒体技术"(Media Technology)与"媒体艺术"(Media Art),即"3M"作为学科定位,并时时将新字冠在 3M 之前,就是密切关注新媒体文化、新媒体技术、新媒体艺术的发展趋势,打通传播与艺术两大学科门类之间的传统壁垒,强调文理浸透,技艺贯通,中外兼容的发展思路,培养既有较高理论素养和国际化视野,又具有较强创新能力的应用型影视传播的专门人才。

我院在课程设置上将"厚基础,宽口径"作为基点,将构建学生全面的知识体系和培养可持续发展的能力摆在首位。使学生的实践建立在一个坚实的基础之上,而不只是简单的动手操作。因而,我院在专业平台课程中设置了中外文化史、绘画基础、造型基础、视听语言等的既能厚基础,又适应宽口径发展的课程。

另外,一定的实践课时是保证学生获取各种能力的关键,我院在 2006 年修订培养方案时,前置并加重了实践型课程,将一些能够前置的实践性课程尽可能提前,如《计算机图文设计》、《非线性编辑》等分别从第 3 第 4 学期前移至大一下学期去上,在可能的情况下,让学生尽早接触专业,这一方面是我们培养人才的需要,也是学生在以往交流中提出的最集中的问题之一。在保证实践课时方面,我们推出了"项目进教学"的理念。所谓"项目教学",是与通常的以教师为主导的课程教学相对而言的,它不再是教师根据固定的教学内容组织教学,而是在教师的协助下,以学生为主导来真题实做,完成一个实际项目,从而获得学分,例如:对于广播电视编导的学生来讲,就是创作一部影视作品,而这些影视作品通常具有特定用途。比如在已完成的项目中,"墨耕深处"画家系列纪录片,是为同济大学百年校庆艺术展而作;"井冈山大型舞蹈史诗"多媒体背景创作,则是为了庆祝井冈山革命根据地成立 80 周年,同济大学与井冈山管理干部学院联合推出的井冈山大型舞蹈史诗舞台演出而作。与平时学生的自由创作不同,这些项目都有非常明确的创作要求,学生通过完整地亲历项目的实践活动,从而对如何完成一部完整的影视作品有一个整体的认识,同时学生也提高了在编、导、摄、录、制片等各方面的能力。2006 年我们将《项目教学》写进了培养计划,2008 年正式开设了《项目教学》课程,并取得了一定的成效。

二、加强实践师资力量,提高实践教学效果

在影视传播专业的实践教学中,教师担任着引导、促进、帮助学生提高分析问题和解决问题能力的重要角色,因此实践教学效果如何,一方面取决于实践教师的能力水平,在学生创作中遇到瓶颈时,能否给学生高屋建瓴的指引,另一方

面,也取决于教师对于实践课的重视程度和责任心。因此要高度关注提高实践教师的思想政治和业务能力,并采用一定的激励机制,充分调动实验课老师的积极性,充分发挥他们的主观能动性,建设一支高素质的实验教师队伍。我院在教学及各项工作中,均以实践能力、实验课程为基础、实践成果为目标,将实践能力的高低纳入到人才评价的体系中,并以此为导向,激发和鼓励教师不仅重视实践教学,并且积极投身到实践教学中。另外,学院在引进人才中对优秀的实践型人才予以高度关注,在同等条件下,引进并积极发挥他们的作用,加强了实践类师资的力量。比如:除了常年聘用一位德籍教授至退休外,学院根据课程建设需要,另聘用一位年轻的德籍教师,保证每学期2个月来我院任教。在教学中,尽可能为实践能力强、责任心强的教师提供良好的各种条件,让他们多一些便利,并且提供较多、较好的机会让他们参与各种培训、各种交流,通过保护与激励他们的积极性,带动和培养学生共同出成果。

三、搭建多种交流平台,开阔学生视野

学生创作的水平,一方面取决于他们的理论功底,更重要的是他们的眼界。所谓见多识广、少见多怪是非常有道理的。要提高实践教学的效果,应本着"请进来,走出去"的原则,开展多种形式的实践教学活动,创造机会让学生多参与国内、国际的各种交流,力求开阔视野,开拓思路。我院与德国包豪斯大学、德国奥芬巴赫艺术学院、美国纽约理工大学、意大利都灵大学、英国威敏大学等多所国外高校保持着良好的合作关系,每年都会邀请这些学校的相关专业教授到学院进行单元制授课,用相对集中的时间完成从理论到实践的教学。另外,每年我院与国外多所高校互派交流学生。我院学生到国外高校后,除了上部分的理论课程外,大部分是在国外老师的辅导下,与当地的学生合作完成作品的创作。同样,从国外高校来我院的学生也要与我院的学生合作完成至少一个项目,如:一部影视作品等,并在全院内进行展映,与相关专业各年级学生进行面对面的创作交流。通过与国外教师和学生的交流,很大程度上使学生的创作具有了国际视野。此外,我院还不定期的邀请国内外的著名影视创作人员进行讲学,让学生感受大师的风采。

此外,参赛也是一种很好地进行实践的方式,一方面学生在创作送评作品中可以锻炼各种能力,另一方面作品一旦入围,大赛一般会提供给入围主创人员一个面对面交流学习的机会。2007年我院编导学生的纪录片《活着》入围香港大学生电影节,该片的导演接受大赛组委会的邀请,到香港进行了为期一周的观摩

学习讨论,很大程度上开阔了创作思路,直接影响了其后来的作品创作,可谓收获颇丰。

四、加强与社会媒体的联系,为学生搭建一个实习的平台

校外实习是实践教学的重要环节,包括认识实习、暑期实践、毕业实习等环节。校外实习是学生了解社会、适应社会的必要途径,是提高社会适应能力、自身的生存和竞争能力的关键环节。对于影视传播各专业的学生来说,最好的实习基地当然是电视台、影视制作公司、报社、网站等媒体单位,一方面可以融入专业创作团队,体验媒体正规军的运作;另一方面可以把学习到的书本知识应用到实践中,真正做到学以致用。为不使实习沦为走马观花,学院应该积极地与校外媒体互动,在有规模、有影响的媒体单位建立实习基地,为学生搭建一个良好的、可持续的实习平台,从而也为学生走向社会打下坚实的基础。我院与上海多家媒体单位保持着良好的合作关系,每年都有大批的学生去相关单位实习。我们将继续加强与有关单位的联系与合作,争取有更多的同学参与到更有质量的实习中去。

五、开放实验室,使其成为学生实践的重要基地

实验室在培养创新、应用型人才过程中发挥着重要作用,对于以培养实践性、应用型人才为主要目标的影视传播各专业来说更是如此,除了基本的实验教学外,大量的综合性、设计性实验与实践是培养学生艺术创作力的关键。在学生有好的创作选题或灵感时,需要借助一定的平台把它变成艺术作品,实验室应该成为学生进行自由创作的基地。另外,学生完成自己承担的创作项目或协助教师完成科研任务等,也都需要利用实验室。实验室的开放对学生的创作意义重大。我院媒体实验与实践中心采取了如下的措施使学生能较好地使用实验室。

1. 中心对大部分实验室实行全天开放,对特殊实验室(如演播室、数字音频工作室等)执行预约开放,并根据实际情况,及时调整开放模式。

2. 制定和完善开放管理细则,出台《实验室开放管理办法》,充分体现学生是主体、教师为主导、管理人员定位于服务的理念。

3. 对于开放的实验室严格保证开放时间,鼓励师生多进实验室,多参与实验室的建设、管理和实验。

4. 通过网络建设增加信息渠道,更好地加强与师生的沟通,并将实验室开

放信息、实验室设备信息、实验室课程信息、实验室有关项目信息等在网上公布，同时准备接收师生的进实验室的预约信息、对实验室实验及实验设备等的反馈信息。

5. 在可能的情况下，对全校及社会开放。为校园文化的建设做贡献，为提高资源利用率、为学生多一点实习机会、为学生就业多一点机会而努力。

开放机制的良好运行，不仅调动了学生实验实践的积极性，激发学生实验实践的热情，促进学生自主学习、合作学习、研究学习，培养学生分析问题和解决问题的实践能力、创新意识、创新精神和科学思维，也有利于师生创作出大量的优秀作品，同时为实验中心的可持续发展奠定基础，对社会进步发展起到促进作用。我院自实验室开放模式改革以来，学生创作了大量的影视作品，有的在电视台播出，有的获得各种比赛的奖项。2005 年纪录片《A Glimpse at AIDS Village》入选德国汉诺威国际电影节，2007 年纪录片《活着》入选香港国际大学生电影节。学生还以实验室为基地，成立了影像工作室，完成了学院、学校大量的相关影视片，并从 2007 年 4 月起，承担了上海教育台《学子 DIY》栏目的制作。

总之，影视传播专业是一个实践性很强的专业，要提高学生的实践能力，就要从培养体系构建、教学教师队伍建设、国内外交流、实践平台的搭建等多方面入手。只有这样，才能培养出符合时代需要的影视传播方面的合格人才。

参考文献：

[1] 周合兵，杨美珠，孙　峰.开放实验室绩效评估的实践与探索[J].中国现代教育装备，2008,65(7):106 - 107.

[2] 高丽静，李　凡.实践教育：大学生成才的重要途径[J].江苏大学学报，2004,26(3):54 -57.

[3] 王连之，喻　芳，强月新等.新闻传播学实验示范中心建设的探索[J].实验室研究与探索，2007,26(7):72 - 75.

[4] 孟　建.试论中国高等院校影视传播教育发展战略 http://www.zijin.net/blog/user1/101/archives/2005/350.shtml,2005.6.11.

创新与实践：广播电视编导实践教学的现状分析与探索

邢虹文①

（上海大学影视艺术技术学院影视艺术系　上海　200436）

[摘要]　在广播电视编导专业的培养过程中，普遍存在的问题是教学理论与实践的脱节，由此也导致了毕业生难以适应当前我国电视事业快速发展的新形势。正基于此，作者在分析广播电视编导专业教学过程中存在问题的基础上，结合学院在编导教学实践过程中的探索和创新——依托"影视传播创新实践平台"三年来的运作过程极其经验，阐述了如何进一步推进编导专业实践教学的形式、方法与途径。

[关键字]　广播电视编导；实践教学；影视传播创新实践平台

作为受众最为广泛的大众传媒，广播电视在当代社会中越来越深刻地影响着公共空间和私人空间，建构、规训着当代人的文化品位和生活方式。而广播电视编导作为广播电视节目制作的核心和主导者，一方面引领着大众的需求方向，另一方面则又被商业社会的市场机制所制约，受控于大众。上个世纪九十年代以来，中国广播电视媒体的节目样式从相对单一走向异彩纷呈，这些节目的创作者既难称编辑，又不宜称导演，于是出现"编导"称谓。由此，高等教育中的广播电视编导专业应运而生。

作为国内较早开办广播电视编导专业的高校之一，上海大学影视学院甫一成立，就力求为各类电视台、电视制作公司、企事业单位的电视制作部门培养电视业方面的复合型、多功能的编导人才。在培养目标上，重点培养学生的艺术技术结合、策划与制作能力，使他们能够成为采、编、播合一的全能型人才。

---

① 作者简介：邢虹文，女，上海大学影视艺术技术学院影视艺术系讲师。

一、社会与市场对毕业生的新要求

20世纪90年代以来，随着我国电视事业的快速发展，对于电视编导人才的需求也日益增多；与此同时，随着电视编导与制作技术的快速发展，编导教学的内容、方式也在发生着巨大的转变。进入21世纪以来，这种趋势更加明显，并且日益对影视编导专业的人才培养提出更高的要求：即不仅要能够掌握基本的理论知识，还要能够掌握相应的专业操作技术，要能够做到"采、编、播"一体化。

从某种程度上看，目前高校的编导专业本科教育中，理论教学与实践操作之间仍然存在着不小的"脱节"，依据我们2008年对长三角地区高校传媒人才培养的调查，这些问题主要表现在：普遍注重"宽口径、厚基础"，通过开设人文社会科学方面的基础课程来提升学生的人文素养，以此增强学生的后劲和深厚底蕴，但实际效果在媒介行业看来并不理想，其中的主要原因便在于注重基础理论掌握的同时，由于缺乏与当下编导专业相关的实践应用，使得基础理论大多显得空泛和缺乏针对性；此外，传媒院系普遍搭建一定的实践平台，但媒体对高校在学生实践能力培养方面的认同度并不高，由此导致实践平台往往很难落到实处，对于学生提升理论运用和实践操作能力的用处不大。正基于此，学生在大学本科阶段很难真正接触到电视编导的最前沿理念和操作技术，从而也就很难在参加工作后很快适应电视编导的岗位要求，形成了"专业不专"、"眼高手低"等现象。正如许多编导专业本科毕业生在踏上工作岗位以后，往往会感叹自身的专业知识和技能无法满足日常的工作需要，往往需要"从头再来"、"边干边学"，这也反映出目前编导专业人才培养中存在的突出问题。

伴随着人类社会进入21世纪，知识与创意已经成为推动时代发展的主导动力来源，而能否激发这种创造能力，就成为当代教育所面临的瓶颈型问题。其中，创意或者说创造性的重要性甚至已经超越了传统的知识积累。与此同时，创意的产生也离不开对专业领域内的新理念、新技术以及新知识的把握。以广播电视行业的自身发展而言，新技术、新观念更是层出不穷，令人眼花缭乱。而对于本科生来说，要能在四年的专业教育之后自立于竞争激烈的就业市场，能够不断地生产出创意型作品，在很大程度上都要依赖在专业教育上的教学实践过程；而对于中国电视产业的发展来说，能否培养大量高素质的编导专业人才，也取决于高校编导专业培养模式的转变。正是从这个意义上讲，教学实践能否顺利展开，不仅直接关系到电视编导人才的培养，更决定了未来中国电视产业的发展走向。

二、影视传播创新实践平台：创意型人才培养的探索

正是基于对广播电视编导现状以及市场对人才类型、能力的需求的综合判断，从 2006 年开始，我们就尝试在编导专业学生的培养过程中，整合教学实践资源，创新教学方式与方法，建构学生参与型的教学平台，并以此作为培养面向未来、适应市场需求的创意型人才培养模式的核心。在教学实践中，我们着重强化了对学生创意能力的锻炼。其具体形式就是学院所建设的"影视传播实践平台"。

在某种程度上看，平台的创建，从项目的策划、论证、确立到项目的执行、完成都是以学生为主体，专业教师只负责把关，而实验教学中心提供支持与保障，帮助学生在实际应用中实现其创意力量的释放和执行能力的提高，真正实现"从课内到课外、从练习到创作、从作业到作品、从实验到实践、从学校到社会"的教学实践过程，主动引导学生激发学生的创新能力，培养学生的综合素质。

平台的载体是"影视学子创新实践中心"。2006 年 3 月，在三位专业教师的带队下，以艺术系编导专业学生为主，并汇同新闻系、技术系、广告系各系学生力量，成立了"影视学子创新实践中心"，并将学生团队按照各自能力和兴趣分为策划组、编剧组、制作组三大执行部门，各部门由一位专业教师负责，根据项目制定计划、工作进程及各部门间的相关协调配合。从"中心"的运作过程来看，相当于一个电视节目制作工作室，制作的电视节目成品主要针对各电视机构征集社会制作力量类型的栏目，即定期为电视台的相关栏目提供一定时段的节目，实战性很强，而全部制作工作都由学生完成，专业教师仅予以指导把关，加强了影视专业学生创意能力和实践操作，不仅有利于帮助学生梳理过去学过的所有相关理论，将课堂知识运用到实践中，将理解转化为习作创意和实践经验；同时也能在实践中培养学生从创意、制作到社交等各方面的能力，帮助他们迅速适应社会实际工作各个岗位的需要。近两年来，该中心参与上海纪实频道、上海教育电视台栏目的制作，共制作播出了 30 多期节目，因节目的量多质佳获电视台的多项表彰。更值得欣喜的是，学生创作的短片屡次获得国内外电视节的奖项。

在中心的操作过程中，我们坚持了如下三大原则：

以学生为创意主体和创作团队：中心所有项目从策划到完成，均以学生为主，充分发挥他们的想象力和实践力，专业教师主要负责把关和协调，但决不代替学生完成工作。因此，在学生创作初期常常要经历一个反复调整的过程，每部

成片在播出前几乎都要经过七八遍甚至更多的修改，专业教师一方面要不厌其烦地指导学生进行修改，另一方面还要注意不断鼓励学生的创作热情，让他们不要半途而废，同时保证定期对成片进行集体讲解和经验总结。经过这样的磨炼，学生常常在独立完成几部片子后普遍反映获益匪浅。

注重中心的开放和人员的流动：中心向全学院学生开放，注意吸纳各系有能力和有兴趣的同学加入平台。以自主参与为主，同时由专业教师通过学院提供的机会向全院同学宣传、公布相关信息。已经参与的学生根据其自主选择归入相关执行部门，但保证在一段时间后，各部门之间人员可以在双向选择的基础上进行流动。这样既保证了学生的广泛参与度，也让学生能够有机会接触到实际工作中各个岗位的相关培训。

注重学生创作队伍的阶梯式培养：中心配合学院的专业课程设置情况，以三年级学生为主要创作团队，以二年级学生为主要后备力量，对一年级学生进行宣传和基本培训为主，这样在三个年级中形成阶梯式培养，不仅保证了中心的制作实力，同时也促使三个年级之间的学生形成交流和竞争。更可喜的是，其中某些三年级学生已经能够担当起对低年级同学的基本培训和协调工作，这不仅是其专业技能的提高，更是其团队合作精神的自觉。

从总体上看，可把整个实践工作创新点可归纳为：实用导向，创意教学，整合师资、集体教学；学生主导、集体创作，环环相扣、实战教学。引导学生从课内到课外、从练习到创作、从作业到作品、从实验到实践、从学校到社会。具体来说，一是整合了教师力量、延展了教学时空，使专业教学从教室延伸到了课外，同时突破了课堂 45 分钟的课时限制，以实战结合教学，形式灵活、具有创意；二是调动了学生兴趣、提高了其学习的主动性和主体性，中心所有制作项目或办报均以学生为创意主体和创作团队，以项目制作整合资源，实战创意教学，成果丰硕；三是探索学生创作队伍的阶梯式培养模式。中心配合学院的专业课程设置情况，在学生中形成以"高年级带低年级"的阶梯式培养模式，在保证平台的制作实力的同时，促使学生形成交流和竞争，培养其团队合作精神的自觉；四是提高了学生能力，提高了学生的就业竞争实力，中心项目执行坚持在策划、前期制作、后期合成或采访、编辑、出版等多方面以行业标准要求学生，不仅锻炼了学生的实际能力，同时也极大地提高了其面对就业市场的竞争力。

三、结语与讨论：在教学实践中不断提升学生创新能力

作为创意文化产业的重要组成部分，电视产业的核心生产要素是信息、知识

特别是文化和技术等无形资产,是具有自主知识产权的高附加价值产业,是与新科技和传媒相结合的产业,具有智能化、特色化、个性化、艺术化等特征。电视产业的这些要素决定了这一行业从业人员的素质要求,那就是具有全新理念、知识和技术并具有创造性的人才。而培养这样的人才,必须将其尽可能地置于电视产业发展的现实环境中,通过有针对性的实践操作和理论熏陶,在参与中实践,在自主中成长。只有这样,学生对于编导专业的热情和创造性才能够被激发出来,能够适应电视产业的快速发展。从前文我们的实践来看,今后在编导专业的人才培养上,还需要在以下方面进一步加以探索和创新。

首先,要不断提升把握电视编导专业发展的新方向。作为创意产业的一部分,电视产业的核心在编导,而编导能否具有创新性则在很大程度上取决于对新知识、新观念以及新技术的把握程度。同时,在把握电视编导专业前沿的同时,还要能够加以创造性转化,并与本科教育的课程设置、培养方式以及实践操作紧密地结合起来。换言之,就是要在把握电视发展前沿的基础上,不断地调整培养学生的内容、方式与途径。

其次,要更加有针对性地培养学生的理论修养。从某种意义上看,理论修养和实践技能是专业培养的两个方面,理论修养决定了创新可能的程度,而实践技能则决定着理念实现的可能性。在"实践平台"中,我们有针对性地强调了实践技能,但并非忽视理论修养的形塑,而是将其纳入到实践操作的过程中,使之更有针对性,更能引起学生的学习兴趣和积极性。从这个意义上讲,今后还需要加强理论与实践操作之间的结合度。

第三,要进一步拓宽与媒介合作的层次、领域与范围。从我们的探索来看,在教学实践创新过程中,与媒介的合作是必然和必需的。从目前来看,基本上还处于栏目合作和内容提供上,今后我们还将在节目策划、运营等实务领域进一步深化合作的领域和范围,以便能够使学生在掌握实践操作技能的基础上,也能够接触和参与到电视产业整体性的运作模式之中,为他们能够成为全面性的电视编导人才而提供有力的支撑。

总之,我们在"影视学子创新实践平台"的基础上所开展的教学实践,在一定程度上已经取得了较好的效果,但正如上文所言,在把握电视制作前沿理念、理论与实践结合以及与媒介的合作等方面还存在一些不足,这都将在下一步的教学实践中加以完善。可以预见,随着高校与电视媒介交流的日益增多,学生在就学期间将能够体验到在走上工作岗位以后一样的学习环境,从而能够更加高效地掌握专业知识,也更加快速地成长。

参考文献：

［1］ 金冠军等.影视教育与上海大学学生素质培养调查报告.载《艺术学》编委会编.艺术研究—艺术与影像\范式与教育.学林出版社,2005 年版.

［2］ ——.影视传播创新实践平台.上海大学影视艺术技术学院,2008 年.

［3］ 李晋林.影视传媒专业实践教学体系的改革.当代传播,2008 年第 1 期.

［4］ 彭菊花等.以"实践转化"为落点的影视艺术本科教育教学模式.实验技术与管理,2007 年第 3 期.

［5］ 上海大学影视艺术技术学院.关于长三角地区高校传媒人才培养的调查报告,2008 年.

［6］ 邢虹文.电视与社会.学林出版社,2004 年版.

［7］ ——.纪录片编导人才素质与培养方式的创新.载胡智锋,董小玉主编.求异与趋同——中国影视文化主体性追求.西南师范大学出版社,2008 年版.

基于创新型人才培养的
广告专业实践教学模式探讨

杨芳平①

（上海大学影视艺术技术学院广告学系　上海　200072）

[摘要]　本文从知识经济时代对创新型人才需要的大背景出发,分析了广告专业本科生教育的特点,提出了几大观点:广告专业本科教育要以培养创新型、复合型、高级应用型和综合型的人才为培养方向,以创新为核心设置课程体系,以研究为导向改革教学方式。并且以市场调研这一门课程为例,阐述了具体的做法。

[关键词]　创新型人才;双向互动式教学;答疑式教学;启发式教学

一、概　述

21 世纪,人类迈入知识经济时代。知识、信息在生产力发展要素中的地位日益凸显,国与国之间的竞争更多地体现为科技实力的竞争,对知识、信息的创新与利用的能力比拼上。从提出科教兴国战略、人才强国战略到做出"走中国特色自主创新道路、建设创新型国家"的重大战略决策,培养创新能力和创新型人才成为举国关注的焦点。

人才的培养,最重要的途径是教育。无论是学校教育、继续教育还是终身教育,都强调对创新能力的培养。作为高等教育体系,培养创新型人才是我们应该贯穿于学校教育的全过程和各个环节的核心。学校教育的各个方面、各个环节都应从着力培养创新人才出发,深化改革教学内容和教学方法,以适应新形势的需要。

----

① 作者简介:杨芳平,女,上海大学影视学院广告学系讲师。

广告专业,为创意产业输送人才,对我国的消费文化的形成起着举足轻重的作用。探讨广告专业的教学内容和教学方法改革,具有重要的意义。

二、广告专业本科人才培养的方向

广告专业属于传播学、营销学、经济学、心理学、社会学等多学科交叉的学科,涉及的知识面非常广。在对学生的培养中,不仅强调基本原理和理论知识的掌握,而且要求掌握实际操作的技术和技能。

作为本科教育的人才培养层次,广告专业培养出的人才应当与高职、高专以及研究生教育拉开层次。高职、高专,应当是为业界培养"技能型"的人才,服务于广告、公关、会展的业务第一线,研究生教育应当是培养具有善于思考、具有思辨能力的"研究型"人才,主要为研究机构、高校等输送人才,而广告专业本科生教育是要为我国的广告、公关、会展业输送高素质的高级应用人才。本科生教育介于两者之间,培养出来的人才应当是既具备理论素养,又有较强的动手能力的高素质人才。他们应当能够灵活运用基本理论指导实践,业务上手快,同时能够从实践中总结规律,不断改进实践。

作为一门实践性和操作性很强的学科,广告专业要求人才具备很强的实际操作能力。但是这个实操能力不能简单等同于技能型的操作,而是应当带有主体创造性、创新性的特点。高校课程体系中的实践教学是构成其课程教学的重要组成部分,应当是理论课程和校外实践实习的桥梁课程,是为广告、公关、会展业培养高素质创新性人才的重要途径。一般而言,理论课程的教学,应当以教师引导为主,而校外实习实践则是学生独立自主地探索。作为广告专业的实践教学,则是介于两者之间,让学生在老师的帮助下逐步发挥主体作用,创造性地发现问题、分析问题和解决问题。

高等教育的最终目标是要适应社会发展的需要为社会培养有用的人才。面对新形势,考虑到广告专业特点和本科人才培养的规律,在广告专业本科人才培养的过程中,我们要把握以下方向:

第一,我们要培养创造性、创新型人才。广告业属于创意产业,创新、创造是其生命之源。只有不断输入创造性、创新型的人才,才能够使我国的创意产业蓬勃发展。

第二,我们要培养复合型人才。广告学科本身就是多学科交叉融合的学科,所培养的人才要能广泛涉猎相关学科,视野开阔,能综合运用多学科知识解决实际问题。

第三，我们应该要培养高级应用型人才。广告业实践性很强。这样的人才，"手脑"并重，将来就业后，既能上手很快，快速、有效地执行、操作各项广告、公关、会展的业务，又善于思考，勤于总结，在实践中创造，在操作中创新。

第四，我们要培养综合型人才。我们身处一个信息时代，信息呈爆炸式增长，以往那种专精一门的专才型人才，在面对变革剧烈、变化成为常态的社会时表现出极大的不适应。只有培养综合型的人才，才能对变化保持足够的弹性，才能适应多岗位、多层次、多领域的需求。

在以上培养方向的指引下，我们的实践教学环节，作为整个本科教学体系的有机组成部分，到底应该如何来做？本文将以市场调研这一门实践课程为例，来阐述广告专业本科人才培养实践教学的模式。

三、以创新为核心设置实践教学课程

在市场调研这门课程中，我们将以创新为核心，着重从问题的发现力、信息的检索力、调研方案的整体设计力、方案执行的沟通力、数据的分析力这五个方面来培养学生的能力。按照需要学生创造性发挥以及主体作用体现的程度，也就是对学生创新程度的要求，我们可以划分成五大层次，如下图所示。

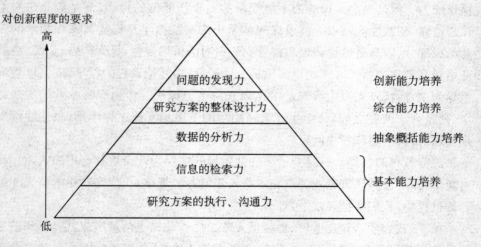

从市场调研的流程来看，首先需要学生检索大量的信息，发现市场调研要解决的问题，并且能够界定清楚；接下来，需要学生设计整个市场调研的方案，包括研究目的，研究方法、数据收集方法，数据分析方法；然后，学生能够独立地执行调研方案，收集所需信息；接着，学生对所收集的数据进行分析和处理，从中寻找

解决问题的答案。整个过程,可培养学生对问题的发现力、信息的检索力、调研方案的整体设计力、方案执行的沟通力和数据的分析力。

所谓问题的发现力,即学生对市场调研方向的把握能力。通过洞察社会现象和消费者行为,在收集的海量信息中抓取关键点,从而对市场调研核心问题进行清晰的界定,拟定正确的调研目标。问题的发现力,对应培养目标的最高层次,是培养创新力的重要方面。

所谓研究方案的整体设计力,即学生能设计出符合市场调研方向,又切实可行的调研方案来,这需要学生对市场调研的每一个环节都有精准的把握。这对应于培养目标中的综合能力培养。

所谓数据的分析力,即学生能对收集的信息进行定性和定量的处理,分析出隐含在数据背后的结论,回答市场调研要解决的问题。这对应于培养目标中的抽象概括能力的培养。

所谓信息的检索力,即学生能够采用多种方式收集市场调研所需的二手资料,帮助确定市场调研的方向,辅助理解数据分析的结果。这是学生在信息爆炸性增长的时代背景下所要掌握的基本能力,它贯穿于市场调研的始终。信息的检索力对应于培养目标的基本能力,要求全体学生掌握。

所谓研究方案的执行力和沟通力,即学生能够科学、规范地执行调研方案,具有和调研对象顺利沟通、获取信息的能力。这对应于培养目标中的基本能力,是市场调研所需要的最基本的能力,要求全体学生掌握。

以上五方面的能力,对创新所需的程度不同,居于培养目标的层次不同,问题的发现力居于培养目标的最高层。考虑到班级学生的基础不同、能力不一,我们不要求所有的学生都能达到最高层次。按照"因材施教"的原则,我们秉持多目标、多层次培养的教学理念,给学生提供一个学生自选题、老师命题和半命题的菜单,供学生选择。学生自选题的过程,就是问题发现力培养的过程。采取老师发掘、学生自愿选择的方式,鼓励少部分优秀的学生自选题,而大多数学生挑选半命题和命题。

要求所有的学生都能独立自主地设计整体研究方案,并能独立执行方案,进行数据分析和处理。

采取项目驱动教学法。项目驱动教学法是以学生为中心,项目为驱动的教学方式。在项目驱动教学过程中,教师的教学和学生的学习都是围绕着具体的研究目标,基于几项任务,在强烈的求知欲的驱动下,通过对学习资源的积极主动运用,进行自主探索和协作学习。这种教学方法能很好地培养学生的自主学习能力和相对独立的分析问题、解决问题的能力。学生在强烈的求知欲的驱动下,通过对学习资源的积极主动应用,进行自主探索和互动协作学习,合作完成项目。教师在此过程中进行适时指导。完成任务后教师应该及时进行点评,对存在的问题进行纠正。

四、以研究型为导向的课程设计理念及其教学方式

并不是所有的学生能够通过一门实践课程培养出问题的发现力,因为这对学生创新力的要求非常高;然而,在实践教学的过程中,我们希望尽可能多的学生能达到这个层次。因此以研究型为导向来设计课程,着重培养学生的主体意识,充分调动学生的积极性、创造性。"教师指引方向、学生探索前行",课堂上构筑起一个相互交流、讨论的平台,让学生以项目研究的方式进行市场调研,课堂内采用互动讨论式、启发式、答疑式的教学方式,让学生在实际操作中发现疑点、难点,在课堂内解决疑点、难点,从而提升实际能力。

以下是教学的全过程。

第一部分:课前准备。由指导老师给学生指定相关的阅读资料、参考书等。要求学生对市场营销研究的基本流程,研究方法有一个基本的了解。这个部分,要求学生明白,应用导向的市场营销研究的环节有哪些,有哪些关键环节和注意事项,需要掌握哪些基本技能。

第二部分:课中教学。这一步,应当分成课堂教学和课外实践两个交叉进行的部分。采取分组团队作业的方式,首先将学生分成若干小组,每组人员在 3 人左右。具体流程如下:

第一阶段,答疑式讲解,由学生集中提问,在预习中有哪些疑点、难点,教师有针对性的讲解。第二阶段,引导学生检索大量信息,提出感兴趣的研究课题,并帮助其清晰地界定问题,形成研究问题。第三阶段,让学生动手设计研究方案,并组织学生在课堂上交流、探讨、总结,由教师进行方案的评点,修改,并讲解执行中的操作要领和注意事项。第四阶段,让学生执行其具体执行研究方案——主要是问卷调查。第五阶段,方案执行,这阶段主要在课外进行,在课堂上,则组织学生交流方案执行中碰到的问题,教师负责指导解决。第六阶段,学生在课外撰写完成研究报告,课堂内进行研究报告的交流、讨论,由教师对研究报告进行评点。

需要特别指出的是课堂教学的部分,要打破以往"老师讲,学生听"的单向式教学沟通,采用双向互动、答疑式、启发式的教学方式。

答疑式的教学方式以学生独立活动为主,严格控制教师单向讲授的时间。

所谓"不愤不启，不悱不发"，让学生发挥其创造性、积极性，教师从旁协助学生在实际操作体会、感悟、总结、提高。

互动式的教学方式，既激发了学生学习实验课的兴趣，又活跃了课堂气氛，克服了单向传播的单调、沉闷、目标迷失的弊端，形成了教师——学生——教师——学生的多循环传授方式。

鼓励学生发现问题、分析问题和解决问题，鼓励学生提出有开拓性的创见，允许有讨论性、争论性不同意见的观点。

第三部分，课程总结。这一部分，主要是引导学生总结整个研究方案的经验与不足，并将其与广告专业培养的整体理论教学与学生在广告公司实习的实践体会结合起来，指明学生将来理论学习和实践操作的努力方向。同时，让学生对该课程的教学过程进行评价，以改进下一轮的课程教学设计。

五、总　结

广告专业的实践教学，应当沿着创新型人才、复合型人才、高级应用型人才、综合型人才的培养方向，着眼于创新能力的培养，以研究为导向设计课程，采用互动讨论式、启发式、答疑式的教学方法，课内教学与课外实践交叉进行，为广告、公关、会展的第一线培养高素质的高级应用人才。

参考文献：

［1］ 张金海，姚　曦，黎　明.广告学学科建设与学术规范化.广告大观（理论版），2005（5）.

［2］ 廖秉宜.中国广告教育二十年发展的瓶颈与突破.中国广告，2004（3）.

［3］ 刘电芝.学习策略研究.人民教育出版社，1999.

［4］ 周　辉.研究性教学在广告学专业人才培养中的应用.广告大观（理论版），2009（1）.

［5］ 赵丽娜，徐占林.新形势下高校实验教学改革的途径——"五个四"实验教学体系的探索与实践.现代教育科学，2008（1）.

［6］ 乜堪雄.营销专业"实验、实训、实践"创新人才培养模式研究.市场营销导刊，2009（1）.

从中美学生交流看影视
专业实践教学的瓶颈与突破

程　波 [①]

（上海大学影视艺术技术学院影视艺术系　上海　200072）

[摘要]　本文以上海大学影视学院和夏威夷大学创意媒体学院的学生交流合作为案例，通过对合作拍片过程中的一些经验和感受的总结，比较了中美影视实践教学上的一些差异和差距，分析了一些我们可以借鉴的教学理念和方法。结合上海大学的实际情况和实践教学的经验，分析了限制我们实践教学更上一个台阶最明显的几种瓶颈，并指出了突破和改进的方向。

[关键词]　中美学生交流；实践教学；技术瓶颈；表演瓶颈；剧本瓶颈；资金瓶颈

依托上海电影节（SIFF）国际学生短片竞赛单元以及夏威夷国际电影节（HIFF），上海大学影视学院和夏威夷大学创意媒体学院（ACM）从 2006 年起开始合作，建立了名为"Smart Exchange"的学生交流合作机制：每年 6 月份，上海电影节期间夏威夷大学的学生访问上海，为期三周，三周时间里他们要与上海大学影视学院影视艺术系本科生合作拍摄完成十分钟左右的短片，主题和题材与上海相关，同时要参加旨在展现两所学校学生创作水平的"中美学生短片展映"。每年的 10 月份，夏威夷电影节期间，上海大学学生访问夏威夷，参加"中美学生短片展映"，参与夏威夷大学创意媒体学院的相关课程，同样还要在三周的时间内完成合作拍片的任务。2008 年，本人作为中方指导老师，先后参与了 6 月上海和 10 月夏威夷的学生交流项目，对美国大学影视实践教学的方式方法有了直

---

①　作者简介：程波，男，1976 年生，2003 年复旦大学中文系文学博士毕业，现为上海大学影视艺术技术学院影视艺术系副教授，上海大学影视与文学创作批评中心副主任。

观的认识,通过整理学生在交流合作中的切身体会,通过与美方指导老师的交流,我比较了我们自身实践教学与之的差异与差距,力图找出限制我们实践教学的瓶颈,并结合我院现在正在进行的本科教学改革,思考突破瓶颈的方法。

众所周知,美国的影视教育不论是理论研究、文化阐释还是创作制作都十分发达,在创作制作上尤其以纽约大学电影学院(NYU School of film)和南加州大学电影艺术学院(USC School of Cinematic Arts Film)、加州大学洛杉基分校(UCLA School of Theater,Film and Television)最为著名。前者创立的电影学派,在突出电影的艺术性和人文气息的基础上,将好莱坞商业电影和欧洲艺术电影完美融合,由它培育的电影大师,在导演、摄影和表演之间穿梭自如,在录音、灯光和剪辑领域都表现完美;后两者比邻好莱坞,更倾向于培养学生在好莱坞商业机制下工作的能力,分工更细,专业化程度更高。夏威夷大学创意媒体学院与南加州大学电影艺术学院关系密切,他们的很多教师都是毕业于南加大,夏威夷大学创意媒体学院的学生完成本科学业后,也有相当数量的人去南加大继续深造。在此次交流合作的过程中,我们感受到其在实践教学上的一些理念和机制对于我们很有借鉴价值。

首先,美国学生在实践中有很强的制片意识,这与夏威夷大学在实践教学中注重培养学生在影视创作各个流程中的工作能力有关。我们的实践教学中,往往非常重视剧本、导演、摄影、剪辑这样一些"硬功夫"的培养和训练,而对带有万金油和催化剂意味的制片意识和能力的训练培养不够。我们的学生在拍摄短片的过程中,往往存在着重现场、重后期、轻前期的现象,在前期工作中,又相对比较重视剧本,更加轻视诸如预算、选景等工作,缺乏严格的制片计划,现场工作时又往往随意性较大,没有统一的、严格的拍摄时间表,常带有"作坊"式的工作模式,不严谨,拖拉情况严重。夏威夷大学的教师在指导学生实践的过程中,"监制"的职责主要体现在采用项目经理式的工作方式,首先将实践项目化,纵向的时间流程和横向的人员设置都安排得较为得当,然后进行有效的进程管理,在各个时间结点把握严格。这使得学生实践中前期准备充分,尽量压缩现场阶段,现场不做大的调整,尽量避免随意性。拍摄团队的组成有很强的职业性,分工细,各司其职,合作意识强。我举一个例子,我们在夏威夷拍摄合作短片的地点选在北岸,这与大学之间有相当的距离,但美国学生不仅在制片会议时就拍摄了几个主要场景的照片,而且评估了光线、天气、食宿和交通条件,因为剧中有一组核心的运动镜头,他们的制片部门竟然还拍摄了一段模仿演员和摄影机运动轨迹的视频资料,供大家参考。这样的前期工作,可谓非常专业细致。在现场,拍摄严格地按照分镜表进行,导演助理和场记并不是一个摆设。当然,我们也应该注意到这种工作方式的某些负面效果，比如现场工作有些刻板和机械，我们的学生在谈到合作中的切身体会时说："美国学生在影片制作的流程上更完备、更专业，有一套较系统的方案和计划，而我们在现场的创造性等上则更胜一筹。"确实有这样的问题，但笔者以为，对于我们现阶段的实践教学来说，更需要的是增强学生的制片意识，更职业的工作方法，而非以"创造性"为借口，掩盖我们在这些基本的能力训练上的欠缺。

其次，与我们的实践教学中艺术与技术并重的理念有所区别的是，美国学生往往是更重视技术，特别是注重技术设备与拍摄方案的匹配。他们的学生普遍有扎实的摄像和录音基础，对于灯光、轨道的使用也都较为熟悉。在摄像上，他们普遍使用高清性能 DV 设备，特别是 DV 匹配电影镜头的做法很流行。在声音的收录和后期处理上，他们比我们的学生更自觉、技术要求也更高。让我们印象深刻的是，他们的指导老师和学生会在前期对对拍摄方案进行技术评估，即不一味地将技术复杂化，也不规避必要的技术难点，这和我们的学生存在的因拍摄条件限制有意规避技术难点的情况形成了很大的反差。

再次，在工作方式上，他们能把个体工作与集体会议结合得较好。整个实践过程中，剧本讨论会议头脑风暴与分场分镜头剧本的写作，各部门联席的拍摄准备会与每个部门的讨论，素材集体观看、剪辑准备会议与剪辑部门的具体工作之间都有着很好的协调。在我们的实践过程中，教师的指导往往更重视对个体工作的指导性建议，而在利用集体会议调动整个剧组的积极性方面还不是很充分，我们的学生，特别是担任导演、摄影的学生，往往在工作方式上也有个人性过强的方面。

还有，从一个更大的范围来看，在学生实践上，他们能够在向学院进行项目申请，获得资金和设备的支持。从学院和社会的演员库资料上寻找和招聘演员等工作，在体制上也都较为成熟，这些在国内的综合性大学的影视专业还是难以理顺的，教师和学生往往只能通过个人的、偶然性的关系来部分地实现，在学院平台上还不存在较稳定的长效机制。

由此，把美国学生的实践情况和美国学校实践教学的机制作为参照系，审视一下我们自身的现状，笔者以为，在我们的实践教学中存在的限制性因素主要有以下几方面，我们正在或者应该有针对性地突破这些瓶颈：

其一，最突出的是技术瓶颈。我们现在的实验设备相比前几年有了很大改进，但在实验设备的利用率上还不够。这其中的原因当然有新技术设备的数量有限，很难普及使用的原因，但更突出的则有两方面：一是实验设备在匹配上并不均衡，摄像设备上较好，但录音，灯光等设备则较为缺乏，这造成了学生某些设备没法发挥其先进的功能,而另一些设备匮乏落后,没法达到学生实践的要求,特别是我们的学生在声音的采录和后期制作上技术欠缺明显,通过前一两年的教学积累,在观念上学生"重画面轻声音"的情况有了明显改进,但在实践上,这一问题依然没有根本解决。二来,新设备针对学生的培训不够,学生很难熟练掌握这些设备的性能,造成了一些新设备的闲置浪费。笔者以为,以学院实验室为平台,以专业教师和实验室教师为骨干,同时借鉴社会资源(比如设备提供商的照明培训、摇臂培训、剪辑系统的培训等)对学生进行定期的系统培训,是现阶段解决这一瓶颈较为有效的措施。

其二,表演和演员瓶颈。我们的学生甚至教师对于表演、指导演员表演大多缺乏直接的经验,很多时候导演对于演员的表演风格与表演效果的把握还都建立在观影经验的积累上。解决这个问题的方法有几个层面,首先是要为编导专业的学生开设表演课,让学生对指导镜头前的表演有一定的直观感受。其次,一定程度上要改变学生通过自己的圈子挑选非职业演员的办法,以学院为平台,通过院校对口合作、与社会职业半职业表演团体建立联系等办法逐步建立演员资料库,让我们的学生也能像美国的学生那样,通过学院的平台也能找到合适的演员,逐步改变学生剧本想法和导演意图一遇到表演问题就难以真正实现的情况。

其三,剧本瓶颈。我们的学生讲故事的能力还十分欠缺,如何培养学生的创意思维,以及如何通过故事实现创意,这是一个影视艺术教学上普遍存在的一个"世界性难题"。我们现在正在结合国内外的一些经验,积极地进行教学改革,比如我们在设置了"短片创作课"和"剧本创作课"作为和导演和影视文学写作等基础课的提高课,积极尝试实践小班化教学、教师联合授课、剧本讨论机制等方法,力图在编导一体化教学中,提升学生的创造性和执行能力。我们还在每年从春季学期开始,连同夏季小学期开展"创作季"活动,以每年一度的"学院奖"为平台,将学生的集中创作实践制度化、项目化,逐步形成了一整套"教师一对一指导,学生分工合作"的实践教学的机制,这其中的剧本遴选机制对突破剧本瓶颈已经初见成效,因为获得认可的剧本的提供者有在团队合作拍摄中有优先导演权,所以大多数学生相比较以前会更为重视剧本阶段的努力。

其四,资金瓶颈。虽说解决这个问题并非易事,但我们依然可以在现有的条件下有所改进。除了我们一直为学生实践提供技术设备支持外,我们已经尝试开始建立"剧本奖",作为学生拍摄实践的启动资金,同时我们设立的"学院奖"也以奖励的方式对学生拍摄作品特别是成本较高、制作精良的优秀作品进行后期贴补。从前期和后期给予学生资金帮助,起到的实际意义倒在其次,主要是能对学生形成较好的激励和引导,使得他们敢于提出一些成本较高的拍摄计划,也有条件将其实施完成。2008 年 12 月,在学校和学院的支持下,我们成立了上海大学影视与文学创作批评中心,中心的核心任务之一就是支持和孵化优秀的学生作品,并提供一定程度上的资金支持,这对解决资金瓶颈的问题也有所裨益。

整体上看,通过中美的学生交流,不仅学生们能开阔视野有所收获,我们在如何进一步推进影视专业的实践教学方面也会获得一些借鉴和启发。推而广之,通过各种形式开展学生交流活动,是我们实践教学的一个很好的补充,也可以作为发现和培养优秀作品的平台。除了"Smart Exchange"中美学生交流项目,我们还在参加诸如"上海电影节国际学生短片竞赛"、"北京大学生电影节"、"北京电影学院国际学生短片比赛"、"香港浸会大学生华语短片比赛"、"科讯杯全国传媒专业大学生 DV 比赛"等各种范围比赛和交流。虽然还有很长的路要走,很多具体工作要做,但逐步让我们的学生培养模式更先进,学生作品更出色,终究是我们实践教学的目标所在。

构建产学研结合的
传播学实验教学模式①

刘　阳②　周澍民③

上海理工大学出版印刷与艺术设计学院　上海　200093

[摘要]　文章从传播学的研究对象和研究方法出发,讨论了传播学教学中让学生直接参与社会实践的积极意义。在树立传播学实验教学观,构建产学研结合、课堂教学与实验项目结合的传播学实验教学模式的基础上,进一步探讨了如何使实验室、实验教学示范中心为培养传播学专业学生的探索精神、科学思维、实践能力、创新能力服务,以期为传播学实验教学改革思路与发展方向的探索提供有益的参考。

[关键词]　传播学;产学研结合;实验教学模式;项目策划;项目管理

1. 引言

随着全国各高等院校实验教学改革的推进,以及教育部《教高[2005]8号文件》等相关政策的支持,越来越多的实验室、实验教学示范中心在规划、组织和建设之中。如何更好地开放和共享这些实验室的仪器设备等资源,提高实验室的使用效益,提升实验教学水平,使其真正为培养学生的探索精神、科学思维、实践能力、创新能力服务是本文所关注的问题。本文基于传播学专业学生的培养,结合传播学专业实验教学对此类问题进行了探讨,构建了产学研结合、课堂教学与实验项目结合的传播学实验教学模式。

---

①　上海市科学技术委员会资助(09dz1501500)
　　现代出版印刷国家级实验教学示范中心建设项目资助
②　作者简介:刘阳,上海理工大学传播学专业07级硕士研究生。
③　作者简介:周澍民,现任上海理工大学出版印刷与艺术设计学院数字传播科学重点实验室副主任、硕士生导师、传播学专业负责人。

2. 传播学学习与实践

2.1 传播学研究对象具有实践性的特征

由报刊、图书、广播、电视、网络、手机等主要传媒产业构成的社会信息系统,具有组织性、广泛性、复制性、公开性等特点。同时,这些传媒产业的运行规律随着现代科技的进步而发生着改变。例如,随着网络技术进入传统出版领域,原来的图书赢利模式不再适应数字出版的需求,新模式的探索便成为每位业界人士以及学习研究者关注的焦点。传媒产业的发展趋势,决定了新闻、广告、出版等传媒类专业人才的培养中,必须加强以数字技术应用为主的实验实践教学。为了不使产学脱节,必须通过实践教学环节,让学生学会运用基础知识去分析新现象、解决新问题,这样才能适合传媒产业发展的需要。

2.2 传播学研究方法要求传播学具备实验教学环节

传播学是一门社会科学,调查是传播学研究的基本方法。其三个主要调查研究方法:抽样调查法、内容分析法、控制实验法都要求调研人员通过实践准备、实际调查与数据处理来完成调查研究,以确保调查结果的参考和利用价值。传播学教学对象的受者就是需要参加调查研究的调研人员。在实际教学过程中,教师只有通过创造实践机会鼓励他们亲自参与收集资料、观察进度、统计数据、分析结果、发现规律,才能使他们对传播学研究方法的理论知识有切实的认识和理解。

2.3 传播学实践教学理念

课堂教学传授给学生理论知识,而学生在毕业时往往发现所学并不能解决工作上面临的问题。要培养具有创新精神、实践能力、高素质的复合型、应用型传媒人才,就需要高校依据国家和地区的产业发展政策与科技发展趋势进行教学改革,而实验教学改革要以树立明确的实践教学理念为出发点。上海理工大学现代出版印刷实验教学中心提出了"加强基础、拓宽专业、强化实践、注重创新"的人才培养理念。这便很好地体现了把实验教学和社会实践相衔接,树立了让学生在实验室做实验与使其直接参与社会实践相结合的大实践观。据此,在传播学人才培养过程中,教师不能拘限于理论教学,而是要根据传播学是实践性很强的交叉学科这一特性,树立传播学实验教学理念,培养学生用理论知识指导实践,在实际应用中掌握理论知识的能力。

3. 传播学专业实验教学模式的构建

3.1 构建依据

(1)传媒产业急缺复合型人才

在信息产业的发展愈来愈依赖数字技术和网络技术时，作为其中重要一支的传媒产业难免就出现了重技术、轻内容的现象。这导致广播电视作品缺少文化底蕴，广告作品恶俗，出版内容质低量高等问题。现在，传媒产业重新意识到"把关人"的作用，在招聘时，转而倾向于录用既懂技术、更善于管理、创新内容的新型人才。目前，这样的复合型人才在业界严重缺乏，在一定程度上阻碍着传媒产业的发展。

（2）高校学科实力雄厚

现在高校传播专业的教学师资队伍，多注重从产业界聘请知名人士。来自产业界的人才往往有丰富的实践经验，他们熟悉产业对复合型人才的需求，更熟悉产业发展的动态，这便为实践教学引进项目创造了良好的条件。而在课程设置上，各高校均依据自身条件开设具有特色的专业课程，如我国高校的编辑出版学专业多是从中文、图书情报等专业转化而来，所以目前大都设在人文学院、信息管理学院、新闻传播学院以及商学院。这样有关学院便可以发挥自身的专长，加强学生某一领域的知识以此来弥补缺失学科背景的编辑出版学专业毕业生的不足。此外，实验室的仪器设备更是在新技术环境下培养产业急需的复合型人才不可缺少的教学与实验资源。

（3）国家政策支持

我国政府采取措施大力扶持、推动高校建设和信息产业发展。如 2005 年《教育部关于开展高等学校实验教学示范中心建设和评审工作的通知》提出评审建立一批国家级实验教学示范中心，以推动高等学校加强学生实践能力和创新能力的培养，加快实验教学改革和实验室建设，促进优质资源整合和共享，提升办学水平和教育质量。2006 年 9 月国家新闻出版总署编制的《新闻出版业"十一五"发展规划》提出：积极推动现代内容产业发展、大力发展数字出版、加强新闻出版队伍建设，加强现代科学技术的应用，加快新闻出版业现代化等发展战略要点。

3.2 产学研结合、课堂教学与实验项目结合的传播学实验教学模式

（1）产学研结合

充分依托高校的学科优势，建立以企业为主体、市场为导向、产学研相结合的技术创新模式，是建设传播学实践教学改革的重要突破口。产学研相结合，其目的在于将学生置身于现实产业环境中，使其有机会检验自己在编辑出版、传媒市场调查、传媒经营管理等知识的掌握程度，帮助他们获得解决业界实际问题的能力。

（2）课堂教学与实验项目相结合

实验教学应根据传播学科发展的要求和人才培养的特点，建立课堂教学与实验项目相结合的模式。以上海理工大学传播学硕士研究生培养课程为例，如

何使理论教学与实验项目结合。必修课以《传播效果与受众研究》、《书刊编辑理论与实务》、《传媒企业战略与经营》等课程为主。这些课程偏重某一方面或几方面的专业知识与技能的培养。针对《书刊编辑理论与实务》这门课程，教师组织由学生组成的多个小组策划某系列图书出版，让学生参与出版调研定位、策划、内容编创等环节，涉及了出版物策划、编辑加工等系列实验内容。通过这样的实验项目，学生加深了专业基本知识的理解，掌握了专业基本技能。选修课的课程设置包括《科技文献检索与论文写作》、《数字媒体技术》、《选题策划》、《网络传播研究》、《数字媒体设计》、《新媒体出版》、《传媒市场调查与分析》等。学生有自由选择实验项目、自主学习的空间，在开放实验条件下自主组合，综合运用。

4. 由学生承担项目的管理与策划是传播学实验教学的特色

传媒产业不断出现了对电视台电台的节目策划人、图书出版社的策划编辑、网站的频道策划经理等人才的需求趋势。这样的人才，除了传播学专业知识，还需要理解和掌握项目管理知识、并将其运用到实际中的能力。因此，在进行实践项目的同时，除鼓励学生作为参与者，教师更应考虑让他们承担项目的管理与策划工作，进一步培养他们的管理能力和策划能力。

4.1 项目管理的实质

项目管理的实质是在一定的资源约束下完成一定的目标。而对于传播学实验项目管理的实质，我们可理解为是在对报刊社、出版社、广播或电视台、网站等传媒产业的现有资源进行分析与调查后，策划并完成一个具有产业应用背景的实验项目。

4.2 传媒项目策划管理人员需要具备的素质

（1）领导能力，主要是指人员的组织和调动。如在上海理工大学数字传播科学重点实验室与浙江教育出版社合作的题库测试项目中，涉及到录入、校对、图片处理等多重环节，需要一个团队的合作才能完成。如何挑选适合参与项目的同学，安排哪些同学参与什么样的工作都是负责项目策划和管理工作的学生需要考虑的，当然，这同时也需要具备较强的沟通技能和人际交往能力。在项目的整个进程中，人员的组织和调动，对保障项目全过程的顺利进行至关重要。

（2）系统的观点。一个项目的完成不能出现任何一个环节的疏漏。这是因为项目目标是由多个阶段小目标相互衔接、相互制约、相互依存而成。要做到防微杜渐，就要充分考虑各环节可能涉及的风险，而在制定有效解决风险的方案时，需要通盘考虑，把问题放在整个项目的目标框架下思考。

（3）协调能力。这是因为任何项目的实施都会因为内外因的影响而导致挑战在任何一个看似正常运行中的环节出现。如浙教社题库的编辑器在完善的过程中,会对实验室的设备有各种要求,出现过的问题包括 VISTA 系统的不兼容,IE 浏览器不能正常使用,组件不能安装等问题。如何化解矛盾,在项目计划时间内圆满完成任务,需要负责项目策划和管理的同学坚定完成项目的意志,变压力为动力,迅速寻求解决途径从而克服困难。

(4)质量控制的意识。在保证进度的前提下,反复强调质量的重要性毋庸置疑,而当进度迟缓不前时,负责项目策划和管理的同学仍需要坚持把项目的质量排在第一位。这是因为,项目的质量是在保障每个环节上的质量要求才能最终实现的。进度安排在全盘考虑项目的完成时间要求和总体质量水准的基础上可以再调整。

4.3 学生所能承担的责任以及实践中得到的锻炼

在项目的启动、计划、执行、控制和收尾这样一个生命周期中,学生负责前期的策划以及整个过程的管理确实是有一定的挑战。但完全跟进一个项目后,学生会发现在这个过程中学到知识与得到的实际动手能力的锻炼是巨大的,可以使自己迅速成长起来。

(1)项目调研与可行性报告书

要看是否能展开一个传播实验项目,首先要做好项目的调研工作和资料收集整理工作,才能在充分占有信息的基础上进行下一步的项目策划。调研的主要内容包括:产业现有人力、内容、技术资源以及产业自身的计划安排,受众的需求与定位,高校所能提供的支持等,并实事求是地根据上述调研写好可行性报告书备案。

(2)项目策划与策划书

传播实验项目策划分析主要围绕项目的目标进行分析和论证。现在的传播实验项目策划,无论对于学生还是业界人士来说都是一个新的挑战,因为这涉及到内容分析与数字技术的结合,以及对盈利模式的探索。从上海理工大学数字传播科学重点实验室与上海世界图书出版公司合作的外语频道改版项目来看,负责项目策划和管理的同学首先选定了英语基础较好、又善于网络营销的同学参与策划。之后,主持了深入的同类产品的市场调研,对国内外做得较好的图书电子商务系统进行了分析研究,在得到上海世图出版公司有良好的图书资源、人力资源和技术支持,外语频道有进一步改版的空间的结论后,制定了详细的频道改版以及图书网络营销策略的策划书,即项目策划书。

(3)项目执行与工作日志

项目确定后,负责项目策划与管理的同学就需要组织实施,向其他同学介绍项目的目标,明确每个人的工作量与时间,需要注意的问题。之后,他便需要集中在对质量与进度的总体监控上。在项目执行过程中,负责项目策划与管理的同学要与企业项目负责人、项目小组成员保持密切联系,同时做到定期向负责教师汇报情况。这是因为,项目的执行是一个长期的过程,期间会出现很多变动,需要随时调动成员的积极性,把每天的进展情况尤其是出现的问题记录成工作日志。

(4) 项目完成与报告

项目的完成除了项目成果,还要负责项目策划与管理的同学完成项目报告书。这是为了要总结项目过程中遇到的困难以及解决的方法,找出成功的经验与失败的教训,进行理论总结与升华,让参与的学生不仅从实践上、并且从理论上得到更多的提高。这也是产学研项目的重要成果。

项目报告书是按一定的格式规范进行编写所形成的专门报告,也是项目通过企业验收时必需的文件。

5. 结语

综上所述,传播学实验室对学生的培养是在树立传播学实践教学理念,构建产学研结合、课堂教学与实验室项目相结合的实验教学模式的基础上实现的。学生在参与多个实验室项目的过程中,开阔了视野,锻炼了实际操作能力和创新能力。而他们在负责项目策划与管理的过程中,其传媒产业从业素质得到进一步的培养。

事实上,对传播学实验教学改革思路与发展方向的探索是一个需要集思广益,不断实践探索总结的过程。目前,全国各高校传播学实验室的规划、组织和建设既有国家政策的支持,又有业界对复合型人才迫切需求的推动。在这样一个良好的外部环境下,我们应抓住机遇,结合自身学科建设特点,以及人才培养目标,以学生为本,与产业发展紧密结合,培养市场需要的复合型人才。

参考文献:

[1] 窦 昊.策划编辑项目管理能力的培养[J].科技与出版,2008(7).

[2] 郭庆光.传播学教程[M].北京:中国人民大学出版社,1999.

[3] 教育部.教育部关于开展高等学校实验教学示范中心建设和评审工作的通知,http://www.chsi.com.cn/jyzx/200505/20050524/25907.html.

[4] 李 钊,宋 建,范 鹤.实验室建设项目的策划和实施[J].实验室研究与探索,2006(9).

[5] 乔东亮,张志林,刘 益."十五"首都出版产业发展状况研究[M].北京:中国人民大学出版社,2007.

[6] 申 蓄.浅谈数字出版环境下的项目管理编辑的职责和素质[J].中国编辑,2008(4).

[7] 王连之,喻 芳,强月新,付 平.新闻传播学实验教学示范中心建设的探索[J].实验室研究与探索,2007(7).

谈影视类专业实践
教学模式的构建与创新

胡斯文[①]

（上海大学影视艺术技术学院影视传播实验中心　上海　200072）

[摘要]　影视行业对于从业人员的实践技能要求很高，这就要求影视类学院必须重视实践教学，改进实践教学模式。本文总结了影视实践教学的现状，并提出应该在课内、课外、社会三个环节改进实践教学模式，从而提高实践教学质量。

[关键词]　实践教学模式；构建；课内实践；课外实践；社会实践

为了满足我国电影、电视行业对人才的大量需求，近几年各大高校（包括很多职校）都纷纷开办了影视类的专业。影视类专业是一个相对比较特殊的专业，这是一个对实践能力要求很高的专业。该专业的毕业生能否找到好的工作，是否具备较强的竞争力都需要通过其实践能力的高低来评判。然而，很多用人单位都反映影视类毕业生的实践能力并不是很强，不能较快地适应工作要求。这也是造成目前影视类专业的毕业生竞争力不强，工作难找的主要原因。如何有效提高实践教学质量是目前影视类专业教育的当务之急。而要提高实践教学质量，就必须改进目前的影视类课程实践教学模式。

所谓实践教学模式，是为实现人才培养目标而采取的实践教学过程的构造样式和运行形式，包括实践课程设置、教学内容选择、实践教学环节、教学设计、实践教学环境和实践教学方法等。实践教学主要是有计划地组织学生通过观察、实验、操作、实习等教学环节巩固和深化与专业培养目标相关的理论知识和专业知识，掌握从事本专业领域实际工作的基本能力、基本技能。在影视专业的

①　作者简介：胡斯文，男，硕士，上海大学影视艺术技术学院影视传播实验教学中心教师。

教学中,对于实践技能的培养是非常重要的。实践教学并不是理论教学的附属,而是应该两者并重,缺一不可。

影视实践教学的现状与问题

影视类的专业教育目前在全国范围内越来越普及,教育水平也在迅速提高。由于影视类专业对实践技能的要求比较高,因此,实践教学是非常重要的。但由于各种各样的原因,影视实践教学存在的问题也很多。

一、对于影视实践教学的重要性认识不足。在目前的影视教育过程中,存在重理论、轻实践的现象。这既有实际条件局限所造成的原因,很大程度上也是办学人员对影视教育的认知程度不够深入所造成的。电影与电视是理论与实践结合的非常密切的两个行业,对于人才的需求也是这样。光有理论能力,却没有实践能力,无法将理论付诸实践的学生可能是最不受影视行业欢迎的。社会上的各大影视单位需要的都是能够作出影片或节目的人才。有的一些影视类职校定位明确,非常强调实践教学,培养出来的学生实践能力极强,就业形势反而要好于本科类的学生。而各大高校培养出来的影视类毕业生必须既有深厚的理论功底,又有极强的实践能力,才能具备更强的就业竞争力,且具有更多的后劲。

二、经费投入不足,无法满足学生的实践需要。购买影视类设备所需的花费是十分巨大的。有的学校本身经费就很有限,因此设备的数量十分有限,并且设备的档次也比较低,不能做到和社会同步。学生使用设备的机会较少,即使使用到设备,这些器材还不是社会上一些常用的前期或后期设备,其实践能力可想而知。有的学校虽然经费相对较为充足,可以购买较多的、更好的设备供学生使用。但是影视行业的技术发展实在太快,设备淘汰率极高。要想跟上社会发展的步伐,就要不断的经费投入。这对于学校或学院来说实在是很大的负担。这些原因都会造成学生的实践需求受到限制。

三、部分课程实验教学时间不足。有的影视类专业课程的课时时间不够合理,应该适当增加课时,这样可以让任课教师更好的来安排授课内容,不赶进度。有的课程理论很多,很复杂。如果不把理论讲透讲精,学生的实践就只能流于表面(例如摄像课,摄影课,剪辑课等)。因此任课教师在有限的时间内只能选择将理论全部教授完,剩下的时间再让学生去实践,导致实践质量不佳。

四、部分教师依然采用传统的封闭式实验教学模式。学生的实践活动仅仅限于课堂之内。任课教师对于课后的实践并没有要求。而且在课内实践教学中,没有鼓励学生发挥自己的主观能动性,完全跟着教师的思路和要求进行实践操作,造成实验教学内容枯燥,压抑了学生的积极性。

五、实验教学队伍水平有待加强。实验教学师资贫乏。不少院校影视类专业的实验教学师资队伍数量明显不足，并且水平有待提高。实践教学需要足够多的、有丰富实践经验的专业教师。这既可以帮助任课教师共同提高实践教学质量，也可以在课后帮助学生提高自身实践能力。

六、学生课外实践机会较少或受限，需要学院与实验中心大力支持。文章之前已经提到，部分任课教师采用封闭式实验教学模式，对于学生的课外实践没有要求。如果学院也没有给学生提供实践的机会（例如鼓励学生进行创作，面向学生开放设备的借用，提供社会实践等），那么学生的实践能力如何能够得到提高？

以上几点是目前影视类实践教学主要存在的一些问题，这极大影响了实践教学的质量，阻碍了学生自身实践能力的提高。要想改变这种现状，必须对当前的实践教学模式的构建作出一些改进与创新。

实践教学模式环节的构建与创新

可以将实践教学模式的构建分为三大环节：课内实践环节；课外实践环节以及社会实践环节。在这三个主要环节中，都需要对现有的实践教学方式进行改进与创新。

一、课内实践环节的构建

文章之前提到了一些现存实践教学模式的问题，其中有一些是属于课内实践环节。为了改进这些缺陷，可以对教学方式做出一些改变。

（1）适当增加那些对实践技能要求很高的专业课程的课时（例如摄像，摄影，剪辑，灯光等）。让任课教师能够充分地调配时间，游刃有余地安排课程进度。同时可以让学生在课内有更多的时间来进行操作实践。

（2）适当改变实践教学方法，充分利用有限时间，发挥学生主观能动性。任课教师应该在操作演示的基础上，将主动性交还给学生。在设定实践课的基本要求后，给予学生一定的自由发挥空间，提高学生实践积极性。

（3）理论与实践相结合。可分为两个方面，首先，在任课教师讲授理论时，需要时刻注意将理论与实践紧密结合起来。这包括随时提供鲜活的实例（如照片，影片片段或教师自身实践经验等）。另外，不能将理论课与实践课分开。必须让理论课的教授与实践课同步进行，这样才能让学生在最短的时间内把理论与实践结合起来，提高实践教学质量。

二、课外实践环节的构建

在课外实践环节里，最主要的就是要采取开放式的实验教学模式。所谓开放式教育教学模式，就是指在开放教育思想、理念的指导下，在开放教育环境下的教与学活动中各要素之间稳定的关系和活动进程的结构形式。开放式教育教学模式是以学生为中心，强调和重视学生的自主性和创造性，使每一个学生都得到充分的发展，同时在发挥学生的主体作用时，也不能忽视教师的主导作用。

开放式实验教学是针对传统的封闭式实验教学而言的，其核心思想是把学生从封闭的学习环境中解脱出来，为他们提供一个能够充分发挥自主性、创造性的学习环境，提供更为丰富的，可以留给学生更大空间的实验内容，提供更加充足的实验时间。只有采用开放式实践教学才能更好地提高实践教学质量，提高学生的实践能力。

在课外实践环节中，采用开放式实践教学方法应该包括以下几点：

（1）影视实验中心在课外时间完全向学生开放。学生可以利用课外时间到实验中心练习各种技能，例如剪辑、动画合成等。在编写出任课教师认可的影片脚本后，也可以向实验中心借用相关拍摄设备，拍摄自己的影片。拍摄完成后，可以在实验中心完成影片的制作。这样可以大大增加学生的实践机会，提高学生的实践能力和积极性。如果学院自身实力较强，设备的数量和档次都较高，通过让学生借取使用，还可以让学生熟悉各种型号的设备，开阔眼界，增强自身竞争力。

（2）实验中心教师需要不断提高自身水平。由于采用开放式的实践教学，实验中心的教师的工作就不再仅仅是协助任课教师搞好课内教学。还包括提供全面优质的实践教学环境（包括课内、课外），帮助学生解决他们在课外的实践活动中遇到的各种技术问题。这就需要实验中心的教师全方位的提高自身水平，既包括理论、学术上的提高，更包括自身影视实践能力的提高。

（3）学院应该提供一些平台鼓励学生创作和实践。例如，每年定期举办一些摄影比赛，短片竞赛等，鼓励学生参与，并给予适当奖励，提高学生的实践积极性。奖励的方式可以多样化，既可以是经济的适当奖励，也可以给予获奖学生使用学院更高档次设备的权利，进一步激发学生的实践欲望。评选出的优秀作品还可以送出去参加国内或国际的各种竞赛，提高学院知名度。

三、社会实践环节的构建

社会实践也是实践教学的一部分，并且相当重要。社会实践与课外实践的不同之处在于学生自身承受的压力和所处的环境相异。学生进入社会进行实践，是需要承受一定压力来完成所给任务的，并且还要自己独立面对社会中的各种人与事。这对学生来说是非常好的锻炼机会，是正式进入社会前的必要训练。对于学校而言，如何把握好社会实践环节的质量是至关重要的。

（1）要对实践单位的实力把好关。目前社会上大大小小的影视制作单位数量极多，学校应该对这些影视单位进行筛选，不够正规、实力较差的公司应该予以剔除。这样学生参与的社会实践才能保证质量，另外，在实习期间如果学生的表现较好，还可以被企业留下。即使留不下来，也开阔了自身的眼界。

（2）对学生在实践单位中所做工作的质量进行过程监控：有的企业虽然提供社会实践，但是在学生实践过程中企业并没有提供合适的岗位和工作任务给学生，因此造成社会实践效果极差。学生并没有通过社会实践学到什么，反而浪费了大量时间。企业应该将学生安排到一个实际操作的岗位，同时安排职员进行辅导。并且这个岗位不应该是可有可无的。学生也必须保证每天到岗，和正式职员同等要求。这样才能让学生承受合理的工作压力，融入实践单位，增加社会经验，提高实践能力。

（3）对信息反馈的重视。对于企业的信息反馈，学校应该极度重视。这是来自社会第一线的意见。从这里回馈中我们可以发现我们的专业教学中还存在哪些问题，哪些环节还存在明显的缺陷，哪个课程是教学弱项。只有发现问题，才能目标明确的去改进。所以说，对于企业的信息回馈应该给予重视。

结　语

实践教学是与理论教学相对而言的，两者构成影视类专业教学的主要部分，缺一不可。要想提高实践教学质量，就必须改进实践教学模式。要把课内实践、课外实践和社会实践三个环节紧密结合起来。千方百计提高课内实践教学质量，充分利用课外时间锻炼实践能力，通过社会实践积累社会经验，融入社会。只有这样，才能提高学生的影视实践能力，为我国的影视业提供合格的专业人才。

影视传播实验教学理论探索与实践创新

参考文献：

［1］ 彭菊华,赵　军,刘红霞.以"实践转化"为落点的影视艺术本科教育教学模式[J].实验技术与管理,2007年第3期第24卷.

［2］ 石建中.影视制作专业实验教学改革实践探讨[J].湖南科技学院学报,2007年第1期.

［3］ 李晋林.影视传媒专业实践教学体系的改革[J].当代传播,2008年第1期.

［4］ 江世明.高职影视类专业实践教学体系问题研究[J].科技信息,2008年第26期.

［5］ 曹海仙,王　毅.构建开放式实验教学模式全面提高学生专业素质[J].电化教育研究,2004年第4期.

从加入全国教育节目制作
联合体论影视传播创新人才的培养

徐忠发① 张 泉②

（上海大学影视艺术技术学院影视传播实验中心 上海 200072）

[摘要] 现代传媒成了人们社会生活中无所不在的一种重要力量。影视传播是社会公平正义的呼声。影视传播院校的使命是培养影视传播的创新人才。走向社会，寻找社会课题是培养新型传媒人才的重要途径。创新人才培养，首先是人才的素质修养。

[关键词] 传媒；创新；人才；素质；培养

一、传媒的现实意义

在我国，媒体作为党、国家和人民的喉舌，充分得到了国家的支持和人民的信任，担当着重要的社会角色。各种媒体依照自己创办的宗旨参与社会生活，发挥特定的职能。媒体的首要职能是及时真实地传播信息，把我国和世界上每时每刻发生的重要事件真实地告诉公众。媒体的第二个职能是客观正确地引导舆论，表达党和人民的意志，把代表主流社会思想的舆论表现出来，坚持有利社会发展和文明进步的舆论导向。媒体第三个职能是积极主动地推动发展，挖掘和介绍各行业的先进典型和新生事物，以榜样的力量推动生产力发展、民主政治发展和先进文化发展。媒体的第四个职能是广泛持久地推广知识，媒体是强大的科学知识载体，不断把人类创造的新知识、新技术、新思想、新理论介绍给公众，促进知识的交流与创新。媒体的第五个职能是生动形象地教化公众，媒体通过

---

① 作者简介：徐忠发，男，上海大学影视艺术技术学院影视传播实验教学中心实验师。
② 作者简介：张泉，男，上海大学影视艺术技术学院影视传播实验教学中心实验师。

自己的方式潜移默化地引导公众提高思想道德素质、科学文化素质和关心社会进步、生态环境文明的责任感,影响公众的生产方式和生活方式。媒体的第六项职能是高度负责地坚持舆论监督,公论、公正、正义是媒体的内在品质,揭露公众关心的社会矛盾和违法违纪事件,鞭打假恶丑,传达弱势群体的呼声,批判霸权主义、强权政治和非人道行为,伸张正义,主持公道,这历来是媒体影响力之所在。[①] 现代传媒成了人们社会生活中无所不在的一种重要力量。我国现有新闻广播电视播出机构 1969 家,播出广播节目 1789 套,电视节目 2322 套,由此可见传媒对推动现代社会发展的意义。

二、影视传播院校的使命

近年来,全国影视院校如雨后春笋般地开办,造就了大量的影视专业毕业生,造成主流媒体基本已很难进入的状态。供大于求形成了极大的反差,以至影视专业的学生兴致勃勃地进校后又马上要为几年后毕业难找工作而发愁,人心浮动,感到没了方向、前途渺茫……

学生常会问老师:我们毕业后找不到对口的工作怎么办? 学生在这种状况下如何还能安心学习? 但是,据我们了解,主流媒体并不是完全不要新人,虽然主流媒体不像一般企业那样需要大量的人员,但需求还是有的,再加上新媒体的不断出现,影视传播人才还是有需求的。只是由于一些影视院校往往匆匆上马办学,以及办学机制及办学条件不成熟等诸多原因,还有生源基础不理想,造成毕业生量大但质不一定精,学历高但文化艺术功底不一定高,嘴上会谈但动手能力不一定强的状况,以至用人单位不愿聘用。因此,如何提高学生的综合文化水平及动手能力,如何锻炼学生的实战经验,如何培养影视传播创新人才,该摆到议事日程了。

学习实践科研发展观,在我们上海大学影视艺术技术学院如何实践呢? 我们以为可以从如下方面考虑:

1. 加强新媒体、新阵地建设,抢占信息传媒制高点,抓好精品力作,使我们影视学院声名远扬。

2. 要全面提升影视传播核心竞争力和综合实力,确保在激烈的国际国内竞争中抢得先机,关键在于人才。所以要研究探索影视传播创新型人才培养的新方法、新途径,加快培养和凝聚高层次复合型创新人才,尤其是高层次创新型人

---

① 柳斌杰:《现代媒体社会职能和公共责任》

才的培养。

3. 要紧密围绕影视传播中心工作,用事业凝聚人才,用实践造就人才,用机制激励人才,不断加强创新型人才的培养,推动影视传播人才队伍建设。必须科学地使用人才,敢于把高素质创新型人才放到实践工作中去经受检验和锻炼,同时还通过多种方式,提供实践平台。

4. 必须建立科学的人才机制,通过制度化、规范化建设和有效监督,实现机制创新。创新型人才离不开体制、机制的保障和自身的努力。一方面,体制机制创新是创新型人才成长的保障,包括建立完善竞争性的岗位聘用制、合理的激励机制、严格的考评制度、有效的人才培养机制及人员流动机制。人的积极性和创造性是生产力中最活跃的因素,人事制度的改革创新充分调动了人的积极性、创造性,激励员工在工作中成就理想,实现自我价值。

5. 岗位聘任制和人事代理制的推行,促使员工在竞争压力和危机感下,形成"总想把工作做好"的雇员心态;同时,完善的奖励激励机制,公平公正、规则透明的竞争制度。

6. 首席聘任制的特殊人才评价体系,又使员工在和谐相处、相互信任中,获得家庭成员的归属感。雇员的压力和家庭成员的归属感,共同激发教职员工的主人翁责任感和使命感。

三、影视传播实验中心的实践

上海大学影视艺术技术学院影视传播实验中心是个团结、奋进的团队,在保证教学的前提下,我们借助上海教育电视台主办的"全国教育电视节目制作联合体"这个平台,参与大型科普系列片《身边的奥秘》节目制作,带领学生进行创新实践。

从 2005 年开始到 2008 年，共摄制了四部科普片《神奇的巧克力》、《电缆导电的奥秘》、《空中航空母舰——飞艇》、《探秘"仙草"灵芝》等，已被编入大型科普片《身边的奥秘》中。其中前三篇入编首个百集《身边的奥秘》Ⅰ，该百集科普片不光在全国电视台联合播放，还制作成光碟出版发行，并获得第十二届全国教育电视节目制作专题类特等奖。为上海大学影视艺术技术学院增光添彩。

编导、拍摄、制作一部科普片，首先要进行前期策划、撰稿，这就促进了我们开拓学习的主观能动性。中期拍摄、后期制作，这需要我们团队的齐心协力。大家一同克服困难，任劳任怨，大局为重。这不仅磨砺了我们的意志、毅力，也提高了我们的业务水平。让我们都有了一个用武之地。通过编导制作科普片，大大提升了影视实验教师在影视制作中的技术与艺术水平，也提高了对学生影视制作实验的指导能力。

参与制作的学生更是获得了一个实战的机会。如应届毕业生陈洁，通过参与《空中航空母舰——飞艇》中三维动画的制作，干脆把毕业设计课题定为《三维动画在飞艇设计中的应用》。由于该课题新型、实用、直观等特点，毕业论文被评为"优"。她的"三维设计"方法被上海达天飞艇制造有限公司采纳，不仅制作了CA20 飞艇的模型，而且根据她的三维坐标数据，制造了真实的 CA20 飞艇气囊。陈洁同学还同她的指导老师在 2007 年中国科技论文网上发表了《多功能飞艇——FT300 的设计》被评为优秀论文。包含她制作的三维动画内容的 DVD 科普片，参加上海科委举办的全国首届优秀科普 DV 大赛，获得三等奖。学生张

单，从开始跟着老师参加教育电视台选题、策划，在网上查找资料，编写稿本，到跟着老师编导、拍摄，完成了整个拍摄过程。还有学生李文毅、陈旦等多位同学通过摄像、灯光、剧务等岗位的锻炼，对自己的专业能力有了更大的自信。总之，通过"全国教育电视节目制作联合体"这个平台实践，不光使参与的学生了解了整个电视节目的制作过程，锻炼了实战能力，还提高了毕业生的质量，更增强了他们就业的能力，这些学生现已将自己所学很好地应用在就业岗

位上。

以下是张单同学的拍摄感言：

巧克力的奥秘

就这部影片本身而言，它的内容不一定是最好的，由于拍摄现场的局限性，它的画面效果也不一定最理想的，但这部影片却是一个初学者来之不易的成果。

从选题、定稿、踩点、拍摄、剪辑、配音、合成，这一系列的流程摸爬滚打下来，虽然有不少遗憾之处，但收获颇丰。当看到它被选送到教育台播放时，最初的汗水换来辛勤的回报。作为亲历整个制作的我来说，无疑这是最好的肯定与嘉奖。

这样的经历给了一个刚学会理论知识还不知如何运用的新手一个尝试的平台，这个平台不仅让我的理论知识以及实践经验得以提高，更使我们的沟通协调能力得到了锻炼。对于一个初入影视领域的新人来说，这样的经验不仅弥足珍贵，更将成为学业生涯中一段刻骨铭心的记忆。

四、创新人才的培养

当今世界是全球经济、政治、文化的相互融合，是人类生产生活的高度社会化、国际化的"地球村"。一股以现代科学技术为支撑的传播技术革命，以计算机互联网为基础的信息化从根本上开放了知识的生产和流通。影视传播在日新月异的信息化时代，依靠传统教育方法培养出来的人才显然是不够的。试想，一本教科书从写作到出版，其知识内涵肯定落伍当今科技。在校舍里接受灌输书本知识，肯定比不上直接接触现实社会知识。植物通过创新嫁接、改变基因来改良品种，提高质量、产量。面对教育知识落伍于现实科技知识，我们也必须改变陈旧的教育模式，探究一套创新人才培养的路子来。事实胜于雄辩，通过参与"全国教育电视节目制作联合体"这个实践平台，我们可以看到：要培养出符合现代社会需要的人才，必须遵循钱伟长校长开门（拆除四堵墙）办学的理念。影视传播的人才更需要走向社会，寻找题材。正面的，阳光报道；负面的，曝光揭露。健康、向上的，公推介绍；庸俗、低级的，铲除根源。影视传播一定要体现出"公平、正义的社会价值"。

创新人才的培养，很重要的是素质培养。素质是人的主要价值体现，奉献、志愿服务社会，这是人生价值的主要标志。对工作要有事业心，对家庭要有责任心,待人接物要讲良心。这是当今青年学生需要修养的道德品质。学校要毫不松懈地谆谆教导。学生要旷日持久地磨砺。

在参与大型科普片《身边的奥秘》的制作过程中,不光使学生们了解了整个拍片过程,还认识到电视节目制作的时效性、科普片的科学性与严谨性。拍摄前期要统筹计划整个方案,联系过程中要善于和被拍摄单位交流沟通,拍摄过程中要勇于克服各种困难,灵活应对各种意想不到的问题,学生们大大提高了应变能力,增强了团队精神,师生们同心同德,保质保量地完成了摄制任务。

都说现代社会生活节奏快,竞争激烈。这更需要我们与时俱进! 开拓知识领域,提升工作才干,增强团队意识,创新思维,创新理念!

上海大学影视艺术技术学院影视传播实验中心现在拥有一流的影视制作硬件,学院更有编导、新闻、工程、广告等完备的影视传播专业,理论教师与实验教师齐心合作,我们一定能培养出更多的创新人才,带领学生摄制一流的影视作品。但一流的作品就像金字塔,需要宽厚坚实的基础来支撑。按照影视传播的实际情况,分层次的优化组合,与市场接轨,鼓励师生合作,共同参与,学院构建平台,疏通渠道,做好各层次影视制作团队的保障工作,表彰、奖励先进。进取者上,无为者下。作出过硬业绩者晋级,务虚者淘汰! 相信创新型人才一定会层出不穷! 影视传播事业一定会前途辉煌!

参考文献:

[1] 柳斌杰.现代媒体社会职能和公共责任.

高清语境下对广编专业
实践教学的思考

李英春①　　忻志海②

（同济大学传播与艺术学院　上海　200092）

［**摘要**］　广播电视行业即将迈入高清化时代，广播电视编导专业的学生毕业后很快就会遇到一个全高清的环境，为了与社会需求无缝接轨，高校应该在搭建高清制作平台、培养高清制作系统的师资、树立高清制作理念、创造机会让学生多加实践等方面努力。

［**关键词**］　高清；广播电视；实践教学

一、全球广播电视事业正全面步入数字高清时代

随着数字技术的快速发展，全球广播电视事业正进入一个全新的高清时代。据国家广播电影电视总局副总局长张海涛在 2008 年北京国际广播电影电视设备展览会（BIRTV2008）上讲，目前，美国、日本、英国、韩国、德国等 12 个国家开播的高清电视节目，深受广大观众欢迎，成为黄金时间段的主要看点。在美国，ABC、CBS、NBC 和 FOX 等主要电视台的高清节目比例平均已超过 80%，卫星直播电视公司（DirecTV）播出了 150 个高清频道，有线电视的高清频道已超过 30 个，2007 年全美高清电视机拥有量超过 4000 万台。在欧洲，英国天空卫视播出了 26 个高清频道，卢森堡、德国、法国、意大利、瑞典等国开播了本国卫星高清频道。BBC 等公共广播机构相继开播地面电视高清频道。英国、荷兰、挪威的有线电视网也相继开播了高清频道。2007 年欧洲的高清电视机拥有量约为

---

①　作者简介：李英春，女，同济大学传播与艺术学院媒体实验与实践中心讲师。
②　作者简介：忻志海，男，同济大学传播与艺术学院媒体实验与实践中心主任，高级实验师。

3800 万台。在日本,电视台的演播室设备高清化已经达到 100%,转播车高清化比例超过 90%。日本卫星电视播出 10 个高清频道,地面电视播出 7 个高清频道,覆盖家庭超过 5000 万户,2007 年高清电视机拥有量约 1500 万台。高清电视在发达国家已逐步成为主流。[1]

虽然我国高清电视的发展还处于起步阶段,但时机和条件已经成熟。真正高清时代的广播电视应该是建立在数字技术基础上的高清制作、高清传输和高清接收。(1)从制作能力来看,许多电视台已具备高清节目制作能力。目前,省级以上电视台数字化、网络化已经基本完成,中央电视台和部分电视台已经开始高清化制作,拥有广播级高清摄像机、高清转播车、高清演播室、高清制作的包装系统等全套制作设备;电视节目生产已向高清迈进。2007 年全国生产电视剧14000 多集,大约四分之一是采用高清拍摄、制作的,同时还生产了不少高清的专题片和纪录片。中央电视台储备高清电视剧和纪录片超过 2000 小时。(2)从传输能力看:在有线电视方面,到 2008 年底,全国超过 100 个城市进行了有线电视数字化整体转换,其中 33 个城市已完成了整体转换,全国有线数字电视用户超过了 4000 万。卫星数字电视转换方面,广电总局成功为西部地区发射"中星9 号"卫星;地面数字电视方面,国家财政准备投入 25 亿的资金,逐步推开地面数字电视广播,计划用 3 - 5 年时间建设覆盖全国的地面数字电视系统。(3)从接收能力来看,经经去北京奥运会的强力推动,高清电视机已经形成较大的消费市场规模。研究机构预测,到 2013 左右,我国市场上 52 英寸以下的、分辨率为1920×1080 高清液晶电视机的价格将大幅度下降,我国将迎来高清电视消费的高潮。[1][2]

2008 年 5 月 1 日中央电视台免费高清频道的正式开播,标志着中国的电视广播开始进入从标清向高清过渡的阶段。2008 年北京奥运会全部采用高清转播,极大地推动了我国高清电视的发展。根据广电总局的规划,我国将在 2015年停止模拟电视信号的播出,全面实现数字高清信号的有线、无线和卫星播出。

二、高清语境下高校广编专业教育面临的挑战

如前所述,全球广播电视行业正在步入数字高清化时代,就我国来讲,虽然现在正处于标清向高清过渡阶段,但发展高清的时机和条件已经成熟,电视台的采编制作设备已逐步开始高清化。对于以培养面向广播电视领域,能够承担编、导、摄以及后期制作与合成等任务的应用型人才为主要目标的广播电视编导(以下简称广编)专业来讲,要想与社会迅速接轨,面临诸多挑战:

（一）实验与实践设备落后

广编专业是个应用性、实践性很强的专业，要想使学生真正掌握高清节目创作的本领，必须进行大量的实验与实践，但高校目前采编制作设备基本上是标清系列，高清设备从数量和等级上看，远不能满足教学与学生实践的需要。以我院为例，在标清摄录设备方面，有索尼的蓝光、IMX、600、190 以及松下 180A，另外还有索尼和松下的家用机系列等 30 余台，这些设备可以保证学生在校四年，从家用机到广播级设备都能有所接触，基本可以满足不同年级的学生对于设备的不同需求。在高清摄录设备方面，目前数量较少，并且最高端的机器是索尼去年推出的 EX1，虽然这款机器得到业界的极度好评，但也不是广播级设备，并且目前我们也只有一套。另外广编专业经常要用到的演播室也还是标清的。设备的落后直接制约了学生对高清系统的认识与掌握。相信目前很多高校面临着我们同样的问题。

（二）具有丰富高清创作经验的高水平师资缺乏

高清系统的出现是技术发展的结果，虽然它只是为节目创作提供了一个新的载体，但新的技术给节目制作提供了新的可能，也对创作人员提出了新的要求。高清系统对于所有的人来讲都是一个全新的事物，要想真正地了解与掌握需要大量的实践才行。例如，对于高清摄像机来讲，它的每秒的格数、光圈、速度、增益、亮度动态调节、色彩调节、曲线等都发生了变化，哪些参数调整为多少可以达到怎样的拍摄效果，需要一个长期实践、经验积累的过程。由于高校教师主要精力都放在教学上，实际的创作机会较少，对于高清设备的认识缺乏经验。俗话说：要想给学生一碗，教师必须自己要有一盆，因此，要想在高清标准下取得良好的教学效果，必须要有经验丰富的高水平师资，目前来讲，高校里这样的人才比较缺乏。

（三）制作观念需要转变

高清制作系统的出现，改变了制作的载体，创作人员的观念也要相应地转变。因为和标清相比，高清采用 16∶9 的画幅显示，比 4∶3 的标清画幅更接近人眼的自然视野，类似电影的宽荧幕，在观看上更加舒适。并且在分辨率上，高清远远优于标清，高清画面的分辨率可以达到 1920×1080，而后者仅为 720×576，这使得高清的画面在清晰度和真实感上大大提高。高清在视听效果上的飞跃，对拍摄和制作都提出了更高的要求。比如在使用双机甚至多机拍摄时，不同的摄像师通常有不同的拍摄习惯，在技术上会有一些或大或小的差异。这些差异在标清拍摄中几乎看不出来，但高清却会让这些细微的差别显露无遗，所以不得不用严格的技术参数来保证不同摄像机得到的拍摄效果。高清对画面的完美记录和呈现以及在制作上更高更精细的要求,使得电视制作逐步在向电影制作靠拢。标清制作模式下已经形成的很多习惯要彻底改变,同时,在教学过程中,一定要向学生强调"要像拍电影一样拍电视"这一理念。[3]

三、高清语境下提高广编专业实践教学效果的对策

现在在读的广编专业的学生毕业后很快就会遇到一个全高清的环境。为了使学生能够真正学以致用,保证良好的就业,并为他们未来发展打下坚实的基础,高校有责任创造各种条件,实现高清化教学。

(一)搭建高清制作平台

前面讲到,目前高校面临的挑战之一就是实验与实践设备落后,但为了保证学生能够真正地掌握高清制作系统,学校必须在原有标清系统的基础上建立自己的高清制作平台,包括高清前期摄录设备、高清非线性编辑系统以及高清演播室等。

要搭建高清制作平台,经费是关键。目前来讲,凡是涉及到高清的设备都比较贵,例如索尼去年推出的高清摄像机 EX1,虽然机器本身比较便宜,但它采用 S×S 卡进行记录,一块 16G 的卡就要卖到 7000 多元人民币。所以要建立包括高清演播室在内的完整的高清前后期设备动辄需要上千万的资金,这对于很多高校来讲一步到位很困难。如何解决这个问题,笔者认为可从以下五个方面考虑:其一,作为广编专业所在院系应该首先尽可能地争取学校的经费支持;其二,争取取得影视制作设备企业的赞助,以校企合作的模式,在学校内搭建实验平台;其三,如果校内有其它相关专业,可以在互利的基础上共建,实现资源共享,节约学校经费;其四,可以采用循序渐进的方法,先购置少量的高清前后期设备,让低年级的学生仍然以学习标清设备的使用为主,高年级再接触高清设备,在有限的条件下让学生能够在走出校门前对高清设备的使用有一个系统地认识,以促进他们顺利就业以及为他们未来发展打下良好的基础;其五,对于广编专业经常用到的演播室,如果没有条件建立新的高清演播室,可以对原有演播室进行低成本高清改造,一些广电设备企业已有这样的方案推出。

(二)培养、引进高清制作系统的优秀师资

高清系统是一个全新的事物,需要重新学习。目前,像松下、索尼等摄录设备的经销商或厂商每年都会组织高清新技术交流会,广编专业相关教师应该参

与一下；另外，像索尼公司为更好地宣传自己的产品，配合中国高清影视节目制作人才的发展需求，针对高清设备深层次运用、帮助客户最大限度地发挥手中索尼产品的作用，从 2006 年 11 月起开办了索尼高清影视技术学院，像这种针对性、重视实践的课程，相关专业教师可以去学习，以提高技艺。其三，有条件的话，邀请有一线经验的创作人员进行面对面交流，这也是弥补教师经验不足不错的方式。总体来讲，对标清系统而言，广编专业教师都具有丰富的实战经验和较高的理论水准，只是面对高清这个新生事物，由于实践机会的缺乏而显得经验不足。所以这些教师在原有知识基础上，再经过适当的培训，应该很快就能到达一个较高的水平。当然，如果能够聘请到经验丰富的一线高清制作人员作为本专业的教师则是最简捷、最行之有效的提高师资水平的方法。

（三）创造各种条件，让学生多加实践

设备再先进，教师教得再好，如果学生不进行实践，一切也只是空谈。要想让学生真正地了解、掌握并熟练运用高清设备，在节目制作中贯彻"像拍电影一样拍电视"这一理念，多实践是根本。对于高校来讲，可以从以下几个方面着手：其一，开放实验室，鼓励学生利用已有的高清设备以项目的形式进行自主创作，并对学生的成果在本专业学生间进行展映，组织主创人员与观众（本专业学生）见面，主创人员可以听取其它同学的意见，而其它同学可以从创作人员那里得到创作的经验教训，自己以后少走弯路；其二，加强与社会媒体的联系，搭建良好的媒体实习平台。在媒体实习，不但可以真操实练，接触到真正的高清制作系统，而且在与媒体人交流的过程中可以增长见识。其三，鼓励学生积极参赛，在参与赛事的过程中积累经验教训，并向同行学习。其四，应该鼓励学生积极探索高清制作系统的创造性应用，对于一个全新的系统，摸索得越多，经验必然越丰富。

总之，对于高校来说，保持对各类最新技术的跟踪以与广播电视行业接轨，对学生的就业和发展影响非常大。在整个行业制作即将迈入高清化的时代，高校作为培养未来广播电视人才的摇篮，在设备、师资方面应该做好足够的准备，为培养高素质的人才打下坚实的基础，并鼓励学生积极实践，把学到的知识转化为实际创作能力，成为真正的广播电视人才。

参考文献：

［1］ 2008BIRTV 主题报告之国家广播电影电视总局副总局长张海涛报告. http://tech. sina. com. cn/t/2008－11－04/11092555010. shtml.

［2］ 高清电视的新渠道. http://tech. sina. com. cn/t/2008－11－11/05102569559. shtml.

［3］ 高清制作在中国. http://yule. sohu. com/20050113/n223929688. shtml.

加强对学生实践能力和
创新能力培养的思考

方烈敏[①]

（上海大学影视艺术技术学院影视工程系　上海　200072）

[摘要]　当今社会和形势对培养学生实践能力和创新能力提出了更高的要求,本文就如何构建以学生能力培养为主的科学系统的实践教学体系和建立具有自身特点的实践平台方面提出了一些设想。

[关键词]　实践能力；创新能力；实践教学体系；实践平台

一、前言

当今世界科学技术发展突飞猛进,新概念、新原理、新技术层出不穷,社会发展对高校人才的培养提出了越来越高的要求。知识经济呼唤素质教育,实施素质教育的重点是要培养学生的实践能力和创新精神。高度重视和大力加强实践教学环节,既是提高教学质量的切实步骤,也是培养学生实践能力、创新能力的重要途径。因此,构建一个以学生能力培养为主的科学系统的实践教学体系和建立具有自身特点的实践平台,是加强和提高学生实践能力和创新能力的关键之一。

二、构建科学系统的实践教学体系

构建以学生能力培养为主的科学系统的实践教学体系,是一项要在教学改革中不断探索和研究的课题。按照"注重基础、强化训练、培养创新能力"的基本

---

① 作者简介：方烈敏,男,上海大学影视艺术技术学院影视工程系讲师。

原则,围绕本科人才培养计划的总体框架,基于本科阶段研究性课程、培养计划内的实践教学环节、大学生科研训练与竞赛类活动等各个培养模块的相互衔接,构建以学生能力培养为主的科学系统的实践教学体系。学生实践与创新能力的培养是一个系统工程,课堂教学是学生能力培养的基础,而培养计划内的实践环节、科研训练与竞赛类活动则是大学生实践与创新能力提高的主要载体。学生实践与创新能力培养的实践教学体系通常是由以上几个要素综合组合而成的,其一般的组成结构如图1所示。

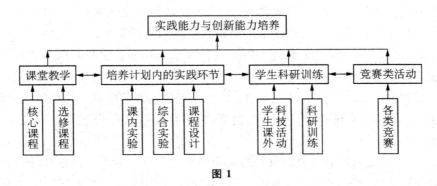

图1

三、建立现代化的实践平台

现代化的实践平台应该满足实践性、应用性和先进性三个条件,它们分别对应于三个不同的层次,如图2所示。其中第一层是最基础的实践环节,是对学生实践动手能力的培养;第二层是对学生综合能力的培养;而第三层则是为培养创新拔尖人才设置的。通常可以根据实际情况和培养目标来建立具有自身特点的实践平台。

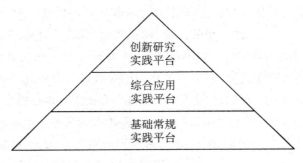

图2

四、结合我系实际情况的一些具体改革设想

我们上海大学影视学院影视艺术技术专业是国内首创的新型专业,是专门为广播、电视、电影等方面技术与艺术相结合的复合型应用人才,其专业性质是具有工程背景但又与艺术技术有机结合的特点。经过多年的努力,我们学院艺术技术实践平台已具备相当的规模,基本构成一个具有自身特点的实践平台,而限于我们学院目前的环境和条件,在工程技术方面要完全建立一个具有自身特点的实践平台还是有一定的困难。但是我们还是可以根据现有条件,结合上述第二、第三点的分析结果,在几个方面进行改革来加强教学和实践环节,以进一步提高我们学生的实践能力,乃至创新能力。

根据图 1 给出的学生实践与创新能力培养的实践教学体系的结构关系和图 2 给出的现代化实践平台层次结构模型,目前我们可以在已下几个方面着手加以改革。

第一,在现有的必修基础课程基础上合理地设置专业方向选修课,同时开设与专业相关的学科前沿选修课程,以夯实学生的理论基础,拓宽学生的思路,为在实践中提高创新能力打好基础。

第二,充分利用学校构建的专业大类的学科基础课的实验平台。学校现有的专业大类的学科基础课的实验平台在硬件方面的条件比学院要好得多,在管理方面也基本是开放式的。因此,如何利用好这个大平台,是提高学生基本技能的关键。

第三,充分利用学院现有的实验条件,合理地配置专业实验环节,增配具有专业特色的工程综合实验室,并逐步形成具有自身特色的实践平台,为进一步加强培养学生的实践和创新能力创造必要的条件。

第四,改革培养计划内的实践环节。培养计划内的实践环节则可以帮助学生完成从理论思维到实践思维的过渡,通过实验、课程设计等一系列实践环节的教学来巩固学生所学的理论知识,因此改革培养计划内的实践环节,如实验内容、实验方法和实验模式等,使培养计划内的实践环节真正起到提高培养学生实践能力的作用。例如,我们对《电子线路》课程设计实验课进行了改革,采用全开放模式。即学生以小组为单位,从抽取命题到查阅资料、从确定方案到方案认证、从电路仿真到采购元器件、从电路制作到调试成功、直至最后完成设计报告等整个过程完全由学生独立完成,而任课教师则全程指导。这不仅充分发挥了每个学生的特长和能力,同时也培养了学生团队合作精神,起到了良好的效果。

第五，积极鼓励、组织学生参加科研训练、课外科技实践活动和各类竞赛活动。学生参加科研训练、课外科技实践活动和各类竞赛活动，是对认知的进一步升华，是坚持对知识再次发现的一次探索性学习和实践，是一种科学精神，是对学生创新能力的培养，同时也是教学活动的持续和深入。目前我们的本科生参与科研的机会比较少，但是能参与各类课外科技实践活动和竞赛活动机会还是很多，组织好学生积极参与各类课外科技实践活动和竞赛活动，使之成为我们培养学生实践能力和创新能力的一个重要环节。只要我们抓住并认真对待每一机会给学生，就会起到良好的效果。例如，我们系的学生连续三次参加《全国大学生电子设计竞赛》都取得了良好的成绩，并且在毕业后的读研或工作中，都证明了他们的能力比一般的学生要强一些。

五、结束语

当今的社会和形势对培养学生的实践能力和创新能力提出了更高的要求，我们的教学实践改革任重而道远。如何引入更先进的教学实践理念和方法，为学生提供多层次现代化的实践平台，提高学生的实践能力和创新能力，是我们在今后的教学实践中要不断思考和探索的问题。

影视传播实验教学理
论探索与实践创新

社 会 需 求
与 人 才 培 养

与产业发展紧密结合，
培养市场需要的复合型人才①

王洪建②　周澍民③

（上海理工大学　上海　200093）

　　[摘要]　随着数字出版时代的到来,各高校所开设的出版专业教育也契合行业的发展,高度重视学校实验室建设,在教学中增加大量实践环节,通过教学实践,培养市场需要的复合型人才。本文主要以上海理工大学现代传播实验室的建设为例,围绕实验室所开展的教学实践活动的情况进行深入探讨,以期为高校出版教育培训,出版传播实验室建设提供良好的思路与经验。

　　[关键词]　传播学；实验室建设；复合型人才

　　随着数字出版时代的到来,各相关高校都开始重视实验室的建设项目,并积极探索,培养能够适应行业发展要求的复合型人才。在这一背景下,上海理工大学出版印刷与艺术设计学院紧密结合行业发展,近五年来,先后投资近 3000 万元建设新媒体与出版印刷实验室。

一、传播学实验情况介绍

　　新媒体与出版印刷实验室以纸质媒体应用为基础,以新媒体研究为重点,以文化创意和内容产业为重点发展方向。充分发挥"以文为主,文理结合、技艺结合"的学科综合优势,依托"新闻出版、印刷行业"鲜明的行业背景优势,形成以培

　　①　现代出版印刷国家级实验教学示范中心建设项目资助
　　②　作者简介:王洪建,上海理工大学传播学专业 07 级在读硕士研究生。
　　③　作者简介:周澍民,上海理工大学出版印刷与艺术设计学院教授,数字传播科学重点实验室副主任。

养学生实践能力为抓手,培养创新精神和提升综合素养等实验教学理念,大力培养"重实践、重实验、重实训"的传媒类人才。目前,新媒体与出版印刷实验室建筑面积达 5000 平方米,其中传播学实验室最具特色。

2002 年,在财政部与地方共建项目传播学基础实验室项目的基础上,建立了现代传播科学实验室,进而在上海市重点学科、上海市本科教育高地等的建设过程上,建立了数字传播实验室。数字传播实验室由数字媒体测评实验室、流媒体实验室、多媒体创编、复合出版实验室等 13 个功能各异的实验室组成,拥有国内一流的实验设备 1600 多台(件),设备总值 3000 多万元,其中大部分仪器设备处于国内先进水平,有些设备为国内唯一。数字传播实验室于 2006 年被批准为国家新闻出版总署重点实验室,并于 2007 年组建校级新媒体与出版印刷实验教学示范中心,整体建设水平居全国高校同类实验中心前列,具有较好的实验教学示范和引领作用。

1.1　建立传播学实验室的原则

学校传播学实验室建设以锻炼学生能力,为行业培养人才为主要宗旨,以产业为导向,在实验室建设过程中主要遵循以下原则:

1.1.1　传播学实验室的建立与产业发展相呼应

随着计算机技术日新月异,以及互联网的普及,新兴的数字出版业得到迅猛的发展,虽然以纸质媒介为代表的传统图书在当今出版业中仍占主导地位,但数字出版势不可挡,必将成为未来出版业的发展方向。现代传播实验室正是顺应这一产业发展趋势,紧跟数字出版的发展潮流,从而建立了由数字媒体测评实验室、流媒体实验室、多媒体创编实验室、复合出版实验室、编撰平台实验室、网络编辑与传播实验室、移动平台实验室、数据管理实验室等 13 个功能各异的实验室组成的相互支持、互为前后台的实验室群,无论从布局还是功能上来说,都是以企业标准去精心打造的,让学生掌握最新的与产业密切相关的传播技术。

1.1.2　随着产业的发展及时修正实验室发展计划

在数字出版初创时代,随着新技术的发展,新的数字出版形态不断地呈现,数字出版流程变化日新月异,这就使得实验室的建设发展计划必须时时紧跟产业发展的步伐及时修正,才不至于让实验室过时,或者与产业发展脱轨。为此学校在实验室建设的过程中,在数字出版试验室基础上,不断地修正发展计划,以保证实验室能够紧贴行业发展方向,为学生学习实践提供一个较高的平台。

1.2 传播学实验室的发展计划

学校传播学实验室根据传媒产业发展的需要，依托学校优势学科背景和行业背景，立足上海较发达的出版业、数字媒体产业和文化创意产业，以内容策划、出版传播为主要领域，专业和学科的发展坚持"体现上海特征，具有文、理、艺特点，强化应用特色"的基本思路，以数字信息技术为平台，培养具有创新精神、创业能力和实践技能的复合型、应用型传媒人才。以培养学生创新精神、创业能力、综合素养为理念，以实验室开放共享为基础，以高素质实验教学队伍和完备的实验条件为保障；逐步建立科学完善先进的实验教学内容和方法体系，建立现代化的管理体制和管理平台，不断完善中心的实验体系和环境条件，注重实验教学改革研究、实践教材等的软件建设；创新实验教学和管理机制，全面提高实验教学水平和实验室使用效率；加强与新闻出版、文化创意产业的联系与合作，开发实验教学与科研平台，努力使上海理工大学的传播学专业的实验教学水平处于全国同类院校的领先水平。实验室的发展计划主要如下图所示：

1.3 目前实验室的建设情况

目前传播学实验室主要建成了网络编辑与传播实验室、数据管理实验室、流媒体实验室、三维信息处理实验室，每个实验室都配备了当前先进的实验设备及相应的软件系统。学校已建和目前在建的各实验室具体情况如下：

网络编辑与传播实验室：网络编辑工作平台、网络编辑远程操作系统、网络发布权限远程控制系统、分布式数据检索系统，IBM System X 系列超大容量超高速网络出版物数据库服务器及备份服务器、监测服务器、发布服务器，HP MSA1500 系列超大容量超高速磁盘阵列，松下 DVC 数码摄录放一体机。

流媒体实验室：SONY HVR Z1 高清数码摄像机，LMD－9050 高清液晶监视器，SONY DVCAM DSR－1800P 数字编辑录像机，AVID XPRESS PRO 非线性上下载编辑系统，超大容量超高速非编网，MacBook Pro 移动工作站，Power Mac 工作站。

复合出版实验室：文韬数字报刊系统采编系统，黑马校对系统，复合出版数据转换平台，Sonic SD－1000 出版级 DVD 制作系统，HP xw9300 专业工作站，德国理想裁纸机 6550－95EP，自动无线胶装机 HJ－40，瑞士优路宝折页机 EF－235SM，英国 WATKISS 钉折机，德国力高钻孔机 CB490，日本理想一体化印刷机。

编撰平台实验室：DELL 服务器（集群并行），HP ProLiant DL760 存储服务器（2T），Power Mac 工作站，MacBook Pro 移动工作站，七万汉字的中文大字符集及补字库，汉语工具书编纂实验平台、双语工具书编纂实验平台、小百科工具书编纂实验平台、作家写作辅助支持系统、原创文学上传审核发布系统。

三维信息处理实验室：Inspeck 彩色非接触光学三维扫描仪，Vicon 运动捕捉系统，Motion Builder 运动数据后期处理软件，Animator 黏土动画制作系统。

1.4　实验室已经开展的实践活动

为了配合教学工作，传播学实验室已开展了一系列的试验项目，主要是与部分出版社签订产学研教学基地，开展了网络编辑、网站维护、题库编辑器测试、题库输入、百科全书数据库校对、数字出版物设计等工作，给学生更多接触社会的机会，也使得学生的动手能力得到了极大地提高，目前已经开展的部分实践工作如下：

网络编辑实践：实验室与上海世界图书公司等单位合作，负责部分出版社网站频道的改版和维护工作，出版社也把部分的远程操作权分给学校，学生可以自行策划一些专题或是通过对用户的数据进行分析而展开一些针对性宣传营销活动，同时建立一些评估指标，以对网站改版的效果进行及时跟踪，这样就可以把课堂所学充分应用到自己的实践当中。

题库编辑器测试：实验室承担了北大方正 APABI 公司的题库编辑器测试工作，发现问题及时跟程序员沟通，并结合实际应用提出对题库编辑器的改进意见。在该系统测试完成之后，又组织学生进行数据的录入等工作，录入结束后进行题库编辑器系统的分析，进一步让学生熟悉题库系统。

百科全书数据库校对：该项目主要是对已经入库的百科全书进行校对，不仅让学生熟悉了百科全书的数据关联，还在一定程度上对该类型数据库的数据结构有所了解，对今后从事相关工作，有一定的指导意义。

网络社区建设：实验室负责浙江教育出版集团"一起学"网站的社区建设，在暑假期间策划了一系列的网络活动，吸引人气，使之成为一个在学生中有一定影响力的社区平台。此次暑期实践主要是锻炼学生对网站活动的策划、推广的能力，使一个新网站如何被学生接受，成为该网站的忠实用户群，这其中有很多值得学习与思考的经验，对于学生策划能力的培养起了很大的作用。

数字出版项目的策划：基于技术实践的基础上，实验室承担了浙江教育出版社古汉语学习资料数字出版项目的策划工作，并同上海科学技术出版社和上海交通大学出版社等出版单位联系，将其优秀出版物进行数字出版二次传播的开发策划，培养学生二次传播与数字出版物策划的能力。

二、传播学实验室教师队伍建设

上海理工大学传播实验室的师资队伍建设实行教学（实验课、理论课）与科研相结合、基础与专业相结合、专职与兼职相结合的思路，由实验教师队伍、实验管理队伍和实验技术队伍组成。在人员配备上，改变了按专业或按课程设置教研室等通常做法，将来自不同教学单位、不同专业的教师，按实验系统及其项目的性质与内容，组建教学、研究团队，实验室与研究所紧密结合。实验室十分注重实验教师的引进与培养，采用专任与聘用相结合的方式，加强实验教师队伍建设。实验教学专职人员 40 人，其中高级职称 24 人，中级职称 12 人，实验教师中有博士生导师、硕士生导师等多名，有权威的学术带头人和在行业中有显著影响力的专家教授，师资队伍整体素质较高。实验室教师队伍中，有博士研究生 15 人，硕士研究生 12 人。中心实验教师在实验教学过程中，积极申报各级各类科研项目，取得了显著成效。

2.1 从行业及相关专业中直接引进传播实验人才

为了适应新时期试验教学的任务，实验室引进了一大批行业专家，来担任实验室的主要指导老师，把行业信息引进平时的教学当中，这对于目前的行业发展有更好的现实指导意义，实验室主要聘请的行业教授有：

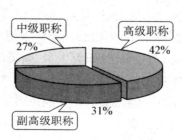

周澍民，编审，曾长期从事工具书出版、电子

出版、网络出版工作,历任汉语大词典出版社总编办副主任兼计算机编辑室主任、上海汉语术语数据电子有限公司副总经理、上海电子出版公司副总经理、上海数字世纪网络有限公司网络出版总监等职。参与编纂的《汉语大词典》获"国家图书奖";主持开发的《汉语大词典》网络版第 2 版获"上海市高新技术成果转换"认定。现为上海理工大学出版印刷与艺术设计学院传播学学科带头人、国家新闻出版总署重点实验室——数字传播科学重点实验室副主任,硕士生导师。目前主要从事网络传播和数字出版研究。

张立,现任中国出版科学研究所数字出版研究室主任,研究员、编审,兼上海理工大学出版印刷与艺术设计学院传播学硕士点的硕士生导师。曾任《出版发行研究》杂志副社长兼副主编,中国书籍出版社副总编辑,北京东方宝典信息技术发展有限公司董事兼常务副总经理,中国期刊协会理事,从事过电视台、报社、杂志社、出版社、网站、软件开发、出版科研等多项工作,对数字出版和网络传播有较深入的研究,开发的软件被多家出版发行单位使用。

2.2 与企业合作中引入兼职教师

实验室从企业引入一大批行业专家,作为兼职教师,把最新的行业信息引入到实验教学当中,对学生的培养更加贴近行业和企业所需,实验室引进的行业兼职教师主要有:

孙颙,编审,上海市作家协会党组书记、副主席;上海市政协文史委员会主任;著名作家;中国作家协会全委会委员。从事出版工作二十余年,先后任职于上海文艺出版社、上海市新闻出版局;历任编辑、社长、副局长、局长兼党组书记。曾主持中国出版"走出去"战略中上海首倡实施的重大项目"文化中国"丛书,已经陆续出版的 120 余种相继进入西方主流销售渠道。

祝君波,编审,中国出版集团东方出版中心总经理、党委书记;上海市政协委员,中国期刊协会副会长,英国斯特林大学出版专业特聘导师,上海大学艺术中心兼职教授。曾任上海书画出版社社长兼党委书记、上海人民美术出版社社长兼党委书记、上海市新闻出版局副局长。

曹维劲,编审,上海世纪出版股份有限公司学林出版社社长。从事出版工作三十余年,先后任职于原上海人民出版社、上海市出版局理论研究室、学林出版社;历任编辑、研究人员、编辑部主任、副总编辑、社长兼支部书记。参与策划有重要影响的"青年学者丛书"、"人文丛书"、"新视觉书坊"等大型丛书。参与主持了"中华舞蹈志"、"汉族风俗史"、"中华五千年文化系列"等国家重要文化项目的出版工作。

三、积极投入企业的社会实践

3.1 建立产学研基地，积极参与企业的数字出版活动

在实验室建立之后，先后与业界多家出版单位建立了产学研基地，主要有浙江教育出版社、上海世界图书出版公司、北大方正 APABI 公司等，主要参与的项目有出版社网站的改版和维护，针对现有的网站提出一些改版建议，负责部分频道的维护工作，以及参与了出版社的题库系统的测试与录入等相关的工作。实验室利用出版社提供的这个平台，让学生有机会把书本知识应用于实践当中，这样无论对教学还是学生动手能力的培养都有极大的帮助。

3.2 整合教师实力，承接政府、企业的网络传播与数字出版相关项目

近年来，实验室教师主持全国教育规划重点课题、全国人文社科基金项目、新闻出版总署重点项目等纵向科研项目 30 余项，参加国家"973"、国家自然科学基金项目等国家级、省部级项目 30 余项，主持获参加企业委托等各类科研项目 50 余项，总经费 600 多万元。荣获上海市教学改革成果一等奖等科研、教学奖项等 20 余项。整合教师力量，直接承担企业的数字出版的项目，以此来拉动研究生和本科生的教学工作，学生在参与导师的相关课题之后，科研能力得到较大的提高，这就把导师的教学和本、研的教育结合起来，在实践中去了解行业、介入行业的发展。

3.3 间接参与企业的数字出版相关项目

实验室也会间接地参与出版社的一些数字出版项目，为出版社提供服务，配合整个数字出版目的，在实际操作中去接近企业，贴近行业数字出版发展的脉搏，保持最新的教学实验理念。实验室曾参与了浙江教育出版社的百科全书数据库校对的工作，通过该项目的实践，不仅让学生熟悉了基本的编辑校对工作，还通过对该数据库数据结构的分析，使学生在一定程度上对该类型数据库的数据结构有所了解，这对于今后从事相关工作，有一定的指导意义。

3.4 结合课程主动开展实践活动

实践活动以课程为导向，形成了以现代教学理念和教学理论为支撑，多学科交叉，文理艺术融合的实验实践教学体系。整个体系坚持以实践能力、创新精神、综合素养为核心的实践教学理念，形成 5 个层次紧密结合的实验教学体系结构,组织学生参加课程基础实验、课程综合性实验、专业综合性设计型实验三个层次的教学实践活动(如图所示)。实验教学强调把教师角色转化为以创设教学内容,创设学习行径,配制学习资源,引导学习方向,点拨学习疑难,监控学习过程,评估学习效果为主,同时倡导学生自主合作式学习,发掘学生创新潜能,努力营造创新型人才的培养环境。

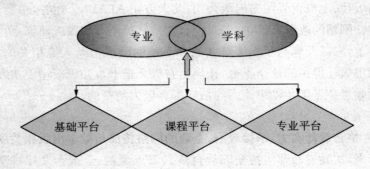

结论

在数字出版时代,学校的实验教学应该紧贴行业发展的需要,培养学生的实践操作能力,学生的专业综合素质得到更大提高。这样的培养模式,才能培育出行业未来所需,企业欢迎的专业人才。当然实验教学还处于探索阶段,不论是实验室建设还是人才培养模式,都会随着行业发展而不断地发展。

参考文献:

[1] 管竹笋,柯珍堂.论高校文科 IT 教学实验室建设的创新[J].长春师范学院学报,2004(05).

[2] 王治先.加强文科实验室建设初探[J].江苏高教,2001(02).

[3] 潘泽谷.新建院校文经管类实验室的改革与实践[J].实验室研究与探索,2003(05).

[4] 陈 实,潘铁京.应重视文科实验室的建设[J].实验技术与管理,2005(05).

[5] 高明松.新形势下高校实验室发展与建设规划的探索[J].实验技术与管理,2007(11).

改革实践教学，应对就业困境

——上海大学编导专业实践教学思考

刘海波[①]

（上海大学影视艺术技术学院影视艺术系　上海　200072）

[摘要]　就业形势的严峻给上海大学编导专业教学提出了挑战，本文在分析上大存在的生源单一、理工科大学办影视等先天不足的基础上，提出合理分流、延长实践教学、设立综合创作季、奖励资助机制和创作中心等加强实践教学的五条措施，同时也指出了两地办学、专业单一、设备不足、体制障碍、评价滞后等面临的五大问题，以求探索一条适合自身的影视教育之路。

[关键词]　编导专业；实践教学；就业

高等教育的所有目标可以归结为一句话，那就是培养适应社会需求的合格的人才，实现这一目标的衡量标准之一是就业率和就业质量的高低。广播电视编导专业是一个应用性特别强的新兴专业，这样的专业对就业市场的敏感度更高。2000年以后，上海乃至全国范围内的兄弟高校陆续开设了同类或相关专业，经过四年的培养，近年来毕业生人数逐年递增；与此同时，以电视台编导为主的传统的就业岗位更新速度与这种井喷性的培养速度难成正比，已经基本饱和。因此，尽管上海大学的编导专业起步较早、实力较强、有较好的口碑，但面对僧多粥少的局面，每年的学生就业工作仍然让我们倍感压力。

为了应对就业市场变化，2007、08年，我们做了两项工作，一是组织两路人马，分别到北京大学、北京师范大学、北京电影学院、中国传媒大学、重庆大学、重庆师范大学、西南师大、同济大学、华东师大、上海师大等国内知名的影视教育院

---

①　作者简介：刘海波，文学博士，上海大学影视艺术技术学院副教授，影视艺术系书记。

校进行实地调研,以求学人所长,取长补短。二是对我校部分 2004 - 06 届编导专业毕业生就业情况和专业教学评价进行了追踪调查,综合两方面的成果,笔者对上海大学编导专业教学进行了一定的思考,其中一些意见已经得以实施,有些则尚待进一步推进。

一、明确自身特点,提出相应对策

知彼固然重要,知己更为迫切,取长是提高的必由之路,但前提是了解自己的短板。与兄弟高校相比,上海大学编导专业学生的主要局限在于:

1. 生源过于单一,学生水平参差不齐

长期以来,上海大学编导专业的生源主要局限于上海市,其中艺术类百分之百为上海考生,非艺术类则有 80% 以上,不仅入学分数较低,其专业素质也不尽如人意。很多考生并非对该专业真正感兴趣,更谈不上有较好的专业天赋,每届学生质量都参差不齐,学生的专业诉求和发展方向也差别很大,这就给我们的教学提出了较大的挑战。

2. 综合性大学办影视,专业特点受限制

上海大学是一所以理工科为传统的综合性大学,学校文化氛围和管理体制都带有鲜明的理工科特征,对艺术类专业的教学特点和教学规律还不够熟悉,经常发生学校统一规范与本专业教学规律的冲突,这也为我们开展专业教学增添了障碍。

针对上述困难,从提高学生竞争力、实现高质量的学生就业角度出发,笔者认为应该从两个方面予以加强:

其一是拓宽学生知识面,实行宽口径的通识培养,从而为学生开辟新的就业渠道打下基础。据 2007 年我们对上海大学编导专业 2004 - 2006 届毕业生追踪调查显示,在 123 名被调查对象中,从事"新闻媒体"行业的为 41 人,占 33.3%;"影视娱乐"为 37 人,占 30.1%;"商业贸易"为 7 人,占 5.7%;"党政机关"与"金融保险"均为 4 人,各占 3.3%;"邮电通信"为 1 人,占 0.8%;"其他行业"为 29 人,占 23.6%,约有三分之一的学生从事与专业无关的工作。[①] 这也符合我们的教学经验,即经过一两年的专业淘洗,每届学生中大约有三分之一的学生对影视专业失去兴趣,或者没有表现出起码的专业素质。与从事影像工作相比,他们更

---

① 邢虹文等,《上海大学影视学院广播电视编导专业 2004 - 2006 届毕业生追踪调查报告》,2007 年 5 月

擅长文字、策划、研究、创意，乃至公关工作。因此，我们在教学中必须正视这颇具数量的学生的存在，在课程设计上为他们着想。2009 年 3 月，我们专业全体教师在浙江超山召开会议，划分了史论、创作和制作三个教研室，其中，就有意安排史论教研室分工负责这一部分学生的培养。而在课程设计上，我们依然保持了中外文学、传播学、社会学、影视艺术基本历史和理论、文学写作、创意策划等课程的教学，就是为了满足这一部分学生的学习需要。

然而笔者认为，宽口径培养固然重要，但那毕竟有不务正业之嫌，让编导专业的学生抛开本专业，去竞争文字类工作，那无异于以己之短搏人之长，因此，编导专业学生更重要的是提高自身的核心竞争力，方能在激烈的就业竞争中处于优势地位。而编导专业的核心竞争力，就是艺术与技术相结合的实践能力，只有加强实践教学，才能实现这一目标。本文的下一部分将具体论述我们已经采用或者应该采用的改革措施。

二、加强实践教学，提高专业技能

1. 因材施教，合理分流

无论从学生的实际情况，还是编导专业自身的特点看，该专业内部都存在以文字工作为主的史论研究与以影像制作为主的应用实践的分流，影像制作又可细分为虚构及实验类艺术创作与纪实及实用类节目制作——即电影与电视的分流。因此，我们在课程设置、实践训练、评价标准的各个环节，都应当采取合理分流、因材施教的教学方针和安排，让不同专长的同学都有提高的条件。

2. 延长实践课程，改革授课方式

以往我们的电视摄像、影视编辑等课程主要开设在第二学年，有关老师根据自己的教学实际提出，学生刚进校正是专业好奇心旺盛、学习积极性高涨的时期，可以把实践类课程提前，我们在兄弟高校调研，也注意到许多学校都是在一年级就开设实践课，因此 2008 年，我们适时把摄像和编辑两大实践类课程提到一年级第二学期开设（入校第一学期的实践类课程为摄影课），从目前的教学实际看，顺应了学生的学习规律，效果良好。与此同时，我们三年级的选修课，在保留专题研究类课程的同时，加大了提高性实践类课程的教学，开设了剧本创作、纪录片创作、影视短片创作、电视栏目创意制作等实践类课程。让学生能根据本人所长，各取所需，在实践环节上能进一步提高。

而在教学方法和教学内容上，我们在深入调研、学习的基础上，或通过向学校教务处申请，或通过内部调整，也逐步按照本专业的教学规律，向集中教学、分

组教学、小班化教学过渡。

3. 设立创作季,给予学生综合训练

短学期制是上海大学的一个特色,短学期即每年有三个学期,其中 6 月至 7 月的大约五周时间为夏季短学期,主要开设国际交流的讲座课程和实践实习类课程,我们通过摸索,根据编导专业特点和季节特点,清理了其他课程,把夏季短学期与接下来一个多月的暑假打通,设立为学生创作季,集中进行实践教学。

其中,一年级的短片实践课,结合所学的摄像编辑等课程,自选题目和题材,在指导老师的指导下,拍摄 5 分钟左右的短片。同时,感兴趣的同学还可以加入到三年级同学的剧组里。二年级的导演实践课程,在学习了编剧、导演课的基础上,自行编剧建组,在指导老师指导下,完成一个 15 分钟左右的故事短片或者其他类型短片、节目的创作,综合训练所学的各项实践技能。三年级毕业作品拍摄课程,则是学生三年学习的大融汇和大检验,在一套完整程序的规约下,学生剧组依托指导老师的帮助,完成 25 分钟左右的短片或节目的创作。其中三年级的每个剧组还有责任帮带不少于两名一年级学生。

4. 设立奖励资助机制,营造浓厚创作氛围

学生的创作热情,只有在得到某种形式肯定的基础上,才会继续保持。鉴于大多数学生,特别是低年级学生,获得国内和国际奖项的概率很低,我们特在学院和学校内部设立了两奖一助机制,予以鼓励。一个奖项是学院内部的谢晋杯评选(该奖项计划做成全国奖),学生作品不限题材,混合参评,不设单项奖,只评出一二三等奖,颁发奖杯证书,并予以奖金奖励。另一个奖项是学校范围的传媒文化节评奖,该评奖分剧情、纪录、动画、实验、音乐电视等类别分别评出一个最佳影片,同时设立最佳导演、编剧、摄影、编辑、创意等单项奖。两个奖项分别在一春一秋隆重举行,获奖作品不予重合,客观上就促进了学生在暑假和寒假两个创作周期的实践。

此外,我们在暑期创作季的第一阶段,即每年的五月份,开展剧本和创意方案的评选,遴选出实拍的剧本和方案,并择优予以资助。每年的创作和评奖工作结束以后,我们会在校内外进行作品展映,在学院网站,学院橱窗里予以公布展览,从而营造良好的创作氛围。

5. 设立创作中心,推动创作社会化

2008 年,学校批准了以影视学院为主体的影视创作与批评中心,该中心一方面对学生创作起到组织、指导、资助的作用,另一方面也在积极运作,把师生创作推向社会。该中心的设立,有利于我们突破体制障碍,较为灵活地开展创作工作。

三、亟待解决的问题

1. 两地办学，严重制约实践教学的开展

上海大学影视学院院部和三四年级位于闸北延长路校区，一二年级在宝山校区住校和上课，两地办学严重制约着实践教学的开展和学院的发展。首先是实验室和实验设备主要集中在延长校区，给在宝山校区的一二年级学生的教学和实践带来严重不便；其次是高年级和低年级学生分开，不利于学生之间的交流和传帮带；再次是身首两地，院部和学生分离（延长校区的四年级学生普遍离校实习），不仅使学生很难方便地得到老师的指导，也难以形成学院文化。

2. 相关专业缺失，使专业实践孤掌难鸣

影视创作是一项综合艺术，除了编导、摄像等工种外，还需要表演、灯光、美术、声音等技术工种。然而，由于上大影视学院在各工种中只有一个编导专业，没有灯光、声音、服化、美术等专业，尤其是没有表演专业，给学生的实践创作带来了极大的困难，学生拍片找不到高水平的演员，更不要谈专业的化妆、服装、道具了，而学校周诶相关的技术链和产业链也未形成，因此学生创作起来常常陷入无能为力的窘境。对此，笔者认为，除了通过官方渠道积极联系上海戏剧学院、上师大等专业齐全的学校予以合作外，尚需建立稳定的演员资料库，建立专业人员和设备提供的稳固联盟。

3. 创作成本较高、实验设备不足

尽管上海大学实行了力所能及的资助和奖励机制，但相对众多学生的基本创作成本来说，仍然是杯水车薪；与此同时，尽管上海大学影视实验室建设走在前列，但实验设备仍然不能满足众多学生同时创作的需要，而社会租赁又会进一步提高创作成本，在学生创作尚未市场开发，学生社会融资能力不够的情况下，绝大多数学生都难以承受，作品水平也因此大打折扣。

4. 体制障碍，尚未形成"学院出品"的创作机制

在现有条件下，要想创作出高水平作品，可行的方案是集中全院优势力量，推出"学院出品"的代表作品，即每年根据剧本质量和导演能力选出一至两名学生，学院给予较大数额的资助和最好设备的无偿使用，再配以最好的指导老师予以集体指导。然而由于这涉及教师工作量的计算或者工作人员的劳务费等问题，该方案在上大尚未实施。但是，笔者认为，今后可以在影视创作与中心的体制下开展这一工作。

5. 评价机制滞后，不利于教师参与指导

同大多数大学一样，上海大学的教师津贴发放，实行工作量考核制，教师工作量主要由课时和科研两部分构成，而拍摄实践指导工作通常是耗费时间和精力，却又难以考核和计算工作量的教学，假如，学院因此不积极探索解决这一问题，工作量计算与老师实际付出不相符，就会挫伤指导老师的积极性。而通过课外的实践予以手把手的综合指导，通常是学生提高技能的最佳途径，因此急需探索形成一套合理的实践环节评价机制，调动指导老师的积极性。

上海大学编导专业的实践教学，取得了有目共睹的成绩——我们每年都有学生作品获得国内外重要奖项，或者在电视台播出，我们毕业生的动手实践能力，也一直被用人单位高度评价，但也存在许多问题，尤其在群雄逐鹿的今天，兄弟院校纷纷突飞猛进，我们如果不锐意改革，必然不进则退。笔者作为编导专业的一名一线教师和管理者，深刻意识到我们的危机，提出如上浅见，谨供批评和参考，以求共同探讨出一条适合我们学校实际的编导专业学生培养之路。

试论影视编导专业的实验实践教学

坚　萱①

（上海教育电视台　上海　200086）

[摘要]　我国影视传媒业急需大批创新人才。培养创新型人才离不开实践,大力开展影视传媒院校实验项目创新,推进实验内容和实验模式的改革,是影视传媒类高校目前面临的重要工作。作者作为一名广播电视编导专业的毕业生,在工作两年之后,通过回顾在学校里进行的实验实践课程,谈一些在影视实验实践教学方面得到的体会。

[关键词]　广播电视编导;实践教学;心得体会

随着计算机技术、通讯技术、多媒体技术、网络技术的发展,迅速崛起的中国电视正以崭新的姿态,借助现代传播科技的威力,成为信息时代大众传媒的最主要力量。而高校里的广播电视编导专业的基础学习,包括了纪录片创作、导演课程、电视摄像、剪辑等课程内容,所涉及的知识面很广,且具有很强的实践性。电视制作,理论和实践都需要。不可能存在绝对的"理论派"或者绝对的"实战派"。实践由理论来指导,理论教学主要在课堂上进行。而实验实践教学对学生动手操作能力的培养和提高,特别是对学生制作电视节目水平的提高,都具有非常重要的意义。对于广播电视编导专业的学生来说,学生的专业理论知识学习得怎么样,并不能说明他在专业上的水平如何,更加重要的,则是要看他如何把理论运用到实践当中,他能否全面掌握制作片子的流程,他最终能做出怎样水平的一部成片,这个才是考核一名广播电视编导专业学生是否合格的标准。

时间过去得飞快,一转眼,我从离开学校,走上工作岗位,已经有 2 年时间

---

①　作者简介:坚萱,上海大学影视学院广播电视编导专业 2007 届毕业生,现在上海教育电视台工作。

了。2003年,初踏进上海大学校门之时的一切还历历在目。大学里的每一次实践,每一次拍片,都是我心底珍贵的回忆。那些对我来说,不仅仅是学习的经历,也是青春的印记。四年时间一晃而过。2007年初,我进入上海教育电视台实习,毕业之后直接留在了台里,成为了一名电视台记者,编导。工作2年以来,从最初的诚惶诚恐,对电视台的一切都好奇陌生,到如今,敢于不断去挑战自己,不断去挑战新的选题,一路成长也算有点儿小收获。虽然对于电视行业来说,2年的经验也还只能算个初学者而已,但借着这次论文的机会,还是把我这么点儿小东西拿出来,希望能让下面的学弟学妹们,对于电视台,对于电视工作有些大致的了解,对他们在学校期间的实践实验学习,有所启发。

回想两年来,我最大的体会,便是电视行业需要综合型人才。

记得有一位老师说过:"想做导演,你至少要做过摄像;想做制片主任,你最好做过场工……"由此可见,虽说术业有专攻,但对于电影电视行业来说,只懂得整个制作流程中的一个工种却是完全行不通的。这就是为什么我们学习广播电视编导专业的时候,既要学摄影摄像,又要学剪辑;既要学电影电视发展史,又要学美学理论,文化史;既要学影片解读,又要学导演艺术。如果我们把电视的制作流程比作一根链条,每一个环节都是这根链条上的一环的话,那你不管做哪个工种,做哪一个环节,都必须和其他环节发生直接或者间接的联系,因此,你必须要熟悉并懂得其他环节的工作。

一、要懂得电视制作流程中的每个环节

在电视台,综合能力尤其重要,需要一专多能,一人多用。

以我自己的工作经验来谈。我在上海教育电视台的第一个工作岗位是《学子》栏目的编导。《学子》栏目是一档教育类的棚内新闻访谈节目。作为编导,我的工作内容囊括了从节目初期一直到节目最后的各个方面。比如要制作一期节目,首先,我要去发现,寻找适合自己节目定位的选题。确定选题之后,要想方设法通过各种途径去联系到采访嘉宾。在确定嘉宾能够接受访问之后,要与摄像、灯光、导播、化妆师等各个工种的负责人员,定下来节目录制的日期。一切确定好之后,我要对嘉宾有个事先的采访,如若无法当面采访,则要通过寻找资料去了解有关他以及这一期节目的一切有效信息。掌握了各方面的资料后,确定访谈提纲,写好串场词,完成主持稿。制片人审完稿,做好必要的修改之后,要和主持人沟通访谈的内容。再根据节目中想要达到的效果,和摄像师,灯光师沟通好一些当天的要求。这些都是一期节目的前期准备过程。

前期准备就绪,安排好棚录当天的时间节点,嘉宾交通方式等等,尽可能保障棚录顺利。节目录制完成,编导还要对节目进行后期制作,将录制的内容剪辑成一定长度的成片。当节目剪辑完成后,给制片人审片,经过修改定片之后,要约专门的技术人员来给节目调节声音,进行节目包装,上字幕。技术人员制作完之后,编导还需要自己查一下整个节目的字幕有没有错别字,画面有没有问题。这些全部结束,就可以让技术人员下载,之后交给播出间了。

我们看到一期节目的制作要经过许多个流程,而几乎每个流程编导都需要参与进去,对于整个的流程编导都需要完全掌控。这就需要编导具有综合能力。首先,对自己的栏目定位清晰,对新闻了解,有敏感的新闻触觉,有大量的信息渠道和信息摄取量,才能寻找到选题。之后要具备与人沟通的能力,掌握沟通技巧,才能和嘉宾充分地进行沟通,采访。能够写出一手漂亮的文章,才能在写串词,主持稿的时候不费力气。有创意有想法,才能在自己的节目形式,表现手法上有所创新。对摄像,灯光有所了解,大概知道自己所需要的是什么样的效果,这个效果专业人员该如何达到,才能很好地与摄影师,灯光师进行沟通。有制片能力,才能很好地与各个工种沟通协调,合理安排录制的时间,流程等等。最重要的剪辑能力,才能让你录制的节目素材变成一期节目。这就尤其体现了我们在学校剪辑课程的重要性。而在剪辑的时候,结构如何搭建,怎样讲故事,设悬念,这些都是需要去思考的,这又要求编导有讲故事的能力。最后,还必须在文字方面有所修养,才能保证不放过任何一个字幕里的错别字。

因此,我觉得在学习期间,学校设置的摄像、摄影、剪辑、文学、编剧等课程是非常有必要的,而且应该尽可能多地去实践这些课程。不要觉得课程繁琐无用,虽然你的目标可能是做一个导演,可能不做摄影师,也不做编剧,但是不懂这些,你就绝不能成为一名导演,或者说合格的导演。

其实,除了我上面所说的这些,在实际操作中,依据每一期选题的不同,可能还会碰到各种各样的问题。

二、要让自己具有强大的学习能力

因为电视台工作的特殊性,我的每一期节目,选题都会是不同领域的。有可能这次是家庭教育,下次就是有关天文,下下次就是有关医学的。不管哪个领域,我们都得去了解相关的基本知识。有时候做人物访谈的时候,为了了解这个人的经历,我们可能需要读很多本他写的书,去走近他的生活,感受他的世界。

记得去年 6 月,栏目组远赴哈尔滨拍摄制作知青上山下乡 40 年的节目。对于我来说，那段历史是十分陌生，十分遥远的。在此之前，我对于那段历史并没有多少了解。于是。去哈尔滨之前，我们读了许多知青文学，看了很多知青故事，对这段历史有一个大概的了解。这样，在采访中，我才能够和被访的知青们沟通顺畅，我才能理解在当时的历史背景下，在他们身上所发生的每一个故事。

因此，做一名编导，就需要具有很强的学习能力。

这方面我建议学校在实践实验教学方面，能够让学生尽可能多读各个领域的杂书，多掌握各种信息，多接触社会，多了解一些在学校经历不到的，看不到的事物。也可以让大家通过一些特定的项目来训练自己的学习能力。

三、培养自己与人沟通的能力

电视台工作非常多的还是与人在打交道。因此，在工作中，性格因素也是很重要的。如何与人交流沟通，如何与人相处，有些时候都需要讲求技巧。用哪种态度去讲话，如何讲话，会让嘉宾更容易接受你的采访。万一嘉宾不肯接受采访，你该如何坚持，通过什么样的方式去说服他。另外，除了和外人打交道，和自己团队里的同事如何沟通也是需要注意的。作为一个年轻编导，台里的新人，用怎样的方式，怎样的语气和台里资格很老的摄像，灯光师傅去沟通，去跟他们提要求，他们才能欣然接受，从而努力配合，达到你的要求。电视是一个团队配合的工作，团队的工作氛围愉悦，团队成员间相处融洽，才能做出更好的节目。在这方面，我觉得我自己也是需要一点一点的不断学习，不断进步。

因此，在学校阶段，千万不能太封闭，还是要多给自己机会接触社会，多和人打交道，便于以后踏上工作岗位之后能够快速适应。学校可以多为同学们创造社会实践的机会，无论是拍摄项目也好，做志愿者也好，都能锻炼大家与人相处的能力。

四、要积累人生经验，开阔眼界

现在工作了，我时常后悔，后悔自己当初在读书的时候没有多去几个地方，没有尽可能多地去开阔眼界，体验生活。而当现在工作以后，想这样去做的时候，却发现没有时间了。节目一期一期地滚动，没有固定的假期，加班是家常便饭。哪怕是一个星期的休假，对现在的我来说，都是非常奢侈的。但是做电视，一定需要开阔的眼界，丰富的阅历。这一切，会影响你看事物，思考问题的方式，会决定你做出的片子的厚度。

所以，我特别想建议还在学校读书的学子们，有时间的话，多走走，多体验体验，这将是你一笔无形的财富，一定会在日后非常受用的。不过我觉得学校有一个非常好的地方，就是一年有春夏秋冬四个假期，这样子更增加了学生外出实践的机会。学院不妨在假期的时候，有目的地组织大家一起去某地体验生活，更加有目标地去开阔视野。另外，要培养同学们观察生活的能力，经历同样的一件事情，用心和不用心所获得的经验值，绝对是有着很大差异的。只要在生活中做个有心人，一定会比别人收获更多。

五、要做好吃苦的准备，适应高强度的工作

说起电视工作，在现代人的眼中无疑是份十分体面的工作，似乎每个电视人的头上都有着耀眼的光环。在没踏进媒体行业的时候，我特别羡慕电视台里的工作人员，对电视台里的一切充满了好奇。但是，两年前，当我带着七色的憧憬，跨进上海教育电视台的大门。也就在那个时候我才真正明白，这份理想的工作，虽然外表光鲜亮丽，虽然会得到很多人的羡慕，但是却远非原来我想象的那样轻松、浪漫。

这是一份清贫而辛苦的工作、是一个充满巨大挑战的行业。大家都知道，现在每个家庭都能收到至少 30 个台左右的节目，有些会更多。频道越多，节目越多，观众欣赏的水平和品位也就越来越高，电视这种无形的竞争也就更加激烈，我们电视人的压力也就越来越大。

这是一份高强度的工作。差不多每个月，台里对我的工作量要求是三到四期节目。制作一期节目的周期大约是一个星期。电视台的工作，则是这样滚动，一期节目做完，马上制作下一期，或者是在制作这期节目的同时，下期节目也在筹备和联系之中了。

岁月，在紧张和忙碌中悄悄流逝。电视节目的播出没有法定节假日，别人过节休假的时候，我们仍然要为做节目奔波在外，或者守在机房的电脑前。为了做出一期节目，有时候可能要熬上好几个通宵。等片子做完了，才拖着疲惫的身躯，怀着如释重负的心情，回到家中。炎炎酷暑，为了选取最佳角度拍好一部片子，我们站在太阳下，冒着 38 摄氏度的高温，挥汗如雨。片子拍好了，虽然辛苦但心里是甜的。

所以，在从事广电工作之前，我们一定要做好吃苦的准备。我们要克服一切困难，让自己在这个岗位上散发光和热。

在学校里，我们就该在拍片实践中不怕苦不怕累，克服一切困难，力求拍出

最好的片子。当然,你一定要热爱这个行业,热爱你的专业。

广电工作虽苦虽累,但忙碌,使人生充实;艰辛,使理想生辉。作为年轻的电视工作者,苦点、累点其实算不了什么。况且选择一个热爱的工作本身就是人生的一大幸运。

六、尽可能多地去实践

相信这句话已经是老生常谈了,但是不得不说。实践的重要性毋庸置疑,因此,还是希望学校能增加实践的投入经费,在课程设置上,保证理论学习的基础上,尽可能多地让同学们去实践。而实践教学的时候,最好分小班上课,以固定的小组为单位,每组一个指导老师。在实践小组中,可以实行岗位轮换制,每拍一部片子,导演,摄像,灯光,录音,剪辑就更换一个人。这样大家轮岗,可以让每一个人都尽可能多地接触节目的整个制作流程。

以上便是我在工作以来的一些小心得,希望能对学弟,学妹们有所帮助。最后,我要向母校深深地鞠躬,感谢母校的培养。祝愿母校在未来的日子里,培养出更多优秀的电视人才,去创造中国电视行业的辉煌。

现代广告摄影教育与职业技艺要求

王天平①

（上海大学影视艺术技术学院广告学系　上海　200072）

［摘要］　广告摄影是现代商业活动中频繁使用的一种传播手段。它既是一门独立的学科，又是一门艺术。它主要体现在企业品牌、文化在经济活动中的营销领域，从内容和形式上，体现出全方位的信息交流和整合作用。当今，随着世界经济的不断发展、全球经济一体化，广告摄影这种形式越来越受到广大受众的青睐。据不完全统计，一些经济发达的国家和地区，以图像形式发布在不同媒体的广告作品数量已达到85%以上。由此可见，广告摄影已作为现代经济活动中一种重要的传播形式和社会文化中一道不可缺少的风景线。数码技术对现代广告摄影促进影响极大。近年来，考察了一些摄影教学发达国家和商业广告摄影市场概况，结合"教学论坛"的机会，将自己多年摄影教学的积累，在新时期如何培养既有扎实的基础理论知识，又能掌握先进科学技术，并能够有效体现品牌理念、营销和创意设计的优秀摄影人才，谈一点认识和体会。

［关键词］　摄影教育；商业广告摄影；职业技艺要求

一、摄影教学发展思考

中国的摄影教学起步比较晚，早先主要在高等院校的新闻专业中开设了相关的摄影课程，在一些艺术院校如北京电影学院、鲁迅艺术学院、南京艺术学院、浙江美术学院、上大美术学院等也只仅限于这些艺术院校中设置相关专业摄影课程。从总体上说，要想学摄影主要是以自学为主。一些经过商业学校专门培训的照相馆的摄影技师及报社的摄影记者成为当时摄影爱好者崇拜的偶像，文

---

① 作者简介：王天平，上海大学影视艺术技术学院广告学系专业摄影教师、摄影家。

化部门也聘请他们开设相关的讲座，满足不同人士对摄影的渴望和需求。从八十年代开始，随着中国经济的快速发展、改革开放与世界各国摄影教育界广泛交流及艺术摄影创作、国际展览会和讲座的增多，相关教育部门认识到了摄影教学在新时期的重要性和必要性，先后在新闻专业、艺术设计专业、广告专业中设置摄影课程教学，并设立专业。从上海高校来看，上海大学广告系是上海第一个开设广告摄影课程的院系，有学生实践的摄影工作室提供学生拍摄创作，并在本世纪初率先购置了当时世界上最先进的专业数码摄影设备，为广大广告专业学生今后适应市场发展，掌握先进的摄影科技提供了极好的实践基础平台。上海工程技术大学艺术学院，上海师范大学广告系也先后设置了四年制摄影本科专业，培养专业学生。但仅有这些还是不够的，目前中国高校摄影教学理念与国际摄影发展有一定的差距，师资的匮乏和设备的投入不够阻碍了摄影教学工作的整体发展。从摄影教学的意义上来说，一方面它是实际的，要为社会发展提供人才，另一方面也承担了传统历史和现代文明传承和保存的重要使命。在国外，综合性的大学中都有摄影系和相关的课程，特别是商业摄影，在美国的大学中，有专门独立的摄影学院课程几乎涵盖了涉及摄影范畴的全部领域，包括静态摄影和动态摄影包括艺术、纪实、新闻报道、商业以及电影和电视等拍摄。由于新时期数字科学的影响和发展、导致摄影（photography）与图像（Image）的连带关系密不可分，所以影像与传统的美术和设计以及广告摄影已经被统筹为"视觉艺术"的大范畴。商业摄影系，设计学院在美国大学教育中，都属于实用商业类性质。培养具有独特个性的学生为主旨，更侧重于实际形势、科技发展以及商业营销的传播服务。学生在校期间需要做充分的技术准备以了解各种器材、道具来表达其作品构成的目的。以培养职业摄影师而闻名；在日本大学摄影系的教学规模比较大、设备齐全，如东京日本大学（Nihon University）艺术学部摄影系是日本摄影专业中的资格颇深的院校，创建于 1939 年，除了本科四年课程还有硕士、博士等研究生课程。有设备齐全的教学系统包括有大小不同的黑白、彩色暗房，有不同大小的摄影棚和多媒体电脑教室，全天对教师和学生开放使用，日本大学摄影系的摄影作品收藏有传统和历史。每年用固定的预算，收集国内外有重要价值的摄影原作，有爱德华·韦斯顿、安塞尔·亚当斯、和温·布洛克等大师们的经典原作让学生体会高品质摄影作品的艺术效果；法国是摄影术的诞生地，在摄影发展一个半多的世纪中，出现过许多引领摄影潮流的巨匠大师，摄影文化在该国家得到广泛的普及和传承。法国的摄影教学，尤其是摄影高等教学，是最完备的也是最富有成效的，分成不同的系统进行教育。第一系统是国民体系中的摄影教育。这是摄影文化在常规国民教育中占有重要地位的象征。据调查,在法国一些重要的大学,几乎都设有与摄影相关的理论课程。如艾克斯——马塞大学、亚眠大学、波尔多大学、里昂大学、巴黎大学等。第二系统是专业艺术体系中的摄影教育。法国共有五十余所高等艺术院校,这类学校中学生除了学习专业的艺术课程还必须接受正规的摄影教育,也可以获得从学士到硕士的毕业证书。第三系统,行业协会下属的专科学校的摄影教育。主要从事高等摄影职业教育,学员在入学前与摄影公司签订合同,然后有专科学校按职业需要进行系统的摄影教育,并获得摄影职业能力证书和学校文凭。第四系统是私立学校的高等教育。私立学校在西方是属于所谓"贵族"教育理念下的特殊教育,学费昂贵,但教育质量也相对较高,有著名的图卢兹摄影学校、巴黎 ICART － RHOTO 学院对学生进行各专题理论与实践专门化的系统教育。我最感兴趣的是他们所开设的有关课程,比如新闻摄影、广告摄影、时装摄影、工业摄影、数码摄影、实验室技术摄影等比较专业化的摄影。所以要借鉴国际摄影教育的前沿理念和新技术开发成果,并与中国的摄影教育,特别是广告摄影行业,能够有效地结合起来,使广大学子能够较全面地掌握有关专业课程的基础知识和先进的科学技术,并能够学会用艺术的图像形式去表现不同商品的个性要求,设计出具有时代性、品牌内涵、审美价值的商业摄影作品,整体提升中国摄影教育界、广告摄影界的自身品牌力和满足广大消费者的时代需求。

二、广告摄影人才要求

最近,中央电视台〈综艺频道〉在选拔优秀节目主持人时有一个基本要求,内容大致是五个方面:"思想品德、业务素质、才学能力、创新精神、团队合作。"我想在培养接班人方面各行业均有许多相同之处。职业广告摄影师在整个广告活动中需要完整、准确、生动地去表现创意,借助摄影手段进行视觉画面的第二次创作活动。与其他相关艺术门类比较,摄影艺术是最直观可信、最能激发观众情感、最富有画面表现力的视觉设计艺术。广告摄影不仅仅是客观纪实,实际上是品牌创意表现。广告摄影应充分调动摄影的工具、手段和视觉语言,去赋予商品个性和魅力。在整个工作流程中,摄影师应具备职业人员的修养、素养和创造性,才能成功地完成整个广告运作中各重要的创作环节,应具备以下基本要求:

1. 敬业精神。热爱本职工作,对商业摄影有不懈的追求,对日益变化的商业市场和消费者需求有勤奋学习刻苦钻研的劲头,并且有能够吃苦耐劳、勤勤恳恳、一丝不苟、无怨无悔。

2. 诚信服务。根据国际惯例和客户要求,调整自己的工作态度和方式,实事求是、善解人意、忠于职守、严于自律。认真负责地为客户提供优质服务,建立企业的信誉。

3. 营销意识。学会与客户打交道,具有交流和沟通的能力,能够敏锐洞察市场动向,遵循市场规律办事,理解客户要求,办事细致讲究实效。

4. 技术过硬。有专业摄影的理论基础和实务能力,熟悉专业照相机及相关器材的性能和使用情况。能够对针对不同的实际情况和拍摄要求,创意出独特的画面内涵和品牌的个性效果,独当一面,独立完成任务并取得良好的效果。

5. 知识能力。广告摄影涉及社会的各个领域,针对不同的企业产品,需要相对应的知识和技能,这就要求摄影师知识面宽,求知欲强,不仅有过硬的专业技能,还需要有经济、艺术、美学、传播学、社会学、心理学、历史学等自然学科和人文学科方面的知识,并有一定的写作基础和美术设计、电脑操作的专业知识。

6. 身体素质。精力充沛,身体素质好,始终以健康的心态和饱满的热情和激情面对工作。因为广告摄影要求特殊,一般情况下,都不是按照常规作息来工作,有时需要加班和高强度的脑力劳动和体力劳动来连续工作,要能够适应这种工作节奏和作息环境。

7. 生活积累。任何一个艺术家的作品深度和广度、表现形式的新颖和独特,都与他的阅历和生活积累分不开。有许多想法和设计就来自于生活中的提炼。商品本身是为社会生活而设计生产的,脱离不了现实生活,摄影师的生活阅历越丰富,表现商品的成功率就越高,越能够创造出使人欢喜、记忆深刻的品牌形象。思想观念也要超前、也要适应时代的发展,在不违背策划创意的前提下,在技术和技巧方面也要得到高新的境界,使广告内容和形式得到进一步统一和升华。

8. 不懈追求。广告摄影的成功和失败有时候不是光凭我们的主观意志就能控制的。摄影实践中经常会遇到不少困难,碰到辛酸和失败,需要及时调整心态,对自己要有信心,不要怕困难,不断追求。一件优秀的作品往往要经过多次反复失败以后才能获得成功。专业摄影师也绝不能满足于当前的成功,更应注重人格的培养和经验的累积,而不能用一时成败来评判。总之,专业广告摄影师应具备工程师的专业技术、艺术家的天赋和眼力、商人的头脑和营销手段、运动员一样的体魄和吃苦精神。

三、传统摄影在商业领域的挑战

在诸多的艺术门类中,视觉艺术是最活跃、最敏感、最贴近百姓的生活。但现代的视觉艺术并非最先人类传统理解的艺术。不仅材料、观念、表现手法、观看方式都在发生彻底的变革，人们更加注重接受信息的效果，新的感受方式，并对人类生存空间和生活价值倍加关注，特别是展示自我、情感体验、相互交流以及图像文化、电脑技术和区域性特点等一系列新概念的探究和发现。从科学技术发展的角度看，现代商业广告已经越来越依赖于摄影。随着高科技的飞速发展，需要一种与之相适应的媒体载体，而摄影的发展也正好随着摄影科技的进步而快速发展的一种传播手段，无论从表现形式还是从实质内涵上看，都与高科技发展都有着密不可分的渊源关系。自从 1839 年，法国科学家达盖尔发明的摄影术以来，摄影经历了不平凡的发展历程，从原先的纯粹纪实工具发展成为一种独立的艺术门类，这都伴随着科技不断的进步作为基础。前些年，随着相机设计制造工艺的不断提高，机型种类繁多、功能齐全，同时传统胶片的品质在表现对象上有了不断的新的突破，能提供给广大使用者不同拍摄要求的需要。随着世界经济文化的完善和发展，摄影已很快地在商业性和艺术性领域占有举足轻重的地位。目前，在广告行业，绝大多数都采用摄影文化的表现形式，因为它是最具有真实感的现场效果和最具有艺术元素传播效果的快捷作用。摄影术的确可以说已取得了极其辉煌的成果。然而传统摄影术是否真的已经发展到十分完美的地步了呢？当我们面对现代摄影所创造的无数精美艳丽的图片时，不妨可以换一种思路去重新考虑这一基本问题。

摄影记录了历史发展的进步，相机就是这种不可替代的工具，它成为模拟人眼的工具，人眼看得到的东西，相机也"看"得到。因而如何能真实准确地反映人眼所感知的一切，相机迈出了关键的第一步。它模拟人眼的光学成像过程，甚至有时做得更好。这一成像过程将大千世界中的事物通过光线映射成一个小小的平面影像，对于相机而言这就是合焦平面上的一小块影像。如果相机是理想的完美设计，那么它所面对的自然事物的能被察觉的任何细节，在这一小块影像中将应有尽有。到了这一步，这一影像还纯粹是由光线构成的，并且极其精细。接下来所能做的只是尽可能接近完整而准确地记录这些信息——我们在反映事物真实性方面不可能再超过这一原始依据。因而我们不断追求去加以反映的目标。然而在实际操作过程中，相机镜头的设计和制造不会如此完美，所以投射到相机合焦平面上的影像往往就已开始丢失微小细节，影像就不再那么"理想"了。因而不断提高镜头的清晰度和解像力就是摄影工业追求的终极目标，是达到"理想影像"的第一步。这里，我们可以把通过实际相机镜头成像的、但尚未被加以保留和记录的"光"的影像称为"原始影像"，它是实际当中一切形式的影像记录的来源和基础。

传统工艺在广告中的局限性。在"原始影像"的记录问题上,长期形成的历史沿革是用金属卤化物乳剂涂敷的胶片通过感光化学反应的办法来解决的,而以这种工艺技术为基础发展起来的摄影术到今天已形成了相当庞大的规模,可以说已经步入了成熟期。但对于一个专业人士来讲,尤其是对于广告摄影来说,它仍存在着诸多问题。首先,以彩色负片的记录过程为例。在传统技术的学习中我们知道彩色负片是由片基和三层感光乳剂组成的,其中三层中的每一层实际又具有多层结构。感光化学反应在卤化银中进行。在显影时已曝光部分形成大小疏密不等的金属银团块,这种团块的堆积是不规则的并可能形成间隙,导致出现颗粒性,颗粒性较强的底片在放大后画面上会出现斑点,对影像是一种干扰和破坏。同时底片的冲印过程工艺也十分繁复,操作有严格的要求。如果工作疏忽,在哪一个流程中出了问题都会导致影像质量的下降。其次,图像在保存、使用和传输方面也有问题。银盐法得到的记录是一张单一的底片,保存必须十分谨慎。如果有机械冲击或受潮发霉等情况发生,底片就很可能损坏,从而失去一张图像。长期保存的底片也还面临着老化和染料褪色的威胁。第三,给摄影过程带来的问题。这种基于银盐感光工艺的摄影术给摄影的实际创作过程也带来了不少限制。在工作室中当场景的布置完成后,摄影师就要进行取景和测光。由于此时不能当场看到底片上的曝光效果,测光表的使用就非常关键。但测光表的设计只是针对一个视觉上的中等灰度,即 18% 亮度的灰板进行校准的,它并不能预见场景中光线的实际情况。因而要得到准确的曝光,摄影师就不能仅看测光表读数,还要依靠摄影师的经验和综合判断。当然,摄影师可以利用波拉片来作试拍以检验曝光的情况。但高质量的波拉片价格也很贵,对于要求很高的广告摄影,冲洗过程尤其关键,如果有失误,就会前功尽弃。第四,色温问题。这是彩色摄影中的老问题。各种光源都有自己不同的色温。光源色温如果和胶片的设定不相符,就会在底片上产生色偏。当然也可以在制作照片或印刷时予以校正,但后期的校正会对色彩的接调有所损失。上面列举的这些问题都是伴随传统摄影术的老问题,在银盐工艺基础上要根本解决这些问题是不容易的。银盐记录法仅仅是一种手段,并非一定要保留。事实上银盐法确实不是唯一的选择,在信息技术高度发展的今天,数码摄影于是展现出广阔的前景,摄影文化的发展,永远是多元化的发展。

四、数码空间应用与优势

现代社会数字化技术已经被运用到社会的各个角落,网络化、多媒体和数字化技术正直接影响到改变人们的工作方式、思维方式和生活方式。尤其是广告摄影,运用数字技术能够发挥人们的创意,将企业文化和商品的传播及与消费者的交流等方面创造更大的空间。

1. 摄影技术的优势

数码相机运用在当前深得专业人员和会各方面广泛的好评,有着广阔的发展前景,它的特殊性在广告摄影、新闻摄影、人像摄影等摄影领域中都有着无可争议的优势,其好处主要体现在:

(1)依赖传统胶片记录和保存影像,相反,它将成像在合焦平面上的光影影像直接转化为电子信息,并以数据形式保存在数码存储介质上,这种数据可在电脑系统中轻易地复制与传输。

(2)通常数码相机机背均有一个可视的显示屏,摄影者可以在拍摄过程中随时观察拍摄效果和成像质量,对不满意的画面可立即抹去或者重新拍摄,避免不必要的返工,另外,可以对画面的效果包括曝光量、构图、色彩还原性、光线角度提供随时调整的机会。

(3)数码摄影基本不消耗原材料,不需要传统暗房冲洗胶片,这样可以节约耗材和暗房设备,并在冲洗过程中带来大量有害液体的排放,造成环境污染,既节约了成本也保护了环境。

(4)记录在储存卡上的数字影像可以用网络系统进行快速传送,而且不损失原先图像的效果,减去了通常快递和邮寄的不便,取消了中间环节,提供互动双向的机会和办事效率。

(5)数码摄影所拍摄的数字影像可以在电脑上进行多功能全方位的创意设计和特技处理,现代电脑的软件系统均具备了强大的图像编辑和处理的能力,能体现摄影者创作的理念和作品艺术的价值,这在原先传统摄影表现中是无法实现的,充分发挥了人的想象力和创造性。

(6)记录在数码相机内的影像可以直接到附近数码图像制作便利店进行照片的制作,也可以通过电视屏进行观赏,对专业级数码相机所摄的图像的画面可以放大或展览展出。

(7)一般传统照片或底片在阳光照射下和长时间保存,都会发生退色和底片质量问题作为档案资料是一个很大的遗憾,而储存在光盘中的数码图像对画面的质量、清晰度、色彩反差等技术要素可以做长期保存,而不影响原先的效果。对大量的图片资料可进行压缩处理。

(8)由数字摄影得到的图像具有特别好的检索性能,通过电脑可以在极短的时间内从存储的上万种甚至更多的图像中任意选出一幅进行浏览或打印,这是传统影像无法比拟的。

（9）数码摄影在拍摄过程中，可根据实际拍摄需要调整感光度，色温平衡达到最佳的表现效果，而传统胶片只能在后期制作过程中，进行适当的调整，图像效果也会有所损失，没有数码那么方便。

（10）对商业广告、新闻摄影、出版业均要通过印刷制版流程。字体、图像都需要整合设计处理，现在引入了数码照排和电脑拼板，对数码摄影来讲提供了一个快捷的平台，大大改观了效率，依靠电脑强大的运作功能，数码合成可以轻而易举地达到要求而且效果极佳。

2. 数码图像的基本原理

图像的数字化是以计算机科技为基础的。数字计算机产生于第二次世界大战期间，二十世纪五十年代以后得到飞速的发展，那个年代计算机技术主要是为专业人士提供研究科学之用。九十年代以后，个人计算机硬件技术发展迅猛，以微软为首的软件开发企业对 PC 机操作系统和应用软件创造了革命性的贡献，使广大民众能够使用电脑成为现实。在这种环境下，一批有想法有创新精神的摄影师尝试到了采用电脑来促进他们的工作所创造的便利性和创想力得到实现。加上近年来许多和数码图像相关的辅助设备，如扫描仪、打印机、印刷喷绘技术，包括印刷行业的设备数码化，使现代数码图像传播已成为广大消费者和职业摄影师必不可少的工具。

（1）成像方式。现代数码摄影及图像处理主要是光栅图像方式。在光栅图像方式下，一幅影像被一组可以为电脑所识别、存储和处理的数据所代表，这些数据被称为该影像的图像文件。换句话说，图像的数字化首先必须将其转换成为电脑中的"图像文件"。数码图像以文件方式存在电脑中，那么这种文件或说代表图像的一群数据是如何构成的呢？光栅图像又称点阵图像，它是以网格的方式对图像进行分割，并在网格单元上采样数据得到的。

如果我们采样网格划分得越细密，原图细节在数码图像中保留得也就越多，实践中这种细密的程度是根据不同的要求确定的。我们可以看出，采样网格决定了数码图像的精度，精度高则细节就保留得多。输出网格决定了数码图像输出时的尺寸大小，输出的单元格小，则图像总尺寸小，但细腻自然；输出的单元格大，则图像总尺寸也大，但马赛克效果会显露出来。由于网格单元无论大小只拥有唯一一个色阶数值，所以它是数码图像的最小单元，这个最小单元又称"像素"。上面我们例举了黑白图像数字化的过程。对于彩色图像的数字化原理的完全一样的。只不过在通过网格采样时所测量的数据是一组彩色信息。因而所涉及的数据就要多一些。在摄影和电脑中通常采用的是 RGB 模式。这种模式使用三种原色——红、绿、蓝来表示色彩,任何其它色彩可以由三种原色按不同比例混合而成,混合结果符合加色法的原则。数码图像在电脑中是一种保存数据的图像文件,而数据文件有大小的不同。在电脑中文件的大小表明了文件中包含信息的多少。对图像文件而言,其数码图像的精度越高、表达的细节越多,所包含的数据量也就越大,因而文件也就越大。

(2)数码图像获取。从根本上讲,数码图像的获取有两种途径。一种是直接获取的,另一种是间接获取的。直接获取的数码图像是指将相机合焦平面上的"原始影像"直接数码化并以电脑文件形式保存的情况。因而也称纯粹的数码图像;间接获取的数码图像是指对已存在于实物介质载体上的模拟图像(如照片、印刷品等)再进行数码化而得到的图像文件。因而也称传统图像数码化。

直接获取数码图像对摄影而言就是通过数码相机直接拍摄得到的。此外还有用电脑进行三维渲染得到的计算机图像;间接获取的数码图像实际上是模拟图像的数码拷贝,它可以利用扫描仪、电子分色仪对这些图片进行扫描。间接方法获得的数码图像由于其原始的来源是模拟图像,所以它在品质上就摆脱不了原稿的局限。这两类数码图像虽然在使用上并无差别,但由于它们的获得过程不同,所以品质和效率上是有差别的。随着数码相机的技术进步和成本下降,直接数码图像的使用将会越来越多。广告摄影要求高,一般情况下,都是采用直接获取原始图像的方法,在获取时不需要修改相关数据。

如今,用数码相机获取图像的过程变得越来越简单、方便,拍摄时不再需要像传统相机那样多次曝光或使用特殊效果的滤色镜等手段,一切靠后期电脑软件处理就能解决。在拍摄过程中,只要保证主体效果的清晰度,接下来的工作靠摄影师后期的设计创作充分利用现成的图像数据进行整合处理,比如粘贴、复制、柔化、渐变、调整色彩饱和度、对比度等手法就能将拍摄商品的主体形象与环境、背景等要素天衣无缝地融合在一起,充分体现商品的优势达到一个全新的境界。

作为职业摄影师,必须熟悉获取数码图像的技术,了解相关软件和后期制作技术,同时由于数码技术是一种图像数字化的保存、整合处理与传输加工处理技术,它的出现是对传统摄影革命性跨越。另外,随着电子科技的不断进步,数码技术获取影像的品质也越来越高、清晰度越来越好、影像的控制能力越来越强、对色彩的表现能力丰富而准确,在广告摄影领域中,发挥的优势会越来越大。

3. 数码摄影器材

(1)专业数码器材。广告上用的数码相机与普通的数码相机的要求完全不同,通常采用专业级的数码相机,单镜头反光式相机。功能齐全、镜头可以互换,更高级的相机还配有数码后背，虽然价格昂贵，但图像质量相当高，主要品牌有瑞典生产的哈苏相机（HASSELBLAD），最近出品的 PhaseOne 最新的数码后背技术已经达到 3900 万像素、最快捷准确的自动对焦系统、自动对焦连即时手动对焦凌驾功能、全自动、半自动或全手动曝光调控、观景器影像明亮、全彩色液晶体显示屏幕、配合 CF 镜头转接器可使用 V 系列的镜头、无需连接电脑使用、外接 40GB 影像储存大约可储存 850 张照片。日本尼康（NIKON）数码单镜反光相机 D2X，技术要求已达到 1240 万像素，全新 DX 格式 CMOS 影像感应器，可作高速的 4 频独立数据输出；配合全新的高像素影像处理器及其他优化系统，能精确传送色调，即使于光线不定的拍摄环境下，色彩依然可忠实重现，配备先进的自动白平衡及色调控制系统，其内置全新运算程式，可分析色彩及场景的光线；更设有 3 个 Adobe RGB 及 2 个 sRGB 色彩模式设定，大大扩阔了色彩选项，令工作流程更灵活，增添效率。日本佳能（Canon）EOS－1Ds 专业数码相机，技术要求已达到 1670 万像素，35 mm 全画幅 CMOS 图像感应器，可以充分发挥佳能全线专业镜头的性能潜力，感应器可实现平滑的色阶层次过渡和宽泛的 ISO 感光度选择，高速高质的 DIGIC II 数字影像处理器，约 4 张/秒连拍速度，一次可连拍 32 张图像，惊人的 0.3 秒开机启动时间，兼容 EOS 系统附件，其中包括 EF 镜头、EX 系列闪光灯等相关附件系统。随着科技的发展进步，还会有更新更先进的数码专业相机问世。

（2）数码相机的工作原理。数码相机是将相机合焦平面上的"原始影像"直接转化为光的亮度和色彩的数据并加以记录的工具。所记录的结果就是数码图像或图像文件。按需求不同，数码相机可分为不同的档次，其结构也不尽相同。我们广告摄影中使用专业数码相机是由传统的专业相机附加一个数码后背组成，数码后背安装在传统相机身后，取代传统的底片盒或暗盒的位置。这种传统相机包括中等片幅的相机。在使用中镜头也完全是传统机型相应的适配镜头，因次数码相机最关键的革新部件就是它的数码后背。

数码后背由光电检测元件、信号处理设备、扫描控制装置和信号传输设备组成。其中最为重要的部分就是光电检测元件，它是一块平面的感光半导体材料（呈极薄片状），称为彩色 CCD 阵列（Charge Coupled Device 意为光电倍增器件）。当光线照射到它上面时，其内部便会感应而产生电荷，测量电荷产生的多少，就可以推算光线的强度。它又有两种结构——线性 CCD 阵列和平面 CCD 阵列。它们均是由众多细小的光电倍增器件紧密排列构成的。平面阵列的排列呈矩形的方阵，而线性阵列的排列则形成一排或几排长队。阵列中的每个光电倍增器就是一个独立的感应器，它可以独立地感受光线亮度并产生相应的电荷，电荷量被测量和处理最终形成一组独立的数据。数码相机中的 CCD 阵列构成了影像数码化所需的采样网格。这种 CCD 阵列是昂贵和高精密度的部件，生产过程中受到严格的质量控制。

在摄影过程中，影像被聚焦于 CCD 阵列所在的平面上，即合焦平面上。影像中各部分的光使 CCD 阵列上的相应受光单元感生电荷后由后背转化为光强数值，这些数值集合起来形成了影像的数码化文件。CCD 阵列也有和胶片相同的感光度指标，有 ISO50、100、200……800，甚至可高达 ISO1600，它的设立主要是为和传统习惯相统一。

数码后背虽然是为 120 或大画幅相机的标准规格相配套设计的，但它们的感光面积并不与相应相机所用底片尺寸一致，往往会小许多。这样在拍摄时就要注意镜头视角的变化，每一款镜头的实际视角都要向长焦的方向移动。

CCD 阵列是十分精密而又脆弱的昂贵器件，在使用过程中要注意尽量减少暴露在外的时间，避免损坏。另外 CCD 表面的清洁程度也是至关重要的，高清洁度的阵列表面才能保证高清晰度的图像画面。因而 CCD 阵列往往需要用专门的程序清洗。

数码后背中除了 CCD 阵列外，还包括控制传动的微型机械装置和数据传输接口，其中传动装置主要在扫描模式中使用。此外，后背中还包括电子部分用于辅助处理 CCD 阵列送出的信号。相机和电脑间由 SCSI 接口和通讯线缆连接，经过它电脑可发出对相机的控制，相机也可将处理好的图像数据传输到计算机中。

在数码摄影系统中除了相机机身、镜头和数码后背以外，还需要有计算机和相应的控制软件。计算机起到后台控制的作用，通过安装于计算机上的控制软件，摄影师可以调节数码相机的许多设置、控制相机的运作及收集、保存和进一步处理数码相机所摄得的图像。软件提供了十分丰富的功能，增大了相机的使用灵活性，它一般由数码后背的生产商随设备一起提供。而电脑则一般使用较常见的苹果电脑或 IBM 兼容的 PC 机。

数码相机软件的开发商保证了其软件在不同计算机操作系统中的正常运行，电脑和数码后背之间由 SCSI 数据接口和线缆连接，完成电脑和数码后背之间的通信。

数码相机由于是通过 CCD 镜片感光的，所以其照明有一定的要求。早先的数码相机需要使用专用的高频光源或稳定光源来提供照明。目前最先进的数码相机已经具有了控制较低频光源的闪烁的能力，所以可以使用常见的低频造型灯和荧光灯。数码相机厂商还会提供专用的照明光源，使用厂家推荐的光源可以取得更好的效果。

实际工作当中数码摄影的常用光源有以下几种：

a）钨灯或卤化物钨灯：这是传统的光源，只要校正好色温就是极好的光源。

b）专用工作室荧光灯：这是一种高频连续光源，色温与日光相同。例如COMET 等产品。

c）闪光灯：这种光源虽然在传统摄影中有极广泛的应用，但由于数码相机的工作原理大部分是采用 CCD 线阵扫描的模式，在这种情况下它就无法使用。但对于轻型的数码相机，如果是采用面阵一次成像模式的，闪光灯还是可以发挥作用的。

（3）数码系统的使用。数码摄影系统给摄影工作带来了极大的便捷，但它也在使用中引入了许多新概念和新方法，这集中体现在通过电脑系统对相机的调整从而获得更好的图像方面。这些概念提供了更大的创造可能。

a）图像文件的色彩表示

数码图像是由表示图像中每个像素彩色的数据集合起来构成的。色彩的三原色的亮度最初是由 CCD 晶片检测得到的，因而它们是一些自然数。数码系统中为了便于建立便利的数量处理系统，采用相对的整数表示亮度，即对于探测器所能辨别的最小亮度计为整数"0"，而最大亮度计为某一个正整数，如 255。这样当亮度在最大和最小值之间变化时，就可以按比例关系计为相应的 0～255 之间的最接近的某一正整数。在这种情况下探测器可以探测的亮度变化范围就被划分为 256 个等级。

但在实际情况中，数码相机采用的是 36 位彩色，CCD 晶片探测的亮度实际上是用 12 位的二进制数记录，即每个原色强度的取值范围是 0—4096，这在亮度变化的表示上就比电脑中的 8 位更细微，从而能反映出更多的色彩。

数码相机获取的色彩种类比电脑实际能够处理的色彩种类多出很多，但这并不是一种浪费，因为在从 36 位向 24 位颜色模式转化过程中软件可以提供给使用者一个选择转换和着重强调的自由，他可以在 36 位的众多色彩中挑选感兴趣的部分构成 24 位色彩，以突出更精彩的部分。

这里还要注意 CCD 探测光亮度有一定的范围，这和胶片很相似，太亮或太暗的光都无法区分，过暗的光被计为 0 而过亮的光则被计为 4096（单一原色），这就产生了"饱和"。一种颜色的三个原色中，如果有一两个原色饱和了，该颜色的色相就会发生改变，导致色偏；如果三个原色全部饱和了，就会变成无法区分的黑色或白色。在实际操作中曝光严重不足或严重过度，都会降低图像的层次和影调。

b）色阶调整

通过直方图工具人们可以对图像的影调状况进行调整，其中包括亮度、对比度和分布，这些调整主要是通过软件提供的几个滑块工具完成的，这种调整也称为色阶调整（levels）。比如有图像的直方图，要调整其亮度和对比可以将横坐标轴高端滑块左移至某处 A，这就将以坐标 A 点为最高点将整个 0 到 A 范围内的直方图映射到横坐标应有的 0 到 255 的范围，于是原来的直方图分布变成了下面的结果，它增加了图像的对比与亮度——类似于曝光的调整。横坐标轴底端滑块的使用也是类似的。这种用高端或底端滑块调整亮度和对比的方法要注意一个影调裁切的问题。就是当原先的直方图分布已经充满整个动态范围时如果再用这种方法调整就会在亮区或暗区失去一部分影调层次，被裁切的影调部分会自动合并到最亮或最暗的位置，形成成片的过曝光区或欠曝光区。直方图横坐标当中的滑块称为伽玛控制，它主要控制直方图轮廓重心的位置——也称伽玛值调整，轮廓重心的改变可以影响整个影调的分布——或亮或暗，但和前面方法明显不同的是它不会出现影调裁切。

对于一个原本就是 8 位的图像而言，用上面的几种方法进行影调调整时会出现影调空隙的情况。这较容易理解，因为在 0 到 255 的范围内原来图像的 8 位信息中已经全部被使用了，不能再提供新的数据了，所以当影调分布被调整后只能导致直方图竖线的间距被拉开，中间的空隙无法填补。但对于一个原本是 12 位、14 位或 16 位的图像而言就不会如此，它们在动态范围内包含的强度数据会远远多于 256 种，当图像影调调整后需要提供新的强度数值时，这些高色深的文件很容易做到，它们提供的影调分布仍然会是连续的。这也就是为什么数码相机要采用高色深的格式记录影像的原因，原始记录的色深越高，后面做影像调整的潜力越大。

直方图工具除了可以做影调调整以外还可进行白平衡等方面的调整。

c）曲线调整

阶调曲线（Curves）是一种更强的影调调整工具，它往往会和色阶调整配合使用。它可以使影调分布的映射过程以非线性的方式进行，以强化或削弱图像中的某些层次。阶调曲线的横坐标代表原先的图像，每一个坐标值对应的强度上都有可能有一些像素；纵坐标代表调整以后的图像，同样每一个坐标值对应的强度上都有可能有一些像素。调整的方式就是用坐标系中某种形态的曲线去控制原始图像到结果图像转换过程。具体讲，不管曲线为何种形状，曲线上的某一个点始终代表着一群像素，这群像素在原始图像中的强度数据就是该点的横坐标值，而这群像素在被调整后的新的强度值则是该点的纵坐标值。如果曲线上这个点的纵坐标值等于横坐标值，则原先图像上的这群像素的强度不会作改变；但如果曲线上这个点的纵坐标值大于横坐标值，则这群像素的改变结果是强度增加了；反之亦然。当曲线未作调整时是一根直线对角线，它表示一种原始线性的映射过程，即图像原始的影调层次被原样不变的地安排在新图像之中。但如果曲线高于对角直线，则映射结果是图像亮度会往更高的强度方向移动；反之如果曲线低于对角直线，则映射结果是图像亮度就会往更低的强度方向移动。曲线调整可用来调整曝光、对比度、影调分布等。

4. 数码合成中的一些常用手法

根据创意构思去完成数码合成的表现是一个复杂而灵活的过程。如何准确地实现构思中图像，其手段往往必须经过一些专门的研究和尝试。随着经验的增加，手段的组合会越来越深入，变化也越来越丰富。在不同创作者的千变万化的手段中，我们可总结出一些常见的有代表性的分类。

（1）不同来源的对象直接剪贴。这里主要指利用电脑提供的对画面的切割剪贴的功能将不同的图像的不同部分合成在一起组成新的图像。根据创意要求可以是类似拼贴画似的拼合，也可以是十分自然的天衣无缝的融合。就是在电脑帮助下的一个拼贴游戏。却是制造了一个虚构的景象。如：莫斯科的圣·Bail's教堂被放置于一片葵花田地之中，天空也被换成了一块晴朗清澈的天穹。整个画面通过地平线接合到一处，自然而不留任何痕迹。同时注意到了源图像中光源的吻合，太阳的光影变化整体上很统一，从而制造出一个美妙和谐的幻境。还有如图的"粘贴"中则十分注意衔接和过渡，使得质感完全不同的两种事物浑然一体。嘴的透视处理也很重要。

在所有各种类型的剪贴中，电脑提供的复杂的线描工具和配合放大操作的功能可使你从容完成任何复杂的形态的边界切割，形态保持得很准确。再结合消锯齿和柔化功能可使得粘贴后边界不留任何痕迹。边界羽化的功能可为粘贴提供更自然的过渡。

（2）透明与交叠。这是电脑图像合成技术中最为常见的一种。两幅或多幅图像的内容或局部或全部地叠加在一起，重叠之处不是简单的遮盖而是犹如透明地交融在一起，你中有我、我中有你。在传统摄影中的相似情况就是多次曝光。不过电脑的控制能力强得多，可以对区域、位置和透明程度等因素作随意调节，从而编排出理想效果。这种手段的应用在设计上是非常广泛的。

（3）物体表面肌理的替换。现实世界中每一物体都有其独有的表面肌理，但在电脑中可以任意更换，形成似是而非的形态。在这里原始物体一般在拍摄时被反映出较强的立体感，而作为要更换的"肌理"则需要其源图像的平面化较强。因为合成物体依赖于原始物体提供一个有明暗变化的空间形体。是一个纹理替换的典型例子。如：机械齿轮图像构成一种纹样化的平面纹理，而人物在此是一个有较强立体感的实体。作者将模特的皮肤变成了机械齿轮的文身。电脑提取了每张源图像中不同的成分加以合成，着重保持了人体结构产生的光影变化，并在形体转折较明显之处又特别对纹理作了变形处理，使透视相吻合。许多细部的衔接也做的细致入微。

当然这样单一使用肌理替换用于创作表现并不是多数情况。在图像合成中更多的是利用肌理替换配合其它的效果处理来表达主题。肌理变化有时和电脑合成中的透明叠加有相似之处，但两者并不相同。后者只是一种平面化的叠影效果，较为容易理解和控制；但前者更强调突出形体，光线反差不希望损失，它的难度就大些。

（4）变形。一般图像处理软件都提供平面变形功能，只是或多或少彼此不同。组合这些功能可在平面的操作中有目的地改变原有形态。有时甚至有三维的变化效果。如：针对地球仪做了变形，看上去有形体在三维空间中弯曲的效果。有时还利用变形来修改透视，这在实际摄影中很难得。有些变形是利用辅助软件插件（Plugin 也称滤镜）通过计算机图形学的计算达到特殊变形效果，如模拟波浪运动等。

（5）改变色彩层次和影调关系。这是利用电脑中可以对图像的三个原色成分（称为 RGB 通道）分别作色阶、色调和层次分布的调整，来改变图像颜色、影调关系或层次的方法。完全改变了菠萝的固有色，环境投影也做了十分夸张的改变，画面的装饰效果极强。而图中的螃蟹不仅颜色改变了，其影调层次关系也脱离了正常情况。在改变颜色的同时局部还出现了负片的效果。

（6）形体重构。利用不同源图像的不同部分组合成新的形体，这种效果也许是完全虚幻的。这是一种特殊的图像剪贴，在自然的过渡、统一的透视关系和光照方面要求及高，一般源图像全部都要专门拍摄或制作。

（7）特殊效果滤镜。是利用计算机图形学对图像做各种运算的结果，能产生一些奇特的视觉效果。这些功能很多是以软件插件的形式提供。这种运算的结果往往带有随机性，变化效果带有偶然性。需要反复尝试和挑选才能得到有意义的结果。

（8）结合电脑绘画或三维虚拟现实的合成。这里有些源图像由拍摄获得，而其它资料则由电脑绘画或三维造型模拟获得。因为有时这些资料无法或很难从实际中获得，也有可能认为电脑图像有独特的效果而故意采用。当然在创立电脑图像时要配合摄影按上面讲过的原则进行。如：篮球明星的形象由拍摄得到而打碎的篮板、篮框等则由电脑绘画完成。电脑合成技术不是孤立的，而是相互有机结合来共同发挥作用的。一个实际中的创意往往需要反复尝试各种技术手段最终才能得到理想结果。

商业广告摄影最终是为广告客户服务的，因而除了摄影本身的技术和艺术方面的考虑之外，它还必须融合到整个广告项目的运作模式当中。广告摄影主要的应用领域是平面广告，因而广告摄影必须在和设计相结合后，以一定的形式输出到这些媒体上，才算完成任务。在广告项目的实施中，摄影工作和广告主、广告代理、创意设计以及制作输出单位等各方面都有着紧密的联系。良好的协调是保证高质量广告传播的基础。

现代广告摄影教学与应用需要市场理念、艺术和生活的审美理念的贯穿始终，广告摄影的工艺流程、创作经历，体现出科学与美学、市场与文化、技术与艺术的融会贯通，丰富的案例、开阔的视野、开放的思维，构成了学人"感觉库"的触发点，只有不断地学习、不断地求实、勤奋和创新才是新一代广告人所追求的目标。

数字动画人才培养策略探讨

罗业云[①]

（上海大学影视艺术技术学院影视工程系　上海　200072）

[摘要]　数字动画是建立在高科技技术基础上的影视艺术,发展初期展示出来的是技术美。随着软硬件的发展,现在的数字动画造型、动作、光效等已经越来越真实自然,冲击着对数字动画的传统认识。只有对这些变化有正确的理解,才能提出适当的人才培养策略。在数字动画人才培养策略中要处理技术与艺术、造型与运动、商业动画与实验短片的关系。

[关键词]　运动;造型;技术;商业动画

　　计算机软硬件技术的发展为影视艺术的制作产生了极大的推动与革新,影视的制作已经融入了数字的身影。全电脑数字动画已经成了影视动画的重要表现形式,是利用计算机进行动画的设计、创作与制作,产生真实的立体场景与动画。20世纪90年代以后,以数字技术为代表的现代高新技术在动画创作中的应用,以及网络等新兴媒体的不断出现,动画的应用领域的快速扩展,动画的内涵也在不断地发展与延伸。在当今这个数字时代动画已经深入到人类生活的方方面面,如以欣赏为目的的影视动画、以娱乐为主的游戏动画、以精确反映技术的虚拟仿真等等。数字动画已经深深影响着人们的审美、认识,甚至生活方式。

　　数字动画艺术是一种影视艺术,包括视觉上的美感、听觉上的享受等。它通过数字动画软件首先建立一个虚拟的三维世界,设计师在这个虚拟的三维世界中按照要表现对象的形状、尺寸、位置建立模型,并对物体赋予颜色、肌理和材质,设置光源,然后根据要求设定模型的运动轨迹,最后通过模拟的摄像机镜头全方位的运动、漫游,输出生成最后的动态画面。

---

　　①　作者简介:罗业云,男,上海大学影视艺术技术学院影视工程系讲师。

数字动画艺术以计算机为创作的工具和平台,它的产生和发展都是伴随着计算机数字动画技术的发展而发展的。真正的全电脑数字动画艺术的历史很短,1995 年到 2000 年可以说是数字动画的起步以及初步发展时期,皮克斯制作出了第一部全数字动画长片《玩具总动员 1》和世界上首部无胶片数字电影《玩具总动员 2》。在这个时期,皮克斯还创作出了实验短片《棋局》,以测试制作具有真实效果的皮肤和具有柔顺感的衣料。在《玩具总动员 2》中,皮克斯采用了粒子系统(用大约 2.4 百万个粒子来制作架上的灰尘)、毛发处理系统(用了 6 百万根毛发覆盖小狗 Buster 的身体),把数字化的讲故事和电脑数字动画发挥到了极至。

20 世纪 90 年代末,数字动画相关培训单位突然如雨后春笋般地在中国大地上出现,社会上和动画相关的培训班也不计其数,有的是美术院系发展出的数字动画专业;有的是纯理工科院系新增加动画专业;还有的是动画专业划分为传统二维动画与数字动画;更多的是某种动画软硬件的使用培训。动画教育资源的缺乏,动画教育理论的不足,动画教育指导思想的不明确,严重困扰着中国动画教育的良性发展,也间接影响中国动画产业未来的发展轨道。深入研究数字动画的本质,探求数字动画的基本理论,并在此基础上提出适应当今数字动画教育的相关方案,是数字动画教育急需解决的重要课题。

一、数字动画中的技术与艺术

数字动画在发展初期体现的是技术美,观众更多的是惊奇,对不可能事务的惊奇。技术美是技术活动和艺术作品所表现的审美价值,是技术美学的最高范畴。技术美与技术紧密相连,没有技术也就没有技术美。全三维数码动画艺术是建立在计算机软、硬件技术发展的基础上的,它的审美价值很大程度上依赖于技术的环境,在全数字动画产生发展之初,每一次视觉上产生的新冲击,都与新技术的采用密切相关,因此,全电脑数字动画艺术在成长发展的阶段,其审美价值多表现为技术美。2000 年上映的《恐龙》就是这种代表,在这部首次全三维动画与实拍结合的影片中,展现在我们面前的是几千万年前的恐龙生活情景,影片的艺术性是广受质疑的,然而影片的数字特效使观众完全沉浸于亦真亦幻的奇妙世界之中。全片的 1300 个特效镜头使之成为同类影片中最为复杂、最为壮观的一部。本片中共展示了 30 多种史前生物,从 12 英寸长的小型恐龙到 120 英尺高、100 吨重的腕龙,还有哪些真实的恐龙皮肤、肌肉、眼神、姿态,让我们感觉影片具有某种神奇的力量,堪称好莱坞有史以来最具视觉震撼力的电影之一。

技术与艺术的完美统一是电脑数字动画制作的首要前提和最终目标,动画先驱温瑟·麦克凯的卡通片《恐龙格蒂》,尝试让现实中的人类和恐龙对话,受技术的局限,只能通过放映动画时人在旁边表演相应动作,这样的创作思维影响了许多动画人。今天我们早已经不需要真人在旁表演了,动画中的人物和现实中的人物已经结合得非常完美了。《精灵鼠小弟》由哥伦比亚公司在1999年年底发行,由三维动画形象、真人和动物演员共同表演,幽默而充满浓郁的家庭氛围。影片自12月17日正式在美国上映以来,横扫全美电影市场,连续数周保持全美电影票房排行冠军,不到一个月票房便突破1亿美元。影片中完全由电脑三维技术制作成的人格化的小老鼠斯图尔特,一夜间成为新千年美国人手中第一个炙手可热的小宠物。在127名计算机工程师、电脑动画师的参与下制作完成的这只小老鼠毛发清晰,长着一对动人的小酒窝,身穿红毛衣,脚穿休闲鞋,十分可爱。

从全数字动画的创作来看,角色的造型和动作越来越趋于优美和流畅,质地也一步步地趋于真实,在光效方面,其画面效果也更加丰富和细腻。在《玩具总动员》中,人物角色还显得比较生硬,但《怪物公司》中人物的运动以及表情都显得自然。而《功夫熊猫》人物性格、动作语言已经非常有感染力了。在这每一次视觉观感改变的背后,都是技术在做支撑,技术所能达到的这种虚拟的真实,让数字动画的受众不禁一次次地感叹于技术所创造的视觉冲击。

由于新科技的冲击和发展,越来越多新的科技成果被运用到动画艺术的创作和生产之中,动画艺术与现代科技的关系也变地极为紧密。高科技的冲击正在迅速改变人类的生活方式、社会面貌,也必然给动画的表现手段和内容带来变化,也将使动画艺术的种类更加丰富、用途更加广阔。高科技的发展带给动画专业的已经不仅仅是一种工具,更是一种思维方式,一种动画创作的思维方式,甚至对人们的审美意识带来深刻的影响。无论从动画艺术发展的历史,还是从动画艺术发展的未来,高科技手段不仅是动画艺术的基础,而且也是动画美学中最独特、最活跃的元素,给动画的表现提供了前所未有新思路、新手法、新样式,构成了动画艺术同其他传统艺术的重要区别。

然而,强调动画艺术中技术的重要作用,并不能否认科技的发展对动画发展产生的消极影响,过于依赖科技,大量程式化、僵硬的表现手法充斥于各种作品中,反而损害了作品的艺术品质。无论从动画的造型性,还是动画的运动性来说,动画都是一种艺术形式,艺术修养的提高与艺术品位的追求是动画专业最重要的课题,电脑动画离不开人的设计和人的制作,离不开艺术形象的创作构思,它永远需要人的想象力和创造力。

动画艺术发展到科技如此发达的今天,大量的电脑参与到动画的流程之中,能够轻易实现许多令人惊叹的效果,不仅提高了工作效率,还大大拓展了创意与表现的自由,动画艺术绝不能排斥技术。较快掌握新技术的发展,不被新技术淘汰的能力是动画专业的学生应该具备的基本素质。因此,现代动画教育应当在重视艺术教育的前提下,与技术教育作为不可分割的一个整体来研究,使它们相互结合,相互促进。

艺术教育将提高学生的艺术素质与修养,而技术教育要提高学生的动手能力以及理性思考的能力。动画教育是艺术教育与技术教育的完美结合,是想象力与创造力、理论思考与动手实践的完美结合。

二、注重数字动画的运动与造型

数字动画作为一种特殊类型的电影,具有影视艺术的运动性与美术绘画的造型性。影视艺术是一种空间形式的时间艺术,"空间形式"奠定了造型性在影视艺术中的重要地位,而"时间艺术"奠定了运动性在影视艺术中的决定作用。影视艺术与绘画、雕塑、摄影等传统的艺术门类的主要区别就在于影视艺术的运动性,影视艺术中这种强有力的、逼真的、富于表现力的运动性包括被拍摄对象的运动、摄影(像)机的运动、主客体的复合运动,以及蒙太奇剪辑所造成的运动。而动画的制作手段和传统实拍的电影电视有较大差别,如传统的二维动画片采用单幅绘制的方法完成,代表新科技的数字动画则是采用计算机在虚拟的三维空间中完成,而合成技术则是将现有素材进行加工以期达到希望的艺术效果。动画的这种不同的制作手段突破了实拍的种种条件限制,更能按创作者的意愿设计,能够对运动进行更多夸张、变形,创作出更加迷人的效果。美术绘画是用一定的物质和手段,通过塑造静态的视觉艺术形象,来传达创作者的感受,亦称为造型艺术。美术绘画擅长描绘静态的物体,但在表现时间和运动方面有很大的局限性。美术绘画中表现运动是通过画面所描绘的"一瞬间"以展示它的过去和未来,使欣赏者想象有关的情景,是想象中的运动。而动画艺术却能真实地呈现角色与场景的运动,正是因为具有这种运动性,使得动画艺术能够叙述事件、塑造人物、传达意蕴,真正成为具有独特表现力的艺术形式。

数字动画艺术的造型性是以美术绘画的造型性为基础的,而运动性关注的则是力量、速度、变化。动画艺术的造型性与运动性是两种不同的特征,前者指的是画面视觉元素的构成和形式,强调空间意识;而运动性指的则是视觉内容的变化及其特点,更加注重动画艺术的时间意识,是一种随时间变化的运动美。动画艺术的造型性塑造了虚拟的空间环境和艺术形象,运动性又不能脱离造型性,动画艺术的运动是在逐格画面造型的连接中完成的;造型性也离不开运动性,画面造型的叙事、抒情等诸多功能必须在运动性中才能实现。

在数字动画艺术中,造型性和运动性都体现为视觉形象,服从同样的艺术规律和美学法则。当我们感受造型美的时候,实际上已经感受到了运动;当我们感受运动美的时候,实际已经从画面中看到了造型。根据艺术表现和影片风格的需要,有时会有所侧重或有所强调,有的动画作品可能更多的强调造型性,讲究镜头画面的优美;有的动画作品可能更多的强调运动性,讲究镜头的力量和变化,但是对于动画艺术中的造型与运动的统一却是始终贯穿作品的。

在数字动画教育中片面强调造型和片面强调运动都是不可取的。动画艺术运动的改变必然导致造型的变化,而造型的变化必然导致运动的不同。由于动画艺术的运动性,动画专业对造型能力的要求不同于一般的美术绘画,美术绘画是从单个角度、静态的塑造形象,而动画艺术中的角色需要活跃在三维的立体空间申,需要进行各种表演活动。因而在相关课程设置、训练方法与传统的美术绘画都有较大的不同。直接依靠传统美术绘画的方法来进行动画教育的设置,最终必然导致动画动不起来或动得不优美的现象。

三、既注重实验性艺术短片又强调商业动画片

艺术,是用一定的表现材料影响人们特殊的感性心灵的过程,或完成了这种过程的作品。动画艺术,是以美术绘画的造型性为基础,以电影电视的运动性为特色的艺术形式,涉及到绘画、雕塑、音乐、电影、文学等多种艺术形式。因而动画艺术的表现形式极为灵活,对于新材料的选择也很自由。既有以中国水墨动画为基础的水墨动画;也有以中国传统艺术剪纸为基础的剪纸动画;还有木偶动画、沙子动画……这些形式大大活跃了我们的动画创作思路、开拓了动画表现视野。

商业动画片是以追求商业价值为主要目的,市场利润是衡量此类影片成功与否的标准,在这类影片中一切艺术性因素都首先是实现经济效益的手段,主要有影院动画片、电视系列片。商业动画片正是对这些形式探索,然后形成产业的结果。商业动画片追求视觉冲击力、需要的人员相对庞大、资金相对雄厚。

实验性艺术短片,是不以赢利为根本目的,而以追求某种艺术境界或表现技巧为宗旨,对动画的主题、表现方法等方面有独到的认识或能突破传统进行创新。这种动画片通常篇幅短小,制作人员不需要很多,受外界经济条件限制也不

大，往往个人就能完成整部影片。正因为如此艺术动画片已成为中国动画教育的主要形式，也出现了大批高质量的艺术短片。艺术动画片大多是个人对社会、人生与美的认识的直接表达，而商业动画片却是许多人合作的结果，是大多数观众能够接受的艺术形式，因而要求从业人员既要有独创能力，还要有团队合作精神。过于强调个性，忽视商业要求的创作，在中国动画教育表现地过于强烈，势必造成学生心高手低、孤芳自赏，难于适应社会商业化运作的要求。正如中国动画本身走过的道路一样，20 世纪 60 年代的《大闹天宫》不可谓不辉煌，然而计划经济背景下产生的动画影片，在市场经济下却是那么不堪一击。

综观世界动画的发展，中国动画必须奋起直追才能不继续落后，而培养具有创新精神、熟练运用现代高科技手段的高素质人才就成为当务之急。以迪斯尼为代表的美国动画不断地推出新的风格、主题的影片，占有世界影院动画片的主流；日本动画片以精致的绘画性创造了许多的令人难忘的形象，可以与美国动画在世界范围内相抗衡；还有许多新兴的动画国家，如韩国等也有自己独特的风格。中国动画在上世纪 60、80 年代辉煌过后，就走入低谷，目前主要以加工国外的动画片为主，真正自己原创的东西极少，带有明显高科技特征的数字动画就更少。在这种情况下有人主张中国动画应该走民族化道路，重拾《大闹天宫》、《哪吒闹海》的辉煌；有人认为中国动画应该走国际化的道路，没有风格就是最大的风格。但是不管怎么样，随着动画的应用领域越来越广，数字动画的作用也会越来越大。根据动画艺术本身的规律性，提出合理的教学方案，才能培养出社会急需的人才。

参考文献：

[1] 金丹元.影视美学导论,上海：上海大学出版社,2001.

[2] 彭吉象.影视美学.北京大学出版社巴 002.

[3] 彭吉象.艺术学概论.北京大学出版社,1994.

[4] 王宏建,袁宝林.美术概论.高等教育出版社,1994.

[5] 吴方丹.三维动画艺术的审美分析.现代商贸工业,2008 年 1 期.

[6] 张慧临.二十世纪中国动画艺术史.陕西人民美术出版社,2002.

后　记

　　实验教学体系、课程教学体系和学科建设与科研体系是高等学校教育培养体系重要的组成部分。作为培养学生实务技能和创新能力重要载体的实验教学，随着时代的迅猛发展和社会需求的不断变化，愈来愈凸显出其令人不可小觑的重要作用，实验室建设水平、管理水平、开放水平，目前已成为评价高等学校办学水平的一项重要指标。

　　为了更好地推动影视传播实验教学工作的开展，贯彻钱伟长校长培养全面发展高素质人才的教育思想，2009 年 6 月，上海大学影视艺术技术学院影视传播实验教学中心主办了"影视传播实验教学改革与创新"研讨会，来自上海、武汉、安徽、浙江的十家高校以及影视传播业界的专家参加了本次实验教学改革与创新的研讨。

　　本次研讨会以"研讨实验教学理论，探索实验教学方法，完善实验教学机制，共享改革创新成果，进一步提高实验教学水平"为目标，从论文征稿到召开共邀请了十家高校，外地高校包括武汉大学新闻与传播学院实验教学中心（国家级实验教学示范中心）、安徽大学新闻传播实验教学中心（国家级实验教学示范中心）和浙江传媒学院（艺术类实验室），上海高校包括复旦大学新闻学院、上海交通大学媒体与设计学院、同济大学传播与艺术学院、华东师范大学传播学院、华东理工大学艺术设计与传媒学院、上海理工大学出版印刷与艺术设计学院和上海师范大学。本次研讨会还邀请了影视传播业内的代表，如上海文广新闻传媒集团技术中心的领导，还有全国教育电视节目制作联合体总编导等等。与会的专家和代表针对探索有利于培养学生创新精神和实务技能的实验教学方法，探索实验教学体系和内容的改革，建立现代化高效运行的管理机制，全面提高实验教学水平等几个方面，进行了积极的发言和探讨。针对目前影视传播实验教学中的一些重点、难点和热点问题，同行们各抒己见，展示和分享了各自在实验教学改革和创新方面求真务实、锐意探索取得的丰硕成果和宝贵经验，在开阔视野的同时，也给大家带来了许多有益的启示和思考。

　　为了及时反映我国影视传播实验教学改革与创新的发展动态，共同促进影视传播实验教学的深入开展和研究,我们编辑出版了该研讨会论文集。本文集共收录了此次研讨会征集论文中的 42 篇,汇集了本次研讨会的主要内容,涉及实验教学体系改革与创新、实验教学平台建设与管理、实验教学理念和方法、实践教学理论与探索、社会需求与人才培养等五个方面。

在此要特别感谢上海大学校、院领导对我们的鼎力扶助,感谢所有给与我们支持的国内学界、业界同行、专家,没有大家的帮助,这本书是无法完成的。希望能够以本次研讨会为契机,在今后进一步增进学界、业界的相互交流和研讨,共同为完善高校实验教学的改革和创新献计献策。

最后,作为本论文集的主编,真诚希望大家提出更多宝贵意见。

王艳红　研究员

上海大学影视艺术技术学院影视传播实验教学中心主任

2009 年 10 月

图书在版编目(CIP)数据

影视传播实验教学理论探索与实践创新/王艳红编著.—上海:上海三联书店,2011.6
ISBN 978-7-5426-3467-2

Ⅰ.①影… Ⅱ.①王… Ⅲ.①电影—传播学—教学研究—文集②电视(艺术)—传播学—教学研究—文集 Ⅳ.①J90-53

中国版本图书馆 CIP 数据核字(2011)第 006446 号

影视传播实验教学理论探索与实践创新

主　　编 / 王艳红

副 主 编 / 张建荣

责任编辑 / 姚望星
装帧设计 / 范峤青
监　　制 / 任中伟
责任校对 / 张大伟

出版发行 / 上海三联书店

　　　　(200031)中国上海市乌鲁木齐南路 396 弄 10 号

　　　　http://www.sanlianc.com

　　　　E-mail:shsanlian@yahoo.com.cn

印　　刷 / 上海惠顿实业公司印刷部

版　　次 / 2011 年 6 月第 1 版
印　　次 / 2011 年 6 月第 1 次印刷
开　　本 / 710×1000　1/16
字　　数 / 349 千字
印　　张 / 20.75
书　　号 / ISBN 978-7-5426-3467-2/G·1097
定　　价 / 48.00 元